雨夜陳倉

容育民 著

陕西新华出版

太白文艺出版社·西安

图书在版编目（CIP）数据

雨夜陈仓 / 容育民著. -- 西安：太白文艺出版社，
2023.2（2023.6重印）
ISBN 978-7-5513-1925-6

Ⅰ. ①雨… Ⅱ. ①容… Ⅲ. ①长篇小说－中国－当代
Ⅳ. ①I247.5

中国版本图书馆CIP数据核字(2022)第242350号

雨夜陈仓
YUYE CHENCANG

作　　者	容育民	
责任编辑	李明婕　林　兰	
封面设计	郑江迪	
版式设计	建明文化	
出版发行	太白文艺出版社	
经　　销	新华书店	
印　　刷	三河市同力彩印有限公司	
开　　本	787mm×1092mm　1/16	
字　　数	320千字	
印　　张	21.75	
版　　次	2023年2月第1版	
印　　次	2023年6月第2次印刷	
书　　号	ISBN 978-7-5513-1925-6	
定　　价	58.00元	

目录
CONTENTS

楔子 / 001

上部 彷徨

第一章 世事黯霾起祸端 辛亥新党开纪元 / 005

第二章 乞子庙会大冲喜 大帅跟会西坪凹 / 019

第三章 古风俗尽显传奇 刀山会暗藏杀机 / 034

第四章 西京城战事吃紧 儒县长书定雄兵 / 042

第五章 北洋政府吏脱轨 西坪学堂邪闹鬼 / 048

第六章 黑夜收粮蛊魍魉 夏日古庙妖复祟 / 060

第七章 黄土高坡野风俗 黑娃惹祸逃西坪 / 068

第八章 白色恐怖笼陈仓 山匪打劫祸萧墙 / 076

中部 雨夜

第九章 采花贼黑夜逞凶 奸伙计编谎害主 / 089

第十章 苟黑娃信口雌黄 兄弟俩反目婚房 / 101

第十一章 小媳妇梦魇怀春 三少爷巧遇奇女 / 111

第十二章 三娃子休书悔婚 毙特务闹市救妻 / 122

第十三章 小媛媛稚解心结 少夫人认祖归宗 / 131

第十四章 西府乞巧奉心诚 星空织女赐天福 / 148

1

第十五章　　山匪潜逃隐西坪　　午夜暗算劫容府 / 154

第十六章　　小脚女突遭枪击　　三娃子夜审山匪 / 166

第十七章　　李飞刀走投无路　　地下党投石指径 / 176

第十八章　　众匪徒夜袭军营　　车稼良失踪被囚 / 192

第十九章　　贾副官疑查药铺　　四娃子峥嵘崭露 / 204

第二十章　　少夫人探视监室　　阅墙争雾散云拨 / 218

第二十一章　骚鸡公斗命归西　　西京城石破天惊 / 227

第二十二章　悍匪徒东山再起　　众民团护村发威 / 237

第二十三章　玉娥儿救子献身　　狗蛋儿护主雪耻 / 248

下部　咆哮　第二十四章　临阵隘口设苦计　　糊涂巧治众匪痞 / 259

第二十五章　辛参政临危提醒　　容旅长机巧脱身 / 267

第二十六章　日寇虎视逼关中　　临战增添陈仓兵 / 273

第二十七章　军统特务施诡计　　黑娃军营泄机密 / 284

第二十八章　芸儿绝望寻短见　　参政负气擒枭匪 / 291

第二十九章　李飞刀报复得逞　　参谋长命殒绝谷 / 298

第三十章　　中条山深陷绝境　　愣娃子夜闯敌阵 / 308

第三十一章　狗蛋儿义泯恩仇　　秦声悲壮祭黄河 / 325

尾声　　　　　　　　　　　　　　　　　　　　　　/ 338

楔子

关中西秦大地的陈仓以古战场和饱经历史沧桑而闻名于世。这座历史名城位于关中平原的西端，居秦岭北麓，临渭水之滨，古称西虢国，是关中西端的天然门户，也是炎帝故里，以及西周王朝和西秦文化的发祥地。

陈仓在春秋战国时为秦邑，本是个古驿站，为历代兵家屯粮积草之地，秦孝公时称陈仓。发生在陈仓的历史故事"暗度陈仓"更是脍炙人口。故事说的是刘邦被项羽所逼由咸阳经陈仓退居巴蜀汉中之时，火烧秦岭栈道，经过几年休养生息，秣马厉兵又由汉中出奇兵攻打项羽争夺天下，采纳谋士萧何之计，重用韩信统兵，明修栈道，暗度陈仓，一举击败关中守将章邯二十万大军，扭转战局夺得天下，建立西汉政权而流芳百世。此后，汉廷衰落，刘备与曹操争夺天下，蜀相诸葛亮再次故技重演，又一次在秦岭明修栈道、暗度陈仓，与魏相司马懿陈兵斗阵，演绎了三国可歌可泣的壮丽故事。

西虢陈仓还因叛军安禄山攻入大唐都城烧杀抢掠，唐玄宗李隆基仓皇出逃到马嵬坡时遭兵变，李隆基受禁军统帅陈玄礼胁迫，诛杀宰相杨国忠、缢死贵妃杨玉环，玄宗沿渭河由陈仓古道逃入西川而再次名闻天下。太子李亨自立皇帝后，移师雍州途经渭水时，恰闻神鸟凤鸣于西虢陈仓，飞翔于雍州地界，由于古有"凤鸣岐山，兴周八百年"的典故，李亨以为凤鸣陈仓，是大唐新朝更代吉兆，于是下旨改陈仓为宝鸡，改雍州为凤翔，改周城箭括岭为岐山。

在渭水一方陈仓城一隅，有一个苍如卧龙的黄土高原，古称大虫岭，后曰陈仓塬，由于地势险峻，易守难攻，是古战场屯兵屯粮之要塞。陈仓塬以其沧桑险峻、四周环水、龙脉浩荡如苍龙出水，亦称龙川塬。它南有黄河支脉渭河天水浩浩汤汤养育，西有金陵河潺潺流水相托，东有千阳河奔腾环绕，北有黄梅山濒水相依，如一条神奇的苍龙横卧在渭水之滨。《雨夜陈仓》所叙述的沧桑浑厚的传奇故事，就发生在这个神奇的地方。

上部
___
彷徨

第一章

世事黯霾起祸端　辛亥新党开纪元

"哎呀，这大清朝的江山，就这么着完了？"容雅谦双腿一踏进大哥家的上房门槛，就咋呼着说了一句。

"完咧！"容雅儒吸着水烟，深藏不露地哼了一声。

"就这么完咧？"容雅谦站着，像是在问自个儿。

"不完咧，还能咋哩！"

容雅儒坐在家里上房明堂八仙桌一侧的太师椅上满腹心事，忧心忡忡。他低下头猛吸了一口水烟，水烟壶里发出了"咕嘟……咕嘟嘟……"的沉闷响声，只见他憋了半天气，才"噗——"地吐出一长串串的烟圈圈，在厅堂屋里打着旋儿，飘着飘着逐渐碎了散了。紧接着，他把水烟锅里烧尽的烟灰用一个竹扦子撬出来吹落在地板上，又把水烟壶端在左手掌上。这是他习惯性的儒雅动作，说着事的时候，就在手掌里把水烟壶端端儿地端着，扎一个长者的式子。他身后的正堂上，横挂着一幅书法，上书颜体"从容淡定"四个遒劲有力的浓墨大字。书法落款是"国子监生雅儒自勉"，一款长方赤色书印可见篆书"雅儒书印"落款。

容雅谦不等大哥招呼，就自己一屁股坐在客厅明堂八仙桌的右首太师椅上，他吸烟用的是一杆长长的旱烟袋，只见他满怀心事"吧嗒——吧嗒——"一口一口地吸着，又一口一口吐着烟圈儿，直到把烟锅子吸得冒不出火星了，才把旱烟袋用右手扬起来，又抬起了左脚，在青色的千层布鞋底上"哪、哪、哪"地敲了几下，一撮子烟丝灰就从烟锅里磕出来了，散落在厅堂的青砖地板上，他又把烟杆嘴子吸在嘴里"噗——噗——"吹了两口粗气，烟锅里烟丝灰吹净了，才又把烟口袋上的绳子绕着圈儿缠在了烟杆上，接着，将烟杆朝自己的腰带里一插，就完成了一个吸旱烟的过程。

容雅儒直到听着四弟雅谦咳嗽了一声，这才又说道："哼，不完了，还能咋？大清把人心毁了，人心把大清灭了！"

容雅儒面部红润清癯，脸颊和下巴上没有留胡须，两道突出的刀眉严峻地向上挑着，直直的鼻梁挺立在他饱读诗书的面庞上，穿一身青布长衫，身后拖着灰白的长辫子，目光犀利有神却并不注视四弟，只是把话给雅谦顺着声音递了过去。

容雅儒心情复杂。他是容氏宗族一门的嫡长子，是大清国国子监的荫生太学生，曾领大清国皇封的世袭六品空衔。如今，虽然只是个赋闲在家的散官，但也是个有品阶的乡绅了。他同时还是陈仓县的赋闲县丞，也是容氏宗亲的大族长，以其大清国国子监太学生学位就任西坪学堂的校长，是陈仓塬德高望重的乡绅，也是被革职赋闲的巡抚乔古图大人、凤翔知州徐世良大人、陈仓知县王招远大人送匾褒扬的一方开明绅士。容雅儒还是举人出身，当年国子监太学肄业后，也曾经在京师任职儒林郎，由于清光绪年上书支持变法，被贬职回乡，放回原籍降为七品县丞赋闲在家。

容雅谦论辈分是容雅儒的宗亲四弟，虽然在容氏宗族的地位没有大哥容雅儒高，但他极善于打理名下资财，家底实力却在村子里排名榜首，仅家中庭院的设计就比大哥家庄院胜出一筹，不仅高屋建筑雕梁画栋，轩窗木阁，青砖铺地，花草满院，而且高墙深宅，藏而不露，很符合他宽仁厚德、处事严谨的尚礼风格。

"听说大清国让一个叫孙文的洋医生给反了毁咧，皇上不叫皇上咧，改叫啥啥子临时大总统了！你说，这伙子造反的愣头青，这弄的啥事嘛，没有皇上咧，这愣尻大个国家，谁来主事哩？听说，乱党猴急地把大清国号都改了，称民国了，眼下这半吊子的民国，咋能叫国嘛！我看，这伙子洋先生，弄不成事咧，临了还得再立皇上哩！"

陈仓西府人，总是把"特别大"夸张地叫"愣尻大"。容雅谦见大哥没有搭腔，就又接着把满腹的牢骚继续发出来："眼下，反了江山的革命党，却说是民国由民众主事哩。唉，民众千千万，七嘴八舌乱糟糟的，还不得把金銮殿都闹翻天了？这尻事，我看就没有个头。听说，南边北边反了的新军，还一窝子里斗着打着哩。朝廷有个叫袁世凯的大奸臣，叛了大清，投了新党，又跟留洋回来的孙文脸红了争天下哩，乱党们这是唱'乱弹'哩，选不出来个好秧子呀！"

容雅谦心绪不宁，嘟囔着絮絮叨叨地说了一大通，把憋在心里的怨气都倒了出来。由于心里不爽，他就把新党贬称乱党，把新党、新军阀之间的争权夺利，贬称为唱秦腔土戏乱弹；贬曰秧子不好，则是认为军阀袁世凯不成器；由于倡导民主闹共和留洋日本，在香港学西医的孙文是个洋医生，所以，崇尚中医的容雅谦，发泄对他的亵渎不满，也算是一种不屑的称谓。

"嗜，出水才显两腿泥哩，蹦跶得凶的人，不见得就能坐了金銮殿，让狰娃子去闹腾吧，还有好戏看着哩！我看，就这号造反的人，将来都主不了事，麻达大概还在后头哩。别看今日这狰尻闹得欢，临了也都背青砖。"

西府人把行为莽撞强悍的人叫狰尻，把惹麻烦叫麻达。容雅儒听了四弟的一番牢骚阔论，也不以为然地给新党们造反下了个预断。

容雅谦抬头，崇拜地看了大哥一眼。他知道容府一房里，大哥雅儒是个智者哲人，看事情一贯准确，邪性得很。他说的背青砖，是指人死了之后，最后也就只能得到一座青砖砌成的坟茔。

容雅儒能掐会算似的继续给乱党起事定调调子："历朝历代，先起儿闹得凶的人，就没有几个弄成事的。咱远里说，陈胜王、楚霸王、李闯王、洪天王，这几个人，狰尿不狰尿，都带着人打进金銮殿了，江山临了也都让旁人给得咧。"

容雅儒说朝廷事的时候，激动得嘴唇哆嗦，白沫子泛着已溢到嘴角上了，嘴角上几道细密的褶纹，忧郁地指向脸颊，高棱的大鼻子，鼻翼厚重地翕动着，忧郁明显挂在脸上。

"说的是嘛，不管谁当了朝，皇历怎么改，老百姓还不都要过自己的日子哩嘛。"

容雅谦一贯很崇拜大哥的判断，听了雅儒的一番议论，心略微放下了。随即又狐疑地说："我刚才来的时候，在街上听踢毽子的娃娃们拍手唱口诀哩：'武昌城里大炮响，金銮殿上换皇上。'连屁孩崽娃子们都晓得大清国完了，没有皇上咧，世道要变了，就不知皇粮今年还给朝廷纳不纳哩？"

容雅谦疑惑地试探大哥雅儒的主意，想再得到大哥雅儒对世事的一些点拨教化，说完就希冀地看着容雅儒，等待他的回答。

容雅儒却还没有想到这一层，一下子愣怔了，不知该怎么回答四弟的刨根问底。虽说陈仓塬有句俗话说："吃了皇上的麦子，不纳粮是鬼子。"他还要在心里盘算盘算，捏掐捏掐，就又把水烟壶端起来，慢悠悠地塞烟丝，好像是在享受一个时光的过程。待水烟吸着了，他双手谦让地摆出一个礼让的姿势，请四弟先抽。容雅谦欠身回谢了，没有接烟壶，用手示意着让大哥自己抽，不用客气。容雅儒就自个儿"吱溜溜——吱溜溜——"吸了起来。

沉默在厅堂屋里蔓延开来，萦绕着太师椅上坐着的两个当家兄弟，只有烟雾弥漫吞噬着屋内，好像要淹没短时间的空气窒息，气氛死沉沉地如凝滞了一般。

容雅谦也从自己腰里拔出烟锅来，在手里掂着慢条斯理地解开烟杆上绑着的烟袋子，准备再度吸烟。容雅儒见四弟拿烟锅，就把自己的烟丝袋子递给他说："他四爸，你来一口这，看吸着顺不顺哩！"

容雅谦也不说啥，从大哥容雅儒的烟袋子里捏了一撮烟丝出来，压进自己烟锅里，伸手接过容雅儒递过来的打火石打着了明火，粗壮厚实的手指把棉絮火焰压在烟锅里，用左手托架着，伸向左边嘴角，慢悠悠地吸了起来。

"他大伯，你这烟丝好得很，是脚客从云贵那块儿贩来的货啊，口味嫽得很！"容雅谦吸着旱烟赞许着说。嫽得很，是关中夸赞非常好的用词。容雅儒听了高兴，就说："他四爸说得对，这烟丝的确是脚客们从云贵捎来的货，走的时候，给你装上一烟锅袋子回去抽。"

容雅儒见四弟夸奖他的烟丝口感好，心境儿就美得很。这是凤翔知府徐世良大人从云贵捎来赠送给他的上好烟丝，他轻易舍不得抽，今儿个是容雅谦来家里了，才拿出来抽一口图个心境儿。

陈仓塬的习俗，成了家有了孩子的成年人，就算有身份了，相互称呼时，就不再按辈分，而是以子女名义加上尊称称呼对方，刚才容雅儒把四弟称呼为"他四爸"，是指雅谦是自己儿子的四爸。容雅谦把大哥称呼为"他大伯"，也是指大哥是自己儿子的大伯。两个人早就不似年轻时相互称"大哥""四弟"了。改了称呼，那是两个人都有了家室、有了继承人之后的事了。即使是邻里的长辈，也一概称呼为"他爷""他婆"，对外戚就称呼"他舅""他姨""他叔""他姑"。只有最亲近的直系、生育自己的父母，才尊称"爹""娘"；对直系的爷爷、奶奶，才尊称"爷""婆"。未成年还没有身份的孩子们，对长辈则直接按辈分来称呼。这是关中西府陈仓塬一个特殊的民情风俗。

"我这个县丞托皇上洪福，只拿饷银不主事，纳粮纳贡，是县城府衙里主簿车俊敏大人管着哩。如今，西京城起事造反，车大人就随知县王招远大人挂印逃了，这事没法子说，还得从长计议哩。"容雅儒思量着想了之后说道。

"是要从长计议哩……"容雅谦听了大哥雅儒的话，点头应承着。他收起烟袋重新插进腰里，从怀里掏出两个比核桃大的青花玉石球，拿在手里把玩，这是容雅谦的健身球，时常随身携带，闲暇的时候，总是拿在手掌里来回滚动着发出"咯吱咯吱"的摩擦声。

这时，容雅儒的两个儿子涵鸿和飞儿与容雅谦的小儿子涵齐一同跑进厅堂，涵鸿和飞儿看见爹，就一左一右趴在父亲雅儒的腿上，偏着头好奇地看四爸容雅谦滚动把玩手里的玉石球。

这两个孩子，手腕上都戴着蓝布绣花棉袖套，脑袋上方额头正中间留着小铲子一样的头发，两边上却都剃光了，只有后脑勺上留下一撮子头发；大眼睛忽闪忽闪的，一身穿戴都是碎花短袄和蓝布裤子，脚上蹬着青布条绒棉布鞋，都显得很聪慧机灵。三娃子涵齐穿一身学生装蓝布袄袄，也窝进爹雅谦的双腿间，看着大伯容雅儒吸水烟。

容雅谦一边用左手滚动着玉石球，一边端详着三个孩子，眼里充满爱怜。他慈祥地说："鸿儿有十一岁，飞儿也有六岁了吧？两个碎娃都是人尖尖哩，乖得很。"

容雅儒摸着两个儿子的头，慈爱地说："鸿儿过了年，就该上高小了。飞儿也识了不少字了，过年就该上一年级了。三娃子涵齐，今年有八岁了吧？你家里大娃子，有十三了吧？"他问的是四弟雅谦的大儿子涵雁。

容雅谦谦恭地说："让他大伯惦记着，两个娃，都淘气得很！"他说的是自己的两个儿子涵雁和涵齐。

容雅儒对自己的两个儿子呵斥说："崽娃子，怎么也不问候你四爸哩？没有个样样子了！"

鸿儿和飞儿就跑过去，又缠住四爸容雅谦，稚声稚气地叫了两声"四爸"。

容雅谦高兴地摸着两个孩子的头应着："哎！哎！"从口袋里摸索着掏出三颗糖，塞给三个娃儿一人一颗。

掏糖的时候，容雅谦就把一对青花玉石保健球放在了旁边的方桌子上，调皮好动的飞儿一看机会来了，立即伸手去拿，结果玉石圆球太重，手一沉，失手掉在了地上，地面上的一块方砖就被砸得裂了缝了。

容雅谦弯腰伸手拾起玉石球，哈哈大笑："飞儿，你还小哩，拿不动的，还得再吃几年蒸馍哩！"

容雅儒责怪儿子说："飞儿，那个玉石球，不是娃娃们能够耍的，你看，地砖也被你糟践了。"

飞儿不好意思地跑回爹跟前，扮个鬼脸，咧嘴笑了。

容雅儒转移话题说："听说你给大娃子涵雁、三娃子涵齐两个娃娃都已经定了亲了，是吗？"

容雅谦说："我正要给你说哩，是北塬上他大舅给提说的，说的都是北塬上魏家的一门子里两个女儿，大的叫芸儿给雁，小的叫萍儿给齐。"

容雅儒问："听说萍儿比齐要大三岁哩，得是的？"

容雅谦说："是的，芸儿比雁大两岁，萍儿比齐大三岁。"

容雅儒感叹说："虽然俗话说女大三，抱金砖，涵齐还小哩，萍儿我觉着，还是稍稍大了点啊！"

容雅谦看着小儿子涵齐说："三娃子涵齐性子野，不安生，订个大点儿的媳妇，好早晚能管着他些。"

三娃子涵齐立即争辩说："爹，我才不要媳妇哩，都给了哥哥雁吧。"

容雅儒和容雅谦两人听了都乐了，发出一阵爽朗的笑声。

容雅谦想让兄长指教一下儿子，就怂恿儿子说："涵齐，你大伯是国子监太学生，可有大学问哩，你背一段诗词，让大伯指教呀！"

小涵齐并不胆怯，立即站直了身子，顿顿嗓子，一脸正气意气风发地大声吟诵起岳飞的《满江红》：

怒发冲冠，凭栏处，潇潇雨歇。抬望眼，仰天长啸，壮怀激烈。三十功名尘与土，八千里路云和月。莫等闲，白了少年头，空悲切。靖康耻，犹未雪。臣子恨，何时灭。驾长车，踏破贺兰山缺。壮志饥餐胡虏肉，笑谈渴饮匈奴血。待从头，收拾旧山河，朝天阙。

小涵齐激情的吟诵，听得两位长辈呵呵直乐，容雅儒赞叹地说："孺子大器，有将军之气呀！"

容雅谦说："不是个省油的灯，人小主意大得很。不像涵雁，就喜欢拉二胡。"

容雅儒赞许地说："雁不仅二胡拉得好，学习也给几个娃娃带了头了，将来学成长大了，可以在学堂里当个教书先生。"

容雅谦谦逊地说："那自然是好，雁就拉二胡还行，书写就比不了鸿，鸿的书写比雁和齐都要好，如果领悟了你的书法精髓，也是咱们宗族后继有人啊！倘若以后能继承了咱的爵位，也是光耀门庭呀！"

容雅儒一听，略显失落地说："大清国都完了，爵位世袭怕是从此就毕了。"

两个人正说着，容雅儒的夫人贞带着鸿儿的童养媳翠花从院子里急忙进到厅堂，翠花端着一个茶盘，茶盘上放了两杯茶。

容雅儒的夫人贞，是个小巧玲珑的小脚女人，是王家堡子王财东的嫡长女，其兄弟是太白县的县丞。夫人贞操持一大家子家务，子嗣却生育得晚，所以容雅儒才晚年得子，以至大儿子比四弟容雅谦的大娃子涵雁还要小上几岁。

夫人贞笑盈盈地走进来，拍打着衣襟，说笑道："哎呀呀，他四爸，啥风大得把你吹来了哩，你咋成了个稀客哩！我早早儿的，就听着喜鹊儿在门口那棵桐树上叫着哩，早起儿吃饭拿筷子端饭哩，筷子还多出来了一根根哩，寻思着，今儿个不年不节的，来啥贵人哩，没料想，来了个稀客贵人他四爸哩！"

鸿儿的童养媳翠花，赶紧把茶敬上，怯怯地叫了一声："四爸，您请喝茶呀！"

容雅谦伸手接了，翠花又给公公容雅儒也敬一杯茶，同样怯怯声音地说："爹，您请喝茶呀！"

容雅儒面无表情地接了，翠花就红着脸颊退在一边，等着婆婆吩咐。翠花十五岁了，送到容府一年了还没有圆房，主要因为涵鸿还太小，所以，对容雅谦依然尊称着"四爸"，当有了子嗣以后，才能称呼"他四爷"。

容雅谦对嫂夫人贞很敬重，听嫂子打趣说自己是个稀客哩，就知道嫂子是在埋怨自己最近来得少了些，就笑呵呵地搭腔："哎呀，我早要过来哩，只是这些天瞎忙活，没腾出工夫来，你说我今儿个里来一场，咋还惊动你了哩，还让鸿娃子媳妇来给我端茶哩，这是啥事嘛！"

按照常理，家里来了客人，应该是女仆人上茶，大夫人位子尊，是不给客人端茶的。贞夫人让童养媳翠花端茶，是有意表示对四弟容雅谦的格外尊重。

贞夫人满面欣喜地说道："他四爸是忙人哩，难得串个门子，今儿个说啥也不能走，嫂子给你们老哥儿俩炒上几盘菜，喝上几杯酒，都顺势得很。"

"哎呀，我坐一会会子就走咧。"容雅谦赶忙推辞说。

贞夫人立即说："都现成着哩，你哥儿俩坐着，家里人已经在灶火里添水做饭去了，一会会就好了。你今儿个要是走咧，就是嫌弃嫂子茶饭哩，赶明日娃他娘娘见了，可要挑我的理哩！"贞夫人说的"他娘娘"，是容雅谦的夫人茹。

门外院台上站着的丫鬟槐花，听到上院屋里说到这里，就知道容雅谦今儿个要留下吃饭哩，赶紧走到厨房里去添水做饭。

容雅儒看着会当家的夫人贞快乐的表情，心绪立即受感染地好了起来，高兴地对夫人贞说："你就再杀上一只老母鸡，我看咱外头门上斑鸠多得很，就让娃娃用竹篮扣上两只斑鸠，炒上吃个鲜。把我存的西凤老酒给温上了，晌午我要同他四爸喝两盅哩。"然后又对四弟说："世事不安生，咱俩先到祖庙上去转转，给列祖列宗们也说道说道这些世事。"

三个崽娃子一听说家里要宰鸡吃肉了，就兴奋地都呼喊了一声："要宰鸡了，我们逮鸡去！"一阵风似的跑出去逮鸡去了。

贞夫人看着飞奔出去的孩子们，忙在后面喊："哎呀，崽娃子慢些跑，看着门槛，不要绊着跌倒把头磕了！"

院子里，三娃子涵齐和四娃子飞儿两个孩子一起追着捕捉鸡，庭院里乱了秩序，满院子鸡飞狗跳，孩子们捕空摔倒又爬起来继续追赶，一只大黑狗也欢快地跟着撵鸡，公鸡、母鸡满院子乱飞乱叫，几只大公鸡惊慌地飞上了院墙，老母鸡则朝着大门口乱飞乱窜，一窝蜂都冲出大门去了。

容雅儒一说走，就戴上了他那副老式圆镜片眼镜。四弟的到来，显然让容雅儒的心绪慢慢欢喜起来了，眼睛被细密的皱纹包围环绕着，在眉毛深处放着异光。长眉毛在圆圆的镜片上面快乐地抖动，半谢了顶的脑门上，三道深深的皱纹像三道沟壑横在粗糙的脑门上，一条大辫子威严地梳在脑后，头顶上前端的明亮广场，在光线的反衬下泛着亮光。耳朵恰到好处地隐藏在一圈长发的下端，看得出他已过不惑之年，是临知天命的年纪了，但神情却依然器宇轩昂，谈吐儒雅。虽然回到了乡下，却依旧保持着官宦人家绅士身份的脱俗气质，卓尔不群，是陈仓当地有名望的乡绅。

容氏族祠在村子南口的大道路口，容雅儒腰杆上挂了族祠里的一串串钥匙，身着青色长衫，出门时头顶戴上了一顶青布圆帽，一条大辫子垂在身后，走起路来不慌不忙，沉稳端庄，大气凛然又威仪内敛。

容雅谦略显简单，比大哥雅儒小上几岁，也是着青布长衫，却在腰里缠了一条青布腰带，腰间斜插着旱烟袋吊着烟口袋，没有戴帽子，一条大辫子垂在脑后，走起路来也是腰杆挺直，虎步生风，落地有声。兄弟俩一起走在街上非同寻常，都自带着凛然气场，气势就让人敬畏尊仰。

冬日晌午的容氏族祠门口洒满了阳光，容雅儒、容雅谦两兄弟来到族祠门口，摸着族祠门口蹲踞着的雄狮，容雅谦自言自语地说："这雄狮的底座该加固一下了。"

容雅儒肯定地说："是该修修了，过几天我让人来拾掇拾掇。"

容雅谦说："不麻烦人了，开春以后，我前院里要维修水眼哩，顺便让匠人来一起拾掇拾掇就妥帖了。"

容雅儒欣然地说："也好，就有劳他四爸了，辛苦你了。"

"不说啥，辛苦啥哩，不辛苦，都是顺手的事嘎。"容雅谦谦和地说，他很愿意分担大哥雅儒的劳累。

雅儒、雅谦兄弟跪在蒲团上，共同朝着供案上方祖宗画像行跪拜礼，磕了九个头，雅儒伤感地念叨着说："不肖后人儒、谦，九叩跪拜列祖列宗神明在上，大清国遇难了，天下出奸臣出乱党咧，闹腾着要改了国号哩……"说话的时候，容雅儒的眼眶已经湿润了。

容雅儒与四弟雅谦从族祠里回来，进了家里大门，他随手把大门关上，他们刚跨入上房门槛里，只听得身后大门门环被急促地拍得震天响。

容府门口有三匹快马打住，三位着清廷黄马褂的差官跳下马来，追不及待地拍打起容雅儒家的大门环，口里大声疾呼着："皇上有旨，接旨，快开门！"

容雅儒兄弟俩猛不丁听到门口的呼喊声，惊吓得面如土色。容雅儒连忙小跑快步开门，又慌忙退步跪下，头也不敢抬，就伏地磕头说："罪臣容雅儒叩见大人！"容雅谦也连忙一旁伏地跪下来。

官差当院站住高声呼喊："容雅儒，接旨！"容雅儒连忙抬头回答："罪臣容雅儒接旨！"来人马上宣旨："皇上有旨，即擢升陈仓县丞容雅儒就任陈仓县令，即日就职，不得有误，钦此！"

容雅儒发着呆不敢领命，惶恐结巴着说："臣……臣……臣……"不知如何回答是好。来人不悦了，断喝一声："大胆容雅儒，你敢抗旨不遵吗？"容雅儒连忙伏地磕头："罪臣……臣……臣不敢！"赶忙伸出双手接旨。

官差生气地把圣旨往他手上一丢，就转身出门走了，容雅儒急忙招呼："大人且慢，且容罪臣备餐再走！"来人却不逗留，头也不回，立即上了马说："免了，公务紧急，容大人好自为之！"随即策马奔驰而去。

院子里，正玩耍的三娃子容涵齐却不惧怕，奔跑过去就把圣旨拿过来，他学着官差的模样故意咳嗽一声，调皮地宣读起来："皇上有旨……"

容雅谦气得站起来一把夺过，就要伸手去打儿子，容雅儒也爬起来了，阻止说："罢了，现在的皇上，已经让儿戏了，不怪孩子。"

容雅儒拿起圣旨为难了："唉，这却如何是好呀！"

这时，只听得门外一棵大槐树上，一只乌鸦也悲怆地鸣叫着，声音在空中飘荡着，瘆人得很，听得人心里发慌。

傍晚时分，容雅儒郁郁寡欢地正在与家人用饭，又听到大门口拍打门环的声音，有人高声呼喊着："有人吗？快点儿开门！"

容雅儒闻听，脸色立刻又蜡黄了，慌忙跑步去开门。一开门，却见是一班身穿新军服装、荷枪实弹的军人堵在了门口，这把容雅儒惊得着实不轻，以为是来抓捕他的。他张着嘴巴傻眼了，都不知道该说什么。

新军军官王副官问："可是容先生？"容雅儒这才连忙回答："正是乡民容雅儒，敢问官差有何传唤？"来人递给他一份公函，说："新军政府任命容先生就任陈仓县县长，望即刻就职，不得有耽公务。这是任职公函，先生且收好了。"

容雅儒蒙了，张口结舌："这……这个……"乱世之秋，一天之中朝廷里外都来下达任命，让他如坠地狱，立即惶恐起来。

新军王副官却不由分说："先生留步，我等还有公务在身，就不进去打扰了，告辞！"说罢，随即上马呼啸奔腾着朝大道上疾驰。

容雅儒呆望着离去的新军，悲凉至极，说："我惹谁了？这是把我往火炉上架着烘烤呀！"

容雅儒夫人贞也惶恐了，恓恓惶惶地说："这可怎么办呀，咱们该赴谁的任哩？"容雅儒倔强地说："世道不宁，咱谁的任都不应，牛不喝水，他还能强按头呀！"

门外那棵大槐树上，乌鸦又叫了起来，全不顾树下主人们的心情。雅儒夫人贞烦烦地嘟囔说："今天这老鸹，叫得丧气得很！"容雅儒接嘴说："朝廷都已经不行了，还不让老鸹们气得哭上几声呀！"

这一年吆喝着闹共和的新党愈加紧火了，南边武昌那边一些青年少壮派督军协统属下的士兵们一齐响应起事，武昌城里的大清汉军士兵们就率先反了水。

起义士兵冲进督军府，把吓得哆哆嗦嗦钻躲在三姨太床底下的大清湖北督军协统领黎元洪拉了出来，用枪逼着他担任已经起义的湖北革命军新政府都督。黎元洪当了俘虏，本以为新党们要砍掉自己的脑袋祭旗，却没有想到还白白捡了一个新军统帅做，心里也是十分诧异。心想，人交了好运，连上茅坑拉稀屎也能捡到金镏子！新党随后声明主权归于民众，号召各省响应革命，推翻腐败无能的清政府，建立大中华共和新政府。

武昌起义的炮声震惊了全国，在这场来势迅猛的秋风扫落叶般的世道大动荡中，初夏，还没有割新麦子哩，陕西赋闲巡抚乔古图见势态不妙，早早自个儿卷铺盖走人，跑去了兰州府避难。新麦子收上打麦场不久，还没有播种晚秋哩，西安督军协统辛翔初秘密联络一些青年军官响应新党造反，并自立都督废了清廷旗号，宣布秦省一省独立拥戴共和。仅一个多月时间，湖南、江西、广东等南方各省相继宣告拥戴共和，清王朝二百六十多年的统治，迅速呈现土崩瓦解之势。

南方诸省清廷巡抚面对来势迅猛的革命浪潮，有的撒腿跑了，有的反应迟钝的就被造反的革命派砍了脑袋。

十二月间，革命军攻占南京，在南京建立临时共和政府，推举从海外归来的洋医生孙文为临时大总统，黎元洪被选为副总统。次年元旦，孙文宣誓就职，定国号为中华民国，改用阳历纪年，以五色旗为中华民国国旗。因为这一年以干支纪年为辛亥年，被人称为辛亥革命。在一个信息不发达的封建时代，一个垂死的王朝即将覆灭，它的臣民们陷入无知的惶恐，关中西府陈仓塬上的子民们，也为之惶惶然了。

第二章

乞子庙会大冲喜　大帅跟会西坪凹

这一年的冬天出奇地寒冷，到了三九寒天大地都冻得抖抖颤颤起来，阴冷的背阴地面上冻土已经冻得裂开了口子。冬天里没有农活，农户们都缩在自己家里的热炕头上打盹，陈仓塬大地满目苍凉。

熬过了多事的辛亥年，日子就跨到了壬子年农历春节，陈仓塬冰冻的雪原上，寒风萧瑟的枯树上，光秃秃房舍的屋脊上，尽是成群结队饥寒交迫的黑老鸹，它们凄凉地叫个不停，寒冬凄凉的氛围笼罩着整个陈仓塬。

外面动荡不得安生，人们过年就没有了往日的喜气，农户们到了这个时候，已经分不清自己到底是谁的臣民了。这里的人们，是在忧心焦虑中度过腊月，晃过春节，又熬过元宵节的。

到了隆冬时节，宣统小皇帝溥仪在内阁总理大臣袁世凯的威逼中，黯然退位了。小皇帝溥仪的母后隆裕太后，二月十二日这一天连发了三道懿旨，代替小皇帝溥仪哽咽含泪宣读了退位诏书。

逼退小皇上溥仪后，大军阀袁世凯又要挟中华民国临时大总统孙文辞了职，自己就任临时大总统，民国首都也随即由南京迁至北京紫禁城。

陈仓塬上的人们又在恓恓惶惶中熬到了初春时节，第一场春雨淅淅沥沥下过之后，沉睡了一冬的万木，一夜之间就吐出绿絮来，大地一转眼间又焕发了时光轮回的盎然生机。

农历三月三，是陈仓塬西坪凹一年一度传统春禊上巳节，每逢这个节日，陈仓塬西坪凹总要举办四件大事——赶乞子庙会、装社火、唱大戏、开春禊农贸交流大会。陈仓人把这叫"跟庙会"。

为了驱散乱世在人们心中笼罩的雾霾，容府族长容雅儒在容氏祠堂召开了宗族大会，决定盛大举办三月三乞子庙会，他的建议得到了族里各家容氏兄弟们的一致赞同。接着，容雅儒又亲率容氏主事兄弟专程去舅家贾氏祠堂，拜访了贾府的几位头面老舅宗亲。

贾府一门宗亲是容氏的先祖娘舅，同居一村，每涉及全村的大事一贯都是尊容氏领衔，没有费多少口舌，贾府族长贾德芳就应承一同全力承办乞子庙会，并由贾府从陈仓虢镇城里请一组戏班子连唱三天秦腔大戏，并装饰一组古装社火，一组威风锣鼓，再请一组上刀山下火海的杂耍助兴。

容雅儒听了非常高兴，当即道了谢，表态说，容氏祠堂也从凤翔府请一家戏班子唱戏，就让两家戏班子唱个对台大戏热闹热闹。同时，也装饰一组社火一同耍耍，凑凑热闹。

乞子庙会和春禊农贸交流会由容府一手承办，贾府襄助，这事就算敲定了，剩下的具体事宜由各族自己筹办。

容雅儒回到家里，又召开了兄弟会，安排四弟雅谦和容氏家族兄弟们分头负责乞子庙会的筹办。庙会主场就选在村西头靠丘陵的周公庙和娘娘庙，春禊农贸会的地址就选在村南头的一大片槐树林里，唱大戏的地址选在周公庙的老戏楼，再在村东头西坪学堂操场上也搭一个新戏台，形成唱对台戏的热闹格局。社火也放在村西头庙会附近安置。

容雅谦协助大哥雅儒统揽指挥全局，具体筹办经费由容氏祠堂出钱，贾府祠堂襄助，各家兄弟们视能力大小再适当拿出些银两资助。容雅谦当庙会总管。安排妥当，大家一声应承，就都兴冲冲地回去准备了。

容雅儒是书法家，就亲自挥毫蘸墨书写布告，随即派人到附近各村镇张榜布告。

眼看三月三春禊节（上巳节）就要到了，西坪凹的人们正在紧锣密鼓筹办着庙会，突然，有陈仓县府马弁由城里快马奔来送信，说西京城里新任大都督、代理省长辛翔初大人，三月三要来西坪凹跟会，这让西坪凹的容、贾两府着实吃惊不小。不晓得这位省府都督大人为何远道来此跟会，让族人顿生疑虑，不知是福是祸，心头无端地罩上了一团阴霾。

每逢遇到大事，西坪凹的容府和贾府两族族长和耆老，就要共同议事，拿个妥帖的主意，这是祖上传下来的族人双议的规矩。

在容府和贾府议事会上，族人们的旱烟已经吸了几烟锅，议事大厅里乌烟瘴气，大家绞尽脑汁，怎么也猜不透这位都督大人是个啥来历。

容雅谦担忧地说："莫不是来兴师问罪的？前番咱们没有应承新政府的县长，恐怕是惹了祸了。"容雅儒说："我不是他新党的人，不应承他的差事，何罪之有啊？"大家想想也是，就又没有主意了。

还是容雅儒经多见广临危不惧，他最后斩钉截铁地定调说："大家既然猜不透这个谜，咱也就不管尿他了，不管这个都督大人何故来西坪，我等两姓族人只管张罗，把乞子庙会办起来，把春禊农贸交易会搞起来，再把秦腔乱弹吼起来，让年轻娃娃们把社火舞起来，再请些耍家子把威风锣鼓敲起来，刀山火海架起来，只管把春禊庙会搞他个热火朝天再说！"

"对咧，都督又咋咧，不就是扎势子嘛，咱祖上还教过皇子哩！不管他都督狰尿来了咋说，咱就是个这！"容雅谦赞成大哥雅儒的决断，立即跟着响应。

"我看，这事有啥问题，现在说不了。我们贾府一族里，都同意大老爷的决断，咱们不管三七二十一，就给他这么个弄法。"贾府族长贾德芳吸着烟缓缓地又提议："既然都督大人是从村东头大道上来哩，咱就先把威风锣鼓摆在村东头东寺大道口子上，先敲他个锣鼓喧天，再让耍狮子的舞马舞道要他个热热闹闹，给他个热脸子贴屁眼，他还能个咋哩。"

容雅儒赞许着说："德芳兄说的嫽扎咧，我这脑子一忙活，咋就把这个好茬口给忘了哩，威风锣鼓摆在村东头大路口嫽得很，也让都督大人看看咱们西坪凹的精气神儿。"

贾德芳听到容雅儒夸赞自己，心下思忖，凭容雅儒的聪睿才智，咋会忘了这个茬口呢。这是容雅儒有意为之，说自个儿忘了这茬，实际上，就是给他贾德芳故意留下说破绽哩，是让他贾德芳在关键环节露脸哩！

他高兴地顺势说："雅儒兄宽心，我们贾府一门里，就把阵势摆在村东头东寺碑林那块儿，一定给咱把迎客的锣鼓家什敲得震天响，让都督大人也开开眼窝子！"

容雅儒听了，心里很是欢喜，两府议事就此散了，大家回去分头各自张罗筹备去了。

三月三一大早，容雅儒带众人检查了各处的会场，见一切都已就绪，庙会活动已经自发开始了。西坪凹已是人山人海，跟会的人们摩肩接踵，牵马的、拉驴的、赶猪的、抱鸡的、挑担的从村口蜂拥而入，街面上农货云集，吃食遍布各处，物丰市盈。

这时，陈仓县衙马弁又快马来报，辛都督晌午时分，到陈仓塬西坪凹跟会，还是知会容雅儒做好接驾的事宜，却依然说不出都督来此地的所以然。

晌午时分，大道上来了一伙人马，辛都督骑着高头大马却没有穿戎装，一身便装短衣打扮，只带了一个排的马队护卫，远远看见村口碑林和村口等待着的乡绅，就立即下了马，步行而来。

容雅儒和贾德芳见人来了，赶紧甩衣袍仍依大清礼仪俯身下跪相迎，众人也都赶紧跪了下去。身后的锣鼓家什立即震天响地敲打了起来，社火舞狮队顷刻间也在大道上欢舞起来。

辛都督一见，双手抱拳大踏步迈向前，连连说："不敢当，不敢当……"待走近了，抢步上前双手挽扶起容雅儒，说："学生翔初不才，岂敢受容校长大礼，真是折杀学生了！"

容雅儒听到辛都督谦称"学生"，不由得一愣，心里蹊跷，自己何曾有此高徒啊，想必是都督谦恭之词罢了，便起身说："容氏雅儒与贾氏德芳率两门族人恭迎都督辛大人，辛大人万安！"

谁也没有料到，辛都督却俯身单膝跪下拜见说："容校长万安，请受学生翔初一拜！"说着就躬身伏地磕头。

众人惊慌得都傻了眼，见辛都督竟然给容雅儒跪下磕头，赶紧就都要跪下，辛都督高声说："各位乡绅大人，不必惊异，我乃西坪学堂学子，请受我再拜恩师容校长和各位乡绅当日教诲之恩！"

大家这才立下站定了，惊讶发怔之色全然显示在每个人脸上，团成了惶然定格。

容雅儒也不便多问，就请辛都督先到容氏祠堂用茶。两支威武的舞狮队立即在前面舞蹈着引路，锣鼓家什队伍让过辛都督一行，就在后面跟着震耳欲聋地敲打着压后助兴。

容氏祠堂坐落在村南头一处向阳的平台之上，只见祠堂门前面有一杆青石雕琢的旗杆，直径有四十厘米，高耸而立，旗杆顶端还套着一个雕琢着三娘教子故事图案的方斗，方斗上方是雕刻着花纹的耳戈，好似戟一般，威武挺立。

族祠祠堂是大方青砖贴面到底，四合幽院，高墙深宇。屋顶上覆琉璃青瓦，屋脊上也拱角翘檐、飞禽走兽，富丽堂皇。祠堂内错落有致，宏奇高峻，屋檐上雕梁画栋，轩窗明殿。整个院子里青砖铺地，回环四合，雅致幽静。

祠堂四壁上挂着族谱，上首挂着身穿官服的容氏祖宗画像，屋顶梁柱上刻画着炎帝大战蚩尤、后羿射日、神农劝耕、三娘教子、女娲补天等神话人物故事。

待到辛都督进了祠堂同众人在方桌旁坐定，辛都督一挥手，两个士兵就抬上来一块红绸遮盖着的牌匾，后面四个士兵用军号吹奏着迎宾曲，辛都督上前，请容雅儒一同揭牌。待揭去了红绸，才见牌匾上是四个金色大字"德高望重"，衔款是"敬奉恩师容雅儒"，落款是"学生翔初辛亥年"字样及一方朱红书印。

容雅儒见了，连忙起身谦恭行礼说："惭愧，惭愧，雅儒乃不才之人，尚无功名，岂敢受辛都督如此抬爱褒奖！辛都督此举折杀雅儒了，实在愧不敢当啊！"

容雅儒得知辛都督乃西坪学堂学子后，他悬着的心就放松了下来。辛都督满面笑容朗声说道："恩师乃陈仓前清国子监太学生，又在家乡用祖产资助兴办学堂，创导国民教育，宣示救国富民大计，学生自幼年便对恩师钦佩之至，至今耳畔还时常感念起恩师的谆谆教诲。恩师为人至德至善，海天可鉴，便是'德高望重'四字，也难概全恩师为国为民的海川功德啊！翔初也是肺腑感念，才书而敬奉恩师，以聊表忘年感怀。"

容雅儒听了辛都督的一番赞誉陈词，激动万千，热泪盈眶，此刻也感怀起当年的壮志凌云。他青年时期也曾经血气方刚，苦读经书，期望一腔热血报效朝廷，匡扶社稷。然眼见清廷衰落，官宦腐败，民不聊生，外强掠夺肆意欺凌，清政府任人唯亲，民怨沸腾，内忧外患，国之将倾，空有壮志凌云，却难能施展，国子监肄业虽京任儒林郎，但置身庸僚之中，饱食终日却无所作为，碌碌无为几年之后，罢职还了清廷京官之俸，挂了个七品县丞散官之名，回到家乡主持西坪学堂的乡村教育。青壮年时期就这样在陈仓塬度过了。如今已过不惑之年，临知天命，早已看破红尘。今天听到辛都督的一番褒奖，沉寂的心绪却也不得激荡躁动，热血沸腾起来，他声音颤颤地哽咽着说："知我者，唯辛都督也！"

贾德芳这时才得空插话说："方才听闻辛都督似曾在西坪就读过，却不知是哪届学子呀？还望辛都督言点一二，我等也好为辛都督立碑记录，远播辛都督之烁烁英名，树我西坪学堂之魁秀啊！"

辛都督哈哈一笑，说道："其实说到这里，我倒要感恩陈仓，感恩西坪学堂哩！我祖上乃中原人氏，幼年因黄河发大水逃荒到了陈仓西坪凹，饥肠辘辘时，还是容府安置收留了我们一家，接济了些粮食，又让我在西坪学堂里读书，后来家父就做些小生意度饥荒，第二年又辗转到了西京，做起了小本买卖，以致后来家道稍殷，定居咸宁灞桥，距今也有二十多年了。家父虽已年迈，却还时常念叨起容校长在危难之时的赐舍恩德哩！学生也是时时感念，难忘滴水之恩啊！"

原来如此啊，大家听闻辛都督之言，也都唏嘘感叹不已。

其实，那个年月，经容府、贾府救济资助的逃荒受困之人不计其数，多年的陈杂琐事，人们已经记不太清了，对西坪凹收留过的这个学生也印象模糊淡忘了。

"今日大喜之时，不便再提心酸往事。"容雅儒就岔开话题说，"哎呀，辛都督祖上乃是有德之氏，才幸得家道中兴，区区西坪学堂幸能有辛都督这样的国之骄子幼年就读，此乃陈仓塬之大幸，西坪学堂之大成啊！"

贾德芳也感叹说："哎呀呀，辛都督乃我西坪学堂学子们之楷模呀，学堂今后可要大书上一笔了，不承想，西坪学堂虽然地处关中，却也曾藏龙卧虎哩！"其实，陈仓是炎帝的伟业故里，江山代有良俊出，贾府祖上也是文臣贾谊之后，他如此奉承一赞，只是有意感念抬举辛都督而已。

辛都督听了西坪乡绅的赞誉之词，心中大悦，就又一招手，立即有军士上来捧上一个精致的红漆木盒，献在祠堂供桌之上。众人不解何意，正诧异间，侍从上前打开了盒盖，才见得是一盒光灿灿的银锭。

容雅儒惊异不安地站立起来，慌忙推辞说："哎呀呀，辛都督，这却是为何呀？"辛都督诚心说："翔初奉家父之托，送上纹银五百两，给西坪学堂修缮学府之用，还望容先生笑纳，万莫推辞！"

"哎呀呀，这却是怎么说哩，小小西坪学堂，还要辛都督高堂大手破费，实在愧不敢当啊！"容雅儒连忙告谢。

辛都督坦然诚心说："一点儿散碎银两，不成敬意，权当报当日接济收留助学之恩德而已，还请容先生收下，勿驳学生薄面。"

容雅儒随即朗声洪亮地说："如此说来，辛都督高堂美意不可违了！雅儒就代学堂里收下了，多谢辛都督美意，也多谢高堂辛老先生德怀美意！"

正说着话哩，容雅谦已经命人把打尖垫饥的茶饭端上来了。只见一个泛着亮光的黄花梨木盘里盛着四盘炒菜，四卷油饼，烫着一小壶西凤老酒，四小碗荷包蛋，筷子搭在盘中。炒菜是一盘豆芽炒粉条，一盘鸡蛋炒木耳，一盘韭黄炒豆腐，一盘醋熘白菜，四盘菜上都围着圈红烧大肉片，每只碗里都打着两个圆圆的白玉一般鲜亮的荷包蛋。

陈仓塬上的媳妇们很会做茶饭，按当地人的风俗习惯，家里来了客人，走乏了走饥了，先吃喝这么一顿便饭垫垫饥，不叫吃饭叫"喝汤"，是给客人打尖垫饥的。先喝了这顿汤之后，才动手再做晌午饭。倘若客人说不用麻烦了，她们就会说："咋个话哩！路上走累了、走饥了的，咋能不喝汤哩？"汤自然是一定要喝的，几百年、几千年祖先们教的就是这么待客的。喝了汤再坐着拉上一个时辰家常，才正式吃午饭。陈仓塬待客讲究的午饭是臊子面和炒蓝盘，温壶西凤酒。

这一盘茶饭，是给辛都督和贴身随从准备的，其他人都安排在祠堂厢房里用餐。辛都督吃了一碗荷包蛋，又夹了几口菜，吃了两片红烧肉，容雅儒给他敬了一杯接风酒之后，礼节到了，就客气说已经吃好了，容雅儒就摆手命人撤去了茶饭。

辛都督见祠堂备有笔墨纸砚，就起身说："学生翔初欣闻容先生是陈仓著名书法家，大名远播秦省，学生来时，家父让翔初向容先生求一幅字，以教翔初。今日可否请容先生给学生赐一墨宝？"

容雅儒听了，欣然说："雅儒拙笔，既是高堂辛老先生美意，自当献丑奉献就是。"说罢，移步书案，早有人已经研好了香墨，铺开宣纸，容雅儒提笔在手，蘸了浓墨，凝神思忖再三，只见提笔一挥，"宁静致远"四个遒劲的颜体大字就跃然纸上，衔款"秦都辛都督翔初雅鉴"，落款"陈仓西坪雅儒书，壬子年巳日"，盖了朱红方印。

辛都督喜得连声叫好："好字，好字，容先生真是颜真卿先生在世啊，这字写得遒劲有力，刚正峻健；浓墨淡香，挥洒自如；静动一体，字若先生啊，实在难得！"

这的确是一幅上品好字，暗含着对世道太平远景的期盼，大家看了也都连连叫好。

这时，一个书生模样剪了辫子的年轻随从官员，走到书案前恭敬地对容雅儒说："鄙人车稼良，是陈仓县府新任党务特派员，至到任，就想登门拜访容先生请教治县之策，今日有幸随都督至此，请容先生也赐一墨宝，以教不才。实在冒昧得很，还望容先生见谅！"

容雅儒一怔，连忙拱手回礼说："啊呀，原来是县台大人呀，雅儒近年不出家门，竟盲眼不识青山，有失恭迎。得罪，得罪了！"说罢，看了车稼良一眼，见他二十几岁年纪，却器宇轩昂，仪表不俗，随即挥笔而就，只见写的是"清明廉正"四个大字，字体大气磅礴，苍劲有力，衔款是"稼良县台雅鉴"，落款亦是"陈仓西坪雅儒书，壬子年巳日"，也盖了朱红方印。

车稼良哈哈一乐，说："好字，好字呀，谢容先生赐墨赐教！学生回去就裱了挂在县府厅堂里，以明鄙人为官之志向！"

容雅儒满面红光地说："今日难得辛都督大驾至此，车县台光临，雅儒敢请两位大人，也能留下墨宝，光我西坪，不知可能赐教否？"

辛都督豪爽地说："好，学生翔初就献丑了！"随即提笔写了"陈仓福地，容光焕发"八个大字，字体很有大将笔锋，气势恢宏！没有衔款，落款：灞桥翔初，壬子年已日。旁边立着的王副官赶紧走过来，给辛都督递上方印盖了。

辛都督移步离开书桌，接着又对大家说："学生翔初回去以后，再写一幅碑帖，让人刻上石碑送来，也竖立在西坪凹村口碑林那儿，算个念想，敢问容先生和各位乡绅，不知肯给翔初赏脸否？"

"哎呀，极好，极好，此乃光宗耀祖之举，如此有劳辛都督了。辛都督墨宝，有大将之风，我等族人求之不得，求之不得啊！"容雅儒连连应声说道。大家也都连声叫好，感谢赞叹声一浪接一浪。

车稼良也提笔写了"深明大义，兴我中华"八个大字，衔款："西坪乡绅雅鉴"，落款："陈仓稼良，壬子年已日"，掏出方印自己盖了。这是一幅柳体字，有柳宗元之风，行云流水，笔锋不俗。大家看了又是一阵赞许恭维之声。

容雅儒见了，仔细打量了一下这个气度不凡的党务特派员车稼良，恭敬地说："想必县台大人，是陈仓塬车家寺人氏了？"

车稼良含笑答曰："容先生所言不差，正是的！"

容雅儒面色惊讶地说："哎呀，原来车大人还是咱乡党哩，失敬，失敬！不知县台大人，可识得车俊良大人否？"

车稼良笑着说："不瞒容先生，车俊良乃我家兄。"

容雅儒十分高兴，连忙又说："哎呀，失敬，失敬！却原来都是故知自家人，久仰，久仰！"

车稼良谦恭地说："我也久仰容先生盛名，兄长当年也曾多次提起容先生来，时常盛赞有加，今日相见，容先生果然气度威仪，儒雅一方，晚生得会容先生，真是万分有幸！"说罢就躬身再次揖礼。

辛都督看着是时候了，就接过话来把话锋一转，说道："原来先生与车特派员早有结缘，实在有幸得很。先生，学生翔初此行还有一意，不知

028

先生可赏脸应允否？"

容雅儒一怔，不知辛都督所指何事，就客气地说："辛都督有嘱托，尽管明言便是，雅儒洗耳恭听。"

辛都督便说："清廷退位，秦省初定，学生翔初如今除了督军还兼理秦省长官行政，可陈仓县至今尚无县长，学生有意恭请先生出山，以先生在陈仓的口碑，出任陈仓县县长当是民望所归，就不知先生可肯屈尊陈仓县否？"

辛都督这句话来得实在突然，倒把容雅儒给难住了，一时不知如何应对措辞才好，便面露难色，神情也不自然了。

容雅儒自从当年在清廷冒昧鲁莽，妄议变法，被革职返乡后便心灰意冷，无心从政为官，即使还挂着个七品县丞，也只是逢年点卯而已，没有紧要大事的时候，平日里并不去就任议政。

辛都督见了容雅儒的犹豫心态，心中自然明白，就又婉转说道："先生不必担忧，如今陕西地方时局已定，四海升平，万民拥戴共和。关中秦川乃瑞祥之地，正是百废待兴之时，正需要像先生这样有名望的国之大才担任一方父母，安定一方黎民。况陈仓是陕西西端之门户，地理位置十分紧要，先生若能屈尊陈仓县县长之职，帮衬学生安抚陈仓西府一方平安，学生翔初不胜感激，也是陈仓之幸，共和之幸，民生之幸也！万望先生以大局之要，应允才好。"

容雅儒听了辛都督之言，既感动汗颜，又心下十分为难，便半晌沉思不语。他是晚清的闲职官员，祖上历朝历代都屡受皇恩浩荡，如今清廷衰落退位，自己若出任新党官职，余心尚有不忍，愧对浩天皇恩。若不应允，如今又是自己学生辛都督执政陕西，恳切相请，至诚至念，若不出山，实在有违辛都督之美意，却之不恭。况改朝换代之际，国家正值用人之时，大丈夫自有一腔热血，自己却空有感叹，碌碌无为，苟且度日，不为国为民之兴盛尽绵薄之力，也是不忠不孝、不仁不义。他思前想后权衡再三，心下实实难以自决。

辛都督见容雅儒面有为难之色，犹豫不决，猜出他的心思，就爽朗地笑着说："先生曾受清廷皇封，学生翔初亦然也，但清廷腐朽无能，内误国民，外御懦弱，外敌屡屡欺侮我中华，清廷唯有割地赔款之能事，国民生灵涂炭，民不聊生，已经如同水火，民心思变久矣。今时实行共和国体，皇权归于中华大众，也是先皇退位诏书所言，皇上尚且赞成共和之国体，还权于民众，我等岂能不拥戴实施之！况且，皇帝退位诏书亦告诫曰：'尔京、外大小各官，均宜慨念时艰，慎供职守。应即责成各长官敦切诫劝，勿旷厥官，用副予夙昔，爱抚庶民之至意。'所言何等恳切！"

辛都督说完，又接着说道："先生原是大清之县丞，主政县务，正当先皇之意，还望先生以黎民百姓为念，审时度势，及时出山，挽救黎民生计于水火，服务民生于大众，才是至德、至孝、至贤、仁义之举。如今孙文先生，在我中华倡导民权、民生、民主，提倡博爱、五族一统，已是众望所归。这是兴国之策。当下正是兴邦之时，今中华南北东西，四海皆人心所向，外海列强亦认同之，还望先生能斟酌三思。"

容雅儒见辛帅之言慷慨激昂，至诚恳切，所说句句不差，思量再三，起身说道："既如辛都督所言，雅儒再行推辞，就是迂腐至极了，但我有一言相请，辛都督若能应允，我便就此赴任；如若不便，还望辛都督另择高人罢了。"

辛都督笑问："容先生却是何意？"

容雅儒说："如今非常之时，既是辛都督所托，我暂且勉为县府之职，待今后有合适仁人之时，我便辞去县府之位，让有德有才仁人居之。当下县府里，我只在有要事之时去公干商榷，平日里却在塬上住惯了，西坪学堂还有教务，我还在陈仓塬居住处理事务，县府里有信差随时沟通便是了。不知雅儒所请，辛都督成全应允否？"

辛都督听了容雅儒一番请愿，笑着说道："先生，这有何难，就依先生所言便是了！县府里还有车稼良大人日理事务，不妨，不妨事的！"

车稼良听到这里，才明白了辛都督此行陈仓塬跟会的目的。作为一省父母官的辛都督，身兼都督和省府双职，权倾朝野，能屈尊远到陈仓塬恳请一个地方大儒出任县长，可见，这个容雅儒非一般常人，一定是非同小可。今后两人要同堂议事，朝夕相伴，共掌县府了。想到此，他便起身恭礼说："在下稼良不才，恭贺容先生荣任陈仓县长，晚生今后定当全力辅佐先生，还望容先生对在下不周之处，眷顾一二才是！"

容雅儒也笑呵呵起立躬身相礼，谦恭地说："车特派员客气了！雅儒不才，难免迂腐，今后县府事宜，还要仰仗车特派员多多操劳哩。你我用不着客套啥，只共同为黎民百姓尽些绵薄之责罢了。"

这事就算说定了，辛都督此行的目的已经达到。车稼良见识尚浅，本以为容雅儒就任陈仓县长，只是辛都督顾念师生之情报师恩，待后来在陕西地方危难之时，儒县长容雅儒挺身而出，力挽狂澜，拯救黎民于水火，拒雄师恶兵与境外，才真正对这位容先生刮目相看。这是后话了。

辛都督见还不到吃晌午饭的时间，就说："先生，我等可否先去庙会转转，观观陈仓塬的风情，晌午午饭就不在屋里吃了，我想到街道上去，尝一尝民间小吃。不怕您老笑话，翔初多年不吃西坪凹的臊子面、削筋、饸饹、驴肉泡馍、豆花麻糖了，嘴可馋着哩！"辛都督说着，自己就乐呵呵地咽起口水了。

容雅儒笑着打趣说："辛都督，您自己要到大街上去吃喝，围观的香客们，还不把人家货郎摊子给挤散伙咧！想吃小吃，这却不难，咱就让人把小吃都用食盒提过来，在祠堂里吃。咱们只穿便装到会上走走，不招眼、不张扬，就遛遛儿地看看热闹，观观庙会西洋景，听听秦腔对台戏，再看看社火杂耍子就是了。"

辛都督听了后，沉思了一下，也觉得对，就爽快地说："好，那就不扰民了。还是先生想得周全，就依先生所言，只是有劳先生了！"容雅儒笑着说："不妨事，都方便得很，辛都督不必客气。"

辛都督又对车稼良说："稼良兄，现在还早哩，咱们就先去跟会。我十多年没有跟西坪凹三月三庙会了，你也随我一同观观西坪凹风俗，有趣得很哩！"

车稼良其实也就不到三十岁，辛都督以兄相称，只是按当地习俗，是对有身份的人一种尊称客套而已。车稼良赶忙起身，迎合着谦卑地说："都督前面请，稼良随行就是。能陪都督跟庙会，是我等三生有幸啊！"说着话，一行人就出了祠堂大门，朝庙会集市上人多的热闹处走了过去。

辛都督一行人正行间，突然，小涵齐和飞儿跑过来寻找父亲，辛都督看着两个孩子，心生喜欢，笑着问道："这两个孩子虎头虎脑，是谁家的公子？"

容雅儒忙说："这个大点儿的，是我四弟雅谦的儿子涵齐，排行三娃子；小点儿的是犬子飞儿，排行四娃子。还都淘气不懂事，愣头愣脑的，让都督见笑了。"

辛都督笑着夸奖说："这两个孩子都长得英俊轩昂，浓眉大眼，聪慧喜人，将来若是从军，定是个统军的良才。"

容雅儒听了都督夸奖子侄，心里欢喜，说："承蒙辛都督抬爱，等他们两个长大了些，就送到都督府去磨炼磨炼，也劳烦都督栽培一二，奔上个前程。"

辛都督心里高兴得很，哈哈一乐，说道："如此甚好，学生定不负先生所托。"一招手，三娃子涵齐和四娃子飞儿就兴冲冲奔过去，一左一右牵住了辛都督的大手，好奇地歪着小脑袋盯着他大胆地端详起来。

庙会上请来的耍把式卖艺的马车，一大早就朝西坪凹方向赶来了，马车上拉着一根长长的染成红色的木头道具，还有一个装着道具的大木箱子，马车上面坐着三个耍把式卖艺的艺人。艺人们赶着马车正在大路上行走，突然，几个骑马的土匪一路狂奔，打马从山谷里冲了出来。土匪们飞奔追赶上马车，匪首李飞刀手一扬，一把飞刀"嘭"地一声扎在道具箱子上。几个艺人见土匪劫道，都惊得神色大变，赶忙把车停下，领头的连连拱手说："好汉爷，我们是去西坪庙会上演出上刀山的艺人，请爷能给行个方便。"

匪首李飞刀骑着马，围着艺人们的马车凶狠狠转了一圈，高声吆喝着嘲弄说："好啊，爷饶了你们，放下道具，麻利走，爷去替你们上刀山！"

艺人头儿赶紧告饶说："爷呀，这可使不得呀，上刀山可不是闹着玩的，好汉爷可弄不了。您就行行好，放我们几个过去吧。"

李飞刀哈哈大笑起来："笑话，就你们艺人那点儿雕虫小技，爷比你们还玩得爽哩！"说着就在马上陡然来了个腾空倒立，又悬空翻了一个空翻跟头，飞身稳稳地站在了地上。艺人们见状，惊得目瞪口呆，再不敢言语了。

李飞刀瞪着眼喝问他们："咋样？"艺人们吓得连连作揖告饶说："好汉爷高手，小的不及！"李飞刀断喝一声："不及，就赶紧滚下来，还磨蹭啥！"三个艺人无奈，只好乖乖地下了马车。

李飞刀又蛮横地吆喝着问："谁是领头的？"一位老艺人忙说："好汉爷，我是领头的。"李飞刀吩咐说："你跟我们去，其他两个押往山寨当人质。"接着又恶狠狠地说："记着，老实点儿，谁要敢反抗，老子灭了你们全家老小。"说着，一挥刀手起刀落，劈掉了一角马车的车帮子。

艺人们惊吓得"扑通"一下跪下，说："好汉爷饶命，我们不敢！"李飞刀喝道："不敢就滚，麻利走开！"

一个土匪上前端起土枪一戳，押着另外两个艺人就返回山里去了。

李飞刀骑着大马不由分说押着马车就走，沿着陈仓塬的土道打马奔去，但见乡间土路上尘埃扬起，马车渐行渐远，逐渐消失在田野里。

第三章

古风俗尽显传奇　刀山会暗藏杀机

　　西坪庙会的声势造得有点儿大，此刻又是农闲时节，人们听说要唱两台秦腔对台戏，各地三教九流人等蜂拥而至，就连陵原、县功、凤翔的商客和香客也赶着骡马挑着货郎担子来了。跟会的香客人山人海，女眷们急着赶庙会上高香，娘娘庙人多得能挤破了头。赶来交易六畜的农家庄户也兴致盎然，各处商贾纷至沓来，村落里到处鸡鸣狗吠，猪嚎驴叫，马嘶牛哞，人声鼎沸，热闹异常。

　　容雅儒的才能在庙会的安排上就显山露水了，他把庙会地点分类排序，井井有条，布置为八大去处。

　　西寺娘娘庙、周公庙是乞子庙会的主要场所，朝拜娘娘庙和周公庙的婆娘、香客争先恐后，虔诚膜拜，烧香顶礼，放鞭炮祈福，烟雾缭绕。

　　人们在这里祈福的愿望也各有不同，老太太、婆娘们一般祈寿祈福、祈求子孙满堂、四季安康、五谷丰登；新媳妇们则多数都含着祈求身怀有孕、早生贵子，好早日当家自立门户；女儿们都是祈求周公赐福，将来嫁个好人家，一辈子吃穿不发愁。

　　诚心上香祈子的女香客们规矩地跪在娘娘庙里，默默念叨祈子歌：

"娘娘婆，咯吱咯，或儿或女给上个。要给给个心好的，不要耍钱抽烟的。"

耍猴的、耍蛇的、耍把式的，斗鸡的、斗蛐蛐的，算卦的、卖萤火虫的，以及一些不入流的杂耍子，也都穿插在庙会附近赶场子。卖小吃食和瓜子糖果的小孩子们则高声吆喝叫卖着，稚嫩的童声此起彼伏，午夜里场面也热闹非凡。

西坪学堂在东寺的高坪上，学校周围的土崖上正灿烂地盛开着簇簇烂漫的迎春花，把学校四周装点得春意盎然，高坪上繁花似锦，幽香袭人。

这里是交流文化用品的场所，西府民间艺术多姿多彩，文房四宝、文人字画，剪纸窗花、灯笼风筝，彩画泥人、戏子脸谱，皮影子、木偶子，应有尽有，散发着西周大秦古文化的遗风古韵，闪烁着关中原始文明的奇风异彩。

辛都督在众人的簇拥中先去了西坪学堂，他看到西坪学堂院子里生长着的一棵古老大藤树，感慨万千。这棵大藤树占地很大，缠绕在一起有十几股之多，每股藤蔓也有八到十厘米粗细，像一条条大蟒蛇相互缠绕在一起，由院子一侧缠绕着蔓跨十几米爬到一棵硕大的皂角树上继续生长，藤蔓在皂角树上开花蔓延，枝枝杈杈与皂角树杈交相生长，雄壮伟奇，十分壮观，是西坪学堂一大原始生态景观。

辛都督少年上学时常常与学伴们在大藤树下玩耍荡秋千，顺着藤蔓爬上大树摘皂角。每逢下了课堂，他与学伴们总喜欢在藤蔓上玩耍消遣，其乐融融。时光荏苒，如今自己不觉已是壮年了，他回首少年时期，依然清晰如昨，不禁兴致盎然。于是，他对众人说道："此藤树着实奇异，生长在平原上实属罕见，又长得如此硕大茂盛，恐有神灵辅佑，应妥为保护。此树兴旺，则西坪兴旺；此树有殃，则西坪亦恐遭浩劫也。"

容雅儒听了，严肃地环顾左右人等，告诫着说："都督此嘱，我西坪后人当谨记之，且不可逆违也。"众人也都感慨万千，谨记都督之言，赞叹有加。

话说这棵大藤树在学堂的护佑下又茁壮生长了几十年。谁也没有料到，几十年后此树在浩劫灾难年代自己轰然倒下，百年历史的西坪学堂也遭受到了灭顶之难，大藤树被一个叫黑娃的外乡人造孽伐砍当柴火给烧了。而此后第二年，黑娃家生的小儿子竟是个阴阳脸还瘸了一条腿，一个算命先生说，他冲了藤树精。黑娃为此在一个晚上带着全家人偷偷潜到西坪学堂里大藤树遭殃的地方，烧了一背篓纸钱和香火，磕了一额头的泥，正当他们后悔着哭时，突然一只猫头鹰在房头上尖叫了一声，恶狼般的双眼发出绿莹莹的凶光注视着他们，黑娃一家人吓得连滚带爬、屁滚尿流地滚下土崖逃了。

庙会上，两台秦腔大戏正唱得热火，一台大戏唱的是喜剧《穆柯寨招亲》。穆柯寨女将穆桂英逞英雄擒拿住前来劫穆柯寨取降龙木的杨宗保，逼迫其阵前招亲，又将负气来挑战劫寨的公公征讨大元帅杨延昭活捉。由于她不认识自己的公公，一边飞马奔跑，还一边鞭打不服输挣扎的杨六郎，逗得戏台下看戏的女眷们嘻嘻哈哈乐翻了。

出演旦角穆桂英的，是西府陈仓著名的秦腔红旦演员李嘉宝，人送艺名"嘉宝儿"，是秦腔女戏迷们的大众情人。由于"嘉宝儿"的主演，看戏的人蜂拥而至，都争相一睹男扮女装的"嘉宝儿"的戏台柔美倩影和风姿芳容，戏台前人头攒动，人山人海，人潮后又是驴车马车牛车黑压压一片，车上站满了看戏的女眷和孩子们，连周围的大树上、墙头上、房脊上也爬满了看戏的人，热闹非凡。

这里女眷居多，看到穆桂英将老公公杨六郎生擒活捉肆意戏弄，个个乐得开怀爆笑，听得喜滋滋、美滋滋的，不时你推推我，我搡搡你，扭扭捏捏，嬉笑成一片，拥挤在一起乐开了心怀。

另一台秦腔大戏在东寺西坪学堂门口的高台上，唱的是秦腔戏《两狼山》，宋将杨继业兵败金沙滩，含恨吟唱：

两——狼——山——哎——战——胡——儿——哎——
天——摇——地——动——
天——摇——地——动——

当演唱到杨七郎突围到后路大帅潘仁美处搬取救兵时，奸臣潘仁美私通辽敌，不但不发兵，还在城楼上射杀英雄杨七郎，激起台下一片愤慨吆喝和咒骂之声。这里看戏的男人居多，很多戏迷气得把臭鞋子都扔到戏台上的城门楼子上，民族气概在这一刻被瞬间强烈激发了。

贾府祠堂门前的打麦场上也热闹非凡，贾府一门子的舞狮队正和容府的舞狮队在做文舞表演。这文舞与武舞不同，武舞是两队舞狮队武斗打擂台，容易伤了和气。容府与贾府是娘舅亲戚，自然不能武舞武斗，就选了文舞表演助兴。两队舞狮队各自都拿出绝活来尽兴表演，大耍威武杂技。只见贾府和容府的两支舞狮队，各队都由三个人组成，一人掌狮头，一人掌狮尾，由举绣球的领狮人在狮子头前面引导舞狮。登场后，只听容府引狮者高声喝彩头："狮子头上举个宝，五谷丰登年景好。六畜兴旺四季安，西坪子孙学问高。"

这场子开得嬲，场外一片喝彩叫好声。贾府引狮者则高喝："皇天皇地黄土地，佑我子孙种好地。娶上媳妇养个娃，锅盔饸饹你吃啥？"说罢，"哇呀呀"一声应声吼，两支舞狮队一同腾空甩起两只绣球，高喝一声"嗨——"，两旁的斗阵锣鼓家什立即震天响地敲打起来了，两头雄狮瞬间就摇头晃脑抖动身姿搏击舞蹈起来。只见两头狮子时而腾空跃起，时而翻腾翻滚；时而狮子夺绣球，威武雄壮；时而伏地挠耳，温驯可爱，憨态可掬。舞狮队鼓声阵阵，吸引着人们的眼球，十分热闹煽情。

舞狮队的后边是踩高跷的，表演者将一米多高的桃木棍子做成脚架子，用麻绳子绑在双腿上，穿着戏装，戴着戏帽，画着花脸，或手执烟锅、扇子，或手执刀、枪、剑、戟，站立起来；高跷走动，滑稽扭捏，身姿百态，不时故意做作搞笑，逗得观众捧腹大笑。踩高跷者自己却不笑不乐，在唢呐曲调声中绷着脸走着碎步，高危不惧，潇洒自如，仪态夸张大胆，十分滑稽有趣。

更具有戏剧性的是"耍懒婆娘"的戏装社火队伍。几个男人装扮成形象逼真的懒婆娘模样，头上戴顶破包头，画着大白花脸，两个腮帮子上搽着紫红的胭脂，大鼻子头上点着一个大灰点，耳垂上挂着一串鸡锁子骨头当装饰，穿着大花袄，怀里揣着一些装着黑锅底灰的纱布灰包包，倒骑在毛驴背上，一只手里拿着大花扇子，一只手里拿着长杆子烟锅子，胸前挂着一面破铜锣，不时地"铛"地敲击一声，频频扭捏点头耍笑，逗得观众忍俊不禁。倘若在人群中看见谁家里那些生活中的懒婆娘，表演者就把怀里揣着的黑灰布包包趁其不备突然投她脸上一个，敲击一声破铜锣，以此羞臊懒婆娘们让她知臊而改。此时被打中了的懒婆娘，羞臊难当，懊恼不已，又惹得众人捧腹开心大笑。场面滑稽夸张，却也寓教于乐。

耍社火的一边走着戏耍着，还一边嘴里头念叨瞎编着通俗的农家台词："说你富，真个富，家有三个倒金铺，放牛牧童都骑大马，做饭梳头也穿绸裤。说你穷，咋个穷，褂子面子没反正，黑抽大烟白赌银，婆娘炕上光着腚！说你懒，真个懒，不洗脚来不洗脸，不耕地头不种粟，端着破碗要米粥。"

还有扮演懒汉子背懒媳妇的，一个懒汉子背着纸糊的丑媳妇，一路走，一路搞笑，手里拿着一把破芭蕉扇，上面写着一溜字："我不会种地只会吃，我婆娘她是个邋遢鬼。"纸糊的丑媳妇脸上画着红蛋蛋，身上也写着一溜子字："不做针线不生娃儿，日头晒黑屁股帘儿；生得丑心里俊，爱把汉看，腰又粗腿又短脸是粪蛋。"动作滑稽丑陋，表演夸张扭捏，令人乐不可支。还有骑驴看唱本的、孙悟空偷取鲜桃的、猪八戒背媳妇的、牛魔王怕媳妇的，都滑稽幽默，十分夸张搞笑。

麦场一侧更是气势恢宏，这里是表演上刀山、下火海的民间绝技的场子。只见三丈长的炭火烧得通红通红，一张黄纸摺上去不沾边就瞬间烧化了。炭火烧烤得人们脸上红通通、热腾腾的，看着就让人心惊肉跳，而表演下火海的大汉李飞刀却艺高胆大，面无惧色，他赤脚赤身，胯下扎一红布带，披头散发，先在一个铜盆里净了净脚，运了一会儿气，双目圆睁，待站立起来时，发根直挺，一声大喝，就赤脚快步下了火海，再溜溜儿从火炭上走过，赤脚下发出"吱吱吱吱"的皮肉烧焦的响声，空气里散发出一股焦腥气体，吓得女人和孩子们惊叫声一片，不敢抬眼观看。男人则大声喝彩叫着好："好，好，好啊！"吼声连天，欢呼雀跃，人们在这里直白地释放着对原始太阳神的崇拜。

上刀山的还是这个大汉李飞刀，一根木头少说也有十米高，高高地竖起杵在地上，柱子四周用绳子绑着一层层明晃晃的铡刀，铡刀刃锋把把锋利，刀口都朝上，每一层有一尺远距离。刀山顶上一面幡上书"刀山火海"四个大字，迎风招展。只听挑战极限的锣鼓声"咚咚咚咚"响了起来，上刀山的李飞刀把身后的大辫子撩起来一口咬在嘴里，就抓住刀山木柱子抬脚往上走，眉毛都不皱一下。只见他赤脚丫踩上铡刀，一下一下地向上攀登，在惊心动魄的鼓声中，时而还故意耍个破绽，引得人们一阵阵惊呼，吓出一身冷汗来。当人们再看他高高抬起来的双脚时，却见光脚上竟无一丝损伤。直到刀山上到了尽头，人们才抹了额头的冷汗，好险呀，上了刀山咧！大家正为他下刀山担心时，那大汉李飞刀却一声呼喊，一个筋斗从刀山上翻了下来，吓得观众一片惊呼，不少孩子竟吓得哭出了声，人们惊慌得四散躲开。大家再定睛细看时，那大汉李飞刀早毫发未损直挺挺地站在那里。

可是人们谁也没有料到，庙会上这个上刀山要把式的汉子，竟然是北山上的土匪李飞刀冒充的，他此番来是想踩点打劫的。李飞刀身边有个土匪低声悄悄问他："飞爷，咱动不动手？"李飞刀头往人群一摆，土匪顺着方向一瞅，瞧见了人群里有一队新军军士，不由得脸色吃惊。

威风锣鼓敲得更是八面威风，场地就在西寺庙会那儿，八个人一排共有八路方阵，几十个老少爷们儿一律黄巾打扮，个个腰上绑着腰鼓，在一个头儿的带领下把腰鼓敲得震天动地。

各种吃食摊子、饸饹棚子、凉粉担子、醪糟桶子、锅盔筐子都两溜溜儿摆在西寺到东寺的大街两旁，也是人海如潮的去处。这里香气四溢，美味缭绕，各种美食摆得一排一排，肉夹馍、羊肉泡、臊子面热气腾腾，叫卖声、吆喝声此起彼伏，让人流连忘返。

辛都督一路走着，看得也是兴致盎然，见了五花八门的吃食，竟也馋涎欲滴。

骡马市设在村南头的槐树林子里。这是农民们交易牲畜的场所，牛、马、驴、骡、猪、羊、鸡、鸭的都在这里扎身子，只见树林中已经是骡马驴牛成群，羊猪鸡鸭遍地，快到农忙了，大家都来买牲口。当买家看好牲口谈价钱的时候，交易双方都不出声，而是卖家把一只手圈进袖筒子里，另一方买家就把手伸进对方的袖筒里去用手摸索，双方在袖筒里捏手指头谈价钱，谈得拢就成交，谈不拢就撒手，照样不说出价码来，这是农贸会上约定俗成的老规矩，农家信奉信义为先，规矩破不得。

辛都督和车稼良随着容雅儒、贾德芳边走边看，一路观景兴致勃勃，不时地被各处热闹场面和路边的杂耍，以及吃食所吸引，兴冲冲地驻足观望。

到了骡马牛驴交易市场，一头硕大威猛的黑色大叫驴拴在路口的大青杨树上，高高昂着高傲的头颅。辛都督看得发笑，说道："哎呀，好大一头叫驴呀，这犟尿，比我的坐骑还威猛高大啊！"

贾德芳笑着介绍说："关中驴、秦川牛是关中两宝，陈仓正是关中驴、秦川牛的产地，所以庙会赶来交易的才盛况空前呀。这种大叫驴是专门给母马配种的，生出的杂交后代叫骡子，是关中特有的优良品种。"

他又介绍说："大叫驴通常都是由一些光棍汉饲养，尽管这些光棍汉平日里自己粗茶淡饭，给大叫驴可喂得精细着哩，到了牲畜发情交配的季节，每日里加精饲料一升黑豆、一筐胡萝卜、几十个核桃、几十个鸡蛋，侍候得可好着哩，打一次圈子要收五块大洋哩，相当一头驴的价码。"

辛都督听了哈哈一乐，笑着打趣说："现如今，日本倭寇攻占了朝鲜，又在我东北圈地哩。小日本鬼子个子矮里吧唧，却骑着高头大洋马耀武扬威，这头大叫驴，比日本人的大洋马还高大威武几分哩。这个犟尿叫得欢实，明儿个就把它送到东北那里，也让它会会小日本。"一句笑话说罢，把随行众人都逗得哈哈乐。

没承想，陈仓那个大叫驴未去东北那里会小日本，秦、甘两省却开了战事，一时间，枪炮声打得紧火。

第四章

西京城战事吃紧　儒县长书定雄兵

庙会给陈仓塬带来的喜气还没有散去，农户还在感受着庙会带来的短暂欢乐，谈论着庙会的古今逸事，突然，陈仓塬上来了不少军人，在各个隘口设卡布防修起了工事，摆出一副开打大仗的态势。

村民们惶恐不安，不知道发生了什么事情。

容雅谦和贾德芳匆忙相约来见容雅儒。两个人进了容府东院，还没有开口说话，却见陈仓县衙车稼良大人带着四匹快马驮着三个军爷赶来给容雅儒送上了一封加急书信，其中一个军爷是前些日子见过的王副官。王副官神色匆匆，敬了军礼就说："容县长，都督让我转告说，军情万分紧急，请容县长阅了书信后，万勿推辞，即刻回音，都督还等着您的回信哩。"

容雅儒面色庄重，接过书信启去官书的封条，将书信展在书桌上神色凝重地仔细阅读。容雅儒自出任了县长之后，已经剪去了脑袋上的那条大辫子，改留了长发。

只见辛翔初都督在信中说："容老先生台鉴：今我秦省已然共和，万民安业，百废待兴，农商正待复兴之时，有清廷遗老原陕甘巡抚乔古图逆背民意，潜至甘肃兰州与平凉，纠集陕甘清廷旧部和甘州回兵，兵分两路，进犯西京，预谋逆天而行哉，悲也，妄也。其一部由乔古图主率二十三营，经由泾州、乾州进犯直逼咸阳；二部由原清廷凤翔府知州徐世良率甘省马家回兵二十一营于平凉经陇县进犯，兵逼陈仓、凤翔府，两股甘军预谋在西京合围，军情甚危焉！翔初窃闻先生素与乔古图、徐世良相交甚笃，又同为国子监同窗监生，冒请先生予以书信与乔古图、徐世良，陈以利害，晓明大义，劝其罢兵，勿以己小而逆共和之大义，免关中黎民遭战火生灵涂炭耳。急切焦盼之至！学生翔初拜托顿笔。"

落座的容雅儒看着书信，不禁倒吸一口凉气，甘军长驱直入犯境乾州，西路回军也已然逼近陇州地界，他作为新任的县长虽已有上峰公函知谕，些许耳闻以为并无大碍，竟不知局势如此险恶，关中已然不安，秦省危矣！

容雅儒来不及细想，便先让四弟雅谦告知家人备饭，给军爷们纾解劳顿饥渴。他知道兵贵神速，这等大事来不得耽搁，随即进入书房铺开宣纸疾笔书写起来。

现在的容雅儒已对国之大势有所洞察醒悟，眼见当下举国已有多数省份举义旗拥戴共和，袁世凯目下已就任共和大总统之职，中华共和之大势已定。如容雅儒之预言，革命党孙文终究未能坐稳，江山竟然让袁世凯得了。乔古图大人是清廷蓝旗之骄子，在陕甘就职十余年，以兴国图强为念，政上屡有建树，功德卓著，然不忘旧制，几年前，上书主张让光绪帝再次亲政，被老佛爷发怒革职赋闲。秦省新军举义后，他不甘自己苦心经营的土地拱手让于共和，就联络甘省旧部试图以己之力阻止共和浪潮，可悲可叹！

容雅儒想到这里，提笔疾书两份书信，一封写给乔古图，一封抄写给徐世良。他写给两位挚友的书信语言恳切，信中说道：

乔谷图大人并徐世良大人阅鉴：

两位大人主陕期间，屡屡以强国兴民为念，勤施德政，陕民犹念之在耳尔。秦地感念两位大人之德久矣，雅儒尚常念乔大人国难初时"裁官节费，以济饷需"的拨冗壮举，大人所施之政至今深受陕民称颂。两位大人在任上重经济，设邮局、办洋务、促电信、修公路、开铁路，兴矿业、通水利，建招商、开学堂、课吏馆，设书院、倡教育，功德卓著，还有编练新军，选送陕秦子弟赴西洋学习军事，如此等等德政，桩桩件件，不胜枚举也。今共和五族，四海民心之所向也，我等岂可逆势拗违耳？今举国共和已经使然，以两位大人之孤势余力抗衡之，岂能久乎？望大人三思明详！秦省大人之久政之省，秦民大人之抚恤之民，秦业大人之况兴之业，如今心余忍毁于战火乎？况二位大人此次携甘省回军入陕，战事一起，难免不引起回军与汉军之矛盾，倘若因此激起民间两族纷怨，大人岂非成千古罪人乎？雅儒万望大人切勿错念也，以至悔之晚矣！今期盼大人早日罢兵，以免陕民苍生之生灵涂炭，万望两位大人慎思细虑之！

　　陈仓雅儒叩首顿笔

　　　　　　　　　　　　　　　　壬子年巳月

容雅儒疾书毕，让王副官先阅了，又转给车稼良传看毕了，这才将书信又抄写了一份，都当面封了，一封遣本家六弟送至乾州乔古图军营台鉴，一封给四弟雅谦，他认识徐世良，就由他亲自送往甘界平凉与徐世良面鉴。

县党部车稼良草阅书信后甚表赞同，恭维说："容县长，如此甚好，有县台两位胞弟出面，更显亲近。我再让县里去四个公差，陪同两位胞弟一同去军中送信，路上也安全些。"

容雅儒听了不以为然，摇首阻止说："车大人，不必劳烦公差了！若公差一同前往，就显得像官家去军营投书。如今战事正酣，会激怒两位大人，反而不美！就我家兄弟自己前往，只道是雅儒与两位故友心叙个人情谊便了，或许容易接受些，也便于方寸进退。"

车稼良听了有些汗颜，说："哎呀，容县长所言极是，稼良愚钝，没有想到这一层，惭愧，惭愧！就按容县长所言，甚妥，甚好！"

王副官临走时，容雅儒嘱咐他转告辛都督，一定要善待乔古图家眷，派可靠军士把乔夫人和孩子送往乔军大营。

两天后，哀军统帅乔古图看到故友容雅儒亲笔书信，粗读罢了，立即仰天长叹大呼一声："哎呀呀，休矣，休矣，雅儒兄误吾大事也！"

此时，两路甘军如哀兵复仇，从甘州分兵两路杀出，来势凶猛，一路上攻城略地，势如破竹，已连连攻克陇州、邠州、长武、洵邑、醴泉、乾州等地，乔古图亲率所部已在乾陵十八里铺扎营进逼，咸阳城告急。

清军参军见了，急问乔大人何故惊叹。乔古图哀叹曰："今生知吾者，陈仓雅儒也！毁吾大事者，亦陈仓雅儒也！"

参军疑惑不解，乔古图又心事重重地说："此前已有吾国子监同门好友西京名儒顺昌兄信函调停，今又有吾国子监同窗好友太学生雅儒兄出面游说，此书与吾面阅也便罢了，但又同书抄与徐世良大人同鉴。吾料，此信若徐大人得见，必为书信言辞所惑，定然会驻军犹豫不前，我西路军再图进军，已然无望矣！"又忧虑地说："容雅儒此书信非同小可，必致我东路军陷于孤军奋战无援之境地，吾大军若不能即刻速战速决，此战休矣，休矣！"

乔古图说罢，焦虑得在大帐里团团踱步，连连甩袖长叹。

参军听罢乔古图所言，顿时怒气冲冲，俯身甩袖向前，下狠心进言说："都军大人前番已然斩了叛军辛翔初派来的言和使者，今番莫若也砍了送书信的人的头颅，悬挂于军营之外，以彰显我甘军背水一战，横扫陕秦叛军之决心，以激励我军将士进取西京长驱直入的锐气。"

参军说罢，厉声大喝一声，即命军士去将容雅儒六弟砍了。

乔古图却缓缓摇头制止曰："罢了，此番却与前番不同，前番来人是送战书的，此番来人是雅儒兄之胞弟，只是雅儒兄遣来送叙旧建言信函的，岂可贸然怠慢造次也。你等可去好生款待，莫要慢待于他，待再观察战况，吾心里自有主张。"

西路军徐世良率回军从平凉一路进攻，势如破竹，拿下陇州后，正待兵发陈仓，突见陈仓容府雅谦来到军前，很是惊讶，便问他何故来到了战区。

容雅谦说："是我家兄有书信呈予徐大人。"便将大哥雅儒的书信呈献于他阅览。徐世良展开看了，好久不出声，伏案沉思不语，良久之后，才开口说话："雅谦兄，且回陈仓，知会雅儒兄，就说我感念兄台厚谊，待我细细想来，再做主张。"

此时，西路军已从平凉州杀入陕西，兵进陇州，正待攻隘口县功镇，兵发陈仓，意图取凤翔，夺岐山，攻周原，会师咸阳，合围西京。见了容雅儒的书信，统军大帅徐世良出了一身冷汗，他本是儒生文官出仕，祖籍关中人氏，思前想后，犹豫不决。至此，果然便停滞不前，兵滞陇州回民县域，等待着观望东路军鏖战的情势。

乔古图见咸阳久攻不下，给养不足，西路军又停军不前，滞留陇州，甘军东路军孤军深入，长驱无援，耽误下去，只恐共和新党援军断其后路合围。

战事又盘桓几日，辛都督也看穿了乔古图的犹豫，便将乔古图住在西京满城的一家老小，毫发无损地派人礼送乾州乔古图军营。乔夫人见辛都督这般仁义，也整日地规劝乔古图撤军，勿再论个人一己之得失，妄泄忧愤矣。

愤而发兵的乔古图，经不住这般内外轮番游说劝诫，对天长叹曰："唉，非吾无能矣，此乃天意要误吾大事也，罢了，罢了！"

遂心想，时局动荡至此，近日以来，华夏南北诸省已有二十几省宣布拥立共和，眼见大势已去，再无心恋战了。但他依然血气凛然，余怒不平，愤懑于心，也不与辛都督的共和军和谈休兵，就趁夜色灰蒙，自己下令，独自班师撤回了甘州。

一场来势汹汹的关中大战，就此戏剧性地草草收兵瓦解了。

第五章

北洋政府吏脱轨　西坪学堂邪闹鬼

陕西战事平息之后，容雅儒心里总觉得自己亏欠了乔古图，时常心里内疚不已。到了第二年，甘肃地界也宣布起义拥护新党共和，容雅儒就着人送书信与乔古图，请他回陕到陈仓养老。

乔古图眼看清廷大势已去，自觉甘州贫瘠荒芜，不是久待之地，就又携家人搬迁回到陕西居住养老。乔古图途经关中西府陈仓时，到陈仓塬容府同容雅儒推心置腹、彻夜酌酒长谈，两个人忆昔往事变迁，感慨万千。乔古图感叹曰："朝廷时代变迁，皆乃大潮使然，纵观国之大势，非吾等匹夫之力所能左右乎。如今细细想来，吾实乃自不量力也，真惭愧之至呀！"两个人把酒言心，不禁嗟叹不已。

容雅儒在当日席间，挽留乔古图就在陈仓容府居家养老，说自己与乔古图朋友一场，也好时常叙旧，请教一二。乔古图却推说，自己在西京有家宅尚可久居，还是回去的好，就不打扰雅儒兄了。如此闲住了几日之后，乔古图归心渐浓，容雅儒就礼送乔古图去了西京，但心里总觉得愧疚，搅了友人乔古图的心局，便不想再独善政事，于是写辞呈给辛翔初都督，推辞了县长之职，从此潜心在西坪专事西坪学堂的教育。

辛翔初都督见容雅儒去意已决，挽留不下也就罢了，派人给容雅儒立了一块功德丰碑在东寺大道上，以示表彰。过了几月，辛都督又派人给容府送来了几个长木箱子，内装几十条汉阳造长枪，附了一封书信说："如今天下不宁，世事混乱，民不聊生，匪患猖獗，祸患乡里！学生今送上几十杆长枪，还望容老先生自建西坪民团防范，以求自保，翔初恐他日陈仓西坪有匪事，救之不及也。"

容雅儒看了辛都督至诚书信，十分感念。当四弟容雅谦问及他怎么建立民团时，他却摇头不介意地说："先不妨事，我容府家族门风严谨，一贯以儒礼待人，宽厚下人，和睦乡邻，友结商贾，与人并无仇隙。若就此建起民团来，村丁们耀武扬威，难免张扬，恐有倚仗权势，欺凌乡下人等之嫌，实有不妥。"他认为，枪炮乃凶煞之物，持之不吉。随命四弟容雅谦带人将长枪先秘密存放在学堂正厅下面一个地窖里，妥为保管。

三娃子容涵齐长到了十四岁那一年，兵荒马乱的，容雅谦觉得家里缺少人手，索性就让三娃子涵齐和长子涵雁两兄弟一同成亲，迎娶了北塬上魏府芸儿和萍儿两个堂姐妹，想搞个双喜临门。

婆亲那天，一大早陈仓塬上就下起了蒙蒙细雨，涵雁和涵齐都身披红绸，穿着婆亲的新郎长衫，头戴插花礼帽，各骑一匹大红马走在乡村大路上，两顶迎亲花轿和送亲的娘家人跟在后面，吹鼓手吹着欢快的曲调。

年纪尚小的三娃子涵齐在马背上跨着，用手抹了一把脸上的雨水，不乐意地回头对哥哥涵雁说："哥，我不要娶媳妇，都给了你吧。"

哥哥容涵雁冷不丁一听，惊吓了一大跳，在马背上双腿一夹快马走向前，赶忙制止弟弟涵齐说："齐，今天咱们大喜哩，不要胡说了，让人家笑话哩。"

小涵齐却任性得很，并不收敛，嘴里依然执意倔强地嘟哝着说："哥，我就不要娶媳妇！"

新娘姐姐芸儿的花轿走在前面，她在花轿里听到了涵雁和涵齐两兄弟的争执谈话，就悄悄地把盖头掀起来，从花轿帘子缝隙往外偷偷瞅了瞅，咧开嘴巴瞪着眼偷偷地乐了。这一乐，乐极生悲，就忍不住捂着嘴巴剧烈地咳嗽了起来，她连忙又把盖头拉下来盖住了头。新娘萍儿虽然在后面轿子里，也在花轿里面听到了涵雁和涵齐两兄弟的谈话，她一下子就揪心起来了，也偷偷地掀开了盖头，委屈得嘴巴一吸，眼眶里两行泪水立即就顺着她的圆脸颊上流淌了下来，在轿子里泪眼婆娑地伤心起来。

大娃子涵雁铁灰着脸，督促弟弟小涵齐说："齐，快走嘎，不再蛮胡说了。"涵齐却任性地把身上的大红绸子往下一扯，打马走到哥哥跟前，把红绸子往涵雁怀里使劲儿一塞，干脆摊牌说："我就是不要媳妇，哥，你都娶了吧。"小涵齐说着话，就不管不顾，在雨里双腿一用力，打马朝着前面飞奔而去，全然不顾身后的迎亲队伍了。

大娃子涵雁见这种状况，立时就慌了神，急忙举着红绸子高声吆喝着喊："涵齐——涵齐——别胡闹，你快回来！"小涵齐头也不回，催马在细雨里只顾飞驰而去，竟自越跑越远了。

迎亲的吹鼓手们一看这阵势，都愣神呆住了，就停住了继续吹打，抬轿子的轿夫们也停下来了。涵雁气得回头怒喊："都吹！都吹！谁让你们停下的！不要停呀，麻利吹打，都继续走！"

后面跟着的吹鼓手们，看到眼前突然发生的情景，心里头都觉得怪怪的。见新郎涵雁生气了咋呼起来，只得又摇头晃脑吹吹打打奏起乐来，轿夫们也重新抬起了花轿，迎亲的乐曲又在细雨绵绵的旷野里回响了起来，有点儿怪异地朝着西坪大道上冒雨挪移。

时光荏苒，光阴如梭，不觉几年光景就匆匆地晃过去了。

社会上这些年也不消停，北京城里北洋政府一窝子军阀闹得凶。按容雅儒的话说，中华大地被这一伙子人瞎折腾，争斗得内乱不止，战乱不停，搞得民怨沸腾，民不聊生，老百姓在兵荒马乱、颠沛流离中艰难度日子。

辛都督平乱有功，起先被袁世凯封为扬威大将军，褒奖有加，后来又不放心了，怕一只猛虎横卧酣睡在关中觊觎京城，就把他调到京城里看着，几句光面话、几杯水酒削夺了他的兵权。

这一年端午这一天，骄阳似火，随着春睡醒来的知了在绿郁郁的大树上"知了——知了——"地狂鸣不止，陈仓塬上的气温已经显得有些燥热了。西坪学堂里容氏家族后人叫荣、光、焕、发的四个兄弟和一伙子学生娃在院子里边踢香包毽子，边唱儿歌：

> 湖广那达放炮仗
>
> 总统老子轮流当
>
> 前日将了孙大炮
>
> 昨日世凯大头光
>
> 今日撵走元洪黎
>
> 明日张勋掐溥仪
>
> 后日国璋刚代理
>
> 世昌又来抢班底
>
> 曹锟跑了段祺瑞
>
> 将来咋个胡日鬼

容雅儒的长子涵鸿已经二十六岁了，他西京大学毕业后按照父亲容雅儒的意思回到西坪学堂里当教务主任，容雅儒现在已经老了，需要长子在家门口干差事，早晚能有个照应。

涵鸿夹着一本书路过操场的时候，听到几个容府小兄弟和学生娃们的儿歌，愣着神怔了怔，立即站住问道："荣，你们这是从哪里听来的儿歌？"

一个鼻子孔和耳朵孔上涂抹着黄色雄黄，光膀子戴着绣有毒蜘蛛、毒蛤蟆、毒蜈蚣、毒蝎子、毒蛇图案的"五毒肚兜兜"的低年级学生娃抢着回答："是飞儿老师教的。"

涵鸿明白了，这又是弟弟飞儿的杰作。他心想，飞儿上中学时就同城里的激进组织有些来往，总能想出一些惊世骇俗的花花肠子来闹腾闹腾，不过这首儿歌倒是编排得很顺溜、很贴切。

岂不知这后一句，竟然与后来发生的那些事离奇巧合。广州的革命军二次北伐后，上海帮派弟子蒋介石博取孙文信任，在忧心忡忡的孙文病逝后，夺取了北伐胜利果实，担任了北伐军总司令。小日本为了全面占领东北三省，在东北炸死对日本持两面派态度的奉系军阀张作霖，逼迫少帅张学良不放一枪把二十万军队撤出东北，最终夺取了东三省，成立了伪满洲国，以致后来引发了旷日持久的中日战争，这都是以后的事了。

飞儿已经二十二岁了，上陈仓高中时总跟着一些激进的同学闹学潮，父亲容雅儒不放心飞儿到西京上大学，高中一毕业就让他回到陈仓塬西坪学堂里教书。但他总同那些不安分的激进分子们有来有往打得热火，让哥哥涵鸿很是担心。

涵鸿进教务室门口的时候，飞儿正好从里面走出来，鸿就拦住他问："飞儿，你要到哪儿去？我有话对你说。"

飞儿一副眉飞色舞的模样，兴奋激动地说："哥，我去看看三哥涵齐，听说他从西京城里回来了哩。""唔！"涵鸿愣了一下，说："那你代我向齐问个好，就说我一有空就去看他哩。"

这时，学校大门口有人高声招呼说："不用看，我自己拜见鸿哥和飞弟来了！"随着声音传来，容涵齐神采奕奕、大步流星跨进了学堂大门，声音洪亮得像喉咙里自带着扩音器。他穿着一身北洋军服，腰间扎着宽牛皮腰带，斜挎着盒子枪，器宇轩昂，浓眉大眼，鼻挺口阔，面色红润，双耳遮盖在浓发里，目光如炬，春风满面地笑着阔步走了过来。

飞儿神采飞扬地奔过去拥抱三哥涵齐，高兴得又跳又蹦，围着容涵齐看了一圈后，无限羡慕地说："嗨，齐哥哎，你这叫个啥啥子，'人的衣裳，马的鞍装，受不受看，先把行头穿上。'真真儿帅极了！你这一身行头，把我们弟兄们都比矮了，齐哥威风得没法子说了。"

容涵齐满面红光、一本正经地说："飞儿，你要想穿这身军皮，给大伯说好不拦你，哥明儿个就带你走。"

"真的吗？"飞儿高兴地说，"三哥真肯带我，我就跟着你走哩，这个磨人性子的教书匠，本人再不伺候了。"

飞儿是个想干大事的人，性格上不甘寂寞，总想弄出点儿啥动静来，对于窝在教室里教娃娃们念书根本没有兴趣，早就想飞出陈仓塬到外面去闯荡世界了，只是父亲容雅儒阻挡不允，他干着急能耐没处施展，但心思早就飞出了西坪凹，魂游大千世界去了。今日里一见三哥容涵齐的穿戴打扮，就更按捺不住躁动的急性子了。

涵鸿见弟弟飞儿急眼了，怕再说下去浮躁了飞儿不安稳的心，就赶紧岔开话题，对三弟涵齐说："齐，咱屋里走，坐下再说话。"说着就把容涵齐往屋里让着进门。

容涵齐在西安军官训练学校上军校后，留在西京督军冯玉祥部，已是上尉副官军衔。此次回来是省亲，端午了回来给舅舅家送粽子，给小外甥送香包，但只待了三天就走了。飞儿还是未能取得父亲的应允，终了未能遂了心意跟着三哥涵齐去参军。这件事足足影响了飞儿一个月的思想情绪。

容氏家族在飞儿这一代，是有记载的第二十二代，宗族排字是"涵"字辈，他父亲容雅儒是二十一代，排名是"雅"字辈。容氏家族取名有规矩，每一辈人都先按宗谱取中间的字，然后再取一个单字名字，加上容氏家族的姓就是全名了。飞儿的父亲叫容雅儒，四爸叫容雅谦，其他容府门子里几个兄弟老辈名字里也都先有一个"雅"字。容府小辈飞儿叫容涵飞，他兄长鸿叫容涵鸿，容涵齐的哥哥雁叫容涵雁。这四兄弟的字合在一起是"鸿雁齐飞"的意思。其实，容府老四容雅谦长子涵雁，比老大容雅儒长子涵鸿要大上几岁，取名字时，是老四容雅谦恭敬礼让大哥容雅儒一脉，有意把自己长子名字取名叫"雁"，把首字"鸿"字留给大哥容雅儒的长子待取。所以，虽然鸿小，但名字却比雁要大，这是为将来涵鸿作为容府继承人，继承容氏封号和族长位置，留下的一个心照不宣的悬念。

容涵齐回去不久，就随着督军冯玉祥打进了北京城，又把当时执政的北洋政府临时执政官段祺瑞赶下了台。从此，民国执政大权就又落在了靠北伐起家的新军阀蒋介石的手里。

端午节一过，南方的鸟儿"黄瓜鹭"就飞来了，整天在树上叫唤："算黄算割——算黄算割——"提醒人们该割麦子了。

"黄瓜鹭"是一种吉祥鸟，据说，是由一个书生变的。这个书生的父母去世后，书生整天读书不会种地，一直等到麦子熟透了才去收割麦子，结果成熟的麦粒都落在了地里面，让蚂蚁、老鼠搬进了仓窝洞里，剩下的也被鸟儿啄吃了，这个书生就饿死了。于是，他变作了一只鸟，浑身羽毛金黄灿亮，像成熟的麦穗，色彩又像熟老的金黄瓜一般，人们起了个形象的名字叫它"黄瓜鹭"。"黄瓜鹭"每逢看到哪里的麦子快成熟了，就飞过去催促人们叫着："算黄算割——算黄算割——"所以，陈仓人又把这种鸟叫"算黄算割"。

这一天，从甘州地界上来了一群麦客，个个身上搭着褡裢，胸前抱着镰刀和磨刀石，他们是来打短工，替大户人家割麦子挣工钱的。这些人远道而来，多数都能吃，能干活，也有的人身子孱弱家里穷，是跟着麦客们来混口吃喝的，在容氏祠堂门前坐了一大群。

　　容雅儒府里雇短工有个简单的试工办法，他让伙房里蒸上几大筐麦子面和玉米面混合的夹层的金裹银大杠子蒸馍，烧一锅米汤，拌一大盆盆凉菜，放在麦客们面前让敞开了吃，一旁让管家悄悄记数，吃得多的留下当雇工，吃得少的给几个馒头打发走。容雅谦府里雇麦客是轧几簸箕干面条，支口大铁锅烧开水下浆水面，用大老碗盛三碗面条，能吃完三大碗面条的留下，吃不完的打发走。容府雇工规矩认为，能吃的必定能干，吃不了饭的是尿汉。一些常年来打工的知道，西坪凹容府里地多，割麦子不亏欠麦客们吃饭，忙季里雇工做活，天天给雇工吃杠子馍和浆水面，图的就是让雇工吃饱了有力气，麻利收麦子、打麦子。一旦错过了收获季节，辛苦了一年熟透了的麦子就会滚落在地里，假如遇上连阴雨，熟透的麦穗就会发芽，粮食就糟践了。所以夏日里，当地把收割麦子叫作抢收成。

　　有个穿得补丁摞补丁的壮汉娃，狼吞虎咽一连咥了十个杠子馍，喝了三碗米汤，才抹抹嘴巴咧开嘴惬意地笑了。

　　容雅谦看见了，就注意上他了，见他脸上有个疤，觉得这个人奇怪，就问："麦客兄弟，你是哪里来的？"

　　麦客壮汉憨厚地用浓重的口音说："东家，我是甘州秃川的。"

　　容雅谦问他："你家里还有啥人哩？"壮汉实诚地说："就我一个了，甘州害年馑都饿得死尿了！"容雅谦"哦"了一声，就对这个麦客娃留了神，说："兄弟，你在我这里帮活，只管吃饱喝好！"

　　壮汉娃感激地涨红了脸膛，兴奋得连脖颈都憋红了，心里头蛮高兴，刚才还担心东家嫌弃他吃得多是个吃货，没承想遇上个不怕吃的东家，思量这下子自己可以吃上几天饱饭了。

　　这个壮汉娃叫狗剩，一米八的大个子，生得膀大体壮碌碡腰，黑发浓密红脸膛，蒜头鼻子厚嘴唇，粗眉圆睛，一对大蜗耳，其貌生得不丑不惊，看上去是个憨厚实诚的老实人。他娘生他的时候，一个人在野地里面提着篮子挑野菜，突然肚子就剧疼起来昏倒在地上临盆生下了他，由于大出血昏了过去，脐带没有断是让野狗过来给咬断的，脸上也让野狗给舔了一个疤，他娘自此没有再醒来，血崩死了。他爸觉得他是野生的，让狗吃剩下的娃不吉利，就给他起了个恶毒的名字叫狗剩。狗剩天生是个黄土坡上刨黄土、辛苦土里找吃食的命相，也是个做庄稼活的好把式。狗剩来到了麦子地里，手里攥着镰刀，看着金灿灿翻滚的麦浪就宽慰地憨憨笑傻了，笑得是那样的甜蜜，那样的陶醉，那样的惬意，那样的憨厚，那样的深情痴情。

涵齐看见了，给爹容雅谦说："爹，你看麦客狗剩，进到麦子地里，就像一只大公鸡看见了一大片麦场，那神态就是大公鸡馋粮食，心里都迷怔了。"容雅谦却抢白他说："只要是个好庄稼汉娃，谁见了麦子会不眼馋哩！"容涵齐觉得爹是在埋怨他不是个做庄稼活的人，就自言自语说，我还就真不服气爹这话了。随后跟在爹后面甩开膀子，使出浑身蛮力气割起了麦子。

容涵齐俯身割起麦子就像一台卷麦机，弯下去身子弓着腰，就像一张待发的弯弓，起立弯腰张弛有度，抬起身子来又像一棵大树，一堵墙，一面门扇。他割麦子的家什，是关中农家庄稼汉常用的割走镰，只见他用左手一把搂开一大片橙黄的麦秆子，右手一镰刀割下去，五六十厘米宽的麦秆子就齐齐刷刷靠在他的左腿间，他左腿一提带着割下来的麦子一迈步，右手再一镰刀割下去，又是一大片麦秆子顺茬倒下来靠在左腿间。涵齐割起走镰来就像一阵旋风，只听得"嚯——嚯——嚯——嚯——"的镰刀响声，走几步就抱起一大捆麦秆子放在地上，抓一把麦秆子拧起来打一个结，又一转手分开叉像腰带草绳般摆放在麦地上，俯身把一大捆麦秆子放上去，又抓起麦秆绳子打成捆，一只脚一抬就把麦捆子架起来竖立在了麦地里。他做起这些动作来娴熟麻利，就像是做游戏玩耍表演一般，让人看着眼馋。容涵齐是向冯大帅请了忙假回来帮父亲收割麦子的，割完了麦子就又得回去操练军务。

昨儿个中午，麦客们和容雅谦一家人一起已经吃了一顿丰盛的猪头肉烩青萝卜粉条菜和大麦面馒头开镰饭，祭了灶神，献了土地爷。开镰饭一吃，麦收就算开镰了。按照陈仓塬麦收的习俗，割一亩麦子主家给麦客一升麦子当工钱，管吃管住，一个好的麦客一天能割三亩地。等挣够了，麦客就扛着回家去过日子，过上十天半个月，西部甘州地界麦子也就黄了，麦客们就又赶着回去给自己家里收麦子。

容雅谦割麦子也是割走镰，他是农活好把式，割麦子在前头打着头阵，两个儿子涵雁和涵齐都跟在他后面排成一溜溜割着麦子，父子三人甩开膀子都是割走镰，一同享受着收获的辛苦和喜悦。

到了晌午时分，麦田里炙热得令人窒息，成熟的麦穗泛着金黄色的热浪，在麦田里被火一般烘烤的热风吹拂着沙沙作响，收割了麦子的麦地里的麦茬，泛着白色的地光在人们视线里熠熠闪烁，升腾的热浪，更加推升了麦地里的阵阵炙热。

涵齐的童养媳萍儿和丫鬟玉娥儿，每人头上顶着一块白手帕抬着一大木桶绿豆汤来到麦地里，绿豆汤里有几颗红枣、几十颗枸杞子，看着晶莹剔透。桶里漂着一个大葫芦马勺是舀汤喝的。

萍儿远远地走着就喊了起来："爹，大哥，喝水咧！"

萍儿嫁到容府一直未能圆房生育，所以同涵齐之间称呼就只能称齐的名字，待圆房有了孩子才能称呼"娃他爹"，对涵雁也只能称"大哥"。萍儿刚才没有吆喝喊涵齐，是因为涵齐总是不搭理她，所以就没有好意思打招呼。

容雅谦听了，就不再割麦子了，直起身子来伸一伸腰，抬手擦一把汗水，朝着麦田里远处的麦客们，放开喉咙吆喝着喊了一声："麦客兄弟们，大家歇会儿，喝口水咧！"

容雅谦吆喝完了，自个儿先走到水桶跟前，拿起葫芦马勺畅快地牛饮了一气，又抹一把脸上滚落的汗水，豁亮地笑了。

这时，一个叫黑娃的年轻麦客也走过来喝水，他看见玉娥儿和萍儿两个年轻女子模样俊，就偷偷瞄了几眼后拿起马勺牛饮了一马勺绿豆汤，末了，又拉过一捆麦捆垫在屁股底下，继续往玉娥儿和萍儿身上瞅。

萍儿和玉娥儿隐然感觉不自在，转身回头看，正瞅见了黑娃盯着她们身上瞄，心里立即就不爽了，就都不搭理他，把身子转过去，给他一个背身让他欣赏。

西坪凹割麦子的时候，西坪学堂就放了暑假，教务主任涵鸿让家族里荣、光、焕、发四个学生娃，晚上一起在学堂里值夜。校长容雅儒又安置甘州来的麦客们，晚上也都一同住在学堂的教室里歇着。

盛夏里夏日的夜晚，晴空万里，天宇浩渺深邃，一轮皓月当空高挂，如镜如洗，繁星缀满了寂寥的天幕，大地笼罩在一片惨淡的茫茫月色里。月光笼罩着的旷野里，收割起麦子的麦田里站立着的麦捆，像一队队彼此孤立着的莽汉，影影憧憧让人恐怖。

西坪凹也被镶嵌在空旷的朦胧夜色里，那些屋宇古树在夜色中折射出无尽黑黝黝的阴影，飘忽移动，西坪学堂的古老庙宇里树影婆娑，隐匿着无尽的神奇，屋宇的暗处藏着难以猜想的种种神秘。

谁也没有料到，这一天半夜里，荣、光、焕、发四个兄弟和麦客们正睡得迷迷糊糊，西坪学堂里却突然闹起了鬼，恍惚间只听到院子里刀枪剑戟声阴森森兀然响起。

西坪学堂本来就是一座占地很大的古老寺庙，每个教室原来都是一座神庙，屋顶上飞龙翘檐，房梁上雕梁画栋，屋顶的梁栋上画着形形色色的神鬼故事，那些摸黑点煤油灯上学早读的学生娃娃，时常会被教室里的黑影吓得逃出教室。

白天割了一天麦子，劳累了一天的麦客们睡得正酣，半夜里突然听到这种诡异的响动，吓得麦客们个个战战兢兢，谁也不敢作声。

　　荣、光、焕、发四个兄弟也被惊醒了。他们少年胆大，就壮着胆子扒着窗户往外窥视，只隐隐约约见院子里有一群穿戴着古装盔甲的士兵，拿着刀枪剑戟的官兵在院子里飘忽着奋勇厮杀，顿时把四兄弟惊得魂飞魄散，赶紧把头都缩了回去。

第六章

黑夜收粮蛊魍魉　夏日古庙妖复祟

容雅儒听说西坪学堂不安分，第二天，他就让涵鸿换了荣、光、焕、发四个小兄弟，又让鸿、雁、齐、飞四个成人兄弟一起去西坪学堂里值夜，容涵齐还带上了自己从队伍上带回来的匣子枪。涵雁心里不踏实，晚上就先放了一阵子鞭炮驱邪气。结果一连两天夜里都风平浪静，平安无事。

夏日忙收的夜晚，几天之后已经到了月亏的下旬时节，太阳一落山，天又漆黑成一片，大地黑黢黢的伸手不见五指。西坪凹那些参天大桐树、大楸树、皂荚树、洋槐树、老榆树、核桃树、柿子树等簇拥的古木，把村落里高高低低、错落不一、鳞次栉比的屋宇，掩藏在神秘的黑幕里。突兀出凹凸屋宇的檐檐角角，在黑幕里张牙舞爪，张扬得像一只只狰狞的蒲扇般大手伸向天空，挥舞扑抓着在黑暗中摇曳。由于闹鬼的原因，西坪凹黑夜里似乎隐藏着无尽的恐怖和神秘。

西坪学堂闹鬼这种事，在过去也曾发生过，不足为奇，大家以为就此过去了，夏收正忙活着哩，鸿、雁、齐、飞四兄弟就又回去收割麦子了，过了两天，容涵齐假期到了，就又回了队伍。

　　岂料当晚半夜，麦客黑娃上茅房时，又隐约看见鬼影子在黑暗里再次出现了，院子里陡然影影绰绰人影交错，飘忽着东冲西撞，飞走腾伏，暗处还烟雾弥漫，当即就吓得大惊失色，一泡稀屎全拉在裤裆里了。

　　学堂闹鬼的事，惊得全村人都惶惶不安，早早地就都关门闭户，夜里都不敢熄灯睡觉和出门了。这件蹊跷怪事很快就在西坪凹传开了，甚至于谈"夜"色变，越传越邪乎了。

　　更离奇的是，已经收割竖放在麦地里的麦捆子，整片的都在夜里不见了，人们都说是让魑魅鬼在夜晚里收了鬼粮。惊恐的人们还纷纷讹传说，只要黑夜在自家门外放一袋麦子，魑魅鬼就不会进家门里骚扰，一时间西坪凹人心惶恐。

　　老四容雅谦觉得事态严重，就去找大哥容雅儒商议，想从黄梅山请一个大巫师来西坪凹驱鬼除魔。这时，贾德芳也来了，亦对闹鬼之事疑虑重重。容雅儒却摇头说："什么鬼不鬼的，定然是有人趁机打劫。全不用理会这些妖魔鬼怪，看他还能闹出些什么幺蛾子来。"于是，他便放出话去，在村子里组织乡民日夜巡逻鸣锣敲更。不出几天，麦子收完了，村子里就又消停了。

　　夏收的麦子运到了打麦子的麦场里，就又开始碾场打麦。农户们先把麦子摊在晾麦子的麦场里，在烈日头下暴晒上半天之后，待麦穗彻底干透了发出"喳喳"的炸响声，再给黄牛套上牛套杆拉上石碌碡，在麦场里慢悠悠地转着圈儿碾场，牵牛的人在烈日下百无聊赖，就牵着牛缰绳背着手吼着关中秦腔，在燥热的碾场中肆意豪爽。

　　干透了的麦穗经过石碌碡反复碾轧之后，麦粒就同麦秆分离了出来。农户们用木杈把压扁的麦草挑去，在麦场边上摞成麦草垛子，留作牛马草料和柴火，再用木锨和耙子把麦粒推成一堆，然后几个人用木锨一锨一锨把麦粒高高地逆风抛向高空，依靠风力扬场，把麦壳筛离出去，黄褐色的麦粒就最后分离出来了。人们把麦粒在烈日下再一次暴晒，直到干透了，才装进麻袋里扛回家倒进麦囤里储存。

甘州秃川地界与关中西府只隔一道秦岭，一眨眼也该收割新麦子了，麦客们赚够了盘缠和新麦，干完了活，一个个都兴高采烈打起了麦桩子，准备回家。

新麦子收毕，麦子上场碾过，麦草垛子垒摆好，昨日晌午，容雅谦让人打扫了大院子，在地上铺上席包，麦客们在日头下都席地而坐。容府西院一大早晨就杀了一头肥猪，做了肉臊子，用猪头肉炒了几大盆菜，猪肝肺和猪下水烩了一大锅青萝卜、老豆腐、洋芋、粉条，蒸了几笼新麦子大馒头，端上来就摆在席包上，又提来了一罐凤翔柳林镇的西凤酒，让麦客们喝。这是当地风俗，叫"摆草饭"，俗称"待麦客"。

容雅谦刚客气地说了几句感激话，回敬了收麦酒，麦客们就呼啦一下子筷子和手一齐用上，像饿狼似的大吃大喝起来，随即吆五喝六，猜拳行令，直到一个个肚腹满满、红光满面，才意犹未尽，尽欢而散。

次日一早，容雅谦给麦客们称好了麦子，算好了工钱，对麦客狗剩说道："麦客兄弟，你这就走呀？"狗剩说："走呀！"雅谦沉思了一下说："你家里还有多少地要割麦子哩？如果不忙走的话，就在我这里再帮衬些时日，工钱我给你多开一些。"

狗剩伤感地说："家里没啥地种了，都让上辈儿人踢踏光了。我平日里是给富户人家打零工养活自个儿。"他又说："啥工钱不工钱的，能有口饱饭吃就成了哩。"

容雅谦高兴地诚心诚意对狗剩说："这就好，你在我家里做活，我不把你当外人看，咱就是一家子哩。"

狗剩却顾虑重重地说："我这厮人饭量大得很，人家都叫我饭囊子。我们那里富户人家都嫌我吃得多，弹嫌我吃哩，做活帮工都不愿意给我管饭，只是给工钱。"又说："东家，你不怕我把你给吃穷了啊？"

容雅谦听得乐了，哈哈笑着说："你真真儿是个愣娃，凭你一张嘴就能把我吃穷了？"接着又实打实说："你愣娃要是不能吃喝，我还不收留你哩。"的确，容雅谦看中的就是年轻麦客狗剩吃饭能咥，能做农活儿，有一把子蛮力气，有个做庄稼活的好身板。

狗剩欢喜地诚心诚意说："东家是个好人哩，这些天割麦、碾场、摞麦草垛子，都给我们麦客吃饱肚子。如果东家不嫌弃我是个饭囊子，我把麦桩子背回村子，就回来给你帮活子，就是少算些工钱也没啥麻达子。"

甘州地界的人说话习惯末尾带个子，惹得容雅谦也跟着绕着说："我看你娃是个好庄稼汉子，工钱每年比别人多给你三斗麦子，我这里缺个看家护院种地的帮工子，就雇你这个愣娃子。"

狗剩也兴奋地回答："谢谢老爷子，我回去个三五日安顿一下子，麻利回来不耽搁子，你先等嘎子。"

容雅谦和狗剩两个人一番对话，把院子门口的丫鬟玉娥儿逗得笑得蹲在地上直喊肚子疼。这让容雅谦看见了，脸上就不悦了，沉着脸数落玉娥儿，说她没有个女娃样样子，这有啥好乐子哩。

麦客们在烈日下割麦子虽然十分辛苦劳累，但过的短暂时光却是"晚上数钱"的惬意日子。每天早晚杠子蒸馍就着黄澄澄的小米米汤吃喝着，中午浆水面捞着，晚上量地垄子数开工钱，虽然"粒粒皆辛苦"，但天天有工钱开着，也就不觉得累了，都开心得很。

容雅谦挽留狗剩，让一同来割麦子的年轻麦客黑娃看得眼热。他是狗剩的远房亲戚，就悄悄拉了几次狗剩的衣角，说他家里兄弟姐妹多，常常吃不饱肚子，半年糠菜半年粮，也想留下来混口饱饭吃。狗剩心里明白却不理会，把黑娃急得直翻白眼跺脚丫子。

他们一起回家的路上，黑娃埋怨狗剩不给自己说话。狗剩有些亏欠地说："人家东家没有说再雇人嘛。我又同东家不熟络子，自个儿还没有上工干嘎子，八字都没有见一撇子，咋好说哩嘛！张不开嘴巴子。"

黑娃是个心眼多的人，想想也是的，就又说道："那你上了工，一定给我在东家跟前说说。"狗剩想了想，就应承下了。他没有想到，就这一应承，给自己留下了一生的遗憾，也给西坪凹招来了无尽的祸端。

狗剩家里就两孔破窑洞，也没有啥安顿的，他把麦子送给姑姑家，锁了四处漏风的门窗，一根草绳把破炕席上的被子卷起来往肩膀上一搭，就又上路了。

容雅谦把狗剩安顿在庭院前边的厢房住下。狗剩见是同主家住在一个庭院里，觉得自己只是个下人，同主家住在一起不自在，可当他走到后院马棚里一看，容雅谦家的马和骡子都住的是一面淌水的砖瓦房，就觉得关中地界的骡马也命相好。他见后院马棚旁边还有三间一面淌水的瓦房空闲着，里面也有炕有锅灶，心里挺满意，就回来对容雅谦说："我是个下人，住不惯大庭院，还是住在后院里觉得踏实美气，黑夜里也方便起来给骡马牲口添个草。"

容雅谦本意是想让狗剩住在前院门房，见狗剩坚持自个儿要去后院里一个人住，也就答应由他自己去了。

又过了半个月，黑娃等不得，就自己一个人跑来找狗剩问讯儿了。狗剩实打实说，自己刚来没几天日子，还没有得空问哩。正说着话，容雅谦听玉娥儿说，狗剩来了个乡党在后院里，就过来看看。还没有等狗剩说啥哩，黑娃这货见容雅谦进来了，就急忙扑通一下跪下了，张嘴就说道："东家，我是狗剩的亲戚，今年十八了，家里穷得吃不饱肚子，揭不开锅子，也想来给容府帮活子，请东家可怜可怜收留下我和狗剩一起做活。"

容雅谦被黑娃这突如其来的举动吓了一跳，连忙把黑娃拉住，说道："你这个孩子，起来说活，怎么见人就下跪哩！男儿膝下有黄金，可不能作践自个儿。"说着就要把黑娃拉起来。

黑娃有心眼得很，故意跪在地上不起来，可怜巴巴地说："我也想在容府里帮工哩。"

容雅谦见黑娃乖巧，脑子灵活，又生得白白净净，仪表也蛮好的，就动了恻隐之心，爽快地说："既然是狗剩的亲戚，那就留下吧，到我的药铺子里当个小伙计打杂吧。你可愿意？"

黑娃一听乐颠了，他灵醒得很，知道在药铺子里当伙计不用下地劳累，夏里晒不着日头，淋不着雨，冬里天寒地冻，也吹不着风霜，受不着寒，还可以跟着容雅谦学手艺，是打着灯笼也找不着的好差事，可比狗剩的活儿美气多了。他心里奸得跟老鼠一样，表面上却灵得像猴子似的，扑通一声又跪下，磕头说道："谢谢东家收留我，小的这辈子都不忘东家的大恩大德。我来都听东家安置哩，东家说叫做啥子，我就做啥子。"

黑娃哄人的话甜得就像嘴上抹了蜜一样，容雅谦让黑娃这番话一糊弄，倒闹得很是开心，就高兴地说："你崽娃子倒是个很会说话的，那么，今儿个你先歇着，明儿个就跟我去铺子里打杂去。今黑儿，你就先同狗剩住一起。"

吃晌午饭的时候，萍儿突然见狗剩领着麦客黑娃进厨房里舀饭，就猛然惊了一跳，心里直纳闷儿："爹这是咋的了，眼睛里咋就没有水哩，怎么把这个没皮脸的二痞子货招进屋里来了！"

原来那日在麦田里，萍儿也看见黑娃的猥琐眼神了，看着黑娃不顺眼不对心思，萍儿就把案板上的一碗凉搅团倒进老碗里，舀了一勺辣子醋汤给了黑娃，没有给他好脸。

黑娃却不觉着啥，端着老碗蹲在院子里大口扒拉着吃光了，还把沾着红辣子和醋汁的油碗伸着舌头转圈儿像狗娃似的舔了，饥肠辘辘的他，感觉东家的酸汤子好吃极了，简直就是天底下最好吃的美味了。

狗剩却端着碗看着厨房里的一切纳了闷，他见黑娃吃的是凉搅团，没有给夹菜，却津津有味能咥得很，那吃相看着让人不入眼，心里头就寻思起来："萍儿这是咋咧，为啥会讨厌黑娃哩，平日里对下人都很欢喜的呀！"他哪里知道，就是黑娃麦地里色眯眯的眼神惹恼了萍儿，才遭了萍儿的冷眉冷眼。

黑娃蹲着如狗一般舔了碗起来，再进去舀饭时，萍儿懒得搭理他，没有接他的碗，只使个眼色让丫鬟玉娥儿接过碗给他盛饭。玉娥儿在麦子地里就瞧见黑娃这货不入眼，所以心里头也讨厌他，接过黑娃的碗，嘲笑他说："愣尿哦，你是饿死鬼托生的，人家正吃哩，你就噎完了。"

玉娥儿说着，就又把一大碗刚切的搅团条子扣进他的碗里，像喂狗似的。黑娃自己倒了辣子醋汁，就尴尬地讪笑着端着碗退了出来，狗剩给他捎着端了一大碗菜汤，他吸溜吸溜几大口就喝光了。

到了晚上，黑娃见狗剩居然一个人住着三间瓦房，他躺在炕席上双手倒背托着脑袋，惬意地望着头顶上的楼板，无限羡慕地感叹说："狗剩哥啊，你好福气哩，祖坟上冒啥青烟了，摊上了这么一个好东家！"

屋子外面牛棚里传来牛马夜里咀嚼草料的声音，后院还有蟋蟀在鸣叫着，狗剩心里忧郁，对黑娃说："你愣尿，也不等会儿，哥还没有给你捎信儿哩，你怎么就自个儿蹭着来了哩？今儿个见到四叔来看你，你让哥好一阵子难堪哩，都不知道该给四叔怎么说这事哩。"狗剩自打住下后，就把容雅谦尊称叫四叔了。

黑娃听了，却不以为然，狗剩家里比他家里还要烂散，心气也没有他黑娃高，现如今却磨盘大个油饼掉在了头顶上，他心里妒忌得不得了，听着狗剩的意思，还不满意他自个儿来，心里就立时不美气了，所以就冲撞揶揄狗剩说："狗剩哥哎，我狗娃子上炕头，眼巴巴地盼着吃月娃子稀哩，要等你捎信儿来，黄花菜都凉了。我就怕你让我等着你捎信儿，等的日头子都黑了，花儿都谢了哩！"

狗剩怔怔地躺在炕上偏头看着黑娃，心里想：黑娃这货，别看年纪小，主意可不单纯，人也机巧势利不踏实，是个奸猾人，在四老爷家里打杂，就怕他是个惹祸的主！既然四叔晌午已经应承了，自己也不好再多说啥，就心事重重不快地说："黑娃，你怎么说话哩，你掂起碌碡打月亮，高低都不说了，连个轻重都掂不来吗？"

狗剩见黑娃不言语了，便起身一边下炕穿鞋子，一边一语双关地又说："我去喂牲口，你早点儿睡吧，给灯里省点儿油。"

狗剩起身到门口墙上取下了一盏马灯，用一根干草棒棒凑着煤油灯点火，把马灯玻璃罩子掀起点着了马灯灯捻子，又拧大了火苗儿，这才提着照亮，接着又掀开草料缸，从草料缸里舀出一簸箕黑豆，端着摸黑到马棚里去给骡马添夜里草料去了。

马棚里，狗剩给骡马槽里细心拌着草料，不时爱抚地抚摸一下枣红马的鼻梁，枣红马温驯地仰仰头打个响鼻儿，算是亲切感激的迎合。他又走到黑马跟前，还没有伸手去摸黑马哩，黑马就自个儿把笼头下意识地摇着甩了一下，头颅抬起伸过来用嘴亲热地拱他粗糙的大手。这是狗剩同骡马之间一种心的交流。每当这时候，狗剩的心儿都要陶醉了，他的脸上洋溢着农夫的满足。他喜欢在马棚里欣赏骡马进食时咀嚼的神态，在骡马休息时，他总是要给骡马刷刷鬃毛，搔搔痒痒，他套车拉肥驱赶马车，也从不把马鞭甩打在骡马的身上，而是只用马鞭梢儿在空中打出个旋儿，在骡马的头顶上甩个声响儿，骡马就会习惯听话地按照他的指挥走，就当帮工而言，狗剩算是一个农家忠厚实诚的好把式。

狗剩正沉浸在与骡马的交流中，猛然，听到后院里丫鬟玉娥儿"哎呀——"一声惊叫，原来是黑娃走错了门，进了后院女眷茅房里，吓得正在撒尿的丫鬟玉娥儿惊慌失措，急忙奔了出来，就在后院大呼小叫起来。

第七章

黄土高坡野风俗　黑娃惹祸逃西坪

　　容雅谦正在上房的书房里点着油灯看医书。他的夫人茹在偏房一架纺车前纺着棉线。茹是虢镇城里一个棉布商家的长女，生得慈眉善目，性情温良，在灯光下身子显得十分敦实。她嫁到容府里是爹的主意，爹看准了容府殷实的家庭背景，想让女儿有一个安定踏实的家，也看准了容府老四容雅谦的谦恭人品。茹是个十分知足的女人，对于自己嫁到容府里心里很踏实，她满意自己的地位和处境，也为容雅谦生了涵雁和涵齐两个儿子，两个儿子也都很有出息，这让当娘的十分欢喜。她纺棉线的技能十分娴熟，双腿盘坐在一个麦草编织的圆形蒲团上，把一双小脚压在双腿下面，稳稳地端坐着，用右手不停地摇着纺车轮子，左手从捏着的棉花捻子里借着纺车转动的惯性，抽着一根长长的细棉线，"吱儿——吱儿——"地向后拉着，不时地高高甩起手来又将纺细的棉线向前收回去缠绕在纺车的线穗杆子上，再重新抽拉出新的棉线来。这样不停地机械地重复着一个动作，一根棉花捻子纺成了细棉线，就又续上一根棉花捻子接着纺，抽拉出的棉线在纺车上形成一个雪白的圆锥体。纺车在她右手的摇搅和左手有规律的抽拉操作中，发出"嗡儿——嗡儿——"的沉闷的木质机械特有的响声。

童养媳萍儿一个人住在院落西边的西厢房里，同长子涵雁一家的东厢房门对着门。容涵雁天黑了以后自己闷头在屋里拉了一阵子秦腔二胡，想着媳妇芸儿有病在身，就早早同媳妇芸儿各自睡了，东厢房里已经早早黑了灯。西厢房里萍儿却还没有睡，她一个人住着一明两暗三间房，由于涵齐在队伍里不常回家，萍儿就自己一个人在油灯下纳着鞋底熬夜打发时光。她不时地用一个发亮的铁锥子使劲儿在厚厚的布鞋底子上用力地扎一下，直到扎透了就把一根带着麻线的粗针从鞋底的针孔里穿过去，又在手腕上把麻线绕一下然后用力地拉紧，直到拉不动了再重复前面的动作，一锥一针地纳着鞋底。她纳鞋底的样子，看上去十分祥和和敦实仔细，不时地还把锥子尖在头上的黑发里摩擦一下，为的是抹些头油穿针引线拉起来更省力些。萍儿是在给自己的男人涵齐纳鞋底，在昏暗的煤油灯灯光映照之下，萍儿的身影像皮影戏里的皮影子一般映在她身后的墙壁上，也是机械地重复着同一个动作。她的屋子一角还摆放着一架织布机，织布机上绷着满满的棉花线，梭子里也穿着纺线的细棉线。织布机上已经织了几丈花布卷成了一卷，一切都是待纺待织的状态，看得出她是随时都会上织布机飞快地穿梭织布，同所有陈仓塬上的女人一样，这是她每天晚上闲暇时打发时光的活儿。

猛然间，丫鬟玉娥儿的惊叫声打破了容府庭院夜晚的宁静。看书的容雅谦和夫人茹、童养媳萍儿都赶忙跑出来聚集到院子里，待大家赶紧来到后院里察看，丫鬟玉娥儿已经惊慌得奔进了亮着灯的马厩里，狗剩拿着给骒马拌料的木杈子，已经从女茅房里把战战兢兢的黑娃提了出来。

黑娃在黑夜里已经吓得腿像筛糠般地抖着，被狗剩提着衣领像只可怜的狗，看见东家容雅谦来了，黑娃就瘫着自动跪了下去。

容雅谦气得黑着脸色厉声对黑娃呵斥道："狗日的，你瞎尿说，这是弄的啥事？尿泡子熏人，你好大的胆子！"

丫鬟玉娥儿还是个待嫁的姑娘。这时，又羞又愧地说："刚才我上茅房里正尿尿里，黑娃就突然闯进来了。"

黑娃赶紧辩解说："四叔开恩，天黑哩，我不知道茅房里有人才进去的，我该死！"说着赶紧扇了自己一个嘴巴子。

容雅谦疑惑地问丫鬟玉娥儿："他动你了吗？"玉娥儿摇摇头说："我见有人闯进来就脱裤子，把我吓死了，就麻利起身奔了出来。"

容涵雁也起来了，走过来生气地质问黑娃："你瞎种没有看见茅房墙上头的字吗，啊？"黑娃低头嘤嘤地哭了："呜呜呜，天黑，我没有看到字啊！"

萍儿看着地上筛糠一般的黑娃，一脸不屑，她自从那天在麦子地里看见黑娃的眼神，就对黑娃不对心思，这时就拉过玉娥儿靠在自己身上，十分鄙夷地插嘴说："爹，这货砢碜人哩，干脆撵出去算了，留下恐怕也是个害货哩！"

狗剩这才听出来是个误会，都是天黑没有看到字惹的祸，就赶紧抬头给容雅谦求情说："四叔，我们甘州那里乡下人家，茅房都是不分男女的，谁先进去了，就把衣服或裤带搭在墙头上。黑娃刚来府里，不懂咱家后院男女分厕的规矩，就请四叔惩罚他不长眼窝吧！"

容雅谦听了狗剩的话，望着黑娃犹豫了一下，转脸看了看玉娥儿委屈的样子，又看了看黑娃惊慌的筛糠熊样，沉吟着不悦地对大家说："既然是个误会，就不惩罚他了。"遂告诫黑娃，以后要记得懂得规矩。又说："这个后院里，以后不许黑娃再留宿了！"黑娃感激地赶紧趴下磕头如捣蒜。大家一声哄笑，都回去睡觉了。

黑娃受到惊吓之后，惶惶然跟着狗剩回到瓦房里躺下，却怎么也睡不着了，他听着狗剩熟睡的鼾声，两只眼睛瞪得大大的望着屋顶上的木楼板发呆。他虽然生在了甘州荒土野岭穷困人家里，是天生要饭的穷命，但从小就是个倒霉惹祸的秧。刚才的突然惶恐过后，这时躺下来慢慢地静下了心思，眼睛却在黑暗里不服气地放着混浊的光！刚才的惊吓让他在土炕上辗转反侧，却怎么也睡不踏实了。

不知过了多久，他悄悄地从炕上爬了起来，蹑手蹑脚地潜出了瓦房，从后院的小树荫下慢慢潜入到后院的小门前，看看四周无人，就伸手推了推，门关着！他又回到了瓦房里，看到墙上挂着的一把镰刀，犹豫了一下伸手就取了下来。望了一眼熟睡的狗剩，他拿着镰刀又重新推开房门，再次潜了出去。到了后院的小门前，黑娃把镰刀插进门缝里，轻轻地用镰刀一下一下地拨着门闩，只听"咣当"一声响，门闩打开了，黑娃伸手轻轻一推，后院的小门就"吱呀"一声开了，在夜空里发出很刺耳的"吱呀"声。

萍儿的房里还亮着灯光，她还在油灯下纳着鞋底。黑娃想去找丫鬟玉娥儿，就在庭院的走廊里逐门扒着窗户挨个儿寻找，来到门房玉娥儿的窗户外，他用手指蘸着口水把窗户纸捅了一个洞，往屋里面偷窥，见里面正是玉娥儿，就赶忙把头缩了回来，又回头往院子里看，见别的窗户都已经熄了灯，院子里黑黢黢的，天空里不时有贼星落下划破深邃的夜空，消失在远处的黑暗里。

黑娃贼心不死，就又把头潜回到了玉娥儿的窗前，重新扒着亮着灯光的窗户，偷偷往里面扫视。就在玉娥儿一转身的刹那，黑娃赶忙就把头缩了下去蹲在地上，当他再次起身把头发蓬乱的脑袋伸向了窗户时，身后突然有一个大巴掌搭在了他的肩上。黑娃转过头一看，"啊——"地一声惊叫，原来是表哥狗剩，已经满面怒火来到了他的身后。只听狗剩大喝一声："好你个贼尿，你做啥哩？"

这一声大吼，把黑娃吓得不轻，一下子跌在地上惊慌失措，浑身瑟瑟发抖。

黑娃吓得一个激灵爬起身来，心脏怦怦打鼓，惊恐地瞪大眼睛再仔细一看时，才发现自己还在马厩的土炕上睡着哩！

原来，黑娃刚刚做了一个荒唐的梦，让熟睡中的狗剩梦里一声大吼，惊得他从午夜的梦幻里一下子跌回到了现实里，浑身已经是虚汗淋漓，吓得尿了一裤子，一摸衣服裤腿底下，是一摊子潮热。

黑娃再看表哥狗剩，正酣睡着还在说梦话哩，刚才的一声断喝，原来是狗剩在梦魇里吆喝哩。也许是他此刻也梦到了夜里擒拿黑娃的一幕，黑暗里，狗剩脸上依然是抽搐的愤怒表情。

黑娃一只手在土炕上支撑着身子，借着微弱的月光侧身看着酣睡的狗剩，气得牙直痒痒。他瞪了狗剩一眼，直恨狗剩破了他的春梦。

黑娃这次只身跑来西坪凹，实际上，是从甘州秃川的家里狼狈逃出来的。他的家里很穷，一家人独住在甘州秃川一个黄土高坡上，这是一个荒芜贫瘠的山坳坳，常年干旱缺水，是靠着老天爷的眷顾怜悯吃饭。夏天，黄土坡干得冒地火，秃川干沟里一滴水都没有，尘土让干风一吹，沙尘能把人活埋了，每天生活吃水也要到十里以外的黄河里去背。这里住着的庄稼人个个都灰头土脸，他父母也都是老实巴交的庄稼人，几代人天天眼巴巴地盼着老龙王发慈悲下雨，熬着苦日子过了一年又一年。

甘州秃川黄土地界里穷，女儿养大了是人家人，根深蒂固的养儿防老的原始观念，已经刻在面朝黄土背朝天的甘州秃川农民的骨子里。很多人家的女娃在刚刚生下来时就被无情地遗弃了，这种重男轻女的习俗，致使旧时甘州秃川当地山村的男女比例严重失调，而这种恶果又推高了庄稼汉们娶亲的彩礼。有句俗语说："农家里养着儿娃子，一辈子娶不上个妮娃子。"拿不出彩礼娶不上媳妇的穷苦庄稼人，在甘州秃川当地比比皆是。黑娃兄弟三个，家里贫穷，老大和老二两个兄弟合着娶了一个有智力障碍的媳妇。

这一天，黑娃倒霉的厄运来了，老天爷已经好多天没有下一滴雨星子了，黑娃家里储水的雨水窖里已经干了，就连山洼里储存雨水的大涝坝里也干涸了，两个憨憨哥哥一同去十里外的黄河里背水，父母带着妹妹去山坡里捡人家地里落下的麦穗儿。黑娃口渴了，就从地里回来想喝口凉水，却正巧撞见傻嫂子在热天的窑洞院子里光着个身子洗澡哩，那是憨哥哥辛苦背回来的半缸清水，特意匀出一盆给傻媳妇的。黑娃一见竟愣怔着呆住了。

傻嫂子看见黑娃回来了，却笑着招招手，让黑娃再给她打一盆水端过来。黑娃呆呆地头脑空白，就打了一盆子水端了过去。

这时候，他的两个憨憨哥哥也背水回来了，看见黑娃在院子里给嫂子端水，他的一个憨憨哥哥立刻气得青筋暴突，随手拿起院子里的扁担，吼叫着就要揍黑娃。多亏了黑娃他娘回来了，瞅见了哥哥要打弟弟，死命地在门口拦住了憨憨哥哥。黑娃一看架势不妙，撒腿就逃出了家门，一口气跑到了宽阔的黄河边上，眼见岸边摆渡的小船上，有一个人在低头打盹，他下意识地摸了摸口袋，里面却没有一分钱。望着眼前渡口缓缓流淌的黄河水，黑娃稍稍犹豫了一下，毅然下水泅渡。他终于冒险游过了宽阔的黄河，从甘州秃川地界翻过大秦岭，一路要着饭逃到了陕西关中西府陈仓塬上，由于还惦记着西坪凹，他就来找表哥狗剩，想讨日后的生计。

黑娃这倒霉的一幕，只是发生在闭塞的甘州秃川黄土高坡的山坳坳里的窝囊故事。在那个信息不通的时代，路途十分遥远，狗剩自然是不会知道的。

黑娃的两个哥哥其实都生得黑不溜秋，是愣头愣脑的憨憨模样，一副甘州秃川人的老实厚道愣娃模样，红脸蛋高颧骨，头上绑条脏兮兮的白毛巾，很像他们的先辈们，每天只是默默地做庄稼活儿，跟人搭不上几句话，父母说什么，也只是"哼哈"地答应并不多话，似乎是一对木讷的"哼哈二将"。但这个弟弟黑娃，却天生长得白白净净，母亲怕他白皮细肉地难以养活，就给他起了个恶心的名字叫黑娃。黑娃从小性子机巧伶俐，嘴巴能说会道，明显不是黄土山洼他爹的种，村上人见了这个生得白白净净的小黑娃，觉得异类，都诧异地私底下数说："这娃神得太，是个过路客的种哦！"

黑娃小的时候不知道啥是"过路客的种哦"，就好奇地问大人们，啥是"过路客的种哦"。大人们总是用一种奇奇怪怪的眼神对他说："去问你的货郎客大去！"

"大"，是甘州秃川一带人对父亲的称谓，黑娃的"大"是甘州秃川村里人，却不曾有个"货郎客大"。他觉得这些话是村子里人们的戏言，也就不去理会。待到他逐渐长大懂事，人们再见他说这样的话时，他就慢慢懂得了：过路客其实就是挑货郎担子卖针头线脑、收山里皮货的货郎担子客货商。

黑娃时常在心里想着揣摩，自己真的是货郎担子客货商的种吗？大人们的那些神秘的又奇奇怪怪的话，牵绕得他凭空多了许多发呆的心思，揭开谜底的好奇心也就更加地强烈了。再后来，他渐渐懂得一些大人们的事了，心理上就又多了几分莫名其妙的自卑、蒙羞与耻辱。

那是一年收了苞谷后的一个难得的阴雨天，黑娃跟着家人围坐在自家的土窑里，用一个干苞谷芯子搓着苞谷棒粒儿。他先用干苞谷芯子使劲搓一下，剥出一个切口以后，再顺着茬口一下一下地搓，干透了的苞谷粒儿就一层层地剥下来了，待到晴天好天气再摊到地上晾晒一两天，就可以装进粮食囤里去储存起来，作为一家人来年的口粮了。

那时候，黑娃还只有十五岁。

剥着剥着，他看看两个哥哥，又瞅瞅一旁的妹子，越瞅越感觉自己的确是有点儿另类，同他的两位兄长和妹子长得一点儿都不像，就忍不住吞吞吐吐把自己听到的奇奇怪怪的话给母亲述说了。

母亲也在搓苞谷粒子，只是要比他搓得更快些，他的话母亲似乎并没有听到什么，只是手里的苞谷棒子粒子搓得更加迅速更加快了。他终于憋不住，又怯怯地再问了一遍自己的母亲，自己真的是货郎担子客货商的儿吗？

就这一句话，立即闯了大祸，结果可想而知，让正在剥苞谷棒子粒子的他大听着了，起身来到他的跟前，毫不客气地狠狠赏了他一个大嘴巴子！直打得他眼睛里突突地冒金星子，眼睛里噙满了泪花子，再也不敢问了。

从此以后，只要村子里再来了货郎担子客，他总是用仇恨的目光远远地瞅着，远远地跟着。有一次，他在山上阴沟里逮着了一条土蛇，晚上趁着一个货郎担子客在村子里睡觉的时候，悄悄地把蛇塞进了货郎担子的匣子里。后来听人说，那个货郎担子客货商被土蛇咬了，他于是得意了许久。

第八章

白色恐怖笼陈仓　山匪打劫祸萧墙

南方革命党二次北伐战争以后，国民政府的实际控制权落在了新军阀蒋介石的手里，就在从封建社会觉醒了的小资产阶级和激进的学生，以及工农大众代表们热烈争论国民党和共产党谁更能代表人民大众，谁的主张更适合中华国情的时候，蒋介石突然在上海发动清党政变，屠杀革命同盟者共产党人，接着又联络汪精卫在武汉再次故技重演。至此，背叛孙中山国民革命宗旨的国民党右翼，开始在全国各地大肆屠杀共产党人，国共合作在血雨腥风中破裂，共产党人一夜间失去了合法地位。以新军阀蒋介石为代表的国民党一党坐大；对人民实行了白色恐怖统治。劳苦大众又再次失去民主自由，陷入了暗无天日的血腥统治之中。

白色恐怖很快就波及西京和宝鸡、虢镇乃至陈仓塬，宝鸡和虢镇城里每天都在搜捕共产党人，军警不时也到陈仓塬上农村里搜捕逃跑的进步学生，以及工人工会领袖和农会头目，闹得陈仓塬上人心惶惶不可终日。

这时，陈仓塬上突然间竟闹起了土匪，一些地痞流氓联络北山里的土匪李飞刀，趁乱打劫镇子上的商户和当地的财东，绑架富户家人索要钱财，不给钱的就割耳、剁手、剁脚，甚至于一些娶不起媳妇的光棍汉也趁机组织抢亲团伙，黑夜里入室劫持穷苦人家的女娃，连夜霸占强娶为妻。由国民党庇护的青洪帮组织也配合实施暗杀，欺行霸市，阴暗里的牛鬼蛇神一夜之间都跳了出来伺机作祟，把陈仓西府一带搞得乌七八糟，民众不得安生。

容雅谦看到乡村乱状迭起，心里颇觉焦虑不安，就到大哥府上想讨个对策。

容雅儒也在焦虑，他用手捋着胡须忧郁地说："他四爸，我也正寻思着同你商量哩，当初辛都督给咱们的那几十杆长枪，是让咱们看村护院的，当初没有啥用，这会儿是该派上用场了！"

容雅谦黯然地说："唉，那些长枪已经放了好些年了，恐怕早已生锈，成废铁不能用了哩！"

容雅儒见过世面，摇摇头说："不妨事的，那些长枪都是涂了枪油的，用帆布油布包裹着放在箱子里，不动是不会生锈的。你只管从村里挑选精壮的年轻人，先组织起来训练一下，把长枪发给他们，组织个护村民团。记着，要把声势搞大些，造出些震慑人的舆论来，让那些祸害人的瞎种土匪不敢来咱们村上嚣张打劫就成。记着吩咐大家，不要让枪伤了人。"

容雅儒对眼下时局满腹忧虑，说话的时候声音显得很沉重。

容雅谦表示赞同，说："你说的对得很，只要枪还能用，我就去给咱取出来，只是咱还得再置办上几把短枪，放在屋里也好防身呀！如果行的话，我就打发可靠的人，去给咱们到城里面整一些回来。"

容雅儒眼睛一亮，说："好，就这么弄，只是买短枪的事，你我知道就行了，张扬不得！"

容雅谦点头回答说："这是自然，我懂得分寸的。"

"你有买短枪的渠道了吗？"容雅儒沉吟着问道。

容雅谦回答说："我已经让人打探好了，如今国军队伍上都私底下贩卖枪炮，发国难财哩，只要肯给钱，弄几把短枪不成啥问题。"

容雅儒听了，心里感叹：清廷昏庸，官僚腐败，治国无能，以致瞬间倾厦亡国；民国才建国初始，竟也如此腐败堕落！这样的政府，日后恐难以长久。他痛心地摆了摆手，不再说什么了。

容雅谦颔首退出，就匆匆差人去置办买枪的事去了。

第二天上午，当容雅儒同容雅谦带着涵鸿和涵雁两兄弟去学堂挖开地窖取枪的时候，却发现地窖里面已经被人捷足先登，几十杆长枪，竟然全都不翼而飞了。

容雅儒气得干瞪眼，懊恼得用拐杖噔噔噔直捣地上的大青砖，嘴唇哆嗦着半天都说不出话来，半天才说道："反了反了，我容府何曾丢失过东西，闹出这么大乱子来！"

容雅谦也慌了，赶紧自责说："是我没有把事情办好，没有把东西管顺当。"容雅儒缓缓气说："算了，时间也太久了些，怪我把这事给忘了，才酿成了如今大错。"

他做梦也没有想到，这几十杆长枪，其实是他的儿子飞儿偷偷带着陈仓同乡会的地下共产党人，在一天雨夜里悄悄取走的。

西坪凹丢枪这事儿，还得从县党部的车稼良说起。他的真实身份其实是个共产党员，在国共合作时期受命隐瞒共产党员的身份再次加入了国民党，仍然在家乡陈仓县担任着县党部的特派员。由于他的原因，陈仓县和宝鸡一带的学潮运动，以及工农运动一直十分活跃。国民党在全国范围实施血腥大清党时，他也被陕西督军冯玉祥列入了重点逮捕名单，由于时任督军府副官的容涵齐感念其是大伯容雅儒的同僚，及时暗中派人通知消息，才得以出逃，幸免于害。

连夜逃出陈仓城以后，车稼良没有回到车家寺，而是乔装成一个淘粪种菜的菜农，暂住在西坪学堂后面的破窑洞里，继续领导陈仓地下党的工作。他每日里穿得十分寒碜，衣衫褴褛，戴一顶破草帽，脏兮兮得像一个魂灵般，只默默种菜淘粪，并不言语，不知道的人还以为，他是一个逃荒要饭的外乡人哩。

这天，黑娃吃过了早饭，刚打开药铺子的门板，容雅谦就一脚踏进药铺子里来了。他看到小伙计黑娃勤快地扫了地，又打了一盆水擦拭抓药的柜台，脸面上满意地露出了一丝笑容。他一边给病人把脉看舌苔，一边又默默地看着黑娃沉思了一下，给病人开了药方，说了几句关切的话，稍稍犹豫了一会儿，招手把黑娃叫到跟前："黑娃，你照这个药方把药抓了。"黑娃拿着药方答应了一声刚要走，容雅谦又说："你今日同王药师去北山里收药材去，我就不去了。你跟着王药师一路上机灵些，好好仔细学着点儿。"

"哎！"

这是黑娃到药铺当伙计以来第一次有机会出门进山。过去这些事都是由容雅谦同王药师亲自去的，他立即感觉到了容雅谦对自己的信任，顿时觉得这一年小伙计没有白当。进山里收药材，是学徒见世面的好机会，还可以出去逛逛景儿，他就亮亮儿答应了一声。

黑娃刚要转身去找王药师，容雅谦又叫住他说："时下，北山里不时地有土匪闹腾，你跟着王药师路上小心些，不要走夜路、小路，不要住小店，白日里人多时，只从大道上走，就没啥问题。你可记下了？"

"好嘞！"黑娃又欢喜地答应了一声，说，"四叔放心，我记下了。"他是山沟沟里穷娃子出身，人穷了不惧土匪，就世故地补充说："我们收的是草药，土匪们又不吃草，不会咋的，四叔你只管放心吧。"

容雅谦听了黑娃的话，笑了，随即叮嘱说："你娃听着，话虽如此，但也不可大意了，要处处小心哩！土匪们是啥人？杀人越货，凶悍着哩，可麻痹不得！"黑娃欢喜雀跃，答应一声："四叔，我记下了。"就麻利去找王药师准备去了。

　　黑娃到药铺当伙计已经一年多了。他已经不是刚来时的叫花子一样脏烂的样子了，衣服换成草药铺的黑色长衫，穿戴得体体面面，头发也用清水每天梳理得溜光，在药铺里每天就是晒晒药材，再用切刀一刀刀切成碎片，分类包装起来贴上药名送到库房里存放起来。过一段时间有太阳了，再拿出来晾晒一下防止受潮。容雅谦闲暇的时候，已经在药房里给黑娃教了不少识药材和识药方的汉字。没有啥事的时候，他就到柜台上帮着王药师包药包，这些耳濡目染都给了他熟悉医道的机会。加之黑娃生得机灵，能说会道，很得容雅谦的赏识，也就有意无意地教了他一些医药知识，今天让他收药材，又是一个刻意的历练。

　　说是进山里收药材，其实，也就是到北山千阳县的镇子上的集市里，去验货收购山民们拿出来卖的干药材。眼下正是秋季，卖药材的山民多，一天时间，他们就收购了两大垛药材。装包后把药材给两头骡子驮在背上捆结实，看着天色还早，王药师就带着黑娃吆喝着两头骡子上路了。

　　他们紧赶慢赶到了陈仓冯家山千阳河的一座浮桥旁时，秋日的夕阳就挂在山脊梁上了。王药师看看天不早了，想在附近村子里的店铺里先歇下，到明日再走。黑娃想起容雅谦临走时嘱咐的话来，就对王药师说："王叔，四叔来时候说，北山里有土匪哩不安生，让咱走大路住大户人家的店，晚上谨慎些。"

　　王药师犹豫了一下说："秋里山里天黑得早，现在看着还有夕阳挂在山尖尖上，其实天已经不早了，咱们过河去，恐怕要赶夜路摸黑哩。"又说："既然家里有交代，那么，咱就再往河对面赶。再走一个多时辰，那里不远处有一个驿站，到那里去歇也好。"

　　"好嘞！"黑娃高兴地高声答应一声，就把骡子笼头缰绳抓紧，牵着骡马往铁索搭的浮桥上走去。

千阳河道的浮桥是由几道粗铁索拉在两面山上，铁索上面铺着木板搭设的凌空索道，索道两边也用铁索拉着作扶手，浮桥下面是湍急的河水，人和骡子走在索桥上面有种强烈的悬空感觉，每踏一步铁索就会晃晃悠悠地摇摆。黑娃初次走索道，有些害怕，就一手拉着骡子，一手扶着铁索链，面色惨白，脸上直冒虚汗。王药师看见黑娃一副狼狈相，就紧走几步用手扶了他一把，说："黑娃，脚下踩稳当了，头往前面看，不要望下边的河水；抬脚要稳，下脚要实，身子不要摇晃，就走稳当啦！"

秋日里的山谷天黑得的确比山外早，过了铁索浮桥又拐过一条弯弯沟，太阳一跳下西面的山脊梁，山沟里就马上擦上黑了，走在漫山遍野的槐树林子里的山路上，林荫蔽天，秋风萧瑟，到处黑黢黢的，夜风阴沉沉地直透凉气，两个人走着走着，天就完全黑尽了。

王药师和黑娃牵着负重的骡子，正高一脚低一脚地在山洼洼里仓促行进间，前头的一头骡子突然受到惊吓，恐惧不安地停住不走了，还用力地打着响鼻挣扎着笼头缰绳甩头往回倒退。他们连忙抓紧笼头缰绳往前看，这一看不得了，顿时把两个人吓得魂飞天外，只见前面林子路口跳出十几个提刀拿枪的土匪，个个脸上都蒙着一块黑布，凶神恶煞地拦在了山间的偏僻小路中间。火把下扛着大刀的猛汉土匪李飞刀厉声怪叫一声："哈哈哈哈，阳间有路你不走，地府无门你偏闯进来。"旁边的土匪师爷也狂笑着呼喊："识相的快留下买路钱，看爷们儿心情好，饶尔等不死！"

王药师稳了稳神，顾不得多想，连忙站住拱手搭腔说话："各位英雄好汉，在下只是个收药材的规矩人，还请各位好汉能行个方便，放我们过去，我们定会感谢好汉的大恩大德哩！"

"哈哈哈哈，规矩人？咋咧，行个方便，还放你小子过去？"领头的土匪李飞刀一阵嗥笑："弟兄们，他说让咱爷们儿放他们过去，你们答应不答应？"

"不答应！"

"让他们把脑袋留下来，阴魂过去报丧吧！"

"对，废了他们！"

"哈哈……哈哈哈哈……"

土匪们摆开阵势，幸灾乐祸地咋呼着。

领头的土匪李飞刀又说："说得轻巧，你以为爷们儿劫道是来逛夜景发善心来了？你拿一百块大洋，老子就放你们过去，如若不然，就拿人头来换！"

王药师闻听土匪言语不善，赶忙赔礼："各位好汉爷，失礼失礼，我这里刚收了些药材，还剩一些散银子，就孝敬各位了。"说着，从骡子背上取下包袱，从里面拿出装着散碎银子的布袋来，双手举着奉上说："各位好汉爷，就剩这么多了，只够个茶钱，还望能看在我俩是行医治病、替人消灾行善之人，多行个方便，让我们过去吧！"

土匪李飞刀伸手接了，不屑地在手里掂了掂分量，觉得有十几块大洋，随手扔给一边的随从，把刀一横，狞笑着说："你以为爷们儿是要饭的呀，就你这点儿破银子还说替人消灾，先想着你自己怎么消灾吧！"说着，大声呼喊一声："弟兄们，把骡子赶回去杀了吃肉，把这两个不识相的尻人，都给我拾掇了，剁碎了扔进沟里去喂狼，咱们麻利撤走！"

李飞刀一句话，吓得王药师和黑娃都筛糠般地哆嗦起来。

王药师和黑娃跪下求饶，王药师带着哭腔说："好汉爷们儿，饶了我们吧，银子已经给你们了，驮子和骡子你们可不敢拉走呀！"

李飞刀恶声恶气地说："嘿，你尻打听打听，黄梅山上谁敢拦我李飞刀！"说着看了看他们两个，拿刀一指问："你们两个谁是东家？"

王药师连忙搭话，告饶说："好汉爷，我们两个都不是东家，我是药师，他是伙计。"黑娃吓得战战兢兢，想撇脱自己，就说："王药师是药房管账抓药的，我只是个打杂的跑腿伙计，求好汉爷爷，就饶了我吧！"

李飞刀狞笑起来，鄙夷地说："哼，饶了你，你能给老子啥好处？"

黑娃本来就是个胆小的蛇鼠小人，这时候为了活命就顾不得啥了，惶恐地急忙说："好汉爷爷饶命，我带爷去容府家里面要钱。"

王药师猛不丁听了黑娃的浑话，心里这个气呀，恨得伸腿一脚就把黑娃踹到一边，开口怒骂道："你个天杀的驴尿，胡尿说啥哩？容府白收留养活你了！"

黑娃见王药师斥责他，羞愧地把头低下了，不敢搭声。

土匪李飞刀却不干了，一看王药师竟然要坏他的好事，不由得怒火中烧，凶性大发，残忍地手起一刀，一阵寒风刮起，就把王药师的头颅砍掉了。

可怜王药师的鲜血顷刻间喷洒了黑娃一身一脸，黑娃惊吓得颤抖不止，头也不敢抬，浑身抽搐着哆嗦不止。

黑夜里，土匪李飞刀凶狠地一把把黑娃从地上提了起来，厉声喝问他容府里有没有女人可睡，正说着，就把手里滴着血的大钢刀呼地架在了黑娃的脖子上，吓得黑娃脸色惨白，哆嗦着话也说不出来了，如同软泥一般瘫在了土匪面前。

在土匪李飞刀的威逼下，黑娃想起了萍儿，这个童养媳少奶奶一直都不怎么待见他，报复的心理使他丧失和扭曲了基本人性，在恐惧与保命心理的驱使下，黑娃就把萍儿供了出来，并哆嗦着求饶说，只要能放了他，他给土匪李飞刀带路。

李飞刀"哈哈"狂笑，狰狞地把刀一收，大声吼一声："弟兄们，把骡子背上驮的药材和那个不识相的死鬼，都给老子全部扔到沟里喂蚂蚁去，你们继续做买卖，老子先快活去了。"

旁边站着的土匪师爷见状，连忙走过来对匪首李飞刀附耳悄声说："飞爷，听口气，这是陈仓塬上容府的伙计，咱们不可贸然造次呀！"

李飞刀听了，也一愣，脸上掠过一丝不易察觉的阴暗，随即就露出一脸得意的坏笑来，他想起自己与容府一段不共戴天的刻骨仇恨。

　　李飞刀本来是一个贩卖私盐的马帮脚客的儿子，家境还算殷实，有些钱财积蓄。由于生意上的往来，父亲结识了陈仓塬上的财东魏家，给他与财东魏家的小女儿萍儿从小定了娃娃亲，但父亲在贩卖私盐的过程中，从云贵一带偷偷夹带鸦片走私，一来二往胆子逐渐大了起来，就有些嚣张不收敛，天长日久，马有失蹄，贩卖鸦片的事情终于败露了，被时任陈仓县县丞容雅儒查获逮捕，公审之后就在街市口给枪决了，涉毒家产也随之被县府没收。毒贩父亲死后，无所事事的李飞刀就成了小混混，他与魏家萍儿的婚事也被魏家退婚泡汤了。

　　后来，他听说，魏家又将萍儿嫁到容府给三娃子容涵齐做媳妇，就更恨得咬牙切齿。在他的心底，容府与他不仅有杀父之仇，又再次增添了夺妻之恨，所以，在他投靠土匪之后，一刻也没有忘记与容府的深仇大恨。他凭借着自己马帮父亲从小教给他的飞刀绝活和狠毒残暴，伺机出飞刀杀了土匪老大，自己上位当了匪首，心灵扭曲的他总想伺机对容府下手报复，故而才有乔装刀客赴西坪庙会上刀山之举，又有西坪学堂装神弄鬼掠取西坪凹麦收之行。其实，这些小伎俩仅仅是他在陈仓塬上的探路小把戏，但今天的黑夜劫道，意外碰上了容府药师，却是一个偶然的机缘巧合。

　　李飞刀对于自己心底隐藏的秘密讳莫如深，以他暴虐凶狠的秉性也绝对不允许他人探知自己的身世秘密。所以，这一切，他的喽啰都不知道，这也是匪首李飞刀的高深之处。

　　只听那个土匪师爷又说：“容府是陈仓名门望族，世代都有人在朝廷里做官，容雅儒先前是陈仓县丞，官府衙门里有人，当地人都敬着哩，我们还是不要去招惹他们的好，免得把官兵惊动引来了，咱们不好应付哩！”

　　李飞刀这个已经色迷心窍且复仇心切的匪首，岂肯放过送上门来采花的机会，况且这正是他寻觅日久的容府，就头颅一拧，暴怒地说：“哼，官府衙门咋啦，前番收麦子时，咱爷们儿在西坪学堂演了一出戏，夺了他的粮食，也没有见他容府有啥能耐，咱还怕他个屎哩！"

土匪师爷见状又紧着劝阻说："飞爷，那次我们是借着神鬼名义打劫收粮，他们还以为是有邪祟作怪哩，如果明火执仗去容府惹事，恐怕会招惹大麻烦哩。自古匪不跟官斗，飞爷还是算了吧！"说着瞅了黑娃一眼，轻蔑地说："咱们一不做，二不休，干脆把这个祸害主子的货也宰了，扔进沟里，神不知鬼不觉。"

黑娃惊得魂飞魄散，吓得连忙磕头不止："好汉爷爷饶命，好汉爷爷饶命！"

李飞刀看看黑娃的尿样，抬腿踢了他一脚，脖颈一拧，说："怕个啥哩，他容府就是阎罗地府，老子也要去闯一闯深浅，探一探路径，少废话，麻利走！"

匪首李飞刀一挥手，两个小土匪过来就把吓呆的黑娃双手绑上，用一根麻绳牵着拴在骡子鞍子上，李飞刀骑上骡子，连夜朝着陈仓塬方向飞驰而去。

中部

二 雨夜

第九章

采花贼黑夜逞凶　奸伙计编谎害主

第二天早晨，天阴沉沉的，昨夜一场骤雨之后，天空还淅淅沥沥下着毛毛细雨，要是在平日，太阳这时候已经升起一杈把高了，今天是个阴雨天，容府院落里万籁俱寂，容雅谦家的四合院子里房檐水扯着线线哗哗地流了一院子，除了青砖铺设的人行道和被雨水打湿的房檐台阶，院子里凡是有土的平地上，都泛出了薄薄的一层绿苔霉菌，看上去滑溜溜地平展，院子里阴霾笼罩着潮湿。

萍儿直到天色放亮，才昏沉沉地一觉睡醒过来，她使劲儿揉了揉眼睛，想坐起来却觉着头昏脑胀，看着窗户上的白色知道已经天大亮了，惊了一大跳，慌慌地自言自语："呀，糟了，今儿个睡过头了，误了早起烧水做早饭了。"

庄户人家平日里都是天不亮就起床下地干农活，日头出来前要锄一垄地哩，即使不下地的婆娘们，也都在天亮前一个钟头就起床了，女人们早早地起来，麻利地去厨房灶火里生火添水准备早饭。

萍儿心里着急慌神了。她想，完了，今日成了懒婆娘了，出去怎么见人哩！她昏昏沉沉地挣扎着起来，连忙穿好衣服，一双小脚一歪，腿就伸到了土炕边上。她是个小脚女人，是母亲从小给她缠的脚，为的是嫁个好人家，在明清时候的陈仓塬上，兴的就是女人三寸金莲。她坐起来后，就感觉头脑眩晕比刚才好得多了，脑袋也不似刚才那么胀痛了，就手忙脚乱赶紧用两绺白布条分别缠裹住自己的两只小脚，屁股挪着麻利地下了炕，穿上绣花小脚布鞋，头上顶了一个手帕帕，就匆匆忙忙奔出了房门。走到院子里抬头一看，她惊讶地又叫了一声："呀——咋了，今日里都睡死了？"

只见满院子的屋门都还关着，家里人怎么都还没有起来哩？

萍儿吃惊地抬头看见满院子的房门都还静静地关着哩，她一时纳了闷了："这是咋了，怪，今日连爹和婆婆咋都还没有出门哩？"顾不上多想，她急忙往厨房里走，一看灶火间里也没有人，她就高声扯嗓子呐喊："娥儿，娥儿，你也睡死了？怎么还不起来做饭哩，日头子都晒到尻门子上了。"

萍儿喊了半晌听不见玉娥儿答应，她有点儿生气了，就噔噔噔噔地朝玉娥儿睡的门房里走去，伸手刚一碰，房门就"吱呀"一声自动开了，她一愣，推开门就闯了进去，可睁大眼一看，把她羞臊得急忙双手捂住了双眼。

"哎呀……"她大叫一声，原来玉娥儿赤裸着半个身子睡在炕上，还没有睡醒，连床被子也没有捂着。

"呀，这个不要皮脸的，差死人了，你这个没皮脸的骚情货，咋么光着屁眼儿睡哩！"萍儿说着就走过去在玉娥儿的身子上狠狠地拧了一把。又悄悄糟蹋玉娥儿说："你个思春的，亮着身子，光着尻子，睡觉连门闩也不插，你想招惹野男人？"萍儿嘴里奚落着玉娥儿说。

萍儿这一把下手狠，拧得可不轻，玉娥儿一打激灵就灵醒过来了，她睁开眼一看，是萍儿欺负她，平日里两个人处得像亲姐妹一般，全没有主子和丫鬟之分，说话也随意得很，玉娥儿张口就说："萍儿姐，你也没有个主子的样儿，一大早的就皮痒痒了，找我骚情啥哩？"

萍儿眼睛一瞪，嘴里呸呸着说："哎，你个没皮脸的说啥哩，咋说话哩，是我皮痒痒了，还是你自个儿皮痒痒哩？睁开眼窝子看看，是谁晾着光尻子睡觉哩？我看你是骚情猫儿怀春哩，热炕头把你烧着了，精身子光着睡哩！"萍儿不高兴了，恶毒地数说着玉娥儿。

玉娥儿这才清醒了，一看自己全身竟然赤裸着，吓得惊叫了一声，慌忙爬起来拉过被子遮住身子，又羞臊又愤愤地发怒说："萍儿姐，你太过分了，咋么把我衣服都脱光了哩？"

萍儿"哟哟"地叫着羞她、损她说："哎，玉娥儿，咋么说话哩，你自己扒光了睡，我进来的时候就光着腚哩，脸面上挂不住了，怎么还讹上人了哩！"

玉娥儿惊慌地说："萍儿姐，我关着门哩，你怎么进来的？"

萍儿不悦，说："门虚开着哩，我就进来了，叫你起来一起做早饭哩！"玉娥儿疑惑地哆嗦说："我昨儿个黑里明明插了门闩的，衣服也明明穿着哩，怎么早上就光了身子哩？你说呀！"

萍儿见玉娥儿倒打一耙埋怨起自己来，就有点儿恼了，不高兴地撇嘴揶揄说："玉娥儿，我平日里把你当姐妹看哩，你自己骚情张狂不认账，怎么还讹上我了哩？怪我早晨进错门了，倒让门缝里的黑蝎子给蜇着了，算我平日里没有看亮清人。"说着，就气呼呼地转身甩手走出去了。

萍儿生气地出去了，玉娥儿才赶忙看自己的身子，纳闷儿自己怎么就光着了。少女的矜持使她首先下意识地摸了一下自己的身子，似乎感觉到了一丝隐痛，她立即慌乱了，再看自己的肩上和胸脯，都有牙咬的痕迹，她瞬间崩溃了，脑袋里一片空白，中了邪似的"哇呀——"一声号啕大哭了起来。

原来，玉娥儿夜里着了迷香，被人偷着糟蹋了！

大清早的，四合院里万籁俱寂，丫鬟玉娥儿突然一声号啕大哭，满院子里的人就都被惊醒了，大家都头昏脑胀地纳闷，自己昨夜儿咋么睡得这么死沉哩！

涵雁不知道发生了啥事，出了屋门就问急匆匆过来的狗剩，是谁早晨开的大门？狗剩说："我也睡死了，刚刚才起来，街门就大开着哩。"

"夜黑儿街门关了吗？"涵雁问狗剩。

"关了，是我关的街门。"狗剩肯定地回答。

"那怎么就开着哩？"涵雁疑虑地说。

"我也不知道呀？"狗剩满脸迷惑。

涵雁又问其他人，谁早晨开的大门，大家都说不知道。这时，容雅谦从屋里出来了，高声咳嗽一声，满脸不悦地问："玉娥儿一大早的，歇斯底里号什么丧哩！"

大家在院子里正纳闷儿，只见萍儿从玉娥儿屋里慌慌张张奔出来说："爹、娘，不好了，玉娥儿昨夜里被啥人糟践了。"

一句话像晴天霹雳，惊得院子里出来的人都伫立噤声，大家都傻了，目瞪口呆说不出话来。

这时，狗剩从门外慌慌张张跑进来说："四叔，不得了了，我表弟黑娃，被人绑在了围墙外边的皂角树上，已经让雨淋得半死不活了。"

大家又如同听见晴天惊雷，一个个惊慌失措，顿时全家人都呆愣着更傻眼了。女眷们闻声，都慌忙拥进了玉娥儿的房里去察看，男人们不便进去，就都一窝蜂奔出门去看黑娃。

门口树林里，黑娃双手被反绑在一棵大树上，脑袋耷拉着昏了过去，头上蒙着一块脏兮兮的黑布，浑身被雨水浇得湿漉漉地朝下滴答着水，全身已经被雨水淋得湿透了，像个落汤死鸡一般。

容雅谦气得满脸怒火，吼道："狗日的，谁造下这孽！"又连忙喊，"涵雁、狗剩，赶紧把人放下来先搭救。"

涵雁和狗剩就一拥而上，赶忙松绑救人。容雅谦这时一股怒火涌上了脑门，气得脸色铁青，愤怒得双手直打哆嗦，嘴唇张着就是说不出话来。

大家把黑娃抬到了狗剩的屋里躺下，容雅谦也缓过了气。他坐在了炕沿上，亲自给黑娃把脉探病，好半天才说："不打紧，他是虚脱了，喝些红糖水和姜汤，也许一会儿就缓过来了。"

玉娥儿的屋里女眷们也乱成了一团，玉娥儿已经羞愧难当哭得背过了几次气，萍儿同婆婆茹不停地安慰玉娥儿，给她掐人中，她一缓过点儿气来，就马上号啕大哭，要寻死不活了，稍一松手就往墙上去撞头，把大家闹腾得束手无策，个个都流着伤心悲愤的眼泪叹息，却谁也不知道到底是怎么回事。

这一切，都得等黑娃醒来才能问个明白，可黑娃一睡就是一天一夜，总是不见醒来。

玉娥儿已经哭了一天了，坐在炕上只是泪水涟涟地低声抽搐着哭，不吃也不喝，夫人茹让萍儿一直陪着她。

其实，黑娃大脑早就清醒了，他只是淋了半夜雨和惊吓发着高烧，有些昏迷罢了。此刻，他的心里正盘算着怎样圆场，才能不引起容雅谦的怀疑，才能不给自己日后留下把柄，他得深思熟虑。

第二天晌午，黑娃终于醒来了。大家听说后都急急忙忙来到他的跟前询问情况，惊恐和焦虑一天来一直笼罩着这个大家庭的角角落落，每个人心里都有一个解不开的谜团。

容雅谦进来问黑娃话的时候，黑娃从床上爬起来，扑通一声就跪在了地上，泪流满面地说："四叔，我对不起你，我辜负了四叔的信任，我没有把事情办好，我有愧啊！"说着就抽搐着痛哭起来。

容雅谦让涵雁扶黑娃起来坐下说，黑娃却固执地坚持跪着，他痛苦地说："四叔，我没有脸坐啊，你就让我跪着说，我才好受一些！"

黑娃已经在心里编织好了一大箩筐瞎话，他哭泣着说道："前天我跟着王药师收齐了药材，捆好装进了麻布袋里，看着天色还早，就给两头骡子驮上码好朝回里走。到了冯家山千阳河附近，天就快黑了，我记着老爷走时的吩咐，恐怕有啥闪失，就给王药师说，咱们先歇了吧，明儿个再走。可王药师却说，我想偷懒哩，说前面有个驿站，人多热闹些，可以喝点儿酒，我们紧着赶，到那里可以歇着。我是个学徒，得听师傅的，就应承了，跟着王药师过河往前走，谁料想，黑里走着走着就遇着了土匪了！"

容雅谦一听说遇着了土匪了，脸色立时就变了，急忙追问，是哪路土匪呀？黑娃哭丧着脸，说："四叔，我还没有看见人哩，就被土匪从树林里冲出来，一下子就套上了麻袋，蒙着头和眼睛，啥也没有看清楚啊。"

容雅谦又焦急地问他："有没有听到土匪们都说了些啥子话？"

黑娃沮丧地说："听着了，他们跟王药师要钱。王药师害怕，就把剩下的钱袋子都给了土匪了。"

"土匪让你们走了吗？"涵雁急着插嘴询问。

"没有，土匪嫌钱少，还逼着王药师硬要哩。"黑娃说。

"那最后怎么办的呀？"涵雁慌忙问。

黑娃说："土匪把刀架在王药师脖子上，逼着他拿钱，王药师哭着求情说，实在没有了。那些土匪不相信，又把刀架在了我的脖子上，问我要哩，我就说我是个伙计，没有钱。土匪还是不信，就把我一顿拳打脚踢的，你看我身上的伤。"说着他把衣服撩起来露出满身瘀青的伤痕。

容雅谦让他先把衣服穿好，急着追问："王药师人哩？"

黑娃说："四叔，王药师也被拳打脚踢的，都快要被打死了。我就求土匪说，王药师年纪大了，让土匪不要打王药师了，我们实在没钱了。我年轻，是伙计，要打就打我吧。可是土匪还是往死里打王药师，可怜王药师被打得半死不活了，就只好哀求说，带土匪到容府家里来取钱。"

大家一听就炸了，都气得又紧张又愤慨的，直埋怨王药师怎么这么糊涂，不会办事情，把土匪们引到家里来，这还了得！

黑娃偷偷扫眼一看，见众人都上了套了，就又说："我赶紧拦住说，王药师，不得成，不得成，你们放了王药师，把我留下来，好歹当个人质，让王药师把骡子和驮子拉回去取钱，再赎给你们。"

"对呀，土匪怎么说哩？"大家异口同声地夸黑娃会办事。

黑娃回答说："土匪不依呀，他们嘲笑说我就一个小伙计，谁拿钱赎？"

"什么话，救人要紧，怎么会不赎哩？"夫人茹环视大家说。

容雅谦点头称是，涵雁也连连点头肯定。

"是呀，再后来哩？"

"对呀，怎么说的？"

"哎呀，把人急死了，麻利说呀！"

众人围在黑娃四周心都快要蹦出来了，急得七嘴八舌纷纷抢着催问黑娃。涵雁急得在一旁直搓手心。

"王药师被打得可不轻，骨头都快要断了。他挣扎着说，让把他留下，让我回来取钱哩！"黑娃低眉垂眼地说。

"对呀，王药师这是个话，土匪们咋说哩？"容雅谦稍感满意，忙着再询问。

"土匪说，你一个老不死的，留下你，给你买棺材呀！"

容雅谦听了，脸马上一沉，心里就不悦了。大家也都瞅着黑娃发了愣，觉得这货，咋不会说话哩？正要埋怨他哩，黑娃赶忙补充说："四叔，土匪是说王药师哩。"

"唉，后来哩？"容雅谦问。

大家也都松了一口气，原来如此啊，这话说的。

"王药师被打得实在忍受不住了，就趴在地上哀求土匪说，实在不行，就带你们到容府里去取钱吧。"黑娃说道。

"哎呀！"

"哎呀呀！"大家一阵叹息惊恐之色。

黑娃立即说："我赶紧喊着对王药师说，不行呀，不能带着土匪们去四叔家里的。"

"对呀，王药师咋说的？"大家惊问。"我被土匪一连猛打了几棒子，就昏过去了……"黑娃可怜兮兮地编着谎话说。

"再后来哩？"涵雁抚摸着黑娃的肩头关切地问道。

"我醒来的时候，就已经被土匪绑在咱家门口的槐树上了！"

"土匪是怎么进咱们院里的？"容雅谦紧着问。

黑娃一脸迷茫，说："四叔，我不知道呀，土匪把我绑好又打晕过去了……"

"打你的土匪，你还能记着他的脸吗？"涵雁问。

"记不得，土匪都是蒙着脸的，我也被蒙着头哩，啥也没有看见呀。"黑娃懊恼地嘟囔着说。

"那么，王药师人哩？"容雅谦盯着黑娃问。

黑娃摇头说："我不知道了，我被打昏了就不知道后来的事情了。"他低下头一脸痛苦的样子。

"难道说王药师他又被土匪们绑着带走了？"容雅谦疑惑地自言自语，揣测不定地说。

大家七嘴八舌地跟着议论："完全有这个可能，土匪是啥人呀，杀人越货的，是最没有诚信的人了。"

"是呀，土匪挨天刀的都是瞎种，啥事做不出来哩！"

黑娃听了，也一脸困惑地跟着不停点头。

"难道土匪带走王药师是为了敲诈钱财吗？"涵雁疑惑地对着爹探寻着说。

容雅谦沉思着说："不能，如果土匪要钱的话，就会留下赎人的字据了，可是土匪什么也没有留下啊？已经一天一夜了，要有的话，也早该有绑票的传信了。土匪们这到底是玩得哪一出啊，这可不像以往的绑票风格，让人真是费解啊！"

涵雁说："对呀，土匪是来要钱的，却什么也没有要，什么也没有拿，却把玉娥儿给糟践了。难道说，是采花大盗李飞刀干的？"涵雁说着，转脸看了看黑娃。

黑娃连忙点点头，又摇摇头，佯装好像什么也不知道的样子："这个，我也不晓得呀！"

"这倒奇了怪了！"容雅谦疑惑不解地说。

这时，萍儿给黑娃端来了两碗面，大家伙儿就都走开了，让黑娃自己吃喝着，他也饿了一天一夜了。

涵雁见黑娃狼吞虎咽地吃着饭，刚要离开出去，容雅谦叫住涵雁说："雁，你到我的书房里来一下。"

容雅谦临走时又站住了，特意交代狗剩，给黑娃抹些药治治身上的伤。

涵雁跟随着父亲到了上房书房里坐下，雅谦问涵雁："雁，你对今儿个黑娃说的，怎么看哩？"

涵雁思索了一下，开口说："爹，我觉着黑娃的话不可全信，也不能不信，他好像隐瞒了什么关键的东西。这件事有些蹊跷，谜团始终解不开，让人觉得有啥疑点，却找不到破解的地方。这就让人费解了！"

容雅谦猛吸了一口旱烟，吐出一个圈圈，待烟圈慢慢散了，才开口说话："对咧，就是这么回事情，我也觉着黑娃这碎尿，说得太圆合了，说得很溜，几乎没有啥破绽，好像是经过深思熟虑似的，让人听着疑惑不解呀！土匪到家里这件事，怕是没有那么简单，这不像土匪的鸡鸣狗盗路子，一定还有啥事哩，黑娃碎尿不敢说，故意瞒着咱哩。你说，是不是呀？"

涵雁赞同着说：“爹，我也有同感。这个黑娃说话滑得很，反正王药师还没有回来哩。等王药师一有了信，咱们再问他，就啥都明白清楚了。”

“对，就是这个意思。最近小心些，把门看紧些，别再出啥事。你多留点神！”容雅谦叮嘱说。

“爹，我知道，记下了。”涵雁说。

“哦，最近，你媳妇的病有点儿起色没有？”容雅谦关心地问儿子。

涵雁满腹心事地说：“爹，还是那老样子，人也越发瘦了些，经常夜里咳嗽得睡不好。”

容雅谦叹口气说：“这种病，缠人得很，一时也难好，你媳妇受罪了，你也多担待些，急不得哩。你给她每天把鸭梨核掏空了，里面放两勺蜂蜜，在笼里蒸熟，连水一起吃喝了，夜里兴许会好些的。”

涵雁顺从地说：“爹，我记下了，今儿个晚上，就给她蒸蜂蜜梨子。”

容雅谦点点头，想了一下，又探涵雁的口气说：“你媳妇是这个样子，你也不小了。要不然，就再给你张罗一门二房，续个香火。家里不顺，冲冲喜。你看咋样嘛，能成不能成哩？”

涵雁思索了一下，他听人说，弟弟涵齐接受了新党“民主、博爱、自由”的新思想，不满意家里的包办婚姻，已经在西安同一个会唱新戏的大脚女学生相好着，所以才常年不回家。据说那个女学生，就是当年来的辛都督的一个外甥女，很有新潮思想。这事儿爹尚不知情，他也不便说破。就说：“爹，这事先不急，芸儿病身子缠着哩，现在续弦，恐怕会让她背了心思，病反而会越发重了，还是等上几年再说吧。”

容雅谦叹了一口气，就不再提了，他觉着大娃子涵雁为人贤德，知书达理，很会替别人着想，从小与世无争，是个守家立业的好性子。次子涵齐，在队伍上心思却大得很，性格上也偏叛逆，从不顾及家里，是个靠不上的主。尤其是涵齐，自打家里领进了媳妇，娶亲以后就不认可家里给包办的婚姻，对萍儿的小脚也很是排斥，一心喜欢玩弄刀枪拳脚，让雅谦很是恼火。但儿大不由爹，让他毫无办法。涵齐自打从军以后，就随了队伍上，不叫不回家，也不与自己的媳妇萍儿圆房。容雅谦认为，三娃子涵齐就是个叛逆的不孝之子。

涵雁见爹沉思不说话，就说："爹，再没有啥事的话，我就先去学堂了，上午还有两节课要给娃们上哩。"

容雅谦收住了忧愁的心思，又吩咐说："雁，你把咱买的两把盒子炮，拿一把带在你屋里头，放在身边，小心土匪黑里再来闹腾。给狗剩那里也放上一杆长枪在屋里头，教会他怎么使唤，以防万一的好。"

涵雁答应说："好！"容雅谦接着又叮嘱说："村里训练民团的事，你也要上点儿心，有事多同鸿和飞儿一起商量着，做得妥帖些。记着，给咱家里再养一条狼狗。那条黑狗，昨儿黑夜让人害了，叫都没有叫一声。"说着话，容雅谦又一声哀叹，又心事重重地吸起了旱烟锅子。

涵雁答应了一声出去了，刚出了门他又折回来了。雅谦抬头询问："雁，你还有事吗？"

涵雁说："爹，学堂里附近几个村子的娃娃们，今年来上学的也多了些，有的交不起学费，我同鸿一起商量着就都收下了，给免了学费。这样一来，学堂里祠堂拨付的教学花销就不够用了。给娃们买了书本以后，基本都用光了。虽说老师们的辛苦钱是从学堂和祠堂里的地亩里出，用粮食代替，但教学用的教具和学校老师食堂的补助费就差了钱了，还要给学生娃们添置桌子板凳，眼看就落下饥荒了。我大伯已经让鸿拿来了一百两银子。我想，我们家里也拿上一百两银子添进去。爹看合适不？"

容雅谦沉思了一下，爽快地吩咐说："雁，学堂里娃们上学，是个大事情哩，可耽搁不得！你从药铺里去取一百两银子先用着，不够了就再从咱们家里拿一百两去。过几天，我同你大伯商量一下，把祠堂里的公亩地，再给学堂里划上一百亩。不够了，再把咱家洼里的好地，也给学堂划上一些弥补一下。教书先生们的辛苦钱，除了粮食以外，每月再给先生们发些现钱零花，数目你同鸿商量着定了，就给你大伯说说。这事，我也去同你大伯提说提说。咱的府里，可以多出一些银子。"

涵雁听了，高兴地说："谢谢爹，我替学生娃们和先生们，先谢谢爹了。"

容雅谦最近几年，受大哥雅儒的影响，对学堂里更加上心了，学堂教书花钱的事，他从来都不含糊。涵雁听了爹的话，心里舒展，就点头会心地应了一声，匆匆出去了。

狗剩在容雅谦刚才问黑娃话的时候，站在一边一句话也没有搭腔，只是冷眼看着黑娃在述说。这会儿见人都走咧，他才挨炕沿上坐下来，阴沉着脸，冷眼瞅着黑娃狼吞虎咽地吃面条，突然他声音沉沉地对着黑娃说："黑娃，你今儿个没有给四叔说实话，编谎扯淡哩！"

黑娃抬眉剜了他一眼，没有吱声，心里嘀咕讽刺着："你个憨憨子！做个帮工就把自个儿当东家了，我黑娃才不尿你哩。"

狗剩又自顾自地说："你这黑屄，人心是杆秤，可不能黑了良心呀。你编得圆合，诳得了四叔，可诳不了我。我知道，你瞎屄是个啥啥人，心里头是个啥啥路路子！"

狗剩不理会黑娃的冷漠，见他不搭理自己的问话，就更加恼火来气了，他又紧逼着说："做人不实诚，吃吃吃，吃死你个黑屄！"

他想起了玉娥儿说过的话来——"我看你，就是饿死鬼托生的！"立马就气得忽地站起来大声责问说："黑娃，别再装蒜了，你老实说，昨儿个土匪做的坏事，得是你领着来做下的？"

黑娃听着狗剩突然冷不丁地说出了这么一句话，吓得七窍透风，魂飞魄散，一口面噎在嗓子眼儿，差点儿把他憋死了！

第十章

苟黑娃信口雌黄　兄弟俩反目婚房

黑娃黑夜里一路跌跌撞撞，把采花大盗李飞刀带到西坪凹村口时，已经是后半夜里鸡叫头遍了。

村子里第一声鸡叫之后，立即引得全村的公鸡都亢奋地"喔喔喔……"打起鸣来；接着听到动静的野狗也吠起来；野狗一叫唤，各家里养的家狗子也都应声吠了起来，昏暗的村子里顿时一片鸡鸣狗吠的和声。

土匪李飞刀到了西坪凹问黑娃："容府住的地方在哪里？"黑娃伸手慌张地指了指。土匪李飞刀来到容府西院门前，他目测看了看容府西院围墙的高度，退后了几步，然后猛地一个大垫步就飞身跃上了两米高的墙头，院内的大黑狗立刻愤怒地狂吠着扑了过来，李飞刀在墙头上顺手飞起一镖，大黑狗一张口飞镖正进入喉咙里面，就立即倒地不作声了。

李飞刀接着一个鹞子翻身悄无声息地跳了下去，蹑手蹑脚走到院子大门口，悄悄打开了容府西院的街门门闩，抓着黑娃的衣领用刀架着让他前头带路。黑娃颤抖着把土匪带进了院子里，他本来想给李飞刀指萍儿的房间，到了跟前却犹豫了，慌忙用手胡乱指了指小丫鬟玉娥儿住的门房，就瘫靠在了窗户边。两个土匪喽啰立即分散潜入到几个房间外边，从怀里熟练地掏出迷香点着，先用手蘸点唾液把窗户纸戳一个洞，然后把迷香逐个吹进每个屋子里。

此时的土匪李飞刀已经手法熟练地用尖刀捅开了玉娥儿的房门，黑娃眼看着土匪李飞刀悄悄推门隐身摸了进去，他的身子靠着窗户墙根慢慢溜了下去，头靠着墙壁瘫坐在了房檐台阶的青砖地上。

这时，一道闪电划过，天空里骤然下起了雨，开始还噼噼啪啪散打散落，随之便变成了电闪雷鸣和瓢泼大雨。漆黑的大地在一瞬间伤心难过得号啕哭泣，房檐水像雨帘一般流淌下来……

在西坪学堂后面的破窑洞里，几个人正神秘地围坐在一盏昏暗的煤油灯底下压低声音说话，他们是潜伏在陈仓塬的地下党员，正在进行着一场当前形势的分析和激烈的争论。

他们几个人争论的重点是，继续在城里组织工人和学生再次暴动与国民党抗争，还是在乡下组织发动农户实行减租减息，争取农民兄弟的觉醒，以乡村作为根据地坚持斗争。

车稼良面色黯黑但十分坚定地说："我们共产党现在正遭受着反动派的血腥迫害，国民党的白色恐怖笼罩着整个城镇，很多地方的革命力量组织工人和学生以及进步军人进行暴动最终都失败了，有很多革命同志流血牺牲付出了生命，我们陈仓不能再重蹈覆辙了。"

车稼良愤懑地哽咽着继续说："这种被动挨打的局面，必须尽快地改变和扭转过来！当前，我们要在陈仓塬地区建立我们自己的地下组织，大家可以以组织'同乡会'的形式组织地下活动，等待时机成熟时再成立自己的武装，继续同反动的国民党做斗争。"

飞儿激动地说："我们是该有所行动了，不能让国民党太猖狂了。眼下我们可以先把'地下抗战先锋队'秘密组织起来跟他们斗争。"他在昏暗的灯光下看了看大家，又神秘地说："我父亲又新买了一些长枪，还有几把短枪，是打算建立西坪凹民团的，由我四叔负责筹办，我们可以趁机把我们自己的人安插进民团去，把民团变成由咱们控制的武装力量。"

贾府的贾得知插话说："这事儿我听我爹昨儿个也说了，让我协助涵鸿和涵雁筹办建立西坪凹民团哩，只是这事还得看涵鸿和涵雁的主意，选人的事不能太明显了，还得拿捏好，不要让涵鸿和涵雁起了疑心。"他看了飞儿一眼又说："也免得容校长起疑才稳妥些。"

飞儿不悦，说："得知，你不用看我，我大哥、二哥一向谨小慎微，思想保守，但他们的心是很善良的，既不会支持我们开展抗争，但也绝不会出卖我们。不过，他们会阻止我们的革命行动。所以，我们的一切行动一定不能让我二哥鸿和大哥雁知道。往民团里安插我们的人，必须绝对严守秘密。"

车稼良兴奋地说："大家都说得很好，我同意大伙儿的意见，就这么子弄。反动的国民党还在四处搜查我们的组织和人员，大家一定要保持高度警觉，陈仓塬一带党组织的基本力量不能再遭受啥损失了。"

其他几位开会的骨干也都表示赞同大家的意见，表示回去就分头行动。见时间不早了，车稼良像突然想起什么，又问飞儿说："今天下午学堂放学后，我给菜地里浇水，听到涵雁一个人在学校里拉二胡哩，把秦腔的苦板音调拉得十分愁肠忧郁，让人听着很是忧伤。他不会有啥揪心的心思吧？"

飞儿忧虑地说："唉，我大嫂芸儿多年卧病在床，没有子嗣，最近病似乎又重了些，大哥雁窝心憋屈得心里苦闷哩，拉二胡就是他排遣苦闷心情的一种方式。"

车稼良感慨地说："也实在难为他了。自古就说，'不孝有三，无后为大'。他是长子，自然传宗接代的压力就大一些，这事放在谁身上，也是个事，你就多开导些他吧。"

飞儿说："大哥雁是个好人，对大嫂一直很好，只是这命咋就不长进哩，偏让他遇上我嫂子这么个病秧子媳妇，憋屈死了！三哥涵齐至今也没有子嗣，让我四爸一家子心里都很着急。"

车稼良突然想起一件事，询问说："我还听人议论说，你四叔家里面昨夜黑儿进了土匪了，可有此事？"飞儿说："确有此事！"

车稼良问："是哪里来的土匪，有消息了吗？"

飞儿说："可能是黄梅山惯匪李飞刀的人，我四叔家药铺王药师也被绑架走了，现在还没有消息哩。"

车稼良沉思着说："这伙土匪趁乱世而聚，祸害陈仓乡里已经很久了，他们犯事而聚，得手而散，居无定所，到处有眼线，有五六十人之多。过去，我让警察局多次搜捕也没有成功。如果能找到他们，再把他们争取改造成咱们的武装力量，既可以壮大我们的队伍，也可以不让他们祸害乡里。如果争取不了，我们就消灭铲除他们，替百姓除害，以争取民心。咱们要多留心他们的动向，摸清他们的活动规律，可以先派人设法打入土匪的内部，做些策反和争取工作。"

飞儿不以为然地说："只怕这些土匪匪性不改，收编了他们，反而让老百姓看轻了我们共产党，把我们的武装也当土匪看哩。"

车稼良沉吟说："这事以后再商议吧，现在先设法查清楚土匪们的窝点再说。要抓住土匪让赎人的时机跟踪，摸清土匪们的藏身去处，才好随机应变。"

夜已经深了，车稼良说完，大家就散了。

"哎呀，他四爸呀，听说家里面玉娥女子出事了？"

容雅儒听说四弟家里出了事，急匆匆赶来探望，脚一踏进四弟容雅谦的家门里头，就气愤地说："你看这事闹的，毛贼土匪也忒胆大了，敢到咱容府里来骚情闹腾，都吃了熊心豹子胆了！"

"说的是嘛，这些年，谁不知道咱们西坪凹容府是官宦人家，连官家队伍都从不来寻事情，别说山里毛贼土匪了。这回这瞎事，有些个蹊跷，我正纳着闷哩！"容雅谦心事重重接着话茬回答。

"唉，他四爸，纳啥闷哩？朝廷不幸，世事混乱，这些年世道日怪得很，到处军阀割据，民不聊生，连黄梅山的毛贼土匪都敢坐大当爷咧，真是国之不幸，国之不幸呀！"容雅儒焦虑地说道。

"是呀，连小日本都趁机在咱东北那达占地圈地哩。委员长不拒倭寇，却到处剿灭捕杀共产党哩。连虢镇城里和宝鸡到处都在捕杀抓人哩。这就让山里的毛贼土匪也得了势，趁机祸害咱们乡里。"容雅谦愤恨地说着。

容雅儒忧心忡忡地说："听说冯大帅连虢镇城里车先生也不放过，派人要捕杀哩。车先生得了信，自己先闪了，才避过祸难。国民党这是胡闹啥哩，没有个王道样子嘛！"

容雅儒说着从容雅谦递过来的旱烟袋里拿过一杆烟锅装了一烟锅旱烟丝，就着方桌上的菜籽清油灯捻子点着了火，然后深深吸了一口。

容雅谦也装上旱烟郁闷地吸了一口，说道："这屄事我也听说了。车先生是个好人哩，冯疯子咋连好人也不放过哩？要是当年的辛都督还在咱陕西，就做不出这损德行的黑心事来！"

容雅儒叹息地说："唉，辛都督如今也被罢了官了，挂了个参政闲职，是闲人一个了。世事难料，真是世事难料啊！"

容雅儒好像突然想起了似的，关切地询问："我听说玉娥儿一直不吃不喝，整天哭哩，让玉娥儿受上罪了，你得让屋里人悉心劝解哩，凡事想开着点儿，事已经出了，人还要活哩嘛。"

容雅谦说："玉娥儿昨夜就含泪喝了一碗汤，今儿个早晨稍稍吃了些，只是还哭哩，谁也劝不住，一心就想寻死哩，我让萍儿整天都陪着哩。"说着"唉"地叹了一口气。

"是得想个啥法子哩，这不是个事。"容雅儒忧郁地说。

容雅谦满腹心事深深抽了一口烟，慢悠悠地吐出来说："我有个心思哩，想跟他大伯商量一下子，就不知说得说不得？"

"说嘛，咱还有啥不能说的！"容雅儒抬头看了一下雅谦，也深深地抽了一口烟，等着四弟雅谦继续说下去。

容雅谦把烟锅里的烟灰在鞋底上磕了一下，待烟灰磕净，才抬头望着大哥雅儒说："我想把玉娥儿给了狗剩当媳妇。狗剩也不小了，早该娶个媳妇成家了，只是我这心里没有个底，不知道这事做得做不得。"

容雅谦说着把烟锅收起来放在桌子上，无限期望地瞅着大哥，等待大哥容雅儒拿主意。

容雅儒听了，眼睛忽地一亮，长眉毛忽闪掀起说："嘿，做得嘛，咋么做不得哩。眼下你给狗剩做了这事，玉娥儿也就有了安顿了，就是救人一命，积德行善哩。东家给家里的帮工娶媳妇，积了阴德，行了大善了，这事做得好呀！"容雅儒十分高兴地附和。

"你说，这事咱做得？"容雅谦急迫地又追问。

"做得嘛，当然做得！"容雅儒语气十分肯定。

"那么，如果觉得妥帖，这事还得麻烦他大伯你出面说合才好哩。"容雅谦接着又说，"还不知道狗剩这娃，愿意不愿意哩！"

容雅儒说："他应该会愿意。狗剩这娃儿人实诚，是个放心伙计，你做了这事，就是把他当自己家里人收了，玉娥儿也会安了心。好得很，好得很呀！"接着又兴奋地说："我没啥，做一桩媒，积十年德哩。这个媒人，我给娃儿们当了。"

容雅谦就趁热打铁，差人把狗剩从后院里叫出来，狗剩见是容雅儒来了问他话，就有些局促，一双大手搓着都不知该往哪里摆才好，看得容雅儒会心地笑了。

当着容雅谦的面，容雅儒问了一下狗剩的家世，又问了问他的生辰八字，掐着指头算了算，对容雅谦说："对着哩，我看这事好着哩。"

狗剩莫名其妙，一脸迷茫。容雅儒笑着说："狗剩，你娃别迷茫，今儿个，你喜事来咧。"

狗剩越发迷茫得发怔了，不知族长容雅儒说的是啥喜事，就憨憨地愣怔着，看着容雅儒发呆。

容雅儒笑眯眯地打量着狗剩，看得狗剩发毛了，才笑着说："狗剩，你觉得，玉娥儿这女娃咋样？"

狗剩实心实意说："好嘛！""真的好吗？"容雅儒笑了。"真的好嘛。"狗剩回答。

容雅儒挑破了说："狗剩，我给你说，老四想把玉娥儿给了你当媳妇，替你暖被窝。你娃愿意不愿意，说个话。"

"这——"狗剩一时不知所措，都不敢相信自己的听觉了。他是一个帮工下人，东家怎么会给他娶媳妇哩？

"狗剩，你是乐意哩，还是不乐意哩，照实了说，有没有啥麻达？"容雅儒又问。

狗剩不好意思地捏捏衣服袖子，又挠挠头皮，憨笑着发愣，局促不安地都不知该说啥好了。他心里已经乐开了花，半天也说不出个话来。

容雅儒笑了："莫非你娃不愿意呀？""愿意！"狗剩连忙说。容雅儒和容雅谦相视一望，放心地笑了起来。

"只是，我家里穷得叮当响，娶不起媳妇子呀，会亏欠了人家玉娥儿的。"狗剩实打实地说道。

容雅谦接过话题，诚心说："狗剩，你是怕没有地方住吧？只要你心里愿意，不嫌弃玉娥儿这女子，结婚的嫁妆，四叔我都给你置办；喜事办了以后，你们就一同住在后院里的三间瓦房里，咱们就算是一家子人了。你看这事，得成不得成？"

狗剩满心欢喜，高兴得一口应承："能成嘛，能成，我没有啥说的，我就听四叔的安置哩。"

容雅儒笑着说："好，你娃同意了，我还得去看看玉娥儿，问问玉娥儿女子哩，她要是也愿意，这事就算定了，择个好日子，就给你们两个把亲事成了。"接着又说："玉娥儿女子要是不愿意，咱这事，就算没有说。"

容雅儒接着去看了玉娥儿，玉娥儿一见大伯容雅儒来了，又抽泣着委屈地哭了。容雅儒先用长辈的口吻舒心开导了一番，见玉娥儿不再哭了，才说了让她与狗剩成亲的话。

玉娥儿听了，就感激地含着热泪点头答应。其实，她早就对狗剩有了心思，见大伯容雅儒说破了，就满心欢喜，破涕一乐，脸上有了喜眉笑眼，也不那么悲伤了。

当日中午，玉娥儿就下了炕，去厨房里同萍儿一起做晌午饭去了。只是玉娥儿面色蜡黄忧郁，一定是还没有彻底舒缓开心思，萍儿就想着哄玉娥儿高兴开心些，所以就故意取笑着她说："嘿嘿，我们玉娥儿原来是哭着想要嫁人哩，没脸没羞！"

玉娥儿不搭理萍儿的调侃，低头只管烧火。萍儿就又羞她说："人都说，人逢喜事精神爽，我看玉娥儿妹子今儿个就爽了呀！"萍儿一句笑话，说得玉娥儿又黯然伤神流起眼泪来了。

玉娥儿一流泪，萍儿慌了，就吐一下舌头，连忙赔礼道歉安慰说："好妹子哩，是姐嘴不好，姐给你赔不是！"她见玉娥儿还不搭理自己，就又逗耍她说："哎，好妹子，别不理姐，到你出嫁时，姐还要给你绞脸、梳头、铺炕、扫屋子，烧水搓背洗屁眼哩。等妹子你生了娃了，姐还要给你烧水、接生、洗尿片子，侍候月子哩，你不理睬姐，将来就自个儿弄去。"

萍儿一席话，逗得玉娥儿不好意思了，又破涕羞红了脸笑了，脸庞红扑扑的，像秋天的柿子一样，低头继续往灶膛里添起柴火。

容雅儒刚刚离开容府西院，贾府贾德芳急匆匆地也来容雅谦府上探望了。容雅谦同贾德芳又说道了一会儿，贾德芳知道容府有难，当下自己不便久留，关切地说了一些同情的话之后，便起身告辞。

王药师一直没有消息，容雅谦再问黑娃时，已经黑了心的黑娃恶毒地想，反正王药师已经被土匪李飞刀砍死了，又被土匪李飞刀的喽啰狠心扔下了深山沟沟里，这些天想必早就让野兽聚了餐，还到哪里找人去哩！

黑娃心里这么想着，索性就恶人做到底，肆意污蔑王药师，没心没肺地胡说道："四叔，王药师自己做了对不起容府的事，大概是不好意思再回来了，恐怕已经投了土匪，自己赎票了哩。"

容雅谦看着黑娃半天没有作声，心里却甚是怀疑，他不相信王药师会投了土匪，但至今没有消息却让他心里直纳闷儿。

王药师失踪没有消息也寻不着，药房里又不能缺了人手，容雅谦想了想，就吩咐让黑娃先在药房里面试着抓药。黑娃听了，心中一阵狂喜，他窃想，自己因祸得福，终于可以在药铺里出人头地了！就开心地"哎——"了一声，去了药房里面打理，从此当起了小掌柜的。

玉娥儿刚刚出了事，在乡下庄户人家算是没有面子的丑事情了，办婚礼自然不便张扬。狗剩家里也没有啥人，只有黑娃是远亲，婚事就都由容雅谦做主张罗。要说身世，玉娥儿自小是容雅谦从一个过路要饭的那里买来的小丫头，没有娘家人，自小就认容雅谦家是自己娘家了。狗剩与玉娥儿成亲，也算是容雅谦招赘养女女婿了。

婚礼日子定了，萍儿在院子里的日头下和玉娥儿对面端端坐着，萍儿嘴里噙着一根细棉线，线的一头拉在手里绷紧，玉娥儿朝着太阳方向眯着眼睛，把粉扑扑的一张脸仰着，让萍儿用细棉线给她绞脸，她的脸在太阳底下饱满得像秋里艳红的石榴一般好看。萍儿用细线不时地在玉娥儿的脸庞上打一个圈圈又立即拉紧一拽，脸上的汗毛就绞下来了。这样反复着做十几次，少女脸上的汗毛就绞干净了。这是关中少女出门嫁人前必须有的程序。

玉娥儿和狗剩的婚礼由族长容雅儒主持，院子放了鞭炮，拜了天地，自己本家人一起吃了顿饭，就把礼成了。

为了让家里能够喜庆些，容雅谦特意从凤翔府请来了一班灯影戏班子。剧目是关中碗碗腔《会阵招亲》，晚上天一黑，容雅谦就吩咐开锣唱戏。

容府全家人坐在庭院里，面对声情并茂、音韵夸张、逼真传神的皮影子戏，大家个个都听得津津有味，享受着古朴俊美的艺术情趣，全都陶醉在戏曲的粗犷与细腻中。

婚礼本来办得顺顺当当，简朴热闹，谁料想，到了晚上，玉娥儿在新房里揭下盖头时，一眼瞧见了从门口走进屋里来贺喜的黑娃，却惊悸得尖叫了一声，猛然间想起了雷雨夜的噩梦来。她惊恐地指着黑娃浑身直打哆嗦，身子抖成了一团。

狗剩一看，气得脸色铁青，一把就把黑娃推出了门，说："黑娃，你个黑了心的，我这个家，你贼屄以后就不要来了。"

表兄弟俩自此反目，心里结下了不解的疙瘩。

第十一章

小媳妇梦魇怀春　三少爷巧遇奇女

　　大年三十晚上，陈仓塬上飘落了一夜的鹅毛大雪，整座塬都笼罩在白茫茫的洁白瑞光里。直到初一清晨，凌空飘落的雪花依然在塬上漫无边际洋洋洒洒地飞舞着。

　　飞儿天刚放亮就起来了，他拿着照相匣子到容氏祖庙门口去拍了一张祖庙的照片，这是容氏祖庙被拆除重建的前一年。除夕晚上吃年夜饭的时候，飞儿的婆珍少许喝了点儿酒，晚上就在炕头上絮絮叨叨唠叨着："人勤春早哩，年三十晚上要熬夜守岁哩，早晨要早早起床哩，天不亮就要放炮仗哩，早起要洗手洗脸敬神哩，大人娃娃都要穿新袄拜先人哩，天不亮就要扫院子扫街门口哩，天麻麻亮前就要吃臊子面吃饺子哩，一早儿天放亮，就有族人来拜年拜寿哩。"

　　飞儿看似在摆弄照相匣子呢，耳蜗子里却溜溜儿把婆的话听进去咧。第二天天不亮，飞儿不等他娘催促就早早爬了起来，跟着哥涵鸿放了鞭炮和二踢脚，铲了院子和门口的积雪，就又拿着照相机踩着白茫茫的积雪跑到容氏祖庙门口拍了一张祖庙的外景照片。他拍照片是因为听爹说，这祖庙开春要拆门楼子重建哩。

过了正月十五，一晃就是二月二，这是个龙抬头的日子，但陈仓塬上却下起连阴雨来。虽说"春雨贵如油"，但从正月二十几一连下了一月天都不肯放晴，大田已经让过度的雨水泡成了烂泥塘，路上烂泥巴多得一脚踩下去就陷入泥里头，泥泞得已经让人没有办法行走了。一些老房子已经湿透漏起了雨水，牛马棚里早就没有干土垫圈了，牛马屎尿已经在马圈里和成了一摊子稀泥脏水。

陈仓塬上的人们都眼瞅着愁上了，是哪个瞎种怎么就把龙王爷给得罪了哩！眼看"清明前后"要"点瓜种豆"哩，天却一直阴沉着脸不肯放晴，都快把人给阴得要捂出病来了。

上午天还在下着雨，飞儿从学堂回来，他见婆珍在院子里穿着蓑衣、戴着斗笠，领着他娘贞，以及嫂子翠花、丫鬟槐花等人跪在当院雨天里祈祷上天，婆媳和丫鬟们个个被雨水淋得浑身都湿透了。

庭院的天井当中，竖立着一个捶洗衣服的大棒槌，一家人在不停地磕头膜拜，只听婆珍领着头说："求求玉皇大帝、海天龙王呀，老天爷再不敢蛮胡下了，再胡下雨就出大祸端咧！"她说一句，其他人跟着说一句，接着又说："明儿个天不下咧，我给上仙们烧纸蒸献祭哩！"祈祷仪式十分的虔诚。原来飞儿的婆是在祷告老天爷，祈求上天放晴。

关中祈晴立棒槌的风俗由来已久。民间说法很多，一曰，棒槌是桃木兵器，能辟邪禳解自然灾害；二曰，棒槌代表阳物战神，能够以阳克阴，战胜雾霾阴雨；三曰，棒槌寓意男根，用于祈祷祖宗护佑子孙。这是关中西府古老的文化习俗。

阴雨并没有给飞儿婆珍面子，又连着下了几天毛毛细雨，天才慢慢放晴了。到了中午，乌云渐渐退入山窝窝里，云端里露出了久违的阳光，雨后天空的白云雪一般洁净，宛若一团团棉絮镶嵌在湛蓝的天空里，望着让人着迷神往。

这些天的连阴雨把狗剩快愁死了，牛马圈里牛马粪便没有干土垫，再这样下去，牛和骡马恐怕就要生出病来了。

晌午天刚一放晴，狗剩就到后面院子里的土崖旁去挖干土。可是，连阴雨下得时间太长了，崖土也都是松软潮湿的，一镢头挖下去就哗啦塌下一大块来。狗剩无奈地看着土崖发呆。

这时候，他媳妇玉娥儿出来，后院的茅房里已经让污水注满进不了人了，在土崖旁脱了裤子撒尿。狗剩只好提了一筐湿土去马棚里垫圈，他正在垫着土，就看到玉娥儿提着裤子跑进来一脸恐慌地惊呼："狗剩，快去看哩，后院土崖里藏着一个鬼脸唬人哩！"

狗剩听了，连忙提着镢头跟着玉娥儿跑回土崖那儿去看，只见他刚才挖土的地方又塌下来一大堆湿土，半土崖上露出一个驴头大的怪物来，像一个鬼脸一样泛着狰狞的绿光，面目十分恐怖。

狗剩也吓了一大跳，这是个啥东西哩？玉娥儿躲在狗剩的身后不敢出来，狗剩就铲起一铁锨湿土扬了过去，不见动静，又铲起一铁锨土再扬上去，还是不见动静，他就大着胆子拿起镢头又朝怪物的头上挖了一镢头，只听咔嚓一声爆响，震得狗剩两手虎口发麻，手里的镢头也震脱手掉在了地上。土崖也随之哗啦又塌下来一大块湿土，原来他的镢头挖在了怪物的脸面上，这是一个像铁一样坚硬的怪家伙，现在已经骨碌碌掉了下来落在了地上。狗剩这才看清，这是一个生了绿锈有着三条腿的啥物件，上面沾满了绿锈和泥土。他伸手一提竟然沉得很，就双手搬了起来放在一边仔细端详着看，却看不明白，不知道究竟是个啥东西。掏了里面的泥土再看时，才觉得像个锈得疙里疙瘩的铁罐子，上面有两个提手耳。

玉娥儿不害怕了，说："嘿，这是个生铁罐罐，洗干净了放在马槽旁盛水给骡马饮水吧。"狗剩不知道，这是西周时期的青铜何尊宝鼎。大尊口圆体方，通体有四道镂空的大扉棱，颈部饰有蚕纹图案，口沿下饰有蕉叶纹。整个尊体以雷纹为底，高浮雕处为卷角饕餮纹饰，造型十分雄奇。

不料想，这个鬼脸般的物件放在马槽边，却把枣红马惊吓着了，它使劲儿打着响鼻直往一边躲闪。玉娥儿一看慌了，说这个鬼脸不吉利，连牲口都害怕，咱们还是把它掩埋了吧。狗剩也说，这鬼脸阴，邪行得很，埋就埋了吧。于是，两个人又吭哧吭哧地把那个物件搬到土崖边，挖了个深坑掩埋了，这才放心地松了一口气。

　　晌午，涵雁回家吃饭，由于街道里路上湿滑难走，他索性把裤腿挽在膝盖上光着脚走回来，刚打了一盆水洗了脚上的泥土，萍儿就用一个托盘把饭菜从灶火间端了进来，这是她多年照顾哥嫂的习惯，今儿个当她放下饭菜的时候，却低眉垂眼不敢直视涵雁，脸颊上也奇怪地早已经绯红了。

　　萍儿的这个举动十分反常，让涵雁好生奇怪，却不好问她这是怎么了，还是媳妇芸儿在炕头上靠着说话了："妹子，辛苦你了！"

　　萍儿一反常态地羞红了脸颊，说："姐，这是我应该做的哩！"

　　芸儿说："啥应该不应该的，姐这身子不能动弹，这些年家里针线上、锅灶上全都靠着妹子一个人操持了，还要照顾我这么个废人哩。"芸儿说着话，眼圈就已经湿红了。

　　萍儿把一碗臊子面放在炕沿上，又搭手把姐姐芸儿从炕头上扶起来坐下，把饭碗重新端起来给她递到手里，赶忙安慰姐姐芸儿说："姐，咱们都是一家子人哩，可不敢这么说哩。"萍儿说着话，眼睛瞟了一眼正坐在板凳上吃饭的涵雁，又说："只要哥嫂不嫌弃我做的饭菜，就行了哩。"

　　萍儿说出这句话的时候，她的脸一直红到了脖颈根里，本来就饱满圆润的脸蛋儿就像秋天嫣红的大石榴，羞答答的，赶忙慌乱地转身走了出去。

　　涵雁抬头纳闷儿：萍儿这是怎么了，怎么今天看上去怪怪的有些反常？心里想着却没有往心里去，低头依然吃饭。刚吃完了一碗饭，萍儿就又进来了，接过碗去再给他舀饭。又问姐姐芸儿的饭菜咸淡，还吃不吃一碗？芸儿说，饭菜都好着哩，她一碗就够吃了，让萍儿去看看公公婆婆吃好了没有。

萍儿说："爹和娘都有玉娥儿在门槛上坐着照看着哩，已经吃好了。"就收了芸儿的空碗一同端出去了。

不一会儿，萍儿就又给涵雁端上来一碗擀面，油泼辣子放得汪汪儿的，涵雁用筷子一挑，碗里面还有内容，擀面底下卧着一筷头猪肉臊子，十分诱人食欲。涵雁感激地看了萍儿一眼，算是感谢，萍儿立即脸颊又绯红了，高兴轻盈得像飞似的出去了。

萍儿的一系列举动，把涵雁看得闷在了鼓里，不知道她今日为什么奇奇怪怪的，就问炕上的媳妇芸儿："萍儿今儿个是怎么了，好像有啥心事哩？"媳妇芸儿强笑着说："能有啥心事哩，就小孩子一个模子，还没有长大哩。"

涵雁笑了，说："萍儿在咱们家都好几年了，还小孩子呢，要在正常人家里，孩子都满地跑了。"

涵雁无意间说出了这句话，他立即感觉不妥帖，这话不该说。芸儿同自己已结婚几年了，还一直没有孩子，这是芸儿的心病。他悄然抬眼看芸儿的表情，芸儿却好像没有在意，他心里就放宽了。

芸儿停了一阵儿，忧郁地说："萍儿是个苦命的人，没有少奶奶的命，你兄弟齐一直不怎么待见她，才没有个孩子，做不了娘，所以，如今性子还像个孩子一般。"

涵雁没有说话，他也在心里为萍儿叫屈。

芸儿又说："萍儿是个好心眼儿的女子，要是没有个孩子太亏欠了，将来老了靠谁养活哩。不像我，身子废了，是自己不争气，没有福气生养。"她说着眼泪就在眼眶里打转转，泪水快要掉下来了。

涵雁知道，自己的混账话还是勾起了芸儿敏感的心思，他最见不得芸儿掉泪，加上自己的心里也已经悲了，又不想让芸儿看见自己伤感，就赶忙从屋里头躲出去了，边走边说："芸儿，你吃了饭，先歇着，我吃好

115

了，还要上课去哩。"

晚上，萍儿把她给涵齐做的千层底灯芯绒布鞋在炕沿上摆放了一溜溜，有十几双之多，这都是她平日里熬夜给涵齐做的，但三娃子涵齐却一双也没有拿走。尽管这样，她依然继续夜夜纳鞋底，做好了就摆放在炕头上，每天晚上自己欣赏一遍，然后就拿出一对木头鞋楦子挨着试穿试楦，生怕会走了鞋样。这时，她又用木鞋楦子试鞋，每试一双就抱在自己胸前，满含深情甜蜜地搂一阵子，反复重复着一个相同的动作。她的身影依然像皮影子一样映在身后的墙壁上，机械而孤独。

萍儿正试穿着木鞋楦子，突然听到了对门涵雁拉二胡的声音，就本能地朝着窗户格子上瞅了一眼，这一瞅，她的脸上立即泛起一阵潮红来，这是近来常有的感觉。她心中一阵狂跳，马上就羞臊地放下木鞋楦子，自己捂住了脸紧张得哆嗦了起来。

"我这是怎么了？"萍儿心跳着问自己。

萍儿近来突然莫名其妙地对大哥涵雁有了那种痒痒心跳的感觉，这种感觉不时搅动着她的心扉，揪扯着她的每块肌肤，挑动着她的感觉神经，甚至洋溢在了她的眼神里，辉映在了她的脸颊上，连身子也有了滑滑的感觉。难道是因为那天的瞎睡梦吗？她羞臊得好像被人偷了心一般惶恐，每天看见了涵雁，就像丢了魂一般心里惶惶不安，就是每天端饭见到嫂子芸儿，也像做了亏心事一般脸红心跳。这都是因为那个夜游的春梦给害的……

这一夜，那个春梦又莫名其妙地滑回来了，萍儿开始注意起打扮来了，她把自己头上的刘海反复地梳理成整齐的样子，又把自己的新衣服拿出来反复地试穿，但无论怎么穿怎么打扮，都觉得怪兮兮的浑身都不自在，耳轮上也烧烧地发着烫，脸颊羞臊得都不敢看镜子了。这种火烧火燎的感觉让她浑身到处都膨胀起来了，尤其是胸部和小腹，就像喝醉了酒一般，晕晕乎乎，傻傻兮兮，自己一个人常常在自己编织的痴心梦想里徘徊。

萍儿正在镜子前面反复打扮着自己，突然，一双大手从后腰里搂住了她的身子，她立即就浑身酥软了，腿软得一下子就倒进了那双手的怀抱里不能自已，也许是她太需要怜爱了，太需要一个男人的荷尔蒙浸透自己寂寞的肌肤了，她甚至还没有来得及弄清楚那双大手是谁的，就已经彻底地酥软晕倒呻吟起来……

第二天，萍儿清醒后，确认三娃子涵齐并没有像自己期盼的那样如期归来，家里的年轻男人只有大哥涵雁了，所以她就认定自己睡梦中那双冥冥温暖的大手只能来自涵雁了。尽管那只是一种精神幻觉和生理梦境，但她从此再看见大哥涵雁的时候，就脸颊潮红心跳加快不敢正眼再望他了。

女人嫁人就像大海里的船舶泊码头，找到了好男人就像船舶靠上了岸，大风大浪来了也不会腿软。女人如果嫁错了人家，婚姻就成了飘忽不定的风筝，即使拼命地拉扯，也难保不断线。萍儿就是这样一个善良无助的女子，命运能给予她的也只能是无尽的希冀与生活的怜悯。

萍儿这一切反常的表现，终究没有能够逃过一个女人的眼睛，那就是她的姐姐芸儿。她虽然不能正常下地，但凭着女人的天生敏感，已经观察到妹妹萍儿的异样很久了。

三娃子容涵齐的确在西京城里找了一个新女性，而且的确是辛都督的一个外甥女。两个人已经在西京城郊里租住了一所农家庭院，过起了小日子。要说两个人的结合也是一个巧遇造就了这段爱情传奇。

辛都督自从解职以后，已经在家里赋闲许久，在国民党"四一二"反革命政变后，他闲来无事与一些人组织了个民主救国同盟会，成为讨蒋的民主社会人士。他的外甥女是个激进的新青年，在西北联合大学里跟着一些学生演嘲讽当局的新戏，被警察当乱党派人抓捕，她慌不择路逃进了学校旁边的一个酒馆里。

容涵齐正在酒馆里同乔古图的长子乔阿图以及几个青年军官一起喝酒，女学生一跑进来就慌忙打手势钻进圆桌子的桌布下面。警察紧接着就端着枪冲了进来搜捕，问他们有没有看见一个女学生进来。大家都蒙住了，正不知该怎么回答，容涵齐忽地站起来，生气地大声呵斥："他娘的，说啥哩？你们都没有长眼窝吗，连个公母都分不清楚了，哥们儿喝杯酒，你们也进来捣乱，都立马给我滚出去！"

这家酒楼叫容海酒楼，是容府的产业，仗着在自家饭店里吃饭，三娃子容涵齐并不把这些警察放在眼里。

这伙警察们猛不丁一听，也来了匪气，一个警察把枪一端立马横行霸道地吼叫："哎，咋了？还遇上狠茬子了，想找死呀，不信老子把你们当共产党全给崩了！"

这个警察说着就将子弹推上了枪膛里，指着容涵齐飞扬跋扈地发着横说："横啥哩，信不信老子现在就把你也一起抓起来，送到监牢里去醒醒酒！"

容涵齐见状并不慌张，还不等那警察反应过来，就一闪身把发横的警察的枪栓给卸下来了，枪也瞬间转到了自己的手里。

容涵齐这个动作太敏捷太快了，警察们都吃了一惊，也吓了一跳，知道这是个有功夫有来头的主，就呼啦一下围上来几个人，都端着枪想抓个大活人。

领头的警察刚一上前，容涵齐伸手就给了他一个大嘴巴子，掐住脖子从屋里推了出去，腰里的匣子炮也掏出来了，指着警察往后一步步退缩着倒退。

警察们都端着枪傻了，愣着不知道这家伙是个啥来路子，竟然连这么多警察都不放在眼窝里，就只好一个个往后面退。

这时候，在容涵齐旁边喝酒的青年军官乔阿图说话了："咋了？你们瞎了狗眼了，敢到这里来闹腾，不认识这是咱西京冯督军身边的容副官吗？"

几个警察一听这来头，还真是遇上硬茬子了，就自认倒霉，赶忙换上笑脸赔礼说："哎呀，原来是督军府的军爷们呀，多有得罪！喝着，喝着，我们走错门了，走错门了！"

警察们走后，女学生从桌子底下钻出来，不好意思地拱手道了声谢，大大方方见过了众人。她是个大大咧咧的奇女子，见容涵齐仪表堂堂又一副好身手，就大大方方说："我叫杜晓楠，是楠木的楠，可不是男人的男哟，西北联合大学的学生。"

容涵齐他们几个人奇怪地瞅着她，面前这个男孩子装扮的女学生杜晓楠，让他们感到诧异，大家都上下瞧着打量了起来。

杜晓楠却不认生，大大咧咧转脸对容涵齐说："你是谁，好功夫，本姑娘能拜你为师哥学上几招吗？以后对付这些小毛警察，就不用让别人来搭救了。"

容涵齐心想，收下这个假小子，当个女弟子也不寂寞，就说道："好，我就应承你了。我叫容涵齐，西安陆军军官训练学校毕业，在冯督军手下做事，你以后有事可以来找我。"

杜晓楠打量了一下容涵齐，拱拱手说："大恩不言谢，本姑娘就先告辞了。"说着话转身要走，容涵齐赶紧挡住她说："杜小姐，先不忙，你这么出去，正好让人家堵住给逮了。"

杜晓楠就站住犹豫着不知该怎么办了，一时面露难色。容涵齐见状笑着说："杜小姐如果不嫌弃，你就把我这个小兄弟的军服先换着穿上，跟我出去坐军车走，就没有事了，谅他们也不敢再找事情。"又想了想问："杜小姐，府上住在哪里？"

杜晓楠不想说出实情怕给舅舅惹事，就说了她在学校的宿舍住址：

"本姑娘住在西北联合大学的女生宿舍里。"

容涵齐笑着提醒说："杜小姐，大学你是不能再回去了，回去了就是灯蛾扑火等着被逮哩。如果杜小姐不忌讳，我在郊区有一处租房，你可以暂时先住在那里躲躲风头。很安全的，警察也想不到那个地方。你看行吗？"

杜晓楠把脸一仰，大大咧咧着调皮又感激地说："行，太好了，我就装扮一回容副官的官太太了，看谁还再敢抓我哩！"一句话却把大家都给逗乐了。

军官乔阿图打诨说笑，乐着说道："杜小姐，还装扮啥哩，你们郎才女貌，正好，就让容副官把你杜小姐收房接纳了，凑成一对吧！"

杜晓楠并不害羞，也毫不掩饰，她从小在舅舅家里见惯了这些粗鲁的军官们插科打诨，就大方地把嘴一撇，说道："咦，你们哥们儿想得倒美，本小姐岂是随意让人能收纳了的？我可是枯松涧火云洞的红孩儿出身，就你们牵马挑担的一群猪八戒、沙和尚，本仙根本不放在眼里，我专收齐天大圣孙悟空和御弟金蝉子唐僧哩。"

乔阿图嘻嘻哈哈大笑着说："哎，不当事，不当事，你就是七仙女下凡也得食人间香火，一个董永就能把你弄迷离了。况且，我们容副官就是齐天大圣孙悟空哩，还怕你红孩儿是个妖精？就是盘丝洞的女妖精们都爬出来，咋的，咱们容副官也全都收纳了！"

说着一桌人"哈哈哈哈"浑笑了起来。

容涵齐见弟兄们在一个女娃子面前搞笑，话说得实在太离谱了，就打断说："杜小姐，不要听我这些兄弟们瞎咧咧，再瞎说，我就真的成了猪八戒照镜子——里外不是人了。"

杜晓楠不以为然地说："容副官，咱们走咱们的，就让你的这些猪八戒兄弟们做春梦，在这里等着盘丝洞的女妖精吧。"

杜晓楠与其中一个小军官调换了衣服穿上军服，活脱脱一个俊俏青年军官模样，容涵齐心里一热，伸手把她帽檐拉低。然后他就同杜晓楠说笑着，大大方方地下了楼梯。

他们身后立即传来军官乔阿图笑着粗鲁的回击声："杜小姐，你就这么跟着容副官走了，也不请我们猪八戒弟兄们一同去盘丝洞里闹闹洞房、压压玉床呀！"

一阵"哈哈哈哈"的笑声从酒馆里传了出来，容涵齐没有再理会乔阿图他们，带着杜晓楠坐车走了。

第十二章

三娃子休书悔婚　毙特务闹市救妻

　　容雅谦得知了儿子涵齐在西京城里私订终身的事以后，气得吹胡子瞪眼大发雷霆，把正在手里端着喝水的景德镇青花小瓷碗连盖子一起摔在地上打得粉碎，又一脚把旁边的一个木凳子给横着踢飞了。

　　涵雁收到弟弟涵齐的正式知会信也惊了一大跳，私订终身这种不遵礼教、不合礼法的荒唐事，涵雁连想都没有敢想过，只有三弟涵齐这种敢作敢为逆悖礼法又长期从军在外的新青年才会玩得出来。

　　涵齐在给家里的信中坦然得很，洋洋洒洒地陈述说："哥，我已然是反封建的国民革命的一分子了，就不能再遵从旧家庭包办婚姻的封建枷锁，把自己的命运和生活维系在封建主义旧礼教统治下的黄土高原上，我完全做不到在陈仓塬同一个有三寸金莲没有文化的小脚农家女子厮混一辈子，这是不敢想象的。对于这门家族包办的旧婚姻，我从一开始就是反对的，现在，我终于找到了自己的幸福，同西北联合大学的学生杜晓楠小姐结成了伉俪。我要告诉爹娘和兄长的是，我已经追求了自己的新生活，请全家人为我的新生活祈祷祝福吧！"

　　他又说道："虽然我与杜小姐的结合是简单了些，没有邀请家人和亲朋好友参加婚礼，但这却是我们追求自由的新人生的开始。"

他随信还给萍儿附来一纸休书，说："哥，萍儿是个善良无辜的好女子，但我从一开始就无法接受她，身体也无法接纳她，她至今仍然是清白的，这也是她至今没有子嗣的原因。这个结果，并不是她的错，也不是我的错，而是这个吃人的旧封建旧礼教的错。我希望萍儿也能重新去追求自己的新生活，重新寻找自己人生的真爱，不要再被旧婚姻旧礼教所绑架，希望她也能够理解我，原谅我，也为我的幸福祝福。"

"多么自私又无耻的理由呀！"涵雁惊恐得瞳孔都放大了，"天哪，这么堂而皇之地悔婚，违背礼法，成何体统！"他手微微颤抖着简直再也看不下去了，涵齐的新思想让他无法理解，难道这就是他们倡导的"自由""博爱""平等"的国民革命的目的吗？他不敢想了。那么，容府厨房里那个可怜孝顺的整天地侍候着一家人生活的弟媳萍儿，她的"平等""博爱""自由"又在哪里呢？难道国民革命的浪潮，首先就是要抛弃牺牲萍儿这样的小脚女子吗？涵齐的无情决定，无疑已经深深地伤害了萍儿单纯脆弱的心，彻底摧毁了她作为妇道人家的名誉，这个结果对善良的萍儿难道就公平吗？涵雁不敢再往下想了，他怔怔地拿着书信呆坐在那里不知所措。

过了一会儿，涵雁来到了上房里，当他不得不把这一切婉转地禀告给爹的时候，容雅谦还没有听完就气得青筋暴突，暴跳如雷。

涵雁看着发怒的爹，尽管他给爹又强调说了，涵齐信中说他的新女人是个上过西北联合大学的、有知识的新女性，也知书达礼，自个儿提出想回家来拜访家人认祖归宗的话，想以此安慰爹不要太过光火。容雅谦却不为所动，怒发冲冠地大吼道："他想把那个城里的野女人带回家，门儿都没有！除非我哪天气死了。"

"可是，可是……"涵雁结结巴巴地说，"涵齐信里说，这个女子已经有孕在身了。"

容雅谦听了，直气得浑身哆嗦，随即便剧烈地咳嗽起来，突然，一口气堵住了喉咙，憋了半天吐出来了一大口殷红的鲜血，顿时就站不住身子了，一头栽倒在地上不省人事。

原来，杜晓楠那天从酒馆逃出来，容涵齐带着她去了自己的租屋，那是一所位于僻静的郊外的带有三间小屋的独家院子。到了小院天已经黑尽了，开了门屋里一片漆黑。容涵齐擦火柴点起油灯，只见屋里一明两暗，一边是间厨房，卧室在东间，中间是明堂。

借着屋里昏暗的灯光，杜晓楠问容副官："我住哪里？"容涵齐说："你自然是住屋里了，就一张大床，你睡吧。"杜晓楠说："一张大床，我睡了，你睡哪里哩？"容涵齐犹豫了一下，说道："我去外边厨房里案板上搭个铺将就一下子。屋里有被褥哩，你自己拾掇吧，我出去了。"他说着就要转身往外走。

杜晓楠慌慌地说："可我一个人睡着害怕。"容涵齐笑了，说道："小姐，那就没有办法了，我在外边给你放哨。"他说着刚一转身，杜晓楠就一把从后面搂住了他的腰，浑身剧烈颤抖着说："哥哎，我害怕，你不要走，我们一搭里睡吧。"一句话，把容涵齐吓了一跳，他回转过身子，还没有回过神来，杜晓楠已经浑身酥软了，身子直往下出溜。容涵齐赶忙抱起她的腰和双臂，就觉得杜晓楠全身都在颤抖，忙问："你怎么了？"杜晓楠抬起一只胳膊钩住了容涵齐的脖子，紧紧搂住他，把头埋进了容涵齐宽阔的胸膛里委屈得嘤嘤地哭泣了起来。

容涵齐成人后，第一次直接接触少女的肌肤，嗅到了少女身体释放出的奇异的芳香。当他的身体刚一触碰到杜晓楠膨胀跳动的胸部时，浑身瞬间触电般燥热，尤其是两个人在搂抱中肌肤的直接触碰，像电流般传导到彼此全身每一处神经细胞，容涵齐也不由得一同慌乱颤抖起来。而此时的杜晓楠身体已经控制不住瘫软在容涵齐怀里了，容涵齐慌张地拉起杜晓楠，两个人却都没有站稳，一同颤抖相拥着倒在屋里唯一的一张大木床上。

这一年里，小日本野心膨胀，出兵侵略我国多省。他们趁中国军阀混战之机，继续大肆调兵扩充侵略地盘，将中国进一步推向了巨大的灾难。

杜晓楠愤恨国民党军阀政府的不抵抗政策，在要求团结抗战的进步学生大请愿游行示威活动中，她结识了共产党人车稼良，加入了共产党地下组织，成为一名共产党员。

这一天，杜晓楠正在示威游行人群中激情演讲，宣传抗战救国，要求国民政府给人民以抗战自由、信仰自由、结社自由，强烈要求停止内战，一致抗日，惩治内战罪犯，惩治贪污腐化，结束内战不止的内斗局面。

突然间，国民党特务带领军警冲过来挥棒就打，抓捕现场的进步学生和演讲者，杜晓楠却临危不惧，继续激情演讲着说："同学们，同胞们，大家看呀，这就是国民党军阀们的特务政治，他们不去抗日，对侵略者一再退让，还不允许人民自己组织抗日，他们怕什么呀？他们怕小日本，他们更怕抗日的人民大众，他们怕中华人民觉醒，我们要同这个腐败的军阀政府斗争到底！让我们用斗争的鲜血唤醒全中国人民吧，推翻这个腐败无能的卖国政府吧，让国民党特务和日本人的走狗在人民抗战的战鼓中战栗吧，让暴风雨来得更猛烈些吧，让狂风骤雨吹走黑暗的统治，让我们用鲜血迎接光明的明天……"

杜晓楠在激动豪情演讲的时候，学生们组织成一道道人墙拼命护卫着她，并拼命抵抗，同试图抓捕杜晓楠的国民党特务厮打在一起，一群人倒下了，另一群人又顶了上去，前仆后继保护着他们热爱的演讲者。

杜晓楠越讲越激愤，情绪已经难以控制，深陷危险之中却完全忘记了危险和自我，依然慷慨激昂地演讲。车稼良一看，连忙冲过去把她拉下台就往出冲，军警们也像潮水一般涌了过来，罪恶的枪声爆响成了一片，一批批学生接连倒在了血泊之中。

容涵齐刚刚回城路过此地，他看见了日思夜想心爱的妻子，起初他简直不敢相信，眼前这个激情演讲的弱小女子就是他的爱人杜晓楠，她是那样的大义凛然，那样的临危不惧，那样的口若悬河，那样的激情四射。

正在特务和军警们要去抓捕杜晓楠时，容涵齐匆忙掏出了双枪，手起枪响就把冲在前面的几个特务撂倒了。在特务和军警们一时惊惶回头寻找枪声来源的时候，容涵齐又机警地跳上一处房顶躲避起来，趴下用双枪打点射压制吸引特务和军警的火力，用枪声吸引掩护杜晓楠他们趁乱撤离了。

车稼良一行人也不知道是谁在掩护他们，只是趁机赶紧拉着杜晓楠一起在混乱之中逃脱了追捕。

容涵齐跟随西北军冯玉祥东征西讨之时，就让杜晓楠暂时在西京自己过生活。冯玉祥两次兵败归隐之后，容涵齐重新回到了西京，来寻找久别的家人，没有想到却看到了这样一个混乱血腥的镇压学生游行的场景，他来不及细想急忙出手，解救了自己处于危急之中的爱人。

容涵齐凭借着自己军旅生涯长期练就的一身硬功夫和弹无虚发的好枪法，很快就摆脱了特务和军警的追捕，回到了西京城郊那处小院的家门前。容涵齐看见家里的大门紧锁着，就警惕地纵身跳上一棵大树朝街道里探察。

杜晓楠以其胆大心细的男儿性格，已经成为地下党的骨干成员，今天的公开演讲让她心潮澎湃，感到酣畅淋漓，心里像冲出了一腔凛然正气，从学生们与敌特分子的英勇搏斗和前仆后继的护卫场面中，她看到了一股抗战的强大力量，日本铁蹄侵略下的中华儿女的确已经在觉醒了，不愿当亡国奴的铮铮铁骨和抗战豪气依然存在于百姓之中。所以，她才忘记了危险，忘记了自我，淋漓尽致地痛击时弊，忘情抒怀。斗志刚强，巾帼不让须眉，这就是她的假小子性格。容涵齐就是看上了她的这一独特性格，才对她一见钟情并同她结成了伉俪。

杜晓楠同车稼良在逃脱敌特和军警的追捕以后，没有直接往家的方向跑，而是躲进了一处地下交通站，在地下党人的帮助下，先换了一身衣服，这才绕道回家，目的是防止敌特分子的暗中跟踪。但是，杜晓楠却没有发现，一个敌特分子早就化装成了学生，已经在暗中跟上了她和车稼良。

杜晓楠进了家门，先从水缸里舀了一瓢凉水一口气喝了下去，才爽快地坐下来伸伸腰，随即又想起来该给车稼良也喝些水，就又到水缸里舀了一瓢凉水端过来，抱歉地递给车稼良说："车先生，你看，我这里也没有热水，现在只有凉水招待你了，你将就着些，先喝口凉水解解渴吧。"

车稼良已经不似以前的书生模样了，一张脸看上去饱经沧桑，他现在是关中地下党的核心成员，长期的地下斗争使得他意志更加坚强了。他接过水瓢喝了几口水说："杜老师，经过一天的公开露面，今后学校里你是绝不能再回去了，出门也要注意安全。最近你最好不要出门，先避避风头，西安你也不能再待下去了。今天死了一些特务和军警，敌特们绝对不会放过你的，他们一定会到处抓捕寻找你。我向组织建议一下，可以把你先派到陈仓去，换个地方继续坚持地下斗争。"

杜晓楠毫无惧色地说："车先生，谢谢你的关心，西安我暂时还不能走，我还要等待我丈夫容涵齐回来。如果我现在就走了，容涵齐要是回来，可就找不到我了！再说，我的孩子还寄养在我舅舅家里哩，也需要我的照顾呀！"

车稼良说："这个你放心，组织上会派人先住在你的家里面，等着容涵齐回来告诉他实情。你如果现在不立即走，是会有危险的，敌人现在可是在到处搜寻着逮你哩！"

杜晓楠固执地坚持说："车先生，我这里是西安城边的农村地带，隐蔽性好，学校里没有人来过，敌人一时也找不到的，况且我平时就自己住在学校的宿舍里面，想必敌特不会那么快就能找到我的。"

车稼良担心地说："杜晓楠同志，你不要小看了敌特们的智商，他们都是闻着腥找路子的一群咬人不吐骨头的疯狗，这里他们会很快找到的。你赶紧先收拾一下，最好明天就走，你的孩子在你舅舅家里寄养，不会有啥危险，敌人还不至于敢去骚扰一个对国民党有功的元老之家。"

杜晓楠还在迟疑犹豫，磨蹭着说："车先生，你让我好好想一想，再做决定，好吧？"

车稼良无奈地说："好，你明天给我回话，我先回去安置一下，看看今天游行有多少学生受伤和被敌特抓捕，得设法子营救他们出来哩！我们明天再见吧。记着，我明天就让人送你离开西安城，越快越好，不能耽搁了。"

杜晓楠坚持说："再说吧！"

车稼良摇头离开以后，杜晓楠出来关上了街门，就想换一下衣服洗个凉水澡。她进了内室，打开衣柜在里面挑出来一件睡衣，脱了身上的衣裳，正在换衣服，突然，一支枪从门口伸进来对准了她，一个狰狞的怪笑声在她的身后说："嘻嘻，小娘儿们，脱呀，接着脱，都脱干净了，让老子也好好欣赏欣赏！你这个伶牙俐齿的地下党娘们儿，看看你身上有没有长着牙齿，这么厉害呀，哈哈哈哈！"

小特务一句突如其来喷着火药味儿的浑话，把正在换衣服的杜晓楠惊得动弹不得，赶紧用睡衣护住身体躲避，却被拿着手枪进来的人一把撕开了扔向一边，吆喝说："别动，再动一下，老子一枪崩了你！"

杜晓楠可不管，转身赶紧穿睡衣，那个特务砰地就开了一枪，天花板就落下来一股土灰。那个小特务冲过来用枪抵住了杜晓楠的头，另一只手就伸上去想摸她的身子。杜晓楠一声惊叫，骂道："你这个狗特务，有本事就把老娘给崩了！"

"崩咧，嘿嘿嘿……崩咧，多可惜哩！"

小特务一声冷笑："好东西就不能浪费了，老子还要好好享受享受蒋委员长提出的新生活运动哩，咋能现在就这么糟蹋东西崩了哩！嘻嘻嘻嘻……"

小特务说着用手枪指着杜晓楠说："小娘们儿，你不想死就老实转过身子来，转呀，转呀，快转过身子来，让老子欣赏欣赏你！"

杜晓楠气愤地捡起衣服刚想要穿上，小特务又朝地上开了一枪，子弹从砖块上弹了起来打在了衣柜的玻璃镜子上，玻璃镜子哗啦一声就碎成了一摊子碎片。小特务奸笑着说："小娘们儿，老实些，识点相，老子今天就饶你一命，要再不识相，别怪老子对你不客气了！"

杜晓楠气得高声骂道："狗特务，大色狼，你不得好死！"

小特务嬉皮笑脸说："嘻，我不得好死，就风流死咧。小娘们儿，你让我死一回呀！"

突然，啪的一声闷响，把杜晓楠吓了一跳，又听扑通一声，小特务一头栽倒在了地上。

原来，是容涵齐在树上早就远远看见了杜晓楠和车稼良，只是在他们的身后又远远地看见了一个跟踪着他们的身影，他不动声色继续隐藏在大树上观察着动向，没有惊动那个一直暗中跟踪着的小特务。

一直到杜晓楠和车稼良进了家门，车稼良又离开以后，容涵齐才尾随跟踪着来到杜晓楠家门口的小特务，悄悄跳墙进入了院子里。当他听到小特务第一声枪响以后，一个箭步就进入了房门，靠在墙边观察。在愚蠢的特务正想威逼杜晓楠而企图施暴的时候，愤怒的容涵齐一枪托击在小特务的后脑勺上，就把小特务打昏过去了。

杜晓楠看见了久别重逢的丈夫容涵齐，不由得悲喜交加，立即扑过来委屈地靠在他的胸脯上抽泣着哭了起来。她把这些年的思念和刚才的委屈尴尬都化作了泪水，伤心地哭成了一个涕泗滂沱的可怜泪人儿。

容涵齐说："晓楠，这里不便久留了，特务们随时会赶来，已经不安全了，我们必须赶紧离开！"杜晓楠擦了一下眼泪，她还想收拾一下东西，容涵齐催促说："来不及了，赶快走吧，再晚就有危险了。"说着不由分说，拉起杜晓楠就冲出了屋子。

容涵齐拉着杜晓楠一路紧走，出了村子，凭借着他的西北军司令部军官证侥幸闯过了几道封锁卡，终于来到西北军司令部招待所，登记住下以后，容涵齐和杜晓楠的衣衫都已经让汗水湿透了。两个人匆匆洗了热水澡，这才上床相拥着躺在一起说话。

容涵齐说："晓楠，你好大胆，竟敢去跟特务们斗狠。今天多悬呀，要不是我正巧赶回来碰上，你就被特务逮了。"

杜晓楠做个鬼脸，吐吐舌头，撒娇地把头埋进容涵齐宽厚的胸膛里，伸胳膊搂紧了容涵齐，没有回答。沉默了一会儿，她却意外地说："涵齐，我想回陈仓塬容府去。"

容涵齐一愣，面带歉意地说："容府是个根深蒂固的封建家族，不是那么好进的，咱们还是再等机会吧。"

杜晓楠不悦了，捶了容涵齐一拳，说道："讨厌，咱们都结婚五年了，你还是不是容府的三娃子了？"

容涵齐坏笑着打趣说："你要想入容府法眼，让爹娘接纳你，就得赶紧再生个儿子出来！"说着就把杜晓楠拥在怀里，嘴里哧哧哧笑着嘟囔："咱们还是赶紧造人吧。"

两个人久别胜新婚，情意绵绵，一会儿就都按捺不住了，杜晓楠面似桃花，刚酡颜醉脸羞着地说了一句："你撩人得很！"容涵齐已经猴急得伸手拉灭了床灯，蹭到杜晓楠腰上去了。

第十三章

小媛媛稚解心结　少夫人认祖归宗

　　军阀混战加上黄河发大水，给豫州一带造成了极大的天灾人祸，从河南逃难避祸的难民和无家可归的灾民们，携家带口像黄蜂一样过潼关，越关中道，逃到了陈仓塬上，西坪凹的两座大寺庙里饥民挤得都住不下了，整天都能听到婴儿们的啼哭声。

　　容雅儒一方面派人向县里去申请赈灾粮，但他也深知难民遍布荒野大道，光靠官府赈灾是救不过来的，就急忙同四弟雅谦一同去找贾府族长贾德芳，商议在西坪凹寺庙里搭建粥棚，让涵雁、涵鸿、飞儿和贾得知一同舍粥赈济灾民。这一设粥棚可不得了了，每天闻讯赶来讨粥喝的难民更多更拥挤了。

　　飞儿年轻气盛，在舍粥的时候，听来讨粥的难民们说，有的村子里财东老爷见死不救，有些难民饿急了，就拥入财东家里哄抢食物吃大户。飞儿激动得把舀粥的马勺往粥锅里一扔，大声说道："好得很，好得很，饥民造反，就该这样子弄！"

　　涵鸿正在舀粥，飞儿愤慨的气话把他吓了一跳，连忙制止飞儿说："飞儿，你胡说啥哩，还嫌村里不够乱呀？把难民激起来，可不得了哩！"

飞儿还愤愤不平，随口说："哼，难民们都觉醒起来，把这黑暗腐败的国民政府和军阀统治统统推翻了才好哩！"

涵鸿听了，赶紧放下勺子，一把捂住了飞儿的嘴，对贾得知说："得知，飞儿听你的话，你把他拉回去，不要让他在这里胡说八道的惹是生非了。"

贾府公子贾得知是个沉稳的后生，就过来赶忙劝说，拉着激动不已的飞儿打算离开。正说着哩，头顶上突然响起了刺耳的飞机轰鸣声，两架飞机在村子上空诡异地低空盘旋，大家都愣住了，茫然抬头观望。在飞机一侧身的当口，贾得知和飞儿都清楚看见了机身上日本鬼子的膏药旗，贾得知急忙大喊："不好，是鬼子的轰炸机，乡亲们都赶快趴下来！"

贾得知话音刚落，两架飞机已经俯冲下来朝人群堆里"嗒嗒嗒"开枪扫射了，难民们顿时乱了套，哭喊着乱跑，不少人被子弹击中翻滚尖叫，乱成一片。摆在大道上赈灾的两口大铁锅也被疯跑逃命的难民们撞翻了，锅里的米粥哗啦一下流了一地，饥肠辘辘离得近的一些难民和孩子，顾不上躲避飞机扫射，急着抢上前去趴在地上就用嘴巴吸食起来。

场面正乱着，突然飞机上又呼啸着投下来两枚炸弹，发出两声震耳欲聋的可怕爆炸声，难民们被炸得血肉模糊。现场浓烟滚滚，硝烟呛鼻，尘土弥漫，被炸伤的难民们哭天呼地咒骂叫喊。

雅儒、雅谦与贾德芳三个人匆匆赶来时，日寇飞机已经飞走了，涵鸿、涵雁、飞儿、贾得知几个人满身都是血，正忙着组织村民救治被打死打伤的难民。

涵鸿痛心地给三个长辈说："难民死了八个人，打伤炸伤二十几个人！"容雅儒悲痛地对众人说："外乡人死了的，都给一张芦席掩埋了；伤了的，都抬到祠堂里去救治。"他又对雅谦叮嘱说："老四，就有劳你了！"

雅谦毫不犹豫地说："你放心，出了这么大的事，我尽当全力救治就是了。"容雅儒愤愤地说："可恨，可恶，小日本侵华，民众遭了殃，国之不幸啊！"

涵鸿和飞儿救治难民直到点灯时分才疲惫不堪地回到了家里，晚上喝汤的时候，涵鸿给爹简单汇报了难民救治的事情以后，又回头对飞儿说："飞儿，你今天不该在难民面前乱说的，时下里，难民穷困潦倒，就是一团火哩，一星半点火星儿就能点燃爆炸哩。你不怕激起民变，这么多难民把咱们西坪凹给哄抢了呀！"

飞儿还在为白天日寇飞机轰炸揪心愤懑，就不以为然地转脸对爹说："爹，这么舍粥也不顶个事，救得了一时，救不了长远，还不如把咱们的地，分给难民一些让他们种去哩！"

容雅儒猛不丁听了小儿子飞儿的混账话，脸色一变，气得下巴上的胡子一翘一翘的，抬手就给了飞儿一个耳刮子，气呼呼地骂道："你个败家子儿，脑子烧糊涂了，把地都分给难民们，咱们一大家子吃啥哩，学校里的二十几号老师吃啥哩，西坪学堂还办不办了？啊，容府怎么生了你这么个混账愣头青！"

飞儿被一个巴掌和几句话，打骂得就愣了神，也傻了眼了！

涵鸿也说："飞儿，你动脑筋想一想，难民遍野，分地你能分得过来吗？竭泽而渔，渔夫也会被饿死的。"飞儿想想也是，觉得自己思虑不周，说话鲁莽了，就惭愧地低下头出去了。

杜晓楠身穿白色大氅，带着五岁的女儿小媛媛来到容府大门口拜访，玉娥儿被这个不认识的不速之客弄糊涂了，不知道她是来找谁的。

杜晓楠却平静地说："我是三娃子涵齐的媳妇，回来认祖归宗的，求见爹容雅谦和大哥容涵雁。请你给通传一声！"

玉娥儿听了，上下打量了一下杜晓楠，似乎明白了些什么，飞一般地跑进屋里去告诉萍儿："姐，她……她……她来了哩！"

萍儿奇怪地问："你个快嘴的，说啥哩，谁来了哩？"

玉娥儿急切切地说："她，她，就是她嘛！"

萍儿一惊，似乎明白了，一屁股坐在了炕沿上怔怔地发呆，半晌也不说话。这是她早就想到的事，这个场景在她心里不止想象了千百遍，排演预演了千百遍，只是来得太迟了，当这一切终于变成了事实，她反而镇定了，释然了，无所谓了，甚至已经开始有点儿麻木了。

"该来的，总会来的，她怎么才来呀！"萍儿淡淡地自言自语说道。

"是，是，她怎么才来呀？"玉娥儿也机械地跟着学，傻傻地说着。

"她人模样儿长得心疼吗？"萍儿喃喃地问。

"心疼，心疼，心疼得很哩！"玉娥儿赶紧说。

"心疼，心疼就好嘛！"萍儿心里灰灰地说。

"就是……就是……"玉娥儿有些犹豫，不敢再说啥。

"玉娥儿，你怎么了，说话吞吞吐吐的？"萍儿奇怪。

"姐，你没见过，她模样俊气得很，像个外天人，又像个仙女哩！"玉娥儿惊异地说。

"人家本来就是外天人嘛！"萍儿嗫嚅着。

"不是的，我是说她衣服袄袄穿得怪兮兮的，像个外天人哩。"玉娥儿说。

"唔！"萍儿沉吟一声。

"外天人"是关中道女人对成熟男人的称谓，又把成年女人叫"屋里人"，也把在外面做事的人和城里的官差等人统称"外天人"。

"姐，那个……那个咱们咋办呀？她还在门口等着通传，要进来哩。"玉娥儿本来想说"那个狐狸精"来着，却终于没敢说出口来。杜晓楠毕竟是容府的三娃子媳妇，她无论怎么着，也不能不敬主子，就只能用个"她"来代替，算是敷衍，也算是提醒萍儿，该怎么应付才好。

萍儿却绷着脸不吱声。玉娥儿急了，说："姐，咱放不放她进来呀？"

"放，当然放了，你赶紧告诉爹和娘去吧！"萍儿这时候反而镇定了，她平静地说。

"好，好，我麻利就去说呢！"玉娥儿看着萍儿的脸色说，她想从萍儿的脸上读出一些内容来，却终于没有读出个啥来，就起身赶紧跑了出去。

萍儿又把玉娥儿叫住，问："你等等，她，她有孩子了吗？"

玉娥儿赶紧补充说："有，有，有个女子娃儿领着哩。"

"几岁了？"萍儿淡淡地问。

"像是有四五岁了，姐！"玉娥儿回答。

"唔，都有四五岁了……四五岁了好！"萍儿愣怔着自怨自艾地说。

玉娥儿看着萍儿直发愣，不知该说啥了。

萍儿就接着又说："玉娥儿，你去吧，告诉爹和娘去。"

萍儿想，她不能去，她得等着她先来拜访她，因为她是明媒正娶的正房三媳妇，虽然还没有圆房，也不能坏了容府家的规矩。尽管三娃子涵齐不肯承认她，但她在容府里也还是名副其实的三少媳妇，这在容府里是大家都公认的。

"玉娥儿，你给娃儿也准备些糖果和吃食吧！"失落的萍儿终于回过神来，她渴望着自己有孩子，心里也就喜欢孩子，尽管这个孩子不是自己生养的，但她是自己丈夫的骨血。她心里再排斥那个女人，也不能排斥丈夫的女儿。

"哎！"玉娥儿紧着答应了一声，就赶紧出去了。

"媛媛，听话，你先跟着这个叔叔去见你的爷爷和婆，娘随后就进去拜见爷爷和婆哩。"

狗剩在院子里听着了，从屋里面急忙跑出来的时候，杜晓楠问了问他的身份，知道狗剩是容府里面最信任最亲近的同家人一样看待的帮工，就俯身给女儿整理了一下头发和衣服领子，对女儿容媛媛这样说着。

杜晓楠是个聪明人，她知道先用血缘关系去打通见面的尴尬，是眼下自作主张仓促回来认祖归宗最好的法子了。

还是小孩子简单纯真，容媛媛虽然人小，但毕竟是城里面长大的孩子，人小鬼大并不认生，知道了这个大大的家，就是自己爷爷和婆住的宅子，血缘的基因在她的血管里流淌着，西坪凹老家在她心里面早就不陌生了，就大大方方地跳着小孩子的花步子，高高兴兴跟着狗剩先进去见爷爷和婆了。

容雅谦正在土炕上靠着一摞被子吸旱烟，他自从上次被气得昏倒救醒以后，就时不时地有些眩晕，身体明显亏欠了，没有事的时候总是靠在炕上打盹，夫人茹也在土炕上坐着养神。

上房里的两个老人，猛不丁听玉娥儿跑进来说，三娃子媳妇从城里面回来了。

容雅谦胡子一翘，刚要发怒火，狗剩领着小孙女媛媛跑进屋子里面来了。只见她穿着一身毛线织的白色上衣和天蓝色裤子，小脑袋上两边各扎着一个高高的小辫子，一双长着长长的睫毛的大眼睛机灵地望着大土炕上，一眨巴，就眨巴出一脸孩子稚气的阳光灿烂来，还不等狗剩开口给四叔雅谦介绍她是谁哩，小媛媛就自己跑过去趴在大土炕的边边上，偏着小脑袋天真地对着土炕上面的两位老人说道："爷爷，婆呀，我是容媛媛，你们是不是小媛媛的爷爷和婆呀？媛媛可想可想爷爷和婆啦，城里面别人家的小孩子都有爷爷和婆，就媛媛没有，媛媛也想有爷爷和婆哩！"

容媛媛说着话的时候，美丽的鼻子咻咻地吸了两下，白皙细嫩的小圆脸绽放着天真烂漫的稚气，一对小酒窝深深地镶嵌在脸庞上，樱桃小嘴巴一咂就又涌起了一脸幼稚的酸楚愁容上来，睫毛上已经挂上了晶莹发亮的泪花，看得屋子里的人心里直发酸好不落忍！

容媛媛就这样稚气天真的一番问话，立即把两位老人的全身筋骨都给融化了，祖母茹顿时热泪盈眶，哽咽颤抖着扑向了洋娃娃一般的小孙女："看我孙娃心疼的，赶紧上来炕上暖和着，地上有虫虫咬娃哩。"

狗剩在老夫人说着话的时候，已经赶忙把小媛媛抱起来放在了土炕上，老夫人见了，一把就揽进自己的怀抱。

杜晓楠跟着玉娥儿进入院子里，她在进入容府上房正要迈腿跨进高高的厚重门槛时，听到了女儿媛媛正稚声稚气地说着话："婆呀，我娘说，她可怕见爷爷哩！我还以为爷爷长得就像个猪八戒，大耳朵长嘴巴的。原来，爷爷不是猪八戒呀！"

屋里人听了，一阵哄笑，又听到大概是婆婆的一个苍老女声乐呵呵地接着说道：

"嘿，我们小媛媛说得对着哩，你爷爷老脑筋就是个猪八戒哩，成天板着个大臭脸，让人看着不顺心，就像谁碍着他啥似的。"

一个苍老的男声立即不满地反驳说："老婆子，你女人家家的，懂得个啥，没有你说话的地方，不要在娃儿跟前胡咧咧！"

屋子里的气氛似乎比想象的缓和些了。杜晓楠猜想，那个嗤鼻不满的苍老声音，一定是公爹容雅谦发出来的，就迟疑了一下，随之又加快了脚步进入了上房屋里头。

杜晓楠一进门就知趣地按照关中西府风俗，赶紧跪下，大大方方地在脚地看着炕上自报家门说："爹、娘，我叫杜晓楠，是涵齐媳妇，我这里给您二老磕头了！"

杜晓楠在地上磕头的时候，容雅谦虽然已经被小孙女媛媛逗得生不下大气了，但依然态度不悦。也许是见了小孙女的缘故，不便在小孙女面前发邪火，他只是板着脸，鼻子里生气地"哼"了一声，没有搭理杜晓楠，依旧在凶巴巴地"吧嗒……吧嗒……"吸着旱烟，头也不抬起看一下。

婆婆茹看了看当家的，又看了看一直在冰凉的地上跪着的杜晓楠，犹豫了一下，心就先软了。她看在小孙女在跟前的份儿上，也不管容雅谦的脸色好不好看、心里是否平和，就连忙在土炕上欠了一下身子，朝着脚地跪着的杜晓楠宽容地招呼说："唉，老三媳妇，都是自家人了，你回来了就好，回来了就好呀！算咧，不拜咧，不拜咧！玉娥儿，快扶媛媛娘起来，别让地上凉砖头，把膝盖给凉着了。"

玉娥儿答应一声，赶紧过去就要扶杜晓楠起来，杜晓楠这才把手里提着的礼交给玉娥儿在桌子上放下，又按照西府规矩坚持倒头拜了几拜才站起身来，然后又给赶着进来的大哥涵雁也行了躬身礼，这才走到婆婆茹坐定的炕边上，婆婆却早就伸出手拉住了杜晓楠白皙细嫩的手欢喜地说："我娃坐下，我娃坐下说！地上冷得很，我娃上炕上来歇着。"

容雅谦却依然板着面孔抽自己的旱烟，并不搭理杜晓楠，让屋子里的气氛显得十分尴尬。

杜晓楠见公爹不搭理自己，知道他并不欢迎她的认祖归宗，但不再出声阻止就是默认接纳她了。杜晓楠是个不拘小节的女子，心里也不在乎，于是就识礼地爽爽朗朗说道："爹，娘，我初进家门，还想去先见过芸儿嫂子和萍儿姐姐，再回来陪您二老说话。"

婆婆茹听了杜晓楠的话，很是欢喜，觉着杜晓楠进家门很有分寸，是个知书达礼的媳妇，马上笑眯眯地接过话茬就说：

"好，好，好得很。萍儿和芸儿都在厢房里住着哩，你去吧，你和姐妹们一起说说体己话，见个礼行，你大姐萍儿心里的疙瘩也就解开了。"

"哎！"杜晓楠忙答应一声，就离开炕沿，跟着玉娥儿出来了。

杜晓楠走进萍儿住的西厢房，与萍儿见过了姐妹礼行之后，就大方地诚心诚意地对萍儿说道："姐姐，妹妹让你受委屈了！"

萍儿没有想到，杜晓楠见面会这么敞亮地说话，心里的疙瘩就不感觉那么噎人了，但心绪依然苍凉地喃喃说道："不怪你，妹子，真的。乡下人各人都有各人的命哩，怪不得旁人啥的。"

萍儿说着，就默默地把手上戴着的一个黄绿相间的翡翠玉手镯褪了下来，拉过杜晓楠的手给她戴上，说：

"妹子，初次见面，姐也没有啥见面礼品给你，就把这个翡翠手镯给妹子戴上，妹子不要嫌弃我戴过了就好！"

杜晓楠赶紧推辞说："姐姐，这算啥哩，我咋能拿姐姐这么贵重的嫁妆哩。"她是男孩子性格，喜欢女扮男装，平时并不佩戴首饰，赶紧就要褪下来还给萍儿。

萍儿按住杜晓楠的手说："妹子千万不要推辞，这是姐的一点儿心意哩，推辞了就生分了，姐姐会生气的。妹子就赏了姐这个脸面吧！"萍儿脸上一副诚恳的表情。

萍儿的话，把杜晓楠说得泪水都要掉下来了，就赶紧回过头去止住了眼眶里的泪水，装着将头发轻轻擦拭去了眉眼上挂着的泪痕，才又回过头来。

杜晓楠从容涵齐那里早就了解了萍儿的人品，心里自然也同情和敬重她，现在当面看出了萍儿善良的好心肠，心里就有了数了。她掏出一个首饰盒子，从里面拿出一个白玉吊坠对萍儿说："姐姐，妹子听说姐姐信着佛哩，就给姐姐送一块羊脂玉籽料玉佛吧，这是我舅妈给我的，我从来也不戴，就送给有缘人姐姐吧，让玉佛护佑姐姐玉体安康。"

萍儿见识了杜晓楠的坦诚，见她人虽然不拘闺礼却很好相处，性子十分敞亮，脸上终于挂出一些笑模样来，就恭敬地伸手接了过去，和颜悦色地对杜晓楠说："谢谢妹子，妹子有心得很！没有想到妹子是文化人，还能想着姐姐我拜佛哩！妹子的心意姐姐就收下了。"说着就把玉佛又交给杜晓楠说："妹妹，你给姐姐挂上吧！"杜晓楠就把玉佛恭敬地挂在了萍儿的脖子上，萍儿满意地咧嘴笑了。

萍儿看到杜晓楠虽然穿着好似男儿，却是个知书达礼的女子，心里许久以来的忐忑戒备疙瘩，也就完全解开了。

萍儿引着杜晓楠又来到了东厢房，拜见了大嫂芸儿。芸儿的病已经越发地重，脸色显得十分憔悴和虚弱。她见了弟媳杜晓楠，脸上现出难得的喜色，撑着病弱的身子，细声细气地说笑道："妹子到底是个城里人哩，细皮嫩肉地长得这么稀罕，真真儿是个大美人儿哩，难怪三弟稀罕你哩！姐要是个男人，也会迷了妹子的。"

杜晓楠让芸儿说得脸颊一片绯红，就不好意思地挂了着羞相了，一下子人也变得忸怩淑女起来了。她坐在炕沿上拉住芸儿的手，敞亮地说："嫂子不要笑话我哩！"

芸儿又羡慕地对杜晓楠说道："笑话啥哩，妹子真真儿好福气，我听到妹子已经有了一个女儿了，长得很可爱吧？我在屋子里已经听到了上房里娃儿细嫩的声音，很甜很甜的，听着声音就是个心疼人的精豆子（聪明伶俐的孩子）哩！"

杜晓楠连忙解释说："她叫媛媛，已经五岁了，现在让婆婆抱着哩，淘气得很！刚才怕婆婆刚见了稀罕，就没有好意思领出来见嫂子和萍儿姐姐。等过一会儿，我就领来让娃见嫂子和萍儿姐姐。"

芸儿有些病容的脸上灿烂地笑了："好妹子，我等着，真是好妹子哩。"看得出芸儿想见孩子的心情十分迫切。

上房里，祖母茹一边抱着媛媛亲着，一边说："他爹，娃们大老远地从西京回来了，又给咱们带回来这么一个心疼人的宝贝孙女儿，你就算咧，别总板着个老臭脸，让娃们寒了心。"

容雅谦见杜晓楠说话走路都大大咧咧的不拘一格，就不像个大家闺秀的女子，本来就有些排斥的心理，就更加不爽。当着小孙女媛媛的面，他也不好说啥，就"哼"了一声，没有搭理夫人茹。

祖母茹怀里抱着小孙女媛媛满心欢喜，就忽略不计较杜晓楠的啥装扮了，虽然看着另类些，但毕竟是城里人。

所以，她接着又盼咐说："玉娥儿，你去给她娘儿两个收拾一下今黑儿住的屋子，把炕烧得热火些，别把我小孙女给冻着咧。"

"哎！"玉娥儿响亮地答应了一声，就麻利出去了。

杜晓楠在萍儿屋里坐着，听了玉娥儿传话说，正给自己腾屋子哩，就赶忙出去挡住了。她来到上房对公婆说："娘，不麻烦了，我在屋里也住不上几天哩，黑儿里我就同萍儿姐睡在一起，我们姐妹也好说说体己的话。"

婆婆茹听了，心里自然十分高兴，就把笑脸挂满了腮帮子，说道："你们两个姐妹和睦，是家和万事兴，祖上修来的福分！"

茹说着就又嘱咐玉娥儿："既然娃她娘愿意去萍儿屋里住，你就只给铺一下炕就行了。"也就不再让玉娥儿多张罗了。她又对杜晓楠说道："老三家的，你们姐妹合得来，美得很，就依你了，你今黑儿就住萍儿屋里歇着吧。"

夜里，杜晓楠同萍儿说了半夜的体己话，说到高兴处两个人都咯咯咯咯笑个不停，萍儿不时地提醒杜晓楠笑声小些，别让上房里爹娘听着了。

杜晓楠见媛媛已经睡熟了，也感受到萍儿的贤惠善良，想到自己在西坪凹住上几日后，就该回城里教书去了，地下党已经在虢镇城里女子中学给她找好了掩护身份的历史教师的工作，就对萍儿诚心诚意说："姐姐，妹妹有一件事想托付给你，不知姐姐可能够答应吗？"

萍儿想不出杜晓楠会有啥事能够托付于她的，自己这乡下女人整天大门不出、二门不迈的，根本帮不了她啥忙，就不好意思地说："妹妹是在大地方见过世面的，比起你们城里来，咱西坪凹就是小门小户，你会有啥事托付我哩！妹子这是在寒碜人笑话姐呀？"

杜晓楠认真地说："姐姐，我想把媛媛留在咱们家里，让姐姐给我带着，我在城里教书，实在顾不上管媛媛。放在姐姐这里，我心里头就踏实了！不知姐姐能答应妹子吗？"

杜晓楠说完，一脸虔诚地瞅着萍儿，等待她的答复。

萍儿听了，心里一怔，一时竟然不好答话了。杜晓楠这是怎么了，把这么乖巧心疼的娃儿放在我这里，让我给她带着，这情理上说不通啊，难道说，是觉得我没有生育，才故意这么做吗？看起来又不像，杜晓楠的脸上是那么诚恳的一副表情，不像是做样子呀，这到底是为了啥哩？进门这一天来，萍儿同杜晓楠和媛媛一起说话，一起吃饭，媛媛是个很懂事的孩子，总是亲热地把她叫大娘，围着她转来转去的亲热得不得了，就像是她自己生养的。就这半天来，她从媛媛那里已经获取了一生中很多说不出来的快乐，说实话，她在心里已经把媛媛当成自己的女儿一般。现在，当杜晓楠提出真要把媛媛留给自己带的时候，她却慌神了，她还从来没有带过小孩子哩，没有当过娘，不知孩子的冷和热，不知道当娘是个啥感觉啥滋味，而带着二娘的孩子，又会是个啥感觉啥滋味哩。杜晓楠是真心的吗？凭着今天的近距离接触，她自信了解了杜晓楠，看来妹子这番话是真心的。真要让自己当娘的时候，现在，她却还没有做好当娘的心理准备哩。

萍儿哪里知道杜晓楠心里的难言之隐。这次她被地下党派往陈仓宝鸡，就是在虢镇城里面以教书为掩护做地下工作，以特殊身份与敌特们做斗争，宣传全民抗战的进步思想，反对打内战，鼓动全民抗战的。

党的地下斗争是很凶险的，处处都充斥斗争的残酷性，有着生命危险，她不能让自己年幼的女儿也跟着承受不该承受的凶险，她这次回来认祖归宗的目的，除了见见公爹和公婆之外，就是想在陈仓塬上托付自己的女儿媛媛。只有先安顿好女儿媛媛，她才能没有后顾之忧，一心投入以后的地下斗争中去。

第二天，全家人在上房屋里炕头边上吃早饭的时候，容雅谦依然不搭理人，也不说话。婆婆茹是大户人家出来的女子，懂得家教礼数，就对杜晓楠说道："老三家的，吃了早饭以后，你收拾一下，带上你女子媛媛，娘和萍儿两个领着你去东院大伯家，见一下你大伯和大娘，先到族里认个亲！"她说的"大娘"是容雅儒的夫人贞。

杜晓楠思忖，爹容雅谦没有表示反对，这就是一晚上已经想通了，同意让族里认亲接纳自己哩，就高高兴兴地"嗯"了一声，亮亮地应承了。

杜晓楠知道，婆婆茹说的大伯，就是容府一族之长容雅儒，见了容府族长之后，她与涵齐不合礼法私订终身的事，就没有人再说三道四了，自己也可以正式融入容府了。

容雅谦虽然生着闷气，还是同意让涵雁早先儿就去给大伯容雅儒先通传了三娃子涵齐媳妇杜晓楠要去拜访的话。容雅儒听到涵雁来说，三娃子涵齐的媳妇回门子了，一早儿全家人就在上房明堂客厅里坐着等候了。

杜晓楠进门放下礼，就拉着女儿小媛媛先向大伯容雅儒和大娘贞一同行了跪拜礼，又向二哥涵鸿和四弟飞儿也见了躬身礼，这才在一边规矩站下，听候族长容雅儒的教诲。

大娘贞已经使眼色让媳妇翠花上前把小媛媛领到自己身边去，爱怜地抚摸着，又从桌子上的食盘里拿了一把红枣塞到小媛媛手里，让媛媛吃着。媛媛也不认生，就靠在夫人贞的怀里吃了起来，小大人似的看着大人们说话。

族长容雅儒左手端着水烟壶吱溜溜吸了一口烟，才板着面孔黑着脸正色教训起杜晓楠："老三媳妇，你同三娃子齐是私订终身，破了祖训，违了族规哩！按理说，族里本不能收留承认你，但念你已经为容府生育了一女，自古以来母凭子贵，族里尚且就违制破例认了你吧！"

杜晓楠刚要施礼说谢谢大伯，容雅儒摆摆手制止了她，又接着说话了："如今虽说是民国了，但祖训岂可悖逆，你们年轻人崇尚什么'自由'啦'博爱'啦，都是瞎扯嘛，成何体统！婚姻大事，开天辟地就遵承尧舜相传、周公之礼，自古都是媒妁之言，父母之命，岂可私下男女自己

143

相授！"

容雅儒生气威严地用族长的口吻教训了杜晓楠之后，又说："不过，既然你爹雅谦一家已经接纳了你，族里也就不说啥了。你们以后安生过日子，记着要孝敬父母，尊敬兄长，妯娌和睦才好！"

容雅儒沉稳地说完话，也不看杜晓楠一眼，低首又摸索着往水烟壶里装上了烟丝继续吸烟。

杜晓楠生在关中，也熟知西府陈仓塬严厉的族规是关中道里传承已久的，她来的时候早就打定了接受长辈数说教训的心理准备，见大伯容雅儒以族长口吻训诫说毕了，就连忙又跪下答礼说："大伯教训得是，晓楠都记下了，请大伯放心就是。"说完大大方方起来，这才让二嫂子翠花拉着在一旁正式坐下了。

族长容雅儒按族规程序先行使了族长的职责之后，才放下容府族长的架子，看了看杜晓楠有些女扮男装的装饰，下意识地皱了一下眉头，想想杜晓楠毕竟是城里的老师，这身学生装打扮倒显得不俗气，随即又释然了。他又换上了长辈的口吻，面呈平和慈祥地说道："老三家的，听雁儿说，你是在西安城里面教书哩，得是的？"

"是的，大伯！我在西安女子师范学校里教书。"杜晓楠规规矩矩地回答，完全不似以往男儿脾性，倒恰似一个贤良淑女。如果让涵齐见了，倒会觉得出人意料要刮目相看哩。

容雅儒听到杜晓楠的确就是个教书的女先生，心里随即高兴了起来，面带着欢喜说："好，好得很！你是哪所学堂里毕业的，教授的又是哪一门功课哩？"

容雅儒崇尚乡村教育，一说到教书就高兴，对杜晓楠教书显然感了兴趣。他是个乡村教育家，一贯推崇教育救国、教育兴国，对国民教育一直情有独钟，处心积虑在陈仓塬创办私立学堂。

"大伯，我是西北联合大学毕业的，在西安女子师范学校教的是地理课和历史课。"杜晓楠如实地回答说。

"啊呀，好啊，好啊！听你的学问，莫非你祖上也一定是个'书香门第'了？"容雅儒很看重传统礼教，听了高兴地又接着询问杜晓楠。

杜晓楠谦恭地说："大伯过奖了，'书香门第'倒谈不上，我父亲是从军的，我上学的时候是跟着母亲在城里舅舅家里寄养长大的。"她没有说出自己其实就是辛都督的外甥女儿。

"喔！"容雅儒轻轻回答了一声，沉思吸烟。

杜晓楠又说："大伯，我这次回来，是准备在虢镇城县中学里接着教书的，住几天就走哩。"

"喔！"

容雅儒听了先一愣，想了想之后又左右看了看儿子涵鸿和飞儿，他想着西坪学堂里眼下正缺着好教师哩，何不把三娃子媳妇留在村子里教书哩？就吐了口烟，缓缓说道："老三家的，我看你就不要去虢镇城里面教书了，齐儿在队伍里经常不着家，你爹娘也年岁大了，要有人照顾哩，我看你就在咱们西坪学堂里教书吧。这些年，我和鸿一直想把西坪学堂办成初级中学，陈仓塬上娃儿们上学就不用跑到虢镇城里面去了，今后咱们陈仓塬上农家子弟们就可以普及中学了。眼下缺少的就是教书的先生，尤其咱们这儿没有女教师，你如果能留下来在咱西坪学堂里教书，咱这里的中学就能开起来了。你也算是咱们陈仓塬上的第一位女先生。在陈仓塬上，女先生教书也算开天辟地哩。哈哈哈！"容雅儒说着就爽朗地笑了起来。

涵鸿一直在一旁坐着没有说话，这时也挽留插嘴说道："你就留下吧，咱们学堂里筹办中学，正缺少你这样的女先生哩！有你在学堂里教书带动，陈仓塬上以后女子娃儿们上学的就多了。"

飞儿听了非常兴奋，他也高兴地劝说杜晓楠，插嘴说道："三嫂，你就留下来吧，不要犹豫了。自家人在自家办的学堂里，给自家的娃娃们教书，多好呀，生活上也方便照顾。再说，有嫂子在陈仓塬上教书，还能打破封建礼教，推动咱们这里的妇女思想解放哩！"

容雅儒斜睨了儿子飞儿一眼，觉得小儿子飞儿说话与礼教不沾边，不悦地数说起了飞儿："飞儿，就你整天的'解放……解放'的，一点儿也没有个正形！以后要向你哥涵雁、涵鸿和你三嫂子多学着点儿教育上的学问，不要总是说话不着边际的，好高骛远！"

飞儿做个鬼脸，吐吐舌头看看众人，不再作声了。小媛媛却好奇地看着飞儿阳光灿烂地笑了。

杜晓楠听了大伯容雅儒要她留下教书的话，也着实感到意外，但心中很是兴奋，这是大伯容雅儒这个容府族长对她身份的进一步接纳认可。只是这个改变教学地点的提议来得有些太突然了，她还要向地下党汇报这件事，得征求地下党组织的意见，就满脸喜悦地说："好，大伯，我自己没有啥说的，能够就近在咱西坪学堂里教书自然好，也方便呀！只是，我还要向虢镇城里县中学的校长说一下，毕竟已经收了人家的聘书了，要先去安顿一下。如果没有意外的话，我就回来在给咱们村上学堂里教书。"

容雅儒自然满心欢喜，开办西坪中学是容府多年的夙愿，缺的就是合适的教师，有省城回来的现成老师太好不过了，就爽朗地说道："老三媳妇，我看行，这事也不急，就等上个十天半个月也无妨，你先去县中学办事吧！"又转头对飞儿叮嘱说："飞儿，你就陪着你三嫂去虢镇城里把辞职手续办一下，回来就在咱们西坪学堂里安心教书。"

杜晓楠听了，心里暗想，这是大伯容雅儒唯恐她耽搁时日不回来，才有意让飞儿跟着自己的。飞儿不明就里，兴高采烈地答应了一声："好咧，请爹放心！"

飞儿抬头望了一眼三嫂子杜晓楠，想着自己能跟年龄相仿的漂亮嫂嫂去城里面走一遭，的确也是一桩很开心的差事，就满心欢喜。

容雅儒心情极好，高兴地对夫人贞说："今儿个高兴，你去准备一下，三娃子媳妇回来了，中午，咱一家人一起吃个团圆饭。"夫人贞满脸笑容，答应一声"好"，立即就带着翠花高高兴兴去了厨房里做饭去了。

小媛媛瞅见院子里有一群麻雀觅食，就跑过去对飞儿说："大哥哥，我想抓麻雀。"

飞儿听了媛媛叫他大哥哥很尴尬，大家都笑了起来，杜晓楠赶紧说："媛媛，不是哥哥，叫四爸！"

媛媛偏着头瞅了飞儿半晌，才大声叫："四爸！"

飞儿兴高采烈，立即抱起媛媛说："走，咱们去逮麻雀！"

容雅儒也乐了："飞儿这货，就是长不大的孩子！"

大家听了，都哄地一声笑了。

第十四章

西府乞巧奉心诚　星空织女赐天福

　　小媛媛已经同大娘萍儿完全混熟了，杜晓楠去学堂里上课的时候，媛媛就由大娘萍儿照看着，在容府院子里同玉娥儿的儿子狗蛋儿一起玩耍。

　　杜晓楠已经回到西坪学堂里教书了。早晨，杜晓楠上午有课，就早早地走了。萍儿到灶火里把馒头蒸上后，又回屋里看媛媛起来了没有。进门一看，媛媛还在炕上酣睡着，她就揭开被子在她的光屁屁上轻轻拍了一下，亲昵地说："小懒虫，快起来呀，日头都一杈把高了，就要晒到屁股上了。院子里麻雀都叽叽喳喳叫着，笑话媛媛是个小懒虫哩。"

　　媛媛却翻了个身哼唧了一声，又睡了过去。萍儿一看乐了："哈，真真儿想当小懒虫了，还不想起来呀？"说着就把媛媛光身子抱了起来，这一抱，却发现媛媛浑身发烫，萍儿就吓了一跳，连忙惊呼着喊叫了起来："娘呀，娘呀，不得了了，咱媛媛发烧了！"

　　萍儿这一声惊呼，茹就在上房屋里听着了，连忙拄着拐棍赶过来了。还没有进门，嘴里就连声问："怎么了，怎么了，我孙女昨儿个还好好的，今儿个早晨就怎么了哩？"

　　祖母茹匆匆忙忙来到了屋里，放下拐棍就急急忙忙伸手摸媛媛的额头。一摸立即邪乎着也惊叫了起来："哎呀，昨儿个还好好的，活蹦乱跳哩，怎么了哩？睡了一晚上，咋就发烧哩，蔫蔫儿的了！"

萍儿抱着媛媛心疼地说："娘，莫非是昨儿晚上在门口耍得太晚了，受了凉了哩！"

祖母茹立即肯定地说："哎呀，对咧，你说得对对儿的，黑儿里女娃子怎么能在门外边耍哩，是遭了邪气了哩。"接着又说："你赶紧到灶火里去舀一碗凉水，拿三根筷子来，再带把菜刀，我给娃先'察送'一下！"

萍儿知道，"察送"就是老辈人在家里有人突然生病了的时候，如果觉得有邪气犯冲，就竖筷子问卜驱邪，是个巫术方子，一般都由家庭里的高龄长者主妇亲自主持，就立即小跑着去拿了。

茹先把一碗清水放置在媛媛的身边作为"圣水"，然后又把三根竹筷子在手中并拢，竹筷子两头都在圣水里蘸了蘸，而后将蘸了"圣水"的竹筷子在媛媛的头上和身上绕了几圈，又用蘸了"圣水"的竹筷子头在媛媛的额头上、耳根子上、命门上点了点，口里面默默地念着驱邪咒语，念完又把竹筷子放在"圣水"碗中，用手扶着竖立起来，这是乡村里常用的法水镇妖的巫术。茹边垂直着竖立竹筷子，边厉声喝问："站住，站住，是哪里的妖魅昨儿黑里碰我孙女了，麻利站住，麻利站住！"竹筷子在水碗里怎么立也立不住，茹一沉思又换了个语气，和蔼地说："唉，你是谁啊？怎么不站下哩？我娃还小哩，经不得惊吓哩，你麻利走开，该做啥做啥去，我给你烧纸钱，不要跟我娃要钱，我娃还小不会挣钱哩。"她说着又拿出黄表纸烧了几张辋生钱，纸钱灰立即飘飘摇摇飞上屋顶去了。

祖母茹看了看纸钱灰飞走的方向，恍然大悟似的说："哎，原来是隔壁子她老姨呀，你是阴间人赶紧立下，不要稀罕摸我孙娃，我娃还小哩。"她话刚说出去，那竹筷子神奇地立马就垂直在碗中央站住了。

萍儿吓了一身冷汗，隔壁那个老姨都死了几年了，怎么就又回来了哩！正惊慌间，竹筷子在碗里直挺挺地站住竖立着不动弹了。萍儿知道，这是邪气让"察送"的巫术给收住了。只见这时候，茹突然眼睛一瞪，厉声断喝一声："呔，把你个死鬼，还不快滚开！"说着，挥刀砍过去，三根竹筷子立刻就被打飞到门外边去了，茹又紧接着把凉水碗端起来哗地泼向了门外，这样邪气就被送走了。茹驱邪的法术也就此收住。

萍儿在一边看得发呆，愣怔着不敢言语。

茹这才擦了一把头上的细汗，说："好咧，好咧，邪气已经赶走咧，我娃再睡上一会会儿就清醒了。"她用双手在媛媛的后背脊梁两边反复推搓了几遍，尝试着给媛媛降温，又用一块湿布给媛媛敷在脑门上退烧。

果然，媛媛就不发烧了。吃早饭的时候，媛媛喝了半碗小米绿豆汤。到了中午，她就自己爬下炕，跑出去耍了。

晌午，杜晓楠下课回来，萍儿给杜晓楠神神秘秘地悄悄学说一遍，杜晓楠嘻嘻哈哈就笑，说："那是婆婆推拿脊背和用湿布敷额头退烧起了作用哩，有啥邪气呀！"

萍儿舌头一伸，赶紧制止说："妹子，这是老辈儿传下来的规矩，可邪行了，灵着哩，可不敢笑话哩！"

杜晓楠也缩缩脖子，一吐舌头就不作声了。她拉过女儿媛媛摸了摸头，咋呼着说："嘿，媛媛已经退烧了！"

芸儿的病一直也不见好，人比以前更消瘦了，大家都觉着她得的是个瞎病，这个病也就是在凑合天天哩，要不怎么守着容府偌大的药铺子也治不好哩。

过了两个月，一天，萍儿给芸儿端了早饭回来，在灶火间里同杜晓楠一起吃饭的时候，神秘地对杜晓楠说："妹子，再有一个月，就是七月七'乞巧节'了，我想着在府里面做个'乞巧'，咱们姐妹两个一同做准备，到时候让大姐芸儿给咱主持一下，一来，大姐这身子一直也不怎么见好，咱们热闹一下子，给大姐冲冲喜气；二来……"萍儿说到这里停住不说了，脸上就有些许伤感。

杜晓楠心里明白了，萍儿是想着涵齐一直不在家，借乞巧节搭上个念想，冲一冲心里的思念，也算是鹊桥相会了。如果杜晓楠和媛媛不回容府来，萍儿自己就不好起头，现在却好张罗了。

杜晓楠心里面正想着，萍儿又说话了："妹子，你看好不好哩？"

杜晓楠是新女性，虽然心里并不相信这些古老的仪式，但却觉着十分好玩，也有乐趣，就立即迎合萍儿的心思说道："姐姐，好得很，我同意！我只听老人们说过'乞巧节'生巧娘娘，长了这么大，却还没有亲眼见过哩，就依姐姐的意思办吧！"

萍儿见杜晓楠赞成她的想法，脸上就绽放出喜色来，兴奋地说："那就好，咱尽快张罗！"

杜晓楠又迷惑地说："姐姐，我可是李逵的胡子一墨黑，乞巧是个啥规矩，我也不懂得，都听姐姐的。"

萍儿满脸堆笑着说："妹子，其实简单得很，我同妹子一起准备就是了，妹子只管把心放宽宽儿地看热闹。"

杜晓楠说："姐姐，我听人家说，'乞巧'是由女子娃们和媳妇们做的，我都已经是娃她娘了，还能做吗？"

萍儿笑着说："妹子，能做哩，咋不能做！做'乞巧'要七个女子一起张罗着做不假，咱容府里凑七个女子还不容易吗？现成的你、我和玉娥儿，就已经三个了；咱们再把二嫂翠花屋里的两个女子都算上，再把媛媛也算一个，就六个人了；再让大姐芸儿主持，不就正好凑成了'七巧'了。"

杜晓楠一想也对，就说："姐姐想得周全，好嘛，需要我做啥，我帮着姐姐拾掇，一切就靠姐姐了。"

萍儿神秘地说："妹子，做乞巧也不麻烦啥，就是选上好的红豆、绿豆、黄豆、豌豆、菜豆、大豆、黑豆，七样粟谷粮食，到六月六那天，咱们一起生巧就行了，这些我都拾掇好。妹子，你教书，就不忙活了，到时我会教你。"

　　每年的农历七月初七是民间乞巧节（也叫七夕节），这是农村女儿们的一个古老的传统节日，民间也把七夕节俗称女儿节。农家年轻女子们做"乞巧"，都要秘密相约上七个年轻的女子，准备能够生巧芽的七种豆谷，预备好七个七彩盘子，七口竖缸，到了六月六日这天，做"乞巧"的七个女子都沐浴斋戒，把七种豆谷分别盛放进七彩盘子里，然后每人抓阄认领一种豆谷并开始浇水生巧，泡了清水的豆谷盘子放进缸里面，用秸秆做的缸盖盖好，不见阳光放在隐蔽的屋子里，让其在缸里面发芽生长，女子们每天换水，豆谷鲜嫩的巧芽芽茎秆可以一直生长到一尺高度，直到七月七日这天夜晚，才取出来放置在准备好的院子中央的香案上，正式与星空天地见面，名曰"巧娘娘"见世面。这时候，大家会争相围观欣赏，看谁的"巧娘娘"生得巧、长得白，生得胖、长得高。谁的巧娘娘长得好，就夸赞谁是个天生的巧娘娘，这是很长脸面的事情。

　　到了七夕节来临前夕，做乞巧的富贵人家，会在庭院里用竹杠、草席搭建一座华丽的"乞巧棚"，摆放一张方形大供桌当香案，香案上首挂上牛郎、织女的画像；夜晚明月升起的时候，由七个年轻女子排队献上"巧娘娘"，摆放上七碟果蔬，七盘糖果、点心等祭品，点上两根高灯蜡烛，香案前摆放着蒲团，做"乞巧"的年轻女子都在蒲团上跪好，在长嫂嫂或长姐姐的带领下焚香磕头，燃烧黄表纸祷告星空天地，祭拜牛郎和织女双星，心里默念许着心愿。其他看巧的年轻女子们也都跪在后面，等待着繁星璀璨的时候到来，期盼着牛郎和织女星的显灵赐福。

　　容府七夕夜"乞巧"的彩棚香案，虽然是设在自家的庭院里，却依照当地风俗引来了村子里的很多看热闹的男男女女，大家围着"乞巧"香案站在两边，边嗑着瓜子，边看热闹。

芸儿羸弱的身体在七夕晚上"乞巧"中，却异常的坚强，她虽然虚汗淋漓，却竟然一直坐着坚持了下来，似乎冥冥之中有织女星护佑一般。这让大家都十分高兴，认为是"乞巧"的奇迹，织女星显灵赐了福了。

场外围观看热闹的人们，也都兴致大发，齐声咏唱《乞巧歌》，欢快的歌声也为乞巧节增添了浓浓的兴致。

第十五章

山匪潜逃隐西坪　午夜暗算劫容府

雷雨交加的夜晚，三四个土匪背着匪首李飞刀，跟跟跄跄奔跑在雨夜泥泞的荒野上。他们一个个狼狈不堪，慌慌张张如丧家之犬，雨水从他们的脸颊和腮帮子上流淌到脖颈里，整个人像落汤鸡一般。脚下的道路泥泞难行，他们不时地被沟坎绊倒，或者在泥泞的路面上滑倒，浑身弄得稀汤烂泥的，在黑暗中艰难地拼命地奔逃。

这几个在泥泞中拼命逃跑的土匪，从雷电的闪光中看上去，就像一群从地底下钻出来的魔鬼一样恐怖。

"飞爷，我们去哪里闪哩？"

一个小土匪抬头问背上背着的受伤的李飞刀，嘴里的话音还没落，由于一抬头脚下失去重心，就一个趔趄滑倒在地上，两个人立即都滚落在泥水里，摔得四脚朝天。

"去陈仓塬！"

摔倒在地上的匪首李飞刀侧身支起身子，抬手啪地就给了小土匪一个耳光。他挣扎着从泥水里往起爬着，几个土匪赶紧上前把他从泥泞的地上拉了起来，李飞刀却站立不住，看得出他一条腿受伤了，裤腿扎着的白布渗着污血。

背李飞刀的土匪赶紧俯下身，把李飞刀又背在背上，身子朝上颠了一颠，背得略高一些，闷着头就朝着前方赶紧走。

"啊……去陈仓塬？"

土匪师爷似乎不敢相信，惊讶地问："飞爷，那里可是国军团长容涵齐的家乡，咱们不是上门去自投罗网嘛！"

"哼，怕个鸟，现在只有去那里，才是最保险的。容涵齐狗娘养的，怎么也想不到我会躲到他的家里去。"黑暗中，李飞刀得意地狞笑着。

"飞爷，我们去西坪凹找谁落脚呀？"土匪师爷疑惑地问。

"你狗尻忘啦，就找那个药铺的小伙计！"李飞刀黑暗里奸笑了一声。

"找他？"土匪师爷迷惑了，"飞爷，那小子可是容府的伙计，他还不把咱们都给交出去呀！"土匪师爷担心地说着。

"哼，谅他狗娘养的也不敢！"李飞刀说，"他还怕咱们把他带路的事说出去哩。"

土匪师爷狡诡地狞笑了一下，似乎明白了什么，黑暗中他的眼睛发出了狼一样的绿光："嘿嘿，飞爷实在英明，我们几个就去那里躲些时日，让独立团到处去瞎找瞎折腾去吧。"

"哼，你想啥好事哩，不是我们几个，是老子一个人去那里躲些时日养养伤，你们腿脚利落的，都到别处去开溜安身。"李飞刀狠戾地说，"等老子腿脚好利落了，再找容涵齐报仇雪耻。"

这天深夜的雨夜里，西坪凹也浸泡在淅淅沥沥的雨幕里，已经是容府药铺里药剂师的黑娃，正在药铺土炕上睡着觉，突然，药铺的大门被人拍响了。

黑娃不情愿地起身穿上衣服，戴上了一顶旧草帽，来到大门口问道："是谁呀，半夜里黑灯瞎火的下着雨里，你敲啥子门哩，还让不让人睡觉了！"

"哎，小哥，我们是过路的，受了点儿腿伤，想请你给抓点儿药，钱好商量。小哥，请你行个方便吧！"土匪装得很和气地哀求着说。

黑娃犹豫着刚拉开了一条门缝，这群人就像恶狼一般一拥而入冲了进来，手枪已经顶住了黑娃的脑门子，把他惊吓得双腿立即就哆嗦起来。

"英雄好汉爷呀，我只是个伙计哩，东家不在店里，你们有话好说好商量！"黑娃吓得哭丧着脸抖抖颤颤地说。

"少废话，快点灯！"李飞刀用手枪指着黑娃命令他说，"你尿娃要是不老实，老子一枪就崩了你，知道马王爷长三只眼吗？"土匪李飞刀凶狠地恐吓着。

黑娃连忙求饶说："好汉爷爷饶命，好汉爷爷饶命！不知是哪路英雄到了，我给爷爷们拿钱就是。只是不要杀我，说啥我都答应，我确实只是个伙计哩。"

"小子哎，你识相就好，咱们是老熟人了，不要声张，你抬头看看，爷爷们是谁？"李飞刀在小土匪背上招呼说。

黑娃听着声音熟悉，慌忙擦抹眼睛定睛一看，这才看清面前的煞神竟然是当年抢劫他的土匪头子李飞刀。黑娃顿时惊吓得慌了神，瞅着指着自己头颅的冰凉的枪口，魂飞魄散，一屁股跌坐在地上瑟瑟发抖，嘴里面惊慌得说不出半句话来。

原来，这伙子土匪是被容涵齐剿匪打散了落荒而逃来的。

容涵齐回到陕西后，送走被特务追捕的杜晓楠，自己拿着冯玉祥的推荐信，担任了西北军地方独立团团长，军队驻扎在关中陈仓塬附近的西府上马营一带。

此时，日寇侵华占领了东北地区，国民党军不得不放松了对后方的暂时管控，地下党在后方大片地区发动农民运动，没收地主老财的土地，实行减租减息，按照人口平分土地。土地归农受到了广大农民的拥护，共产党领导的工农红军队伍也迅速壮大起来。蒋介石看到了政治危机，担心红军队伍尾大不掉，不顾全国人民一致要求抗击日寇的呼声，又组织国民党军队对逐步壮大起来的红军队伍进行围剿，下达了"剿共令"。

国民党派特使与日寇秘密达成停战围剿共党的协定，调集了百万国军围剿共产党的队伍。容涵齐的独立团也接到了上峰要他"剿灭共党"的命令。

容涵齐担任团长后，遇上的最大棘手难题，就是黄梅山的土匪，他们经常下山打劫当地民众，还不时地抢夺小股国军和地方民团的武器给养，当地民众对土匪猖獗已经民怨不断。容涵齐想起李飞刀当年祸害容府的事来，如今自己既已担任了家乡地方军队长官，就更不能对土匪的祸害听之任之了。

上峰电令独立团出兵围剿陈仓共党游击队，容涵齐对下属们说："陈仓西府，只有土匪最为祸患乡里，我团就乘此机会剿灭黄梅山盘踞的李飞刀，刈除地方祸患。"他派出几人打入了土匪窝，摸清了土匪的活动规律，出其不意打了土匪一个措手不及，一举端了土匪盘踞的黄梅山老巢。匪徒们在大围剿中死伤大半，剩下的都四处溃散逃命去了。

独立团一把火烧了土匪们盘踞的山寨，清扫战场、清查匪帮，却独独不见了匪首李飞刀。容涵齐派兵围山搜捕，除了又抓住几个潜逃的小土匪以外，却依然没有匪首李飞刀的下落，只好撤军返回城里。

第二天，容雅谦到药房坐诊，黑娃慌慌张张地过来说："老爷，昨天晚上下雨天咱们门口躺了一个病人，是被子弹打伤的，今天早晨发起高烧来。我给他涂了些草药根本不当事情，请老爷赶紧去给看看吧！"

容雅谦听了黑娃的话一愣，疑惑地说："你说啥？让子弹打伤的，会是个啥人哩？"

黑娃赶忙说："像是个要杂耍卖艺的，说是在山里面遇上了土匪劫道，扔下卖艺的担子就跑了，结果让土匪从后面打了一枪，伤在了大腿上，逃难到了咱这里，我早晨在门口看见了，就把他扶了进来。"接着又赶紧说道："四叔，我没有给你禀报，就私自做主救人，还请四叔责罚我。"

容雅谦释然说道："看你这崽娃子说的，责罚啥哩，你能救死扶伤，就是积德行善嘛，好事情，好事情，你做得对，我还要夸你哩！人在哪儿，我现在就跟你去看伤去。"

黑娃说："就在我的炕上躺着哩！"

容雅谦觉得黑娃这事做得对，治病疗伤本来就是药家的德信，所以满意地站起来对黑娃说："黑娃，你这事做得好，咱们药家就图个诚信，你先前头走着，我准备些药棉和止血的药就过去看。"

黑娃见容雅谦并没有怪罪他，心里的恐慌就放下了，连忙紧走几步出去到后院房给土匪李飞刀报信，免得让头脑敏锐的容雅谦看出啥破绽来。

土匪李飞刀腿上的枪伤开始化脓水了，弹孔周围乌青乌青的，一条腿已经肿得同裤子腿一般粗了，腿在裤腿里紧紧地裹着。

容雅谦撩开土匪李飞刀的裤腿一看，吃了一惊，随口惊讶地说："哎呀，不得了，怎么糟践成这样了，一条腿都肿了，再耽搁下去，这汉子的这条腿就算丢了。"

李飞刀挣扎着向容雅谦抱了一下拳，虚弱地说："四爷，我是经乾州来的要杂耍卖艺的，被山里的土匪给黑了，昨日又让雨水把伤口给泡了，就化了脓了。还请四爷救救我，大恩大德兄弟我永生不会忘，我只要好过来，我就回去取银钱给四爷付药钱，分文不会少的，只求四爷能搭救我一条性命。"

容雅谦听到这个汉子喊他"四爷"，就心里奇怪了，脱口问："怎么，这汉子，你认得我？"

李飞刀一愣，知道自己说漏嘴了，刚要推说不认得，黑娃见状连忙搭话岔开说:"四叔,是我告诉他的。这汉子说他钱让土匪给抢了,身无分文,我就说我们四爷是这一带有名的好大夫,人缘儿又好,不会嫌弃他没有钱,一定会给他治好病的,让他放宽心,这汉子说啥还不肯信哩。"

李飞刀回过神来,也赶紧随声附和着说:"是啊,是啊,是我糨糊脑子把四爷给想歪了,竟然狗眼不识好人心!等我伤好了,一定多给四爷银两补偿救命之恩。"

黑娃怕李飞刀言多有失,故意黑着脸插嘴:"你这汉子,好不知趣味哩,我们容府偌大个家业,是多要你银子的人吗?你闭嘴少说些屁娃子话。"他说着就给李飞刀偷着使眼色,让李飞刀不要多说话了。

李飞刀明白,就接茬掩饰说:"是屁话,是屁话,是我小人之心妄度四爷君子之腹了,真真儿把人都羞死了,还望四爷不要见怪我是一个粗人。"

容雅谦倒觉着这个汉子说话不完全是个粗人,倒是看上去有些神秘。容雅谦给他腿上用盐水消了毒,又用麻黄散止痛,用刀子从腐肉里面试探着往出挖子弹。刀子挖在肉上剧痛难耐,却见李飞刀连吭都不吭一声,只是头上冒着豆子一般大的冷汗,顺着脖颈里一直往下滚淌,心想这还真是一个硬邦邦的瓷实汉子!

容雅谦行医多年,还很少见这样的硬汉子,不由得心里也叹服。

容雅谦取出腿里面的子弹,擦了一把自己头上的汗,再看土匪李飞刀,总觉着见过似的,想问一声,但见李飞刀满头虚汗,就忍住了没有再问,只是对黑娃叮嘱说:"你记着每天给他换一次药,再擦洗一下伤口,小心化脓。"

黑娃说:"四叔,我记下了。"

李飞刀的枪伤并没有伤及骨头,取出子弹后住在药房里每日由黑娃换药调理着,伤口愈合得很快,不几天就能自己下地走路溜达了。

这天上午,李飞刀正在院子里拄着拐杖自己活动着练习走路,突然,玉娥儿走进药铺里来了，她是给容媛媛和自己的儿子狗蛋儿来拿治咳嗽的枇杷膏，狗蛋儿比媛媛大了两岁，已经七岁了。

玉娥儿走进药铺院子里，看见在院子里走路的李飞刀，心里不由得一悸，浑身立即感觉不舒服。玉娥儿疑惑地望了一下，却不认得，便急匆匆去了药铺里。

药铺里的小掌柜黑娃，正在往中药柜的中药盒子里称药放药，突兀间，见玉娥儿走进来，也着实吃了一惊，连忙往院子里头张望，见李飞刀也正往药铺里探头探脑瞅望着，就吃惊不小，心里想，难道李飞刀认出玉娥儿了？再看玉娥儿，却好像并没有认出李飞刀来，只是对黑娃说："他舅，我给媛媛和狗蛋儿拿治咳嗽的枇杷膏，你给取上两瓶子。"

黑娃连忙讨好地满脸堆着笑说："嫂子，我这就给你取，你稍等！"他说着又偷眼看玉娥儿的脸色，见没有啥反常的，就稍稍放下心了。黑娃拿了两瓶枇杷膏后，又拿了一瓶蜂蜜伸手递过去说："嫂子，娃还小哩，爱咳嗽，药铺里有上好的黑蜂蜜，让娃娃们喝上些黑蜂蜜润润嗓子，会好得更快些，你拿着用吧。"

玉娥儿接过枇杷膏和蜂蜜，端详着看了看，说道："四叔说了，把白萝卜切成小丁丁，用蜂蜜泡上两个钟头，再蘸着蜂蜜一次吃两小勺，一天吃上四次，治疗咽喉肿痛有奇效哩！行，我回去就给两个娃娃试上一试。"

玉娥儿说完刚要转身离开，黑娃又搭讪着说："嫂子，听说昨儿个三哥从队伍里回来了？"

玉娥儿好奇怪地问："是回来了。怎么了，你打听这做啥？"

黑娃尴尬地说："嘿嘿，听说三哥当团长了，心里头高兴，高兴，随便问问，没啥，随便问问。"

玉娥儿没有在意黑娃的表情，兴奋起来，说："三哥是当了团长了，还带回来一个班的警卫兵，好威风哩！听说三哥带人去山里面打土匪了，还打了个大胜仗哩，黄梅山上的土匪，都被三哥的队伍给剿灭了。只可惜让野驴养的土匪头子李飞刀给跑了，还没有抓着。"玉娥儿有些遗憾地说。

黑娃附和着说："啊呀，嫂子，好事情哩，剿灭了害人的土匪好，今后咱们可以过太平日子了。"

说话者无意，听者上心。土匪李飞刀正在院子里溜达，听了黑娃和玉娥儿的谈话，心里头很是不爽，不由得勾起心底里的仇恨来，隐忍不住就黑着脸朝他们两人这里走了过来。

黑娃正说着话，抬头见李飞刀一脸杀气，一瘸一拐蹭进门里来了，不由得大吃了一惊。李飞刀却不看他，只顾往玉娥儿的脸上瞅，瞅着瞅着瞬间又换了一副奸诈的讪笑，阴冷地说道："这位小嫂子，你们说啥呢，是山里的土匪被容团长给剿灭了？嫽扎咧，我的大仇终于让人给报了。"

玉娥儿抬眼瞅了一下李飞刀，看着这人不顺眼，脸上立即显出了不悦，随即疑惑地说："你是啥人？我们说会儿话，关你啥事，乱插话哩，啥时候马槽子里多出了个骡子嘴来。"

黑娃见玉娥儿心里不快活，怕惹恼了土匪李飞刀不好收场，匆忙试探着打圆场说："嫂子，你不认得这个汉子？"

玉娥儿脸上立刻不高兴了："黑娃，你说啥话哩，我熟猪熟狗哩，可不熟啥随便就蹦出来的野猫子。"

黑娃惊恐的心放下了，随即讨好地说："嫂子，他是外边来的耍杂耍卖艺的客货，也是可怜人儿，被土匪给打伤了，是四叔给他取出了子弹，在咱们药铺治病疗伤呢、让嫂子见怪了。"

玉娥儿这才没有再说啥，上下打量了一下李飞刀，再没有多言语。

李飞刀并不在意玉娥儿的嘲讽乖张态度，继续厚着皮脸搭话说："小嫂子，不知道容团长的队伍这下子打死了多少个土匪呀？匪首抓着了没有呀？"

　　玉娥儿看也不看他，不高兴地说："不知道，你要问，就自己去问我三哥。"

　　玉娥儿觉着这个人阴阳怪气，阴森森的，模样很不顺眼，不像个正经卖艺的样子，她心里不悦，就扭身出门甩脸子走了。

　　李飞刀见玉娥儿走了出去，一直望着她扭动的背影和丰满的臀部消失在院子门口时，才得意地狞笑说："嘿嘿，爷没有白耍，这小娘儿们，还真有点儿性子，爷喜欢！"

　　黑娃吓得连忙制止说："刀爷呀，你可不敢张扬，这可是容团长的家里，造次不得呀！"

　　李飞刀恶狠狠地瞪眼说："他娘的，爷怕谁呀！"

　　黑娃见李飞刀发起匪性子来，就不敢再作声了。

　　李飞刀却不依不饶，问黑娃这个小娘儿们儿是不是叫萍儿，黑娃惊得忙说："不是的，她是府里的养女玉娥儿。"李飞刀听了，似乎有些失落，转身出大门去了。

　　早晨起来，容雅谦全家人围着桌子一起吃早饭，大方桌上摆着四碟农家小菜，一碟胡萝卜拌菠菜，一碟小葱拌豆腐，一碟凉拌苣荬，一碟醋熘酸白菜，早餐是小米粥，主食是一种白面裹着苞谷面蒸的金裹银馒头。容雅谦夹了一筷子菜，刚要吃又把筷子放下了，好像想起了啥事，抬头询问三娃子容涵齐："齐，这些天土匪头子你们抓着了没有？"

　　容涵齐正端着碗吃饭，见父亲问他，就放下了碗，抬头回答说："还没有哩。现在土匪们已经尿了，都四处躲起来了，一时没有得到确切消息，不过，很快就会抓住的。"

　　四老爷雅谦就说："咱们家里有个要杂耍卖艺的，说是陈仓塬外边来的人，被土匪给抢了，还挨了土匪一枪，我给取出了子弹治了伤，现在还在咱药铺里养着伤哩。"

容涵齐感叹说："还有这事？我抽空去看看他，耍杂耍卖艺的人走南闯北知道的消息多，我正好向他了解一下那些土匪们的活动情况。"

中午吃过午饭，黑娃见容涵齐带着两个士兵往药铺里来了，顿时吓得脸色惨白、腿脚酥软，说话也有些结巴起来。

李飞刀却装得若无其事可怜兮兮的样子，他一见容涵齐就立即跪下磕响头，假模假样抹着眼泪说："感谢容团长大恩大德哩，给小的报了大仇了，小的给你大恩人磕响头哩！"说着就趴在地上"咚、咚、咚"一连磕了几个响头。

容涵齐见状，急忙伸手扶起李飞刀说："莫非你就是那个耍杂耍卖艺的艺人？不当个事，你站起来说话。"

李飞刀踉跄着艰难站了起来，一只手还在抹着眼泪。

容涵齐问他是在哪里遇到的土匪，李飞刀就说自己是在陈仓塬桥镇鹰嘴头遇上土匪抢劫的。

容涵齐思索着说："看来是被我们打散的小股土匪。"

李飞刀连忙说："就是的，他们一共两个人，打了我一枪，就拿着东西朝野地里跑了。我一直忍着痛寻到了这里，是容府四爷救了小民我一命。"

容涵齐见他可怜，就掏出两块银圆给他，说："你伤好了就回去吧，还做你的耍杂耍买卖去，西府一带的土匪以后不会再这么猖狂了，你以后走江湖有了土匪的消息，就给我们通传一声。"

李飞刀连忙假装感恩戴德，泪如雨下地说："容团长，现在世道乱得很，小的我不想回家了，家里已经没有啥人了，小的就想跟着容团长打土匪报仇，还请容团长能行行好，收留我到你的队伍里头去扛枪混口饱饭吃。"

容涵齐见李飞刀的身板不错，就思考了一下，说："好，看你的身板和身手还行，本团长答应你了。你叫个啥名字？"

"小的姓木，叫'木子飞'！"李飞刀说。

容涵齐笑了："木子飞，你这名字奇，我收下你了。"

"谢谢团长！"李飞刀赶紧感激地说。

"你会打枪吗？"容涵齐问李飞刀。

"只会打个土枪，小的时候跟着我爹在山里打过几年猎，还会杀野猪哩，后来才挑担子当了耍杂耍卖艺的。"李飞刀装得啥也不懂，老实地回答。

容涵齐很高兴，说："会打土枪就能打快枪。既然打过猎，就是个扛枪的好苗子，你伤好了就到我的警卫排给我当警卫吧。"

李飞刀高兴得又跪下磕头，脸上诡异地笑了。

谁也没有想到，两天后的一个深夜，容府西院容雅谦家里却遭到了土匪行刺，容涵齐躲过一劫，萍儿却无端受了枪击，差点儿丢了性命。

李飞刀的枪伤其实很快就痊愈了，他是故意装着一瘸一拐掩人耳目的，为的是好出其不意出手行刺容涵齐，为死去的土匪弟兄们报仇雪恨。

这天吃过晚饭，他站在院子里抬头看了看阴沉的天空，觉得夜里可能是个黑天，便诡异地一声冷笑，就有了主意。

半夜里，李飞刀悄悄取出双枪插在腰间，没有惊动药铺里的黑娃，一个人溜出了门，悄悄潜入了容雅谦家里。当跳进了容府西院院子里，他却不知道容涵齐住的房间，凭着对陈仓塬的了解，他知道一般关中大户人家的庭院里，讲究的是庭院的大门朝着南边开，长者父母都住在朝阳的上房里，长子一家一般住在东厢房里，次子一家应该住在西厢房里，下人通常住在门厅房里或者后面院子里面。

李飞刀知道容涵齐在容府里排行老三，在容雅谦本家里排行老二，按顺序应该就在西厢房里居住，所以他就一个箭步瞄中了西厢房。但他却不知道容涵齐并不承认这门包办婚姻，西厢房里住着的其实只是萍儿一个人，容涵齐回来是同杜晓楠和女儿容媛媛一同住在四合院门厅旁边的南房里面，也就是玉娥儿原来住的房间里。

　　夜幕下，李飞刀狞笑着凶性大发，他从腰间里嗖地拔出双枪，站起身来逼近窗户隔着窗户纸就朝着屋子里的土炕上"叭叭叭叭……叭叭叭叭……"一连打出了数枪之后，感觉屋里没有啥动静，就暗暗叫声"不好"，立即飞身上墙逃之夭夭了。

第十六章

小脚女突遭枪击　三娃子夜审山匪

宁静的夜晚，容府院子里突然数声快枪爆响，虽然枪声仅仅发生在一瞬间，但在万籁俱寂的半夜三更里，却声如响雷，惊天动地，恐怖异常。

住在后院的警卫班士兵们听到枪声，急忙提枪冲进庭院里时，土匪李飞刀已经跳墙逃窜了。

容涵齐在第一声枪声爆起，就一个激灵跳了起来，抽枪在手冲向房门口。他从木窗格里朝院子里仓促望了一下，一只手猛地拉开了房门，接着一个箭步就飞出房门翻身滚落在地，猫着腰朝院子里迅速张望寻找枪击目标。猛地似乎看到一个黑影越过了墙头，凭着这些年的作战经验，他从枪声里就已经判断出枪手只有一个人，便立即箭步冲了过去，接着飞身上房朝院子外面察看。只见院子外面被黑黢黢的树木遮挡着，什么也看不见，他自知枪手在暗处不可轻易造次，就悄悄飞身下房，又猫在院子外的墙头边朝树荫和街道里搜寻。

几个警卫和狗剩端着长枪开门冲出来，急忙问容涵齐出了啥事。

容涵齐失望地说："都回吧，人已经跑了！"

狗剩急忙关切地询问："三少爷，你没有事吧？"

"没有，都回吧！"容涵齐沮丧地说。

父亲容雅谦也被惊醒跑出来，他看了看大家，突然间想起什么，急忙说："不对，三娃子，快去屋里看看刚才枪手是向哪里打枪的！"

院子里的枪声把大家都惊吓得起来了，唯独萍儿不在院子里，玉娥儿惊喊一声："呀，就萍儿姐没有出来！"

玉娥儿赶紧拍打着萍儿的门，却不见里面答应。容涵齐见状一脚就把门踹开了，点着灯一看，萍儿抱着头抖抖颤颤蜷缩着蹲在外间的墙角圪塝里，吓得浑身哆嗦着出不了声。

原来，萍儿每晚都是一个人在炕上睡。这天，她嫌天气太热了，就一个人黑灯瞎火坐在外间明堂的方桌子旁边想心事，想着想着就趴在桌子上睡着了，也算她命大，那里从窗户外射击正好是个死角，故而幸免于难，侥幸逃过了一次生死劫，炕上的芦席却被爆枪打了很多窟窿。

自从三娃子涵齐回来以后，萍儿心中隐藏的些许希冀和茫然还有孤苦使得她面部的笑容变得比往常更加稀少了。

这天晚上熄灯前，东厢房里照旧传来涵雁凄苦的二胡秦音声，萍儿给自己泡了一壶茶，又打了一盆洗脚水，把缠她小脚的白布条慢慢地一圈一圈放开，又把一双小脚泡了进去，就呆呆地坐在屋内的明堂里，听着二胡悠扬轻灵的滑动音调。黑夜里胡弦声在夜空如诉如泣，如唱如吟，如期如盼，如风如雨，如丝如云，如雾如梦。

随着二胡声在夜空里荡漾，她的心思也流淌成了一池碧波荡漾缓缓流淌的水，不尽的思绪也被心潮的灵动和心中的喃喃唇语渐渐填满溢出，无尽头的牵念，已经轻轻滑过她温婉的脸颊，一直传到她的根根发丝上，她的愁苦在这一刻似乎变成了一种心神和鸣，在一个人独自美丽凄苦的心中吟唱。

有的时候，萍儿也会静静坐在窗前，孤独地看天空逝去的晚霞，看春天傍晚流淌的房檐水，看夏夜纱窗上碰撞的蚊蝇，看秋风打落的飘叶，看冬日飞舞的雪花，看星夜滑落的流星。有多少日日夜夜，她一直看到雄鸡打鸣，尤其是当房檐水从屋檐上*潺潺*流下来的雨天雨夜里，萍儿心里总是愈加惆怅。

那天是容府迎娶萍儿的大喜日子。早晨还阴沉沉的天空，在她坐进轿子进入西坪凹村口的时候，突然就淅淅沥沥下起了毛毛细雨。在一阵迎亲鞭炮声中，她分明听到村子里头看热闹的小娃娃们嬉闹着唱起儿歌。这首儿歌从此震撼了她的心灵，像影子般跟随她走进了容府，又魂牵梦绕了她的一生：

> 房檐水，扯线线，
> 碎娃娶了个心蛋蛋。
> 心蛋蛋，穿花衣，
> 顶着帕帕擦眼泪。

这首儿歌，冥冥之中似乎成了萍儿命运的一种写照，时常在她的耳畔响起，时常在她的心灵震颤。每当她看到房檐水从房檐上流淌下来，那首儿歌也就随之闯入她的回忆，吹拂她的双鬓发丝，轰鸣鼓噪她的耳膜，无情地敲击她的满腔希冀。

萍儿还清楚地记得那天婚礼上的礼仪。大哥涵雁与芸儿夫妻双双对拜，可涵齐跑了，萍儿只得委屈地自己对空一拜！这一拜，竟成了承载她一生的梦，她在这种心灵震颤中度过了一年又一年，熬过了一个阴雨霾天又一个阴雨霾天。她看着房檐水一滴滴地落下，看着房檐水成串串流淌，看着房檐水断线线，看着房檐水流干，又看着房檐水结冰，变成一根根亮晶晶的冰溜溜悬挂在屋檐上。她看着三娃子容涵齐一天天长大，又看着容涵齐一次次走出家门，再看着杜晓楠领着小媛媛迈进了容府，还看着杜晓楠怀孕，容中鹤又呱呱出生。

这天夜里，萍儿房里传出的枪声，也让她的满满憧憬瞬间被枪声无情地击碎了。

老夫人茹扑进门来，首先看到了萍儿。她心疼得立即扑过去抱住萍儿，口里惊呼着："萍儿呀，我苦命的媳妇，你得罪谁了呀，怎么让人寻了这么大的仇哩！"

容雅谦听了夫人茹的话，左手手里握着的两只玉球停住不动了，突然醒悟似的说道："不要瞎猜了，萍儿一天大门不出、二门不迈的，能得罪啥人哩！看这个狠劲儿，枪手准是对着三娃子寻仇来的。"

玉娥儿听了容雅谦的话，没心眼地忙赶着插嘴说："对呀，三哥刚剿灭了土匪窝，土匪们来寻仇哩，还以为三哥是住在萍儿姐姐屋里头哩！"

老妇人茹真生气了，就抬眼翻了玉娥儿一眼窝，瞪眼斥责她说："玉娥儿，就你能耐得很，马槽里多了个驴嘴。男人们说话，哪里有你哩，就你嘴长，你不搭话，别人不会以为你是个哑巴！"

玉娥儿意识到自己说错话多嘴了，不好意思地把头低下了，用手摆弄着衣服角，悄悄缩到了狗剩的后面去了。

狗剩还是一副憨厚的神情，识趣地听容雅谦分析案情，紧张地等着四叔发话。

容雅谦在屋里踱着方步沉思着，突然心里一惊，似乎明白了什么，把左手里握着的玉球倒换到右手里说："不对，涵齐，你赶快去看看药铺里的杂耍客还在不在，我觉着那个人可能有啥问题哩！"

容涵齐听了，立即命令警卫班随从："跟我去两个人到药铺里，其他人留下保护家里，快走！"他刚出门，副官贾得知听到枪声，也从自己家里赶着过来了。容涵齐说："快跟我去药铺子查一下。"

四个人一路疾走，飞奔到药铺里，随从警卫刚要上前拍门，容涵齐拦住示意："不要惊动，翻墙进去！"

接着，四个人一个箭步飞上墙头，悄悄落身下去，推开虚掩着的房门进到屋里头，猛地一打开手电筒，却看见黑娃和李飞刀都半裸着上身睡在炕上，衣服散落着放在土炕的墙角里。

容涵齐把枪收起来，一摆头，随从警卫冲上去大喝一声："他娘的，赶快起来，都起来回话！"

黑娃和李飞刀两个人睡眼惺忪慌忙爬起来，李飞刀还假装揉着眼睛，黑娃一打激灵，看见是容涵齐带着兵士黑灯瞎火冲进来了，起身忙问道："团长，怎么了，出啥事了哩？"

副官贾得知大喝一声："坐着别动！都把手举起来放在头后面，赶紧起来跪着回话！"

两个人望着黑洞洞的枪口，都老老实实悚然照着做了，狼狈地圪蹴在炕角里举着双手。

容涵齐看了看他们两个，厉声喝问李飞刀："说，你是什么人，刚才你去哪里了？"

李飞刀装出睡眼惺忪的样子说："哎呀，容团长呀，我就是个耍杂耍卖艺的，正在睡着觉哩呀，你们想让我去哪里睡呀？"

容涵齐上前捏住李飞刀的胳膊腕子，拉起李飞刀的一只手，在鼻子跟前闻了闻，李飞刀的手上是一股难闻的腥臊恶臭，他恶心地一把把他的脏手甩开，用枪一指，喝道："老实说，木子飞，你刚才去我府上打枪了？"

李飞刀一听，故意惊吓得直哆嗦，颤抖着带着哭腔说："哎呀，容团长呀，我正在睡着觉哩，哪儿会出去打枪呀！再说，你还没有给我发枪呀，我哪儿来的枪哩呀！"

容涵齐用枪逼住他的脑袋，狠狠地说："木子飞，你别叫花子遗尿装屄了，秃子头上的虱明摆着，你就是刚才去我府上放枪报复的土匪，不老实交代，我一枪把你的脑袋废了！"

李飞刀护住头，哭天抹泪地说："哎呀，我倒啥霉了呀，睡着觉哩就变成土匪了。呜呜……我自己还让土匪给打伤了哩，伤都没有好哩，还是四爷给取的子弹哩，自己怎么也成了土匪了？冤枉呀，冤枉死个人咧，呜呜呜……"

李飞刀很会装蒜，他佯装着委屈，用胳膊抹着眼睛哭着。

容涵齐断喝一声："不要号叫！说，你的腿伤到底是怎么来的？不老实立即就崩了你！"

李飞刀哭着说："哎呀，我都说过了，就是让土匪给打瘸的呀！要杂耍的担子都让土匪们给抢走了，枪还能是我自己打的吗？我能自个儿打自个儿吗？冤枉死人哩。容团长，你抓不着土匪，可不能冤枉我，抓个好人去顶差呀！"

李飞刀编得圆圆的谎闹得容涵齐无话可说，虽然脸上掩不住心里的窝火，却不好再要狠了。

黑娃奸猾得很，见是时候了，就在一边帮腔说："是呀，团长，木子飞一直同我在炕上睡觉哩，根本就没有出去呀，我可以给他做证哩。团长，你不信他，难道你也不相信我了吗？"

容涵齐听了黑娃的据理旁证，心里就犹豫了，难道真是爹和自己怀疑错了？看上去这个木子飞真的是在睡着觉哩，不像出去过的样子。如果刚打过那么多枪，他的手上会有火药的烟熏气味，可是木子飞的手上却没有，而是一股臊臭的男人汗腥味儿，不像是个刚打过枪的手呀！那这个枪手会是谁呢？

容涵齐正迟疑着，他的随从副官贾得知突然瞧见李飞刀的另一只手的虎口上有长期握枪留下的茧子，他立即神情紧张地用手枪指着李飞刀的头大喝："不许动，团长，他就是个土匪，手上有握枪的茧子痕迹！"

容涵齐也看到了，就冷笑着说："哼，好你个土匪木子飞，别装了，看你还有啥话说！"

李飞刀趴下就连连磕头作揖，哭着说："容团长呀，你可不要听你的手下们胡咧咧呀。我前几天就给你已经说过了，我是猎户出身哩，过去打柴又打猎的，现在到处给人要杂耍哩，手上咋能没有磨下茧子哩？你们可不能就凭这个抓我呀，冤枉死个好人哩呀！我是放屁砸了脚后跟，着了邪了，呜呜呜呜……"说着就一顿假惺惺的哭天抹泪。

黑娃看了贾得知一眼，他认识贾得知，知道他是贾府的公子，容涵齐当团长后，他弃文从武投了容涵齐，在团部里当副官。黑娃见贾得知怀疑土匪李飞刀，怕露出啥破绽来连累了自己，就连忙又做旁证说："是呀，三少爷、贾公子，他的确同我一起睡着觉哩，没有出去过呀，我能给他做证哩，你们搞错了。"

容涵齐听了黑娃的话就更犹豫了，他可以不相信这个人，但不能不相信在家里做了几年工的药铺小伙计黑娃。

黑娃见容涵齐疑惑不定，就又加一把心火说："团长，整天拿锄把子的庄稼人，哪个手上没有茧子呀，连我也有哩，你看！"说着就伸出自己的手让容涵齐看。

"你们没有听到村里的枪声吗？"容涵齐怀疑地问。

"没有呀！我们睡着了哩，啥动静也没有听到呀！"黑娃肯定地对容涵齐说到。他被李飞刀下了迷药，的确啥也没有听到。接着，他又扭头问李飞刀说："木子飞，你听着枪响了吗？"

李飞刀故意糊涂地摇了摇头，装出一副木然的傻样子，呆呆地不明事理地发着愣。

容涵齐看了看黑娃，又看了看李飞刀，把枪插进了枪套里，一摆手，副官贾得知也就把手枪收了，警卫兵也把长枪扛在了肩膀上，气氛随之缓和了下来。

黑娃和李飞刀看了，也都松了一口长气，一屁股在土炕上瘫坐了下来，擦了擦满头的冷汗。

容涵齐什么话也没有再说，转身带着人出门走了。

黑娃见容涵齐带人走了，吓得结巴着对李飞刀说："娘呀，吓死我了，真险呀！"李飞刀冷笑一声，满不在乎地说："哼，老子还以为容团长有三头六臂哩，原来也就是个不知深浅的糊涂蛋子，搅团吃多了成了酸糨糊，好糊弄得很，傻帽尿一个呀！嘿嘿嘿嘿……"他为自己的表演得意起来。

黑娃连忙捂住他的嘴巴，说："呀，你找死呀，不要命了！"李飞刀一把推开黑娃，不无遗憾地说："哼，老子今天没有弄死他，崴了脚，算他三娃子走运了，下次要再遇上飞爷，可没有这么便宜了。"

黑娃听了，很是吃惊，简直不敢相信自己的耳朵，瞪大了眼睛恐惧地说："你说啥哩，原来你真的去杀容团长了？"李飞刀不屑地反问黑娃说："怎么了，不能去杀吗？"

"你……你……你……"黑娃听了都吓傻了，好像不认识土匪李飞刀似的，牙齿咯咯咯咯直打战："你……你啥时候走的，我咋不知道哩！"

"啪！"李飞刀凶狠地抬手就给了黑娃一记耳光，瞪着浑圆的眼睛说："哼，你个瓷尿，老子啥时候杀个人，还要告诉你吗？啊？"说着他一声冷笑："你以为你是谁呀，一个要饭的臭虫而已。"

黑娃吓得摸着脸颊不敢再吭声了，过了一会儿，黑娃又胆怯地壮着胆子试探着说："刀爷，你刚才咋不赶紧跑了哩，多悬啊！"黑娃多么希望李飞刀这个瘟神赶紧离开，免得自己受了连累。

"跑了？哈哈哈哈，老子为啥要跑了？老子还要看容涵齐死了没有哩，跑尿啥？"李飞刀一脸阴冷不屑地说。

"你……你……你不怕容团长抓你？"黑娃惊恐地说道。

"抓我？他们有证据吗，啊？"李飞刀提着黑娃的衣领凶狠地把他推到炕边上，一使劲儿黑娃就倒在了炕头上。土匪李飞刀又掐住黑娃的脖颈指着黑娃的脑袋说："除非你小子想告发老子，你敢吗，啊？"

"不敢……不敢……刀爷饶了我，以后我啥也不敢说了，真的，啥也不敢说了。"黑娃惊恐地哀求着李飞刀。

李飞刀得意地"嘿嘿"冷笑着说："你记着，老子李飞刀是九天狸猫，有九条命哩，怕他个鸟！"他目光凶狠地看了黑娃很久，才松开手坐下抽烟。

黑娃像条蜷缩的可怜虫，缩进炕角的昏暗处呆呆地挤着双眼，愁眉苦脸，他望着土匪李飞刀的恶神凶相，瑟瑟地发着抖。

容涵齐他们在乡村昏暗的街道上打着火把走着，火把把他们几个人的脸庞照得半褐色半灰暗，每个人都在巷子里反射出长长粗壮的黑影子。

贾得知心有所思，一边走，一边说道："团长，我总觉得这个耍杂耍的过路货，不那么简单，别看他见了你吓得不轻，但我觉得他那是装的，他一定有问题哩！"

容涵齐无可奈何地说："可我们没有啥证据证明他有问题呀！这里是我的家里，不能随便抓人的，走吧！"

"我想……这……"贾得知心里不踏实，还想说些什么，迟疑地站住欲言又止。

"行啦，得知，刚才你也看见了，看起来那个杂耍客不是今晚打枪的不速之客，他要是枪手，开了那么多的枪，他手上一定会有浓重的火药味儿，可这个人没有。再说，还有一起住着的药铺伙计黑娃做证明哩，他应该不是刚才的刺客，枪手看来还另有其人。"

贾得知心里还是半信半疑地思量着，他略停了一下步子，犹豫了一下，又跟着继续往前走。

"得知，咱们走吧，我们不能让人家说容府三娃子在自家村子里都仗势欺人。这事只能这么办了，先回去再说吧。不过，对这个人，你可以多注意着些！"说完，容涵齐催促贾得知先回去休息了。

容涵齐回到了容府，一家人还在上房里议论着哩，见三娃子回来了，容雅谦心急得忽地站起来问："人抓住了吗？"

容涵齐摇摇头说："没有，不是他，我们弄错了！"

容雅谦"哦"了一声，没有说啥，遗憾地坐下了。

萍儿的屋里，杜晓楠和女儿容媛媛陪着萍儿默默地坐着发怔，谁也不说话，就一起靠着默默坐着愣神。

李飞刀躺在药铺的土炕上，眼睛睁得大大的，望着头顶上的天花板发愣，他眼前又浮起了刚才的一幕，心里直纳闷儿，到底是哪里出了问题哩……

李飞刀是个惯匪，多年杀人越货无数，不仅练就了一身好功夫，反侦察的能力和自我保护能力也极强。原来，他放枪以后，知道容涵齐是多年征战的老兵，想必他的身手也一定不会差，就不敢耽搁时间，立即转身逃出了容府，怕的就是容涵齐如果不死，就会立即追出来，他的那些警卫兵也绝不会是吃素的。果然，枪一响之后，李飞刀就感觉不大对劲，所以，马上就飞身出逃，一路疾奔跑回了住处。在进门之时，看见院子里有一盆水，他先赶紧俯身洗了洗双手，又在地上用泥土把双手搓了一搓，再在水里洗了洗，然后双手在身上擦了擦，又诡异地把双手伸进自己的裤裆里反复摸抓了几把，弄出了些腥臊气味儿，这才推开屋门回到屋子里。

黑娃还在炕上昏睡着，李飞刀没有惊动他，悄悄关上门上了炕，迅速脱衣假装睡下了。

黑娃在李飞刀出门时已经被熏了迷香，所以，李飞刀出门和进门时，黑娃都睡得像个死猪一般，啥也没有察觉，当然也没有听到村子里的枪声了。

黑娃受到了连番惊吓，也没有睡着觉，他完全没有想到，土匪李飞刀的贼胆子竟然这么大，枪伤还没有好哩，就敢在深夜里去刺杀有几个护卫保护的容涵齐，还一下子弄出了这么大的动静来。黑娃真后悔当初不该领着土匪李飞刀到容府里来作孽，今日反而让李飞刀扼住了自己的死穴，这样下去以后可咋办哩？黑娃明白，以土匪李飞刀的凶狠和残忍，这害货啥事儿做不出来哩！

黑娃悚惧惊吓得魂不守舍，不敢再往下想了。

第十七章

李飞刀走投无路　地下党投石指径

容雅儒一大早听到村里的团丁来报告，说容雅谦家里昨夜受到了不明枪击。他十分震惊，心里想："谁这么大的胆子？村子里本来就有团丁巡夜，竟然还敢在三娃子带兵回家探亲的时候来袭击，真是吃了熊心豹子胆了！"

容雅儒的两个儿子涵鸿和飞儿听到消息也都很震惊，匆忙跑进上房来了，涵鸿对爹说："爹，这事恐怕不简单，三弟涵齐刚带人灭了山里的土匪窝，听涵齐说，匪首李飞刀潜逃了，还有不少土匪也趁乱脚底抹油逃脱了。我估摸着是土匪们趁三弟在家里探亲，见涵齐身边人手少，是伺机来寻仇的，目标可能是我三弟涵齐哩。"

容雅儒沉思着想了想，说："老大，你说得有些道理，我估摸着也是这么回事情。你同飞儿快去你四爸家里看看去，看昨日黑里伤着了人没有？"

涵鸿刚要出门，容雅儒又叫住他补充叮嘱说："先等等，你再安排让村里的几十个团丁白天黑夜里都加紧巡逻，再在村口加强一下警戒，防止土匪再来寻事闹腾！"

自从长子涵鸿有了女儿以后，容雅儒就不再叫他"鸿儿"了，而是改称鸿叫"老大"了。飞儿没有结婚，依然没有换称呼。现在的容雅儒已经有了两个孙女，按照容府传统习惯，他已经是老太爷了，家里和族里的很多事情，他也都逐渐开始交给儿子鸿去打理了。

涵鸿听了爹的话，答应了一声，就急忙同飞儿走出去了。

容雅谦一大早就同涵雁、涵齐还有副官贾得知在上房的客厅里面议事，狗剩匆匆走进来通报说，大伯家里的鸿和飞儿来了。

容雅谦说："正等着哩，赶紧请他们一同进来说话。"

涵雁、涵齐一听，都站了起来，说："我们去迎一下。"就都从屋里出去了。

涵鸿和飞儿已经进了院子了，他们看见院子里一切都没有啥变化，只是上房门口多了两个穿着军装扛枪的岗哨，显得有些戒备紧张的气氛。

涵齐一见二哥鸿和四弟飞儿进来，立即声音洪亮地说："他二伯和她四爸来了，我爹正等着你们哩，快请进来屋里坐！"

涵齐已经有了女儿媛媛，又有了儿子容中鹤，就不再直呼涵鸿和飞儿二哥和三弟了，而是依容府惯例，先加上女儿、儿子的名义称呼二哥涵鸿和四弟飞儿了。涵鸿比他大几岁，所以，称呼涵鸿为"他二伯"；飞儿比他小几岁，就称呼飞儿为"他四爸"，遵承着容府称谓的传承规矩。

涵雁婚后由于芸儿有病一直没有子嗣，就依旧含笑客气地打招呼说："二弟和三弟来了？"

涵鸿和飞儿向从上房门口迎出来的大哥涵雁和涵齐分别问了安，又同贾府长子贾得知打了招呼，就相互礼让着跨门槛走进了上房的客厅里。他们进门见四叔容雅谦在屋里坐着喝茶，就连忙躬身行礼，分别叫了声"四爸"，问了安以后，这才在一旁长凳上正襟坐下说话。

涵齐先说："家里昨晚发生的事，你们都听说了？"

涵鸿说："一早就听说了，我爹很着急，叫我们两个赶紧过来看看出了啥事了，伤着人了没有？"

涵齐说："让大伯操心了，没有伤着人。只是……"他刚想说只是萍儿受了点儿惊吓，话到嘴边却没有好意思说出口来，便改口说道："只是放了几枪，贼屌就胆怯急着跑屎了。"

涵鸿倒是没有在意，只是担心地对四爸容雅谦说："看来，匪徒是冲着军队剿匪的怨恨来寻三弟复仇的，咱们算是跟这些土匪们交了恶了，今后可得当心哩！"

容雅谦说："唉，谁说不是啊，这些为害地方的瞎种不除了，塬上就没有个好日子过哩！眼下，狗日的土匪李飞刀不消停，还趁机扰乱地方，祸害乡里，真是可恨、可恶得很！"容雅谦气得直翘胡子。

飞儿愤恨地说："真该把这些土匪抓住全拾掇了，看他们还敢祸害乡里不！"接着他又说："多亏了三哥带兵剿匪，端了他们的土匪窝，要不然，土匪就成了气候了。等土匪坐大了，乡里更加没有个安生日子过了。"

容涵齐毫无惧色，器宇轩昂声音洪亮地说："说得对，这些土匪不除，地方上就没有安生日子过。他们狗急跳墙，就是垂死挣扎。用不了多久，我就把他们这帮土匪全都剿了。当下，你们只要把村子里保护好就行了。我已经传话，让人给村上再送些枪和子弹来，你们把青壮年武装起来，让村上的团丁们加强防守，与村民实行联守，保护好村子和家里。"

涵鸿听涵齐说，还要给村里增加些枪弹，高兴地说："好，这下飞儿可高兴了，他就喜欢枪多些。有了枪和子弹，你就放心吧，有飞儿带着团丁没问题。他就喜欢舞刀弄枪的，带村子里的武装队伍习武，倒是比学堂里给娃们上课还要上心哩。"

容涵齐听了二哥涵鸿的话，也欢喜地说："好嘛，飞儿是个带兵的好材料。有飞儿上心带村上的团丁武装，我就放心了！"

涵鸿和飞儿刚走，贾得知的父亲贾德芳和另外几个容府兄弟也来家里看望问候，听到没有大碍，大家寒暄了一会儿，不便久留，也都知趣地离开走了。

容涵齐听了副官贾得知的建议，走时没有带走有嫌疑的李飞刀加入警卫排，土匪头子李飞刀还继续留在药铺里疗养枪伤。

容涵齐吸取土匪夜袭寻仇的教训，觉得不完全彻底剿灭盘踞在黄梅山一带的土匪，家乡陈仓塬一带就永无宁日。回到军营之后，他立即下令在西府凤翔、宝鸡、陈仓、陵原、县功一带搜捕土匪的残余势力，并联合各乡村的民团组织，实行村村联防，一起搜捕剿灭残匪。这一招十分有效，已经失去盘踞窝点的零星土匪每日里白天有军队的围剿，晚上又有民团的联防联守，他们成了过街的老鼠人人喊打，根本就没有地方藏身了，东躲西藏狼狈不堪，经常躲在野地里风吹雨淋、饥寒交迫，甚至连饭也吃不上。

关中地下党负责人车稼良得到了这个消息，思虑再三：日寇已经全面占领了东北，随时都在虎视华北和中原以及关中，这个危难时刻，地下党抗击日寇侵略和反抗国民党军队的围剿战斗，都需要壮大自己的武装力量。土匪们被赶得四处逃窜，走投无路，处境十分艰难，这应该是个趁机收编土匪武装的好时机。

车稼良从贾得知向地下党提供的秘密消息中，知道了容府药房里可能就隐藏着逃散的土匪，就派人暗地里联络，本想通过养伤的土匪联络土匪头子李飞刀，几经接触下来，却没有想到这个要杂耍的人竟然就是土匪头子李飞刀。车稼良就极力动员劝说李飞刀，让他加入"民族抗战先锋队"，在民族存亡关键时刻为抗战效力。

这一时间，匪首李飞刀如果没有陈仓西坪凹药铺伙计黑娃的掩护，也没有地方藏身，走投无路的土匪李飞刀眼看在陈仓塬一带大势已去，胳膊拧不过大腿，在万般无奈的情况下，只好答应先参加民族抗战先锋队，接受地下党的收编。经反复说服，李飞刀的残余队伍最后被拉入麟游山区进行整编，与民族抗战先锋队人员合兵一处进行休整，这才逃过了容涵齐的部队和民团的围追堵截，得以暂时休养生息。

容涵齐把此次剿灭土匪的战果上报上去之后，上峰对他的剿匪战果却并不怎么认可，训诫他要着重剿灭共产党的匪患，而不是区区的山大王土匪。

上峰命令容涵齐部，让他带领独立团进入陕北，参加围剿共产党的统一行动。这可让血气方刚的容涵齐作难了，他拿着上峰的命令，呆呆地不知所措。

容涵齐虽然也是陕西当地的黄埔分校学生，但他却受到容府一贯反对内战的思想影响，对长期以来存在于军阀之间、中央军与地方军之间、国共两党之间的内战，很是不满。面对日寇在华的恶行，民族危亡之际，他只想抗战救国，所以心里一直对执行上峰的命令迟疑不定，不愿意出兵去打内战。

一天上午，容涵齐正在办公室练习书法，一连写了几幅"抗战救国"的颜体大字，总感觉心绪不宁，很不理想，就一张张揉成了团，扔进桌子旁边的纸篓里。他正握着毛笔站着难以下笔，心里为难纠结着，突然副官贾得知一声"报告"打断了他的思绪。

贾得知带着一个先生模样的人，行色匆匆跨进门里来了。容涵齐抬头一看，认识，是车稼良先生。他不由得一愣！立即不客气地掏出手枪来，放在桌子上面，正色说道："车先生，你好大胆子，敢来军营里！我虽然救过你，那是看在你与我大伯共事的面子上，并不是说，我就赞同你们的主张了。现在是非常时期，上峰正在要求我部出兵剿灭共党，踏破铁鞋无觅处，你却自己抻着脖颈送上门来了，真的是刀口舔血不要命了，胆大妄为啊！这里是国军军营，你就不怕我抓你向上峰交差吗？"

车稼良听了面不改色，一身凛然之气，坦然微笑着，声音洪亮，口语犀利地说道："如果容团长要邀功领赏，我只能悉听尊便了，你就立即把我抓了起来，送给蒋介石，凭我是共产党的头目，时值非常之时，容团长定会走运，蒋介石必然升你的官衔。反正我这条命当初就是你容涵齐救下的，我今天还给你个领赏的人情报答就是了，就算我拿自己的性命为容团长的仕途去打点了，也不枉我与令尊大伯共事一场。容团长只管抓我好了，不必顾念客气。"

容涵齐见车稼良一身正气，就懊恼生气地说："你们共产党人都这么不怕死吗？真是搞不懂你们！"他见车稼良面无惧色，就又说："车先生，如今此一时、彼一时了，我给你留了活路，你不逃，却偏要自寻死路上断头台，那就怪不得我了。"说着大喝一声："警卫兵！"

门口站着的两个警卫兵立即荷枪实弹冲了进来，用枪指着车稼良说："不准动！举起手来！"

贾得知一看不好，急忙上前拦住，对警卫兵说："你们先出去，这是个误会！这个人是咱们乡党，是我请来的客人，要同团长说话哩，你们去到外边站着去，不要让任何人进来打搅。"

容涵齐气恼地摆了一下手，两个警卫兵就立正敬礼，又走出去到门口站着去了。副官贾得知对容涵齐笑着说："团长，先不恼火，车先生来是有话给咱说哩。说起来，车先生今天来，是给咱解围解难题的。"

"哼！"容涵齐不高兴地自顾自坐在椅子上。

车稼良见容涵齐不悦，笑着调侃说："容团长，车某论辈分还是你的长辈哩，容团长难道都不让我坐下说话吗？且不论你我的党派身份，只凭咱都是陈仓塬上的乡党，也都希望全民共同抗战这一共同点，难道还不能一起坐下来，坦坦诚诚地喝你一口酽茶吗？"

容涵齐心里面窝着火不说话，也不理会车稼良，只拿他当地下党看，就怕给自己惹上麻烦。副官贾得知连忙上前给车先生让了座。

　　车稼良笑了一笑，不客气地自己坐下，说："容团长，我们今天摒弃两党之政见，只以叔侄身份坦诚相见，你看可否？"

　　容涵齐面色阴郁，十分为难地说："车先生，不是小侄我不给你面子，现在是啥情势，你自己心里亮清得很。保密局正在通缉抓你哩，你的确不该这个时候来找我，让小侄我左右为难呀！"

　　车稼良笑着说："容团长是个重情重义之人，多年来一直无缘相见，我这里先感谢你当年在我危难之时的解救之恩。否则，我车稼良也活不到今天！"他说的是自己当年差点儿被冯玉祥抓捕，被容涵齐解救了的事，想以此唤醒容涵齐的旧情，说着车稼良就双手抱拳拱了拱手，以示道谢。

　　容涵齐脸色缓和了些，又强调刚才的话说："车先生，我只是念你与我大伯是同僚，当年又敬重你的为人，才冒死相救，别无他意，你不要误会就是！"又阴沉着脸说："我当日救你，并不代表我现在就不会抓你，国共两党毕竟政见不同，两党关系如今已经形同水火，你来我这里胆子也忒大了，这是无视我的感受，你心里明白吗？"

　　车稼良微笑着不答，容涵齐心里很是不爽，不满地瞪了副官贾得知一眼。贾得知不好意思再站着了，就离开出门警戒去了。

　　车稼良诚恳地说："容团长，我当然心中亮清着哩。放下个人情感不说，我也敬重你是个热血抗战将领，敬重你们容府父辈的坦荡为人。相信容团长也是识民族大义的坦荡之人，才冒昧前来相见。不然，我是断然不会来打扰的。我这次来，是为你解时下难题的，请你不要怪贾副官的引见！"

　　容涵齐也想起了西京的那次学潮来，委婉地说："车先生，实不相瞒，我也感谢你当日救了我内人！"见车稼良不解，就又说："两年前，先生在西安学生抗战演讲的地方，从军警特务手里拼死救出我内人杜晓楠，我当时就在现场看着哩！"

　　车稼良听了容涵齐旧事重提，一下子恍然大悟，连忙说："哎呀呀，当初我还纳闷儿哩，是谁及时开枪搭救我们，后来又掩护我们安全撤离，一直不得其解，却原来是你容涵齐呀！真是失敬，失敬啊！"他在连连抱拳相谢的同时，又说道："看来，容团长是一连搭救了我两次性命啊。原来，我还欠着容团长一个人情没有还哩，却浑然不知。惭愧，惭愧，惭愧得很呀！"

容涵齐坦然地说："车先生，我敬重你们延安朱毛先生的联合抗战主张，也敬重先生的为人，才一再同情出手相助，但并不赞成你们眼下一些地方划分阶级的做派。"

"喔？"车稼良不解了，不知容涵齐所指什么。

容涵齐情绪有些激动了，说道："共产党朱毛先生，主张全民抗战，救济穷苦大众，建立人民民主政府，这些主张，我都很赞同，没有啥说的。可是当下听说，有些村庄里秘密搞'查田运动'，还有村庄在搞'打土豪，分田地'，这我就不甚理解了，共产党革命的目的，不就是让耕者有其田，让劳苦大众过有田种、有衣穿、有饭吃的好日子吗？为什么不能采取温和、折中一点儿的办法哩！"

接着他又忧虑地说："国军将领中很多人都是富裕人家出身，如果处理不当，会让他们从情感上形成对立，这是日寇才愿意看到的结果呀！车先生能解释一下吗？"

车稼良还没有说话，容涵齐语气又稍缓说："不错，按照你们的说法，你可能以为我是站在自己的富裕阶层的立场上说话。我的家庭，在陈仓塬也算是个大富户了，可是我们容府的父辈们还是很开明的，容府土地的收入，也主要用于兴办乡学，搞乡村教育。容府一贯主张教育救国，在我们当地也算是开明乡绅了，并没有什么不好的劣迹。如果车先生不是我伯父老友的话，不知道你们会不会发动乡民，对我们容府也进行清算？这是我担心的地方。今天想请教车先生，希望能够给我一个可以信服的指教！"

　　容涵齐同情地下党，向往全国一致抗日，但对有些地方的农民运动却抱有成见。他的话滔滔不绝，提出的问题一针见血，十分尖锐，深刻地批评了陈仓一带一些偏远村庄乡民盲目暴动的过激行为，也反映出了一些中下层国民党军人对抗战时局的担忧和心态。这也直接导致了有些地方的国民党军队，对农民运动的激烈报复和残酷血腥镇压，使得一些地方的农民运动遭受到了巨大损失，也削弱了全国同仇敌忾抗战的士气和力量，尤其给了蒋介石消极抗日、发动内战、围剿红军队伍的出兵借口。而容涵齐打心眼儿里就反对打内战。

　　车稼良听了容涵齐的一番话，心里也不是滋味。他的家庭也是个富裕家庭，他也痛心一些地方乡民自发暴动的简单粗暴做法，让红军革命队伍被误解，陷入了异常的孤立境地，削弱了共产党提出的抗日民族统一战线力量，加剧了红色革命队伍与民族资产阶级和地主富裕农户阶层的严重对立。于是痛心地说："容团长，你说的是，我们有些地方乡民自发革命的做法，的确是做过火了，没有注意团结一切可以抗战的力量，有些乡民农运行为偏激，这并不符合我们共产党土地改革的一贯主张。现在，我党正在着力纠正着哩，已经在很多地方开始推行新农运'减租减息'政策了！我只能请容团长相信，我们党是有能力纠正一些地方农运中'左'的过激行为的。你说的这种现象，以后应该不会再发生了！"

　　容涵齐是个以民族大义为重的热血青年将领，担忧的就是国内民族抗战意识不统一。他心情稍缓，但还是十分忧虑地说："先生能这样说，我就等着看了！现在内忧外患，中华将亡，我只寄希望国内的内战局面能够尽快结束，国共两党能放下各自政见，摒弃前嫌，不要再打内耗战了。期盼全国抗日的力量能够一致对外，抗击日本倭寇的侵略，在民族危亡时刻，不要弄到亲者痛、仇者快的地步，让日寇们趁了机，得了势。如果国共两党内斗到国民都当了亡国奴，那不论谁都对不起祖宗呀！"

　　车稼良从容涵齐忧国忧民的坦诚谈话里，很清楚地看到了他胸膛里熊熊燃烧着的民族爱国之心，就打心里敬佩！

容涵齐是陕西黄埔分校毕业的军官，在陕西督军大帅冯玉祥身边当副官，一路东征西讨，这些年的征战经历使他亲眼看见，军阀们频繁打内战，不仅没有救了中国，还让老百姓遭受到了沉重的战争灾难，同时也极大地削弱了全国同仇敌忾抗击日寇侵略的力量，致使日本帝国主义趁机占领了东北的大片国土。所以，容涵齐对于蒋介石的攘外必先安内的内战伎俩，早就深恶痛绝！他的胸膛里是一腔报国的热血，他是一个有民族大义的爱国男儿。就凭这一点，车稼良已经认定自己今天的造访的确是必要的。容涵齐的这支队伍，是一个可以争取保持中立的抗日力量。

车稼良想到这里，把话题一转，压低声音说："容团长，实不相瞒，我已经与你伯父容校长秘密协商了在西坪凹先试行减租减息的事情，在西坪凹先开启一个新局面。我今天来你这里，还有一件要紧事，要与你商议。现在，蒋介石已经命令驻守西北的军队围剿陕北延安一带的红色武装力量，想必你的队伍也接到了上峰围剿的命令了？"

容涵齐沉默不语，证实了车稼良的判断，他也知道容涵齐心里的纠结，不想打内战。就又说："我们党的意思是，你是热血军人，希望容团长的军队，不要去参与围剿红军的内战，至少不要向红军队伍真开枪。能够承诺与红军队伍互不作战，保持战争中立立场，我党就十分感谢了！当然，这只能是咱们私底下心照不宣的，即使被迫非打不可的时候，也不要造成太大的伤亡。否则，容团长也不好对上峰有所交代。"

容涵齐听了车稼良先生诚恳坦然的一席话，沉思良久，依他对这位父辈同僚长者的了解来看，他基本能够确信地下党人车稼良的谈话是真诚的，也相信地下党和红军是真心抗日的，如若让他率领陕军部队去对抗日的红军下死手，他心里定会颤抖和受良心谴责的！这也是他最近一直纠结，迟迟不肯开拔发兵的原因。

车先生的一番话，容涵齐想了许久。思忖再三，他才抬起头来，诚恳地说道："好，我三娃子敬重车先生，就依车先生之言。这事就只有你我两人知晓就行了。军情非常时期，保密局和中统局耳目众多，万勿泄露他人！"

车稼良知道，以自己的特殊身份，在国民党军这里不便久留，国军里也是特务众多，待久了恐有不测，就说："好！如此甚好！容团长，我这就告辞了。"遂起身拱手告别。容涵齐喊进来副官贾得知，安排他礼送车先生出了军营大门。

几天后，上峰催促容涵齐出兵围剿陕北红军，容涵齐拿着电报权衡再三，向上峰推托说："西府地界麟游和凤州一带的民族抗战先锋队，已经收编了盘踞陈仓的土匪李飞刀，在西府一带活动猖獗，我部如果贸然出兵陕北，势必造成西府陈仓兵力空虚，如果共军游击队趁机袭击夺取我军陈仓武器弹药库，土匪李飞刀又报复于我军前期剿匪之仇隙，后果将不堪设想！倘若西府情势一旦震动，关中通往甘新的大通道将会有所不安，恐致西北边陲情势危机。故恳请上峰明察，且容我团暂缓出兵，先维持确保陈仓地方平安，待情势稍缓后，再图驰援陕北剿共。"

不料上峰却回电催促说："既然西府匪患未除，且有与共匪勾结合兵之患，即着你部急速赴麟游和凤州一带山区尽速剿灭之，务求以绝后患！"

容涵齐接到命令，真是哭笑不得，不好再推托他词，只得带着一个营的士兵前去佯攻，造势围剿麟游山区的民族抗战先锋队。

一年来，被民族抗战先锋队收编的土匪李飞刀残部，经过在麟游山区休整一年，实力已经缓过来一些，现在听说容涵齐又要带队伍来麟游山区围剿，他们个个都气得暴跳如雷，就想寻机报仇雪恨。

民族抗战先锋队领导召集开会部署反围剿，命令各个小分队全部撤向大山深处，避开独立团锋芒保存实力。李飞刀听了，却不以为然，不屑一顾地说，你们民先队怕容涵齐的队伍是虎狼之师，我却不怕他容三娃子！

他立即请缨，要求带着自己的人在山区沟堑深处伏击容涵齐的队伍。民族抗战先锋队领导很生气，命令李飞刀服从命令。李飞刀悻悻离开，却不听命令私自拉走了自己的人去打容涵齐，并故意处处露出痕迹，诱导着独立团一营人在山区里面天天打转转，想着先拖垮独立团士兵的战斗士气，再伺机下手痛击。

容涵齐有了与西府地下党负责人车稼良的秘密协定，不得已才出兵麟游山区，名义上是围剿抗战先锋队的武装，心里只是想着与民族抗战先锋队兜兜圈子演演戏，把场面做够了，就放几阵子空枪撤兵回去。但他万万没有想到，加入抗战先锋队的土匪李飞刀不愿意再受地下党严格的纪律约束了，正想着要寻找机会脱离出去另立山头，再去当山大王，正苦于无计可施时，独立团队伍出兵围剿，却让李飞刀寻找到了天赐良机。这次又是碰到了仇人容涵齐的队伍，他就实打实地不依不饶，想借着自己熟悉山区地形的优势，伺机打容涵齐独立团一个措手不及，报当日黄梅山被围剿的一箭之仇，弄些武器弹药壮大实力，再把队伍拉出去继续当山匪。

车稼良秘密接到了容涵齐身边副官地下党员贾得知的消息之后，吃惊不小，他正在陕北开反围剿会议，来不及赶回来部署反围剿斗争，就急忙发报密令麟游山区的地下党队伍，不要与容涵齐的独立团发生正面冲突，立即转移到深山里避免正面交战，以保存地下党队伍的这点武装力量。

车稼良发了密电之后，仍恐有不测，随后便急忙匆匆地往回赶，想紧急挽救麟游一带突发的紧张局势。

然而李飞刀却在利用自己多年为匪熟悉山地作战的优势，紧锣密鼓地寻找报仇战机，他组织自己的人准备伏击容涵齐，痛击不熟悉地形的独立团，打一个漂亮的伏击战以报仇雪耻。

李飞刀的队伍正在未雨绸缪时，民族抗战先锋队领导派人给他送来了车先生的密电，让他"着即撤出战斗保存自己"，回避与独立团的正面交锋。可他心里根本就不尿民族抗战先锋队的领导，他坐在山沟里正烤着山鸡，一边吃鸡大腿，一边冷笑着不以为然，嘲笑着说："民先队，民先队，打起仗来往山里退！你们让老子当缩头乌龟，老子可不干！"

李飞刀的嚣张气焰，把来送信的地下党交通员气得半晌说不出话来，他压了压火说："眼下，我们的队伍处于极端弱势，与敌军力量十分悬殊，不宜与他们硬拼。现在退缩回避，是为了保存有生力量，绝不是畏首畏尾。"

李飞刀哼了一声，把鸡骨头呸地往地上一吐，不屑地嘲讽说："保存有生力量，不就是夹着尾巴躲起来吗？飞爷我怕谁哩！"又十分狠戾地说："你们民先队怕独立团是虎狼之师，飞爷我李飞刀却不怕他三娃子，定让他有来无回！看飞爷我这回非打得他三娃子屁滚尿流不可，也让你们民先队瞧瞧，飞爷我是怎么打仗哩！"

交通员看到李飞刀匪性不改，根本就不听从命令，一口一个"老子""飞爷"地叫嚣，根本不把民族抗战先锋队的管束放在眼窝里，就生气地警告说："李飞刀，你不要匪性不改！"

李飞刀却翻脸了，拔出枪指着交通员发狠地说："快滚，你再胡咧咧，老子连你一起收拾了！"交通员知道李飞刀当土匪已经野性惯了，也无可奈何，就急忙返回去向民族抗战先锋队领导报告情况去了。

谁知这一走，就让李飞刀酿出了一场大祸来。

这一切突发情况，容涵齐的队伍却不知晓，每天照例白天搜山，晚上睡觉，假戏真做，搞得大家也是筋疲力尽，困乏不堪。

这一天，队伍进入了麟游山区，侦察排尖兵告诉前面的队伍，山区里发现疑似游击队的队伍。尖兵一连连长乔阿图立即飞马向团部报告，容涵齐果断命令说：

"小心派侦察排侦察前进，山区里山势奇峻，道路蜿蜒难走，不可盲目冒进，前后队伍要缩小距离，相互照应跟进。遇有敌军，立即报告定夺，不可贸然进攻！"

独立团派出的侦察排一路走下去却只见痕迹，一直没有发现游击队的队伍。第二天天黑前，他们来到了酒坊镇，二十几个人走得又饥又渴，看到这里有酒坊，就坐下要了一些炒菜，又打了一壶农家作坊自己酿造的高粱酒，想在这里歇一歇脚解解乏。

结果侦察排一壶酒刚喝下去，就都被蒙汗药给弄翻了，到他们醒来时，早已被李飞刀的人给结结实实捆绑了。

恰巧侦察排里有两个人是当初容涵齐派到土匪窝里踩点的侦察员。李飞刀一看见他们，就气得咬牙切齿，新仇旧恨一齐迸发，逼问了军情之后，李飞刀凶性大发，不顾手下人的极力劝阻，疯了似的就端起枪来把他们全都杀了，制造了一起肆意寻仇的恶性惨案。

李飞刀的队伍虽然已经被共产党的队伍收编了，但这些人做土匪习惯了，匪性未改，骨子里仍是出于泄私愤报仇雪恨的心理，恶意制造了这起背信弃义破坏和平共处的反围剿恶劣事件，迫使独立团由起初的假围剿，演变成了一次真正地对李飞刀土匪的围剿战斗。

等到车稼良从陕北赶回来的时候，一切都已经太晚了！

天黑时，国军的尖刀一连赶到了酒坊镇，连长乔阿图看到了令人震惊的惨状，立即向团长容涵齐报告情况。

容涵齐闻言大惊失色，立即与贾得知赶来察看。他们刚一进镇子，就见侦察排的二十几个士兵的尸体都被土匪李飞刀挂在几棵大树上，容涵齐怒火中烧，震惊无比，策马飞奔过去，从一棵大树上拿起土匪李飞刀留下的挑衅字条，只见上面悍然写着一行字："飞爷复仇一周年，容三娃子如此下场！"容涵齐气得一把撕碎字条抛向了天空，又怒冲冲从一个随身卫兵手里接过一支快枪来，打开保险子弹上膛，朝天空突突突突连打出了所有子弹。他把枪扔还给了警卫，怒不可遏地命令："弟兄们，见李飞刀，格杀勿论！"士兵们愤怒得一声齐吼，都下定了誓死剿灭李飞刀的决心。

容涵齐接着又立即下死命令给部队，要求必须毕其功于一役，不惜一切代价，立即围剿灭杀土匪李飞刀的残余队伍。

李飞刀也在伺机刺杀容涵齐，一雪前耻并搞些武器装备，而后拉走自己的土匪队伍，再回去继续当自己快活的山大王。

这一次，容涵齐的队伍和李飞刀的土匪队伍，双方都磨刀霍霍，剑拔弩张，互相把对方列为必灭的猎物。

几天后的一天早晨，太阳初升，李飞刀自己亲自乔装成猎户来到了军营旁边，向士兵们兜售山里的山珍猎物，想伺机刺探军情虚实。副官贾得知远远看见认出了李飞刀，他刚想走过去看清楚些，却被团长容涵齐从旁边一把给拦住了。

"不急，就让他狗娘养的看个够吧！"容涵齐笑着神秘兮兮地说，原来他早就瞧见了。

"团长，那个猎户好像就是土匪李飞刀呀！"贾得知焦急地说。

"我知道！"容涵齐说，"他是来刺杀我的！"

容涵齐说着故意大摇大摆地走出自己的营帐，在帐篷门口随意打起太极拳来，故意露破绽暴露自己的住处，吸引土匪李飞刀的注意力。

贾得知紧张地跟着容涵齐打太极拳，眼睛却一直悄悄瞅着土匪李飞刀，怕他突然掏出枪来出手行刺。

容涵齐边打太极拳，边镇定地笑嘻嘻说："得知，不要慌！你只管扎好你的副官式子，跟着我打太极拳就行了，眼睛也不要看他，免得打草惊蛇了，好戏才刚刚敲锣开场哩！"

"团长，李飞刀可是个狡诈的惯匪出身，是不会按照常理出牌的，凶狠着哩。"贾得知神色紧张，心神不宁，笨拙地比画着太极拳说。

容涵齐镇定自若地只顾打着自己的太极拳，他慢悠悠地伸腿出手，左手云，右手云，高抬腿，一招一式，淡定坦然，好像什么事也没有发生似的。打了一会儿，他索性又说："贾副官，拿出你的板胡来，咱们两个吼一段秦腔。"

贾得知恐有不测，迟疑了一下，不情愿地转身回到帐篷里拿出板胡来，端坐在一把折叠椅上，在群山旷野里随即调音拉了起来。他拉的是容涵齐爱唱的秦腔慢板《空城计》，秦腔板胡的凝重弦音立即荡漾在宁静的草地上，让他们的靶向目标更加明显了。

容涵齐不慌不忙，清了清嗓子，随即跟着板胡弦音唱起了秦腔《空城计》。

李飞刀手提着一堆野兔山鸡，也远远瞅见了军帐外面打太极拳晒太阳的容涵齐，他眼睛里凶光四射，但理智让他还是强忍住了。当他再次看到容涵齐若无其事地又高声扯起秦腔时，简直都气晕了，心里狠狠哆嗦着说："容涵齐，三娃子，你张狂得很，竟然眼睛里不尿爷李飞刀一寸寸，看爷今日里就要了你的狗命！"

李飞刀凶光毕露，一只手已经不自觉地按向了自己的腰间，摸了摸硬邦邦的盒子枪……

第十八章

众匪徒夜袭军营　车稼良失踪被囚

　　车稼良同民族抗战先锋队的一行人再次见到李飞刀的收编人马时，这些土匪已经全部被埋在了荒郊野岭上，变成一座座新土坟茔。容涵齐的独立团已经完成剿匪任务全部都撤走了，麟游山区里又恢复了往日的宁静。

　　车稼良并不知道李飞刀已经叛变，他默默站在新土坟茔前面，痛心疾首地哀悼这支刚刚收编过来的队伍的过早失去，埋怨李飞刀不听劝阻，也气愤他意气用事完全破坏了已经与独立团达成的中立协定，更懊悔自己没有教育规劝好李飞刀，以致一场悲剧发生了。

　　原来，李飞刀侦察完军营的驻扎防守环境，并没有意气用事断然开枪，而是悄悄地撤走离开了。容涵齐立即召集独立团军事会议，部署了剿灭土匪的计划。他料定土匪李飞刀会伺机找自己寻仇，而李飞刀行刺的最佳时机应该就在当天夜里。所以，独立团一举剿灭土匪为侦察排雪耻的机会也就在这天夜深人静之后。

　　为了麻痹土匪李飞刀，容涵齐让大家白天照旧佯装搜山，自己则在团部帐篷外面的草地上与副官贾得知一起娱乐，让勤务员在草地上架起柴火烤野兔和山鸡吃，好像什么事也没有发生一样，似乎把深山剿匪当作了一次野外游玩度假，连两个守电台的报务员，也坐在电台旁边懒洋洋地晒着太阳打盹。

容涵齐此刻故意在山洼里摆出富家大少爷的享乐场面，尽情享受着大自然赐予的明媚阳光和松林草场的负氧离子。他有意只在远处安排了一些流动哨简单警戒，好像是仗着独立团人多势众，完全就没有把土匪们的挑衅凶悍放在眼窝里一般。

这一切景象，让离开还没有走远，潜伏在远处山梁上继续观察的土匪李飞刀十分气恼，他恶狠狠地说："狗娘养的容三少爷，财东家里的公子真会享受，竟然没有把我李飞刀放在眼窝里，还以为飞爷我吓得尿崩了，早就撒丫子跑屎了！"随即又得意地自言自语："嘿嘿，小子耶，老子先让你活到今天晚上，再收拾你个狗娘养的！"

这一天的黑夜好像来得特别的晚，容涵齐同几个警卫天快黑时才跟跄着相互搀扶着走进帐篷里睡觉去了。

李飞刀趴在山上看到了这儿时，翻身在山坡上躺下仰面休息了一阵，让一个小土匪继续观察着，有啥情况随时报告，过了一阵子，他悄悄地起身，低下头弓着腰迅速溜回去搬兵去了。

在土匪们的驻地里，李飞刀说了自己侦察到的一些军营里的情况，决定天黑以后统一行动，摸进军营团部里杀容涵齐一个措手不及，灭了容涵齐和他的团部人员，给死去的弟兄们报仇雪恨。

"老子让他群龙无首，看他狗娘养的还怎么剿匪！"土匪李飞刀得意地说，"弟兄们，咱们期盼的复仇时刻就要到了，大家有没有信心？"

"有！"一群等待复仇的土匪立即兴奋得咋呼着嚷嚷起来了，有的说："咱们都听飞爷的，灭了他狗娘养的三娃子！"有的说："对，灭了他三娃子，为死去的弟兄们报仇雪恨！"土匪们一阵狞笑，个个都被撩拨着兴奋得疯狂吼叫了起来。

李飞刀让一个矮个子土匪拿出烧酒来，兴奋地说："弟兄们，都倒上了，喝了这碗酒，杀猪有精神！"

"对，杀猪有精神！""哈哈哈哈……杀猪有精神！"土匪们都迎合着起哄，情绪兴奋异常，一个个都像打了鸡血一般。每逢打劫走货，土匪们就来了精神，今天夜里个个都摩拳擦掌，期待着立即出发杀向军营里报仇雪恨。

突然，山洞里挂着一盏马灯的钉子掉了，马灯从上面掉了下来摔碎了玻璃，正咋呼的土匪们都惊吓了一大跳！

这时候，那个倒酒的矮个子土匪连忙过去把马灯拾起来，洞里少了一盏灯，灯光也比以前昏暗了，他就怯生生地说："飞爷，就我们这么点儿人，咱能成事嘛，我就怕他们会有诈哩！"

一句泄气屁话，说得土匪们都扫了兴致，个个气得脖颈暴起青筋瞪起了眼珠子，扭脸凶狠狠看着矮个子土匪，吹胡子瞪眼直生气。

一个老土匪抬腿踢了矮个子土匪一脚，说："他娘的，就你丧气得很，总是一副怕死的尿样，扫了爷们儿的兴致！"

"对，谁再泄气撒火胡吆喝，先灭了他！"一个黑脸胡子拉碴的土匪凶狠地呼喊起来。

李飞刀也晦气地恶狠狠瞪了小土匪一眼，小土匪立即吓得不敢再言语了，沮丧地缩在一边耷拉着脑袋听土匪们吆喝。

李飞刀见土匪弟兄们士气旺盛，十分满意，狠狠地说："弟兄们，就算他三娃子有诈，咱爷们儿正要寻他狗日的报仇哩，还怕他容涵齐不成！只要进了山沟就是咱们的地盘，哪怕是玉皇大帝老儿来了，咱们孙猴子也要大闹天宫，打他个鸡飞狗跳，鬼哭狼嚎！"

"哈哈哈哈……对，打他狗日的一个鬼哭狼嚎！"

昏暗的山洞里，土匪们已经没有了理智，士气亢奋，已经被复仇的急迫心情冲昏了头脑。

李飞刀听了，一只脚踏上木凳子，拔出手枪攥在手里，高声命令："弟兄们，咱们马上开饭，一更出发，三更动手，都精神点儿，完事撤火，杀回东山再当山大爷去！"

"好嘞！""杀回东山，去找快活！""喝！"

土匪们咋呼着、疯癫着、狂笑着，个个拿上大碗豪饮起了前几天从酒坊里抢劫来的几坛烧酒。

车稼良痛定思痛之后，觉得自己必须再去独立团见容涵齐问个究竟，独立团为什么不信守承诺，出兵围剿地下党的队伍。

大家都规劝他这时候不要去独立团军营。蒋介石已经下达了剿共命令，两军正在打仗，国民党军队里军统特务众多，现在去见容涵齐实在是太危险了。

车稼良却固执地说道："我毕竟是容涵齐的叔伯，与容府素有旧交，谅他三娃子也不会对我不敬。这一趟必须冒险去一下，不争取容涵齐的沉默中立，按照目前的危急情势，我们地下党就无法在陈仓一带继续立足。"

半个月后的一个上午，容涵齐正在团部里看军事部署地图。突然，大门口站岗的警卫军官进来报告，说有一个姓车的先生来了，要见容团长，哨兵挡住不让他进军营，他就硬说他是容团长的叔伯，非要进来不可，请团长定夺。

容涵齐一听，乐了起来，头也没有回，就摆摆手说："哼，抓起来！关着，不审不问，只给些吃的，让他好好在牢房里面的密室里养着。记着，不要让他见任何人，也不要让任何人知晓这件事情！"

"这……"警卫军官不解地发愣，不知道容团长这是个啥路子。

"咋啦，不明白呀？"容涵齐说，"他是个'江湖骗子'嘛，关着他就不会招摇撞骗诳人了。就这么着吧，执行命令！"容涵齐轻松地挥手让军官出去。

"是！"警卫军官明白了，笑着敬礼，立即跑出去执行了。

车稼良被捕关押，在陈仓地下党里引起极大惶恐。西府一带的地下党组织一时间陷入了迷茫。陈仓地下党的活动空间很小，所有地下活动都是单线联系。车稼良失踪以后，以他为轴心的地下党活动就完全陷入瘫痪状态了。

现在又正值国民党全面剿共的时期，一个地区的地下党领导突然失踪，对处于困难时期的关中地下党组织系统损失是不可估量的。陈仓地下党人都处于盲目揣测之中。

车稼良被捕关押，是容涵齐秘密执行的，军营里这件事从一开始就被严密封锁了消息，几乎无人知晓，连亲信副官贾得知也被容涵齐封锁了消息。

杜晓楠是陈仓地下党的秘密电台谍报人员，负责与陕北方面的密电往来，处于深度潜伏状态，直接受控于车稼良的单线领导。贾得知、飞儿他们也只知道她是三哥从西安领回来的少夫人。

车稼良失踪以后，杜晓楠借故进城，她到车稼良可能隐藏的几个地方都去打探了，却没有任何消息。

这天，她又借故进城，在一所学校门口问传达室的老头，说自己是学生家长，问车先生回学校了吗？老头说："车先生已经有一个多月都没有来上课了，学校也在找他人哩。"杜晓楠听后失望地离开了。

陕北方面对此也很震惊，命令她以上校团长夫人身份不容易遭人怀疑的有利条件，设法在军警内部方向打探消息。与此同时，给几个主要地下党组织系统下令，暂时停止活动，处于全面休眠隐蔽状态。

贾得知也慌神了，他突然失去了同车稼良的组织联系，一时间不知道该如何开展下一步的工作了，也不知道车稼良到底出了什么事，每天都等待得心急如焚。

贾得知为了打探车稼良的消息，请警察局陈仓分局局长尚德林和军统局陈仓工作站站长魏长富一起喝酒。席间，他故意高兴地吹嘘说："尚局长、魏站长，蒋委员长下达剿共令，我们独立团这次围剿行动，容团长可是一举剿灭了共党的民族抗战先锋队一个小队哩！想必，你们统计局陈仓工作站和警察局也都很有收获吧？"

警察局长尚德林说："贾老弟，我们警察局就这点鸟人，连维持治安的人都不够哩，哪有你们独立团的大气派呀！我们就只抓了几个毛贼，抓共产党，咱警察局可没有那么大能耐呀！"

贾得知假装不相信，就说："你真一个共产党没有逮着？这个我可真不信。"尚德林说："唉，真的没有，要有，我还不像你贾老弟一样，也在人面前吹吹牛，给自己也长长面子呀。"

贾得知见军统局陈仓工作站魏站长一直不说话，闷闷不乐的，就说："魏站长，你们工作站可是个情报收集机构，这回，肯定收获不小了？"

不提也倒罢了，贾得知一提，魏站长脸上马上黯然了，他叹口气说："唉，别提了，他娘的晦气得很，还抓个鸟哩！我们工作站刚得到了点儿共产党的消息，想逮条大鱼哩，结果，莫名其妙失踪不见了，一个也没有逮着，我他娘的还挨了上头一顿好训哩！咱可比不了你们容团长呀，旗开得胜，威风得很。"

贾得知就故意激他说："魏站长，你那是深谋远虑，是想故意放长线，钓出个大鱼吧？"魏站长说："唉！你贾老弟是说对了，鱼还真不小！"他看看左右无人，悄声说："是陈仓地下党的负责人，可惜，他娘的让人跑了！"他丧气得直摇头。

贾得知对警察局长尚德林说："我才不信哩，魏站长一定是给咱弟兄们卖关子哩，是怕我和尚局长抢了你魏站长的功劳吧？"

魏站长没有精神了，丧气地说："不怕你们两个老弟笑话，真没有，提不成，提不成！"说着苦恼地自己喝了一杯闷酒。

贾得知就赶紧倒酒，安慰魏站长说："唉，没有啥，谁还没有个马失前蹄的时候？这回没有捞到鱼，还有下回哩嘛！喝酒，喝酒！"就给魏站长又把酒倒上。

几天下来，还是没有查到结果，贾得知万般无奈之下，只好对团长容涵齐推说，家里捎信儿说他父亲贾德芳病了，想回家里去探望一下。

容涵齐十分意外，问他："哎呀，贾老伯父一直身体很好，怎么就突然病了哩？"

"谢谢团长关心惦记！家父也是年纪大了的缘故，近些年病也就多了起来。"贾得知解释着说，"不过，也不甚要紧，我回去看看就尽快赶回来。"

"那就好！你快去快回，现在是非常时期，我这里很多事要商量还离不开你哩。"容涵齐站起来说道。

"团长放心，我不会耽搁的，两三天就会赶回来。"贾得知说着立正敬了军礼，就急匆匆出去了。

贾得知刚出去一会儿又折身进来了，不好意思地说："团长，你看我这尿人，慌得都走了神了，怎么就忘了问团长家里有啥事没有哩？"

容涵齐笑了："噢，也没有啥大事，你给我大伯和我爹都带一些上好的旱烟丝回去，给贾老伯也带上一份，就说是我的一点儿心意。另外，也带上些凤翔的西凤酒、陈村的绿豆糕给家里面，我娘没有牙了，就喜欢吃这一口，我也好久没有回去了。"

贾得知笑着拍马屁说："团长真真儿是个大孝子哩，又干着大事情，里里外外都长脸，家里老人可享着清福哩！"

容涵齐乐呵呵地说："得知，你不要拍马屁了，你不是孝子呀？一听老伯有恙，这不就急着往家赶嘛。咱们彼此彼此！"

"哟，对了，团长，你给嫂子带啥礼物哩？我给你也捎上去看看嫂子去，她肯定想你了哩！媛媛和中鹤我就给带上些糖果，说团长给的，想他们姐弟哩！"贾得知打趣说。

容涵齐收住笑说："给你嫂子的礼，可不能轻了，就送一把新配发的小手枪吧，她喜欢这个！"说着从抽屉里拿出一把小手枪给了贾得知。

"嘿，嫂子巾帼不让须眉，玩的东西都跟其他女人不一样。从了军，说不准也是个女将军呀！"贾得知感叹。

容涵齐说："不要说笑了，时间也不早了哩，你赶紧赶路吧。记着见了村上老人替我问个好，见人也替我发上一支烟。"贾得知答应一声就连忙出去了。

贾得知上午刚走了不多一会儿，有军士高兴地进来向容涵齐报告，说团长夫人杜晓楠带着女儿和儿子到军营里来探望了。

容涵齐一听夫人和儿女来了，立马就喜形于色，开怀乐了，说："嘿，陈仓这地方邪，说谁谁，谁谁就来。"

容涵齐放下手里的东西奔出了房门，一出院子，女儿小媛媛就飞一般地跑过来了，嘴里连声地呼喊着："爸爸——爸爸——"

容涵齐弯腰把女儿搂在怀里，在她的脸蛋上亲了一口，问："宝贝儿，想爸爸啦？"女儿一撇小嘴说："不想！"容涵齐一愣，蹲下奇怪地问女儿："真不想？"女儿俏皮地说："是妈妈想爸爸啦！"

"哎，你不想爸爸呀？"容涵齐拉住问她。

女儿摇头："不想！爸爸也不想我们，我才不想你哩！"

"啊，是爸爸不好，尽顾着打仗了，把小媛媛给冷落了。爸爸检讨，检讨！"容涵齐哄着女儿媛媛说。

这时，儿子容中鹤也跑过来了，容涵齐高兴地用另一只手搂起儿子中鹤，杜晓楠也急匆匆地走过来了。

容涵齐亲切地招呼她说："晓楠，你来了？"

"嗯！"杜晓楠应声说，"来看看你！"

"上午得知回家去了，你们路上没有碰见呀？"容涵齐问道。

"没有呀！"杜晓楠奇怪。

"你怎么来的？"容涵齐问。

"带着咱媛媛和中鹤哩，我只能坐马车来呀，真闷得慌！"杜晓楠遗憾不能骑马潇洒一回。

"这就对了，他是骑马走的，肯定是走了近路了。你们走的大道，要不然，你们路上就能碰上哩。"容涵齐笑着说。

"听说你们去剿匪了，家里人都很担心哩，就过来看看。呀，团长大人剿匪，没有少胳膊少腿吧！"

杜晓楠调皮地围着容涵齐的身子转着瞧。容涵齐一下子就乐了："夫人，你想让我少啥零件哩？咱三娃子福大命大哩，土匪几次暗算都不咋！头发丝也没有少一根哩，你数数看！"说着就把头低下让杜晓楠看。

杜晓楠拍了一下他的脑袋，欢快地说："不咋就好呀，我听说你们打了个大胜仗哩！"

"也不算啥大仗，就几十个土匪而已！哎，夫人，你怎么知道的哩？"容涵齐奇怪地问。

"还军事秘密呀？你的卫兵刚才说的呗！"杜晓楠说。

杜晓楠一进军营见到卫兵出来叫"嫂子"，就随口问："听说你们出去剿匪了，抓着啥活人没有呀？"

卫兵高兴地说："活的人没有抓着一个，倒是灭了一窝子哩！"

"是啥人呀？"杜晓楠问。

"一窝子山里的土匪呗！"卫兵讨好说，"嫂子，都是咱们团长足智多谋呀，给土匪设空城计，一窝子都给灭扆了！这仗打得真叫痛快哩，炸得土匪们鬼哭狼嚎的。"

"城里那些警察们没有出动吗？他们也没有抓个活的共党来？"杜晓楠边走边问。

"嗨，就凭他们警察，欺负老百姓还可以，抓共党，他们下辈子吧！"卫兵不屑地调侃说。

容涵齐笑了："这些卫兵，他们一定给夫人吹嘘你丈夫容团长足智多谋，神勇过人吧？"容涵齐得意地说。

杜晓楠笑着回答："可不嘛！都把你说成齐天大圣孙悟空了，什么足智多谋呀，能掐会算呀，智设空城计呀，多了去了，看把你得意的！"

她说着又问："你们抓住啥匪首没有呀？"

容涵齐面色遗憾地说："人没有抓着一个，倒是给灭了一群哩，还击毙了一个共党匪首！"

杜晓楠一怔："啊，是啥人哩？"

"土匪李飞刀！"容涵齐说，"你都不敢相信，李飞刀就是在咱们家大药房里养伤的要杂耍卖艺的那个家伙！"

"啊？"杜晓楠吃惊不小，瞪大了眼睛说："他就是土匪李飞刀？怎么会这样哩！"

"没有想到吧？上次咱们家里的行刺事件，就是他这个狗娘养的给做下的！"容涵齐余怒未息气愤地说道。

杜晓楠也愤慨道："这个李飞刀，挨千刀的，真该死！"她心里真埋怨车先生怎么能收编这些个穷凶极恶的土匪哩，成不了啥事，却败坏了抗战先锋队的声誉。她正想着，容涵齐又说话了："这家伙下蒙汗药，打死了我侦察排一排人，凶狠着哩。一天晚上又来偷袭我们团部，想刺杀我，被我设计一顿乱枪都突突了！"

容涵齐说到这里心里十分畅快，一块心病终于除去了。

"都死了吗？"杜晓楠不放心地问道。

"都死光光了，一个也没有留下！这伙土匪谁留下都是个祸害，贻害无穷，灭了就好。"容涵齐干脆地说。

其实，容涵齐算计错了，土匪李飞刀并没有被真正打死，他已经在独立团撤走以后意外醒了，又被人给搭救了。

　　原来，在土匪们闹腾准备夜袭的时候，容涵齐也在开秘密军事会议部署围剿土匪。他们白天的酗酒其实都是一种假象，酒壶里灌着的其实都是白开水，喝酒呕吐都是装出来迷惑土匪的。

　　天黑以后，容涵齐的团部就从帐篷里撤离了，他们在四周埋伏了机枪手，又在团部的帐篷里暗藏了一个班的枪手，不仅配备了快抢，还配备了没有响声的连发射弩，就专等待着土匪们上钩。

　　李飞刀已经杀红眼了，他报仇心切，根本就没有看出这是一个预设的圈套。他半夜悄悄来到军营以后，土匪们的双眼像探照灯一般在黑暗里迅速搜寻，看到军士们已经睡觉了，警戒十分松懈，团部容涵齐的帐篷里透出一丝昏暗的灯光，就暗暗欢喜！他们悄悄出手杀掉了哨兵以后，李飞刀一挥手，三个土匪立即起身扑着冲进了团部的帐篷里。冲进去之后，却再没有出来，李飞刀又一挥手，又扑着冲进去了三个土匪，依然没有声音，照样也不出来了！李飞刀刚感觉不对劲，还没有发话哩，其他土匪们立功心切，眼睛全红了，已经爬起来一窝蜂哗啦扑着冲过去了。刚扑着冲到帐篷门口，就听到帐篷里面突然枪声大作，土匪们一个个栽倒的栽倒，逃跑的逃跑。急忙逃跑的还没有跑上几步，四周的机枪声又"突突突""嗒嗒嗒"地连着爆响了起来，火力密集流弹飞溅，转眼之间土匪们就在密集的枪声中纷纷倒下去了。李飞刀气得眼睛瞪得像铜铃，牙齿咬得咯嘣响，自己刚要冲上去解救弟兄们，帐篷四周又拉响了地雷，可怜扑上去的土匪们都被炸得七零八落，躯体被爆炸的硝烟瞬间就吞噬了。

　　李飞刀知道坏了，也彻底完了，他一把揪下自己的包头布使劲摔在了地上，只觉得撕心裂肺，声嘶力竭喊了一声："三娃子，我操你妹，老子跟你拼了……"就在他不顾一切地扑过去的一刹那，火光里几支枪口已经顶住了他的后背，李飞刀这才完全明白，连自己也已经中了埋伏，成了待宰的羔羊！

　　他猛一回头，看见容涵齐正用手枪指着自己，急忙一抬手一枪打了出去，三娃子手快早就看见了，立即一枪击中了他的心口，李飞刀一个趔趄就栽倒在地上，闭气瞪眼没气息了！

一个卫兵过去试了试鼻息，说："团长，好枪法，死了！"

"撤！打扫战场吧。"容涵齐坚定地下达了命令。

可是，土匪李飞刀的心脏天生就长歪了，心脏长在身体的右边，这种概率对人类来说只有百万分之一，医学上叫"镜面人"。这一点，李飞刀自己早就从医生那里知道了，为此，他凶狠地杀死了那个告诉他真相的医生，一直严守着秘密从不向别人提起，就连身边的土匪们也都不知情。

容涵齐开枪的时候，李飞刀立即使用了早就秘密练就的气功闭气术，以闭气假死蒙蔽了军士的查验，又侥幸逃过了一劫。

第二天，他醒来以后，被一个打猎的猎户看见救了起来，他于是藏在山里的猎户人家养伤，托猎户取出了埋藏的银子，找人掩埋了他的土匪弟兄们，又故意让人给他立了一座假坟茔。

养好伤已经是半年以后了，土匪李飞刀为了彻底隐匿自己的踪迹，匪性不改，在饭里下毒，又一次残忍地杀害了救助他养伤的猎户全家，然后一把火烧了猎户家的房子焚灭了尸体，化了装，重新潜入没有人认识他的秦岭深山里继续蛰伏起来。

第十九章

贾副官疑查药铺　四娃子峥嵘崭露

　　贾得知回到了陈仓塬上的家里以后，才知道杜晓楠已经去了上马营的军营里了。

　　容府院子里，玉娥儿的儿子狗蛋儿圪蹴在院子里，看两只雄性大公鸡激烈鹐架。在院落一侧的小菜地边上，一只抱窝母鸡带着一群小鸡同几只母鸡在觅食，狗蛋圪蹴着的地方，一只雄赳赳的芦花大公鸡正同一只斗志昂扬的枣红大公鸡在你死我活地搏击，争夺领地占有权。

　　狗蛋儿观阵的神态和位置，恰似一个斗鸡观战的裁判。

　　两只好斗的大雄公鸡几乎是同时发起攻击的。顿时就见两只愤怒的大公鸡扑棱棱纠缠在了一起，猛烈地攻击对方的头颅和鸡冠，翅膀也扑扇着扑打对方的头颅和身躯，鸡爪子也都同时用上了，冲撞、扑打、飞腾。一边啄食的母鸡们也被眼前的激烈搏斗惊吓得"咯哒……咯哒……"地尖叫起来，再看时，两只大公鸡的鸡冠子上已经鲜血淋漓，到处鸡毛乱飞。

　　狗蛋儿一看这阵势急眼了，立即抢上去把一只大公鸡抱起来，另一只枣红大公鸡已经斗红了眼，不依不饶地竟然飞腾起来跳到狗蛋儿的身上，惊吓得狗蛋儿慌乱失措地躲闪着乱成了一团。

贾得知刚迈进容府院子就看见了，他连忙奔过去抓住了斗红眼的枣红大公鸡，那只枣红大公鸡在他的大手里扑棱着挣扎不停，气恼得发出一阵阵"咯咯咯咯"的叫声。

屋里头，萍儿听见了，从灶火间急忙奔了出来，她抬头一看，见贾得知来了，就在围裙上擦了擦手，连忙招呼说：

"呀，是贾副官回来了？快到屋里坐，我爹在上房屋里哩！"

说着就从贾得知的手里把枣红大公鸡接过来，叹声说："唉！世事不安宁，连这公鸡也不消停，光打架哩！"

"萍儿嫂子，杜老师在家里面，还是在学校里？"贾得知迟疑了一下，还是开口问了一句。

"哦，她去队伍上了，今儿个早晨走的。孩子们也都带上去了哩，说是得住几天才回来哩。"萍儿不在乎地说，她已经渐渐习惯和接受了命运的安排。

杜晓楠回到陈仓塬以后，由于承担着机要任务，身份特殊，只是同车稼良一个人单线联系，贾得知并不知道杜晓楠的真实身份，只是把她当作团长的夫人尊敬。

贾得知把容涵齐带的礼物在容雅谦屋里放下，同四叔聊了一会儿家常，说了说队伍上剿匪的事，就急忙去找飞儿。刚一出门，却看见飞儿也急匆匆赶过来了。

"得知哥，你回来了？"

"回来了！"

"吃饭了吗？"

"吃了，你吃了吗？"

"没有哩，有急事找你，就先来了。"

陈仓人每天见面打招呼，必需的礼节是要关心地问"吃饭了吗"，然后才转入交谈的话题。

"我也正有急事找你哩，咱们边走边说吧。"贾得知说。

"好啊，边走边说。"飞儿跟着贾得知一同走进一条僻静的狭窄巷子里头。

"飞儿，你还好吧？"贾得知问。

"还好。你哩，听说你们去山里剿匪了？"飞儿说。

"什么剿匪，其实就是去打共产党的队伍。"贾得知擦火柴吸了一根纸烟，也给了飞儿一根，气愤地说道。

"什么，又打内战了？"飞儿一惊。

"是全面打内战，蒋介石下的死命令，抽调全国的一些抗战国军，回过头开到江西苏区去围剿工农红军，又命令陕甘一带的西北军和东北军去围剿陕北的红军哩！"

贾得知心情十分沉重地边走边给飞儿说着外边的复杂形势。

"这个蒋光头真可恨，国难当头消极抗日不说，还专打内战，这样的卖国政府不亡国才怪哩！"飞儿很是气愤。

"哎，飞儿，你最近见到车先生了吗？"贾得知站住脚，凝神严肃地询问自己的同志飞儿。

"没有啊，好久没有见着他了，你见到了吗？我也直纳闷儿哩，他好像失踪了一样。"飞儿悄悄地说。

"喔，我也好久没有见了，所以才回来问你哩！"贾得知忧郁地继续往巷子深处里走。

"得知，我也正为此事着急哩，难道是车先生出了啥事情了？"飞儿很是担心，他已经有些时日没有见到车先生了，心里有些着急。

"说不准！我看不像出事情，可就是见不到他人，真是怪事情哩！现在非常时期，形势危急，见不到车先生，没有上级的指示，让人真是着急啊！唉，我回去再设法打听打听吧。"贾得知十分纳闷儿地说着。

　　两个人沿着一条深深的巷子走着，下午将暮时分，巷子两旁的房屋把并不晴朗的天空洒下的光线遮去了大半个墙头，使得巷子里显得有点儿阴森昏暗。他们一路说着话，走着走着就来到了大药铺跟前了。贾得知抬头一看是容府大药铺，立即想起了什么，拔枪就冲了进去。

　　药铺里，黑娃正在柜台上看账本，见贾得知提着枪冲了进来，不由得大惊失色，忙问："贾公子，怎么了，咱乡里乡亲的，你突然闯进来，扎个凶式子，这是做啥哩？"

　　贾得知用枪指着黑娃说："少废话，说！你到底是个啥人？不实诚说，我现在就废了你！"贾得知一脸愤怒。

　　黑娃神色惶恐，惊慌地说："贾公子，你先别吓人，我就是容府药铺的伙计呀，这你是清楚的呀！"黑娃心里头已经毛了。

　　"别装蒜了，当我不清楚？老实说！"贾得知满脸杀气，剑眉冷对着黑娃厉声喝问。

　　"哎呀呀，冤死个人哩，我就是个伙计呀！"黑娃一脸无辜的样子，"贾公子呀，你要拿我当啥人哩吗？"

　　"你怎么认得土匪李飞刀的，说！"贾得知呵斥道。

　　"贾公子，我真真儿不认得土匪李飞刀呀！"黑娃说。

　　"不认得，土匪李飞刀怎么会住在你这里养伤？你糊弄骗谁哩！"贾得知进了药铺柜台，把黑娃从里面拉了出来，用枪指着他的脑袋逼问着说，"你是怎么当的土匪卧底？"

　　"贾公子，你说的是养伤的那个要杂要卖艺的呀，他怎么能是土匪哩，就是一个被土匪抢了担子的过路客嘛，也是个可怜人哩。"黑娃面对贾得知的盘诘，装起糊涂。

　　"黑娃，你别装蒜了！他就是土匪李飞刀，从你这里跑到了麟游山区里，刚刚被我们剿匪打死了，你还装啥傻哩？"贾得知见黑娃装糊涂，厉声愤怒地呵斥着。

飞儿不明白是啥事情，就呆呆地看着贾得知和黑娃发愣。

"啊呀，贾公子哩，他是土匪，我怎么会知道哩？要是知道了还不赶紧报告呀！我恨他们恨得都牙痒痒哩，还能给他治伤呀？再说，他的伤可是四叔给治好的哩。难道说，四叔也通匪吗？你怎么就讹上我一个小伙计了哩！"

黑娃一听土匪李飞刀已经在剿匪中被打死了，他给土匪李飞刀带路的事已经无从对证了，心里头就暗暗高兴，故意拉上四叔容雅谦给自己掩盖开脱。

飞儿一看，想起土匪李飞刀强暴玉娥儿的事来，就走近也疑惑地问道："黑娃，你原来不是见过土匪李飞刀吗，怎么会说不认得哩？你说呀！"

黑娃心里有鬼，最怕的就是盘根问底，见飞儿也掺和进来追问他，就赶紧装可怜说："当初，我被土匪给抓住了马上就蒙了头咧，怎么能认得土匪李飞刀长个啥样子呀！你们救下我的时候，不是都看见了吗？"

飞儿听了，就沉默语塞了，干站着不再说话，无辜地看了贾得知一眼，意思是说："没有证据，见好就收吧！"

贾得知盘诘了一阵子，见黑娃回答的话滴水不漏，特别是提到了四叔容雅谦，就感觉是投鼠忌器。黑娃是容府里的小伙计，打狗还要看主人面哩，就不好再多说啥了，也觉得实在没有充足理由不相信他，就把手枪收了起来，装进了枪套里。

离开了药铺子，在回来的路上，贾得知仍然不甘心，说道："飞儿，我总觉着这个黑娃很不简单哩，你们以后要留心着点儿，可别吃了这个尿的暗亏。俗话说'防贼防盗，难防家耗'！"

"黑娃的回答不是没有啥破绽吗？还疑惑啥哩！"飞儿有些不解其意地说。

"飞儿，你记着，越是滴水不漏，就越是可怕呀！这是咱们残酷斗争得来的深刻教训！"贾得知一脸严肃，不无担忧地说。

"是你的职业习惯吧？"飞儿笑着损贾得知。

贾得知认真地说："不，我是第六感觉。"

飞儿哈哈笑了起来："凭第六感觉就怀疑这个人不是好人，是不是过头了？如果像曹操那样做梦，梦着了，还不把人给冤杀了！"飞儿笑着不以为然。

贾得知没有证据，就无可奈何地摇摇头，不再同他说笑。

飞儿岔开话题，说："得知，你回来了，就顺便看看我训练的民团，也给咱指点指点呀！"

贾得知看看四周无人，就悄悄问飞儿："民团团丁里，有多少是咱们可以信得过的人？"

飞儿低声说："有七八个人是骨干，痛恨国民党，都非常可靠。"

贾得知兴奋地说："好啊，占三分之一，已经不算少了。关键时刻，就是咱们的骨干力量，有事的时候就能派上用场。你的功劳不小啊！但是，一定要严格保守组织秘密。"

飞儿点头说："你放心，我心里有数。"又说："我想把他们都发展成咱们的人，你看哩？"

贾得知思虑了一下说："飞儿，这事不急，等车先生的消息吧！"

贾得知同飞儿刚离开药铺，狗剩就一个人阴沉着脸从巷子里转了过来。他进了药房，瞧见黑娃在药房里面独自发愣，就圪蹴在药房的门槛上，掏出旱烟锅子装了一烟锅烟丝，拿出火镰来刺啦刺啦打了几下火，把打着的引火棉絮压在烟锅里，"吧嗒……吧嗒……"吸了几口旱烟，然后看也不看黑娃，意味深长阴沉沉地说："作孽呀！"

黑娃被贾副官一顿审问心有余悸，正愣着神哩，听到狗剩突然冒出一句话，这才醒过神来，吓了一跳，说："表哥，你怎么像个鬼咧，来了也没有个声！"

"作孽呀！"

狗剩并不理会黑娃，把烟锅里的烟灰在门槛上磕了几磕，又把烟锅收起来别在腰里，站起来拍拍屁股上的土，又阴沉沉头也不回跟着再撂了一句："作孽呀！"

狗剩自言自语地说完了，也不管黑娃是个啥表情，就双手把腰带紧了紧，然后迈步背着手扬长而去。

黑娃怔怔地从屋里撵出来，望着狗剩的背影走了很远一直出了巷口，他才唾了一口唾沫，恶毒地说："呸！一个要饭来的帮工，把自己当东家的管家了，在我眼里，你狗剩就是个夜壶！"

在民团的训练场上，贾得知看了看团丁们的射击训练，做了些技术指点，随后飞儿又让团丁们练了一会儿棍棒拳脚，个个都打得龙腾虎跃，尤其是大刀片子也要得虎虎生风，贾得知看得很是高兴。

飞儿硬气地说："都是些年轻人，就靠武术才吸引了他们的练兵热情哩。"贾得知由衷地说："没有想到你带兵很有一套，不到队伍上带兵，的确屈才了。我给你三哥说说，不要当教师了，你也来队伍上咱们一起干吧？"

飞儿悄声说："眼下，我爹的工作还不好做。不过，我不想给国民党军队干，要干就到陕北那里去。"

贾得知笑了："看来，飞儿是有大志向的，好，我完全支持你。"

贾得知看看四周无人，又说："你的民团都是些长枪，真有事了，顶不了大用。我回去给团长说说，给你们再配两挺轻机枪、几支冲锋枪、几把手枪，以及格斗的匕首，再给上些手榴弹，战斗力就大大增强了。记着，好武器来了，一定要掌握在我们自己的骨干手里面。"

飞儿听了很是高兴，说："好，得知，你放心，没有麻达！有了轻、重武器，加上我这三十几个人都练就了些硬功夫，就是一个连，也不是咱的对手哩！"

贾得知很有兴致，称赞说："行啊，我回去再派几个教练回来，给他们教练一下擒拿格斗术，你再让他们练习练习飞檐走壁的攀爬本领，熟悉一下夜间作战的本事，把这些人都训练成特种兵一样，以后会有大用处的。"

"好，你放心，我会用心的。"飞儿冷静地说。

独立团在这次国民党对西北红军队伍的全面围剿中旗开得胜，出奇制胜，一举剿灭了关中西府一带土匪李飞刀的投共队伍，保证了国民党军的后院安全，受到了上峰的通令嘉奖，容涵齐晋升为旅长。

当军官们纷纷上前为他庆功的时候，他却神色晦暗，并无喜色流露出来，只是淡定地说："眼下时局动荡，尚且国难当头，民族危亡旦夕之间，个人何喜之有？我等当以抗战大局为重，救国难于危亡之中，才不枉是中华炎黄之子孙耳。"

杜晓楠在军营里已经住了几日，她打探不到车稼良的消息，又惦记着学生们的课程，就匆匆又回到了陈仓塬上。

军营里，管犯人的士兵给监室里的车稼良送饭，放下饭菜刚要走，车稼良把他挡住，一脸认真说："我要见你们容团长！"

那士兵揶揄嘲讽地说："哎，老头儿，老实些吧，能好好管你吃喝，就抬举着你了，你还要见我们容团长，容团长也是你这个'江湖骗子'好见的？忘啦，当初是怎么抓你进来的？真不识好歹呀！"

车稼良生气地说："我不是'江湖骗子'，我是你们容团长的叔伯，真找他有事情哩。"

士兵不屑地说："得了吧，你？就是你自己说是容团长的叔伯，容团长才让人抓的你。你这个骗子，还敢再说是容团长的亲戚，不要命了吧？

老实待着，再不要胡说，要不，饭也没得吃。"说完锁了牢门，头也不回径自走了。

飞儿听了贾得知的话，每日里除了上课，就是领着民团团丁们练武习兵。自从贾得知派国军里的高手来给民团团丁们教习了擒拿格斗术、飞檐走壁术、野战夜战术，他就每天领着团丁们刻苦练习直到掌握，很快战斗力又有了突飞猛进的提升。

雅儒和四弟雅谦见这天天气好，就一同来到教习场，看飞儿他们的民团操练，都满意得点头赞许。

雅谦感慨地说："他大伯，飞儿是个人才哩，训练团丁很是用心呀，今后若是再来了土匪啥的，就咱团丁这个战斗力，一定把狗日的都给收拾了。有了民团团丁们护村子，今后咱就不怕啥了。"

"别看他张狂得很，就他们这几号人，护个村、护个院还凑合，要是日本倭寇来了，也不顶个事。"容雅儒忧心地说。

容雅儒一生都崇尚儒教，对武力并不推崇，要不是如今日本倭寇快打到了家门口了，他是不会同意村子里建立民团训练团丁的。自从土匪李飞刀两次到村子里寻事，他才感觉世道变了，没有武力护卫，仅凭教育救国，的确不顶事了。他看着操场上飞儿他们龙腾虎跃的训练，慢悠悠地又说："飞儿这狰厉，教书不甚上心，舞刀弄棒，倒很精心，到底是个家里窝不住的货！你看就他这个秉性，将来不惹是生非才怪哩！我当初不让他去西京城里面读书，就是怕他收不住性子，野了他。如今长大了，果然如此。你说，就他这个毛手毛脚的样子，说不准哪天就自己做主带队伍投军了。"容雅儒说着，担心地叹息了一声。

容雅谦知道大哥的心思，他也觉得飞儿一门心思就想着干大事，压是压不住的，就没有再说啥。看了一会儿，见大哥对练武不感兴趣，就领着大哥容雅儒离开，又转到去学校的路上。

两兄弟一进学校大门，迎面就碰上了刚刚下课往出走的杜晓楠。杜晓楠一看大伯和爹来了，就高兴地迎上来说："大伯，爹，你们来了？"

两位老人都笑着点点头，算是答应。

容雅儒慈祥地问杜晓楠："老三媳妇，听说你前一阵子去了上马营，还听说涵齐的队伍到北山里剿匪打了个大胜仗？"

杜晓楠笑眯眯地说："大伯，是的，一窝子土匪都给灭了。您老身体硬朗啊？"

容雅儒说："我硬朗着哩。涵齐还好吧？他也很久没有回家了。不管队伍里怎么忙，也要叫他常回家里来看看，就说大伯我想他了哩！"

杜晓楠应承说："哎，我见了就给他说说。"

容雅儒觉得容府里三娃子涵齐如今有了出息，给容府撑着面子，所以平日里都对三娃子高看着一眼。三媳妇杜晓楠是城里人，书念得多，学也教得好，学生们都很喜欢这个城里来的无拘无束的女老师，她在学堂里口碑很好。自从杜晓楠来西坪学堂教书，村子里和周围村子也开始有人把女娃送到学堂里来念书了。虽然古语说"女子无才便是德"，但如今世道不同了，女娃娃读些书，也长了见识，看着就同没有念书的娃娃不一样。校长容雅儒对自己当初的这个决定很是得意，他心里觉着这个三媳妇确实比乡下的媳妇能干，每每见着老三媳妇杜晓楠，他也都高看一眼。

容雅谦见大哥对杜晓楠总是满意客气，心里也高兴觉得给自己长了脸。杜晓楠自从进了容府，在家里也的确知书达礼，尤其同萍儿相处亲得像姐妹一般，萍儿也把媛媛当亲生的女儿一样对待，这放在谁家里都不多，让容雅谦少操了多少心，所以，他对这个儿媳妇也已经彻底改变了态度，从起初的排斥逐渐变成了接受，又从接受逐渐变得心里满意对她高看起来了。

陈仓塬还有一个很大的变化，那就是在当时依旧封建、封闭、愚昧、闭塞的陈仓塬上，对于这个城里来的长着一双羞死人的大脚丫子，又无拘无束还有点儿大不咧咧整天在人前抛头露面，却有着很大学问的容府三媳妇杜晓楠，农村里那些依旧裹着三寸金莲，大门不出、二门不迈的陈仓塬妇女们，却把她像妖精出世一般描绘，又像仙女下凡一般的传颂。在西坪凹，每当人们远远地看见杜晓楠走过，总要聚成一团叽叽喳喳神情复杂地议论评判一番，尤其是陈仓塬上的妇女们，看见杜晓楠的时候，尽管也会指指戳戳，但眼神里流露出的总是些许羡慕异样的目光。

其实，杜晓楠的到来，对陈仓塬世俗观念的冲击力，已经远超了她教学的引导意义了。在对待容府三媳妇杜晓楠教书的问题上，校长容雅儒的开明之举，的确对得起辛都督当初送给他的"开明绅士"大牌匾，破俗例一举打破了陈仓塬上女人不登大雅之堂的禁锢。

容雅儒见到杜晓楠，又想起了友人辛都督，就又问杜晓楠："老三媳妇，我听人说，辛都督如今也回了西京城咧？"

杜晓楠说："大伯，就是的。我舅舅现在只是个参政了，回家养老了。现在同那些老帅们一起组织了个救国同盟会，整天东奔西走的，主张团结抗战哩！"

"好，好，好得很哩！只要能团结抗战，中华大地就有希望哩呀。"

容雅儒赞同着又叮嘱说："老三媳妇，你在西京见着辛都督了，记着替我问个好哩！"

"哎！"杜晓楠紧着应承了一声。

容雅儒又同雅谦一同转到学堂院子里去了，这是他每天必走的路径。

飞儿下课回到自己办公室，在教案本里意外发现了一张字条，看了内容，他很是吃惊。他万万没有想到，在周围竟然还有自己的同志在活动着哩。

车稼良已经失踪半年多了，陕北方面失去情报来源十分着急，就只好直接指令杜晓楠，尽快了解西府陈仓一带国军下一步的具体动态。

杜晓楠按照指令，不可直接去找任何自己的同志，怕暴露目标增加风险，于是，她想到了地下党员飞儿。

飞儿接到神秘指令，立即借故去了上马营军营里找贾得知，并去看望了三哥涵齐。飞儿从副官贾得知那里了解到一些情况，回来后，却不知道该把情报送往哪里去，这让他心急如焚，焦急地等待下一步的指令。

这天，飞儿再一次在教案里发现指令，他立即按照要求把情报送到了指定的秘密地点。回来后，他把学堂里面的十几个教师都逐个在心里排查了一遍，却实在想不出这个同志是谁。但是，他的心里却十分兴奋，知道自己不再是一个人单独行动，周围还有自己秘密工作的同志哩，心里面也就踏实多了。

车稼良被秘密关押了几个月后，容涵齐有一天突然去牢房密室里面看望他，现在的车稼良已经是长发盖面，满面胡须，即使是熟悉的人，也一下子认不出他是谁了。牢房里看押他的士兵也只知道他就是个江湖骗子，连个啥名字也不知道。

车稼良在牢房里度日如年，却没有一个人审问他、看他、管他，皮肉倒是没有受什么折磨，每天只是有人给他按时送饭吃，只是这么关着，使他寂寞难耐，他着急得都快要发疯了！突然，他看见容涵齐进到牢房里，气愤地脱口喊："三娃子，你这是唱得哪一出，关着我到底要干啥呀？"

容涵齐支走士兵后，淡定地笑着讥讽说："车先生，你在这里养尊处优，住着还算舒服吧？晚辈涵齐只是关心你的安全，才请先生到这里好好休息。"

车稼良听了容涵齐的话，又生气又激动地说："我每天有吃有喝的，在牢房里惬意得很。三娃子，你这是关心我呀？有把我关进牢房里半年不闻不问，这么干坐着的吗？"车稼良讽刺着容涵齐，表达了非常不满的情绪。

容涵齐笑了起来："对呀，车先生，您老只要觉着在这里惬意就好呀！"他笑了起来，并不理会车先生怎么想，又故意说："车先生，我看您在这里每天有吃有喝的，啥心也不用操了，快活死了哩！哈哈哈哈！"

"三娃子，我问你，你无端关我，是个啥罪名？总得给个说法吧！"车稼良急了，一脸正色生气地说。

"江湖骗子呀，士兵没有告诉你吗？"容涵齐挖苦着说。

江湖骗子的罪名，车稼良当然知道，他赌气地继续说："唉，有句俗话说得好，'虎落平阳被犬欺'，我现在是真有体会了！"车稼良气呼呼地反讥嘲讽。

容涵齐幽默地一语双关说："可惜了，西北没有虎，只有西北狼啊！车先生，你说，西北狼是让猎人抓去打死了好哩，还是让养狼的人囚禁在笼子里养着好哩？"

车稼良没有好气，岔开话题，愤怒地责问容涵齐，为什么不信守承诺，剿灭李飞刀的队伍？容涵齐干脆地说："这伙惯匪危害地方老百姓，本团长是替你们共产党清理门户，你得感谢我才是哩！"

车稼良听了，气得背过身子不理他了。容涵齐说："车先生，你我党派不同，非常时期，多有得罪。涵齐只是个晚辈，本不该对先生有大不敬，但实在是不得已而为之！"

"啥，你不得已？不得已，就把我当江湖骗子给关起来呀？"车稼良转过身来，气哼哼地质问容涵齐。这半年，只关着不审不问，让他心急如焚，都快把他关疯了。

容涵齐讥笑着说："车先生，说你是江湖骗子，我并没有冤枉你。你说你一个长辈，当初到我军营里与我达成的君子协定不仅不算数，还招安了个土匪李飞刀几次偷袭暗杀我，又使出下三烂手段，残忍杀死了我的侦察排全部人员！"

容涵齐愤怒得激动起来："这个你怎么解释？我现在关你，就是让你对你当初的食言负责！你还好意思说，你不是个江湖骗子吗？"

容涵齐秘密关押囚禁车稼良，自己嘴上不说，其实，还有几个深层目的：一是让车稼良对自己的言出失信付出代价；二是对车稼良的有意保护，因为军统已经下达了抓捕他的命令，与其让军统抓了，不如自己把他秘密关押保护起来；三是秘密抓起西府共党的头目车稼良，免得他在自己的防区里煽动民众和学生闹事，给自己添麻烦；四是通过关押车稼良，他想看看自己的夫人杜晓楠的反应，探察她究竟是不是地下党；五是考察贾得知是不是共产党的人。但从杜晓楠和贾得知几个月来的反应，却看不出有什么明显破绽来。杜晓楠同贾得知都是主张联合抗战、反对打内战的，这同他自己的思想几乎如出一辙，也就罢了，只是近来他总觉着贾得知有点像共产党，所以，关押车稼良的事，才有意没有告诉他。

容涵齐说完了，并不等车稼良解释，就一招手，一个士兵立即提着一个食盒进来了，放在牢房里的长条桌子上，从里面取出两盘肉菜，又取出一壶西凤酒放下走了出去。

容涵齐既不屑又恭敬地说："车先生，念您是个长辈，晚辈不跟您计较了，有怠慢之处，还请先生海涵！一壶薄酒，不成敬意，请先生淡酌慢饮吧！"

容涵齐说完，立即拱手告辞走人。车稼良急忙喊他："三娃子，你别走，我还有话同你说哩，你放我出去呀！"

容涵齐头也不回地说："先生好生休息，在这里多待些时日吧，好好休息。"

车稼良见容涵齐径自扬长而去了，并不理会自己，气得一脚踢翻桌子，酒菜撒了一地，然后倒头就憋气地朝着墙壁躺下了。

第二十章

少夫人探视监室　阋墙争雾散云拨

杜晓楠又一次来到军营里探亲，媛媛和弟弟中鹤见到爸爸，兴奋得整天缠住爸爸说这说那。第二天，在军营饭堂吃早饭时，杜晓楠说自己想去军营里面转转，容涵齐就对贾得知吩咐说："得知，我上午有事哩，你就陪着你嫂子和娃娃们到处走着转一下。"

贾得知高兴地说："好，嫂子，我陪着你转。你想去哪里呀？我保证当好随从。"

杜晓楠随意说："贾副官，我没有啥事情，就出去随便转转，透透气，散散心，走哪儿算哪儿吧。"

贾得知并不知道杜晓楠的地下党身份，就行使副官职责，同一个警卫员带着杜晓楠，领着媛媛、中鹤姐弟俩随意在军营里溜达。

杜晓楠问他："贾副官，你们还去陕北那里剿共打仗吗？"

贾得知说："上峰原先还催得紧些，都被容团长借故给推托了。好在我们先前麟游剿匪已经取得了一些胜利，上峰也不好追责，就暂缓下了，近来，倒是催促得少了些。我听说咱们西北地方军也都不愿意去陕北打内战消耗实力，怕让后面虎视眈眈的中央军占了咱们陕西的地盘。所以，谁都不想出兵啊！"贾得知对陕北的战局分析得十分透彻。

杜晓楠略微停顿又说："是这样呀，我是一介女流，不懂得你们军人打仗的事情，但老百姓都反对打内战哩，我也怕你们自家人打自家人，让日本鬼子看咱中国的笑话。现在，连热河都让倭寇们给占咧，不知你们陕军怎么想的？"

贾得知义愤填膺地说："嫂子说得对着哩，内战再打下去，咱们就亡国了哩。这个道理谁都能看得明白，就连小学的娃娃都知道的道理，可蒋委员长这厾人就是不明白呀！"

杜晓楠听了副官贾得知的一番感慨，惊讶地说："噢，委员长可是个大人物哩，他是个啥主意呀？"

"还有啥主意哩，他无非就是'攘外必先安内'的陈词滥调罢了！对我们西北军说什么'不积极剿灭共匪，而轻言抗日者，便是不忠不孝'。还威胁说，对轻言抗日的军人，'要予以制裁'哩。"贾得知越说越上气，愤懑地一脸怒火。

"呀，那你们上峰是个啥主意呀？老百姓勒紧裤带养着你们，是指望你们打鬼子哩，可不能再打内战了，便宜了日本鬼子。"杜晓楠担忧地说着。

"蒋介石已经给在陕西的东北军和西北军都下了死命令，说我们面前只有两条路可走：一条路，是开赴陕北前线去剿灭陕北的共军，收复其盘踞点，由中央军在后面接应督战；另一条路，是让在陕西的东北军和西北军全部撤出陕西，分别调往福建和安徽去剿共，让出陕西和甘肃两省，由中央军进来剿灭陕北的红军。嫂子，你说这是个啥事，耍阴谋嘛，蒋介石这不是横竖都要逼死我们陕军嘛！这不就是，进也是个死，退还是个死嘛，已经让西北军没有个选择的活路了！"贾得知满腹愤慨地说着。

杜晓楠看到前面偏僻的山坡上有一排窑洞，院子门口都站着哨兵，杜晓楠问："贾副官，山坡那里是啥地方呀，啥大人物住着哩？门口还有人给站着哨哩！"

贾得知看了一下，不在意地说："嫂子，那里没有啥人住，就是些关押的土匪和犯人，没有啥看头，咱们去别的地方转吧。"

杜晓楠却来了兴趣，好奇地说道："呀，里面有土匪呀，这我可想进去看上一看，土匪们都长得啥模样呀？"

贾得知笑了："嫂子，土匪有啥好看的，都是一个鼻子两个眼窝，一些粗鲁没有教养的家伙，没有啥稀奇的。"

"我能进去看看吗？"杜晓楠坚持说。

"嫂子想看，我就领你进去看。不过，这些尿人都凶巴巴的，别把嫂子和娃娃吓着咧！"副官贾得知诚心地说。

"不当事，我没有啥怕的，就进去瞧一眼。"杜晓楠好奇心强，还是坚持想进去瞧瞧。

贾得知说："那好，我带着嫂子进去看，两个孩子就不要进去了，在外边自己玩耍着，先让警卫员照看着些。"

杜晓楠说："这样好！"她就吩咐女儿媛媛和儿子中鹤在院子里面跟着警卫员一起玩耍，中鹤还想跟着进去，见妈妈把脸一沉，就乖乖放弃了。

杜晓楠在容涵齐身边潜伏，一直执行地下党组织的指示，以夫妻身份做掩护影响容涵齐，不主动劝说容涵齐，绝对保证不泄露身份，做长期潜伏为党工作。所以，她的身份只有车稼良一个人知情。

进了监牢里，看守的士兵都认识贾副官，就放行领着杜晓楠一个监室一个监室地往里瞧。来到最靠里面的监室门口，门锁着，杜晓楠好奇地问："那里面关着啥人哩？还单独锁着门哩。"

士兵领着他们来到跟前，透过小窗户看见一个长发披肩满脸胡须的犯人单独关押着，正背着身子面朝墙壁在木床上睡大觉。杜晓楠仔细地往里窥看，士兵忙讨好地说："夫人，这个人是个江湖骗子，关了快有一年了！"

旁边监牢里几个凶神一样的流氓土匪犯人，平日里见不着啥人，更看不见女人，突然来了一个年轻漂亮的女子，就无聊撒野浪声笑着猥亵地说："小娘子，想野男人了吧，到监牢里找情夫的吧？你看爷们儿是不是啊，哈哈哈哈……"

杜晓楠十分惶恐，连忙尴尬地匆匆离开了。

贾得知吼了一声："你们想找死呀？"连忙跟着杜晓楠出来抱歉地说："嫂子，对不起，我不该带你来这种鬼地方。这帮人都是罪犯，野蛮得很，惊吓着嫂子了！"

杜晓楠心有余悸地说："是够野蛮的。你平时不来这里吗？"

贾得知说："这里不归我管，我基本不来。"接着又气恼地说："嫂子，这帮流氓欠收拾，要不，我让士兵收拾一下这些土匪流氓，给嫂子出出气！"

杜晓楠拦住说："贾副官，算了，他们也怪可怜的！"

贾得知在门口说话的时候，车稼良被犯人们的吵闹声惊醒了，他从木板床上起来，不知道外边究竟发生了啥事，就走到窗户跟前往外瞧，却什么也没有瞧见。

贾得知见杜晓楠十分大度，这才作罢，陪着杜晓楠从监室走出来，见两个孩子还在院子里玩耍，就抬头叫了一声，媛媛和中鹤就都飞跑着奔过来了。

杜晓楠随着副官贾得知从军营里出来，朝着街道上走去，媛媛看见路边有一块大石头路碑，一面写着陈仓，一面写着宝鸡，就好奇地问贾得知："得知叔叔，宝鸡为什么又叫陈仓呀？"

贾得知笑着说："媛媛要考叔叔哩？好吧，我告诉你。从字意看，陈者，阵也，置也，兵也！仓者，库也，满也，丰盈也。有仓储之意。陈仓应该是西周文王屯粮草的地方，也是三国曹魏时期争夺天下的粮草供应战略储备库。大概由此得名吧！"

媛媛想了想，又偏头问："叔叔，我知道宝鸡是因为有金鸡飞翔于陈仓而得名，怎么现在宝鸡却没有金鸡呀？"

小孩子的话问得出奇，贾得知一时语塞，不好回答，就打哈哈说："媛媛，你守着一个当教书先生的娘不问，非要让贾叔叔出洋相哩！"

媛媛就又缠住问娘杜晓楠，杜晓楠摸了一下她的头，看了一下贾得知，才慢条斯理笑眯眯地对媛媛说："傻女子呀，这个金鸡指的就是凤凰，但凤凰只是一个美丽的传说而已！《诗经·大雅》曰：'有凤鸣矣，于高岗，梧桐生矣，于彼阳。'并没有描述凤凰的形状。唐朝宰相李吉普所著《元和郡县志》也记载云：凤凰者'出乎其类，拔乎其萃'。又曰：'凤凰不予燕雀为群。'可见凤凰不属飞鸟。但《尔雅·释鸟》却有详细描述曰：凤凰者'鸡头，蛇颈，燕颔，龟背，鱼尾，五彩色，高六尺许'。谓之祥鸟！可见凤凰就是现今之鸵鸟，古人因其奇异、关中少见而以神鸟誉之，其瑞形也逐步被人们神化演绎成了如今的凤凰飞翔之状。其实，天底下根本就没有凤凰。"

贾得知听了，很是佩服杜晓楠的学识，一个怪异的问题，竟然几句话就解释清楚了。

几个人说着话，不觉又来到了大街上，只见街头巷尾人头攒动，熙熙攘攘，街道上卖各种吃食的，卖瓦罐瓷器的，卖炕席农具的，卖手工艺品的，卖桃李柿饼的，卖时令蔬菜的，应有尽有，让人目不暇接。这里是集市，由于赶集的行人很多，人来人往，走在街面上行人摩肩接踵，很是拥挤，十分热闹。

中鹤看见路边上有卖吹糖人的和卖串糖葫芦的摊子，就兴奋起来，嚷嚷着要吹糖人。卖糖人的老头笑眯眯地问他要啥样儿的，中鹤说要孙悟空糖人，媛媛则说她要七仙女的，那个吹糖人的老头说了一声"好哎"，就熬了些糖稀，一眨眼的工夫，一个活灵活现的孙悟空还有七仙女糖人就吹出来了，拿在手里晶莹剔透。

中鹤高兴地拍手跳着笑，说："我还要一串糖葫芦。"

杜晓楠刚要开口对儿子说什么，突然看见一个头戴破草帽的山民模样的人从身旁走了过去，她觉得这个人很面熟，刚要回头瞧，儿子中鹤拉住她说："娘，娘，我还要，我还要嘛！"

杜晓楠说："中鹤，听话，糖吃多了会坏牙齿的！"中鹤嘟着嘴不高兴地说："我拿回去再吃嘛！"

贾得知笑着说："中鹤，叔叔给你买！"又对旁边卖糖葫芦的老头说："再拿两串糖葫芦！"

媛媛看见另一边有卖口琴的，就说："娘，我想要一把口琴。"

杜晓楠答应了一声，再回头看时，那人已经不见了。

杜晓楠领着中鹤边走边疑惑地思量着，突然站住惊呼说："贾副官，李飞刀死了吗？"

"对呀，怎么了，嫂子？"贾得知莫名其妙，面露诧异。

"我刚才好像看见土匪李飞刀了！"杜晓楠着急地说。

贾得知同警卫员都立刻一愣，贾得知神色疑惑地说："嫂子，李飞刀已经死了呀！"

杜晓楠十分认真地说："你确定李飞刀死了吗？"

"确定是死了！"贾得知肯定地说，"还是团长亲自开枪击毙的哩，我亲眼看着的呀！"

"不对！刚才过去的人，的确就是土匪李飞刀，我不会认错人的！"杜晓楠不容置疑，又说，"他虽然戴着一顶破草帽，但是我肯定就是他！"

"啊，在哪儿呀？"贾得知也警觉起来，同警卫员都立即拔出抢来，紧张地四下里张望。

杜晓楠伸手回头一指:"朝那里去了!"

贾得知立即对警卫员说:"你在这里护着嫂子和孩子,我去看看!"说着拔腿朝着杜晓楠所指的方向追了过去。

不一会儿,贾得知回来了,他说:"嫂子,你肯定认错人了,那条街巷里什么人也没有呀!"贾得知满腹狐疑。

"可是,我觉得一定是他,只是换了个装束而已!"杜晓楠疑虑重重地说道。杜晓楠虽然不再说什么了,但脸上却一团疑容,她不放心地向前走着,不时回头张望一下,街道上依旧人头攒动,可就是没有她想找的人。

贾得知见街道上人多,怕把孩子丢了,就把中鹤抱起来架在自己脖颈上,让他坐在自己肩膀上逛街。媛媛让杜晓楠拉着走,警卫员跟在后面警惕地保护着。

其实,李飞刀并没有走远,他也看见了杜晓楠和贾得知,迎面碰上躲闪不及,只好大胆地拉低了草帽径直走了过去,但还是让杜晓楠认出来了!他迅速绕过一个巷口,凭着一身轻功转弯跳到了街道的屋顶上,躲在暗处看着贾得知从巷子里追了过去又退了回来,脸上泛出诡异的笑意。李飞刀看着杜晓楠他们走远了,才从屋顶上翻身跳了下来,拍了拍手上的尘土,大模大样地沿街道走了。

晌午,吃午饭的时候,杜晓楠在饭桌上给容涵齐说了自己的疑虑。容涵齐疑惑地对贾得知吩咐说:

"得知,既然你嫂子有怀疑,你就再辛苦一趟,带上些人去麟游战场上,再找当地的山民们核实打听一下。查仔细些,看看有没有他的消息,小心点儿没大错!"

"好!"贾得知说,"我明天就带人去麟游山查一下。"

贾得知带着侦察排一个班的士兵,在麟游山区里到处寻访,没有任何收获,寻访的山民们都说,很久没有再听到土匪李飞刀的啥消息了。山民还带着他们一起去看了埋葬土匪们的坟茔。站在土匪李飞刀坟头的木头墓碑旁，贾得知拿出照相匣子啪地照了一张照片，就放心地带着一班士兵溜达着又返回来了。

贾得知回来向容涵齐汇报的时候，杜晓楠拿着照片看了看，还是不能相信，说："这坟也许是其他人的，山民弄错了吧？"

学校就要开学了，杜晓楠带着女儿媛媛和儿子中鹤，又回到了陈仓塬上的西坪学堂里上课。

一天，容涵齐正在军营的办公室里看地图，突然，桌子上的军用电话机"丁零零"响了起来，他拿起电话一听，是上峰打来的。只听电话里说：

"容涵齐，你那里是不是关了一个叫车稼良的人？"

容涵齐一愣，只好回答说："我让下边去查一查。"

上峰肯定地说："还查什么哩，他就关在你的监牢里，我已经知道了！"

容涵齐立即回答说："是，是有这么一个人，他是个江湖骗子，到处招摇撞骗，让我给抓了关起来都快一年了。怎么啦？军长怎么关心起一个江湖骗子了！"

电话里，只听军长生气地说："胡闹，他是陈仓共产党地下领导人，延安方面要求我们西北军放人，我们到处查不到，原来关在了你的军营里。好你个容涵齐，你能不能省点儿心啊？"

容涵齐打哈哈地说："哎呀，冤枉，我只听说他是个江湖骗子，穷困潦倒，胡说八道，跑到军营里来招摇撞骗，就让人给抓了关起来，可不知道他是个共产党啊！"

"胡闹，简直胡闹！立即放人！"上峰气得挂了电话。

容涵齐放下电话，喊了一声："卫兵！"一个卫兵进来敬礼，他

225

说："你传令让贾副官立即过来！"卫兵答应了一声："是！"就跑步出去了。

贾得知匆匆忙忙一进来，容涵齐就说："贾副官，你去监牢里提一个江湖骗子，传我的命令，立即把他给放了！"

贾得知不解地问："团长，不知道这个江湖骗子叫啥名字？"

容涵齐摆手说："不用管，你去了一问，自然就知道了！"

贾得知刚要走，容涵齐又招手对他说："噢，得知，你带上个剃头的，去给他剃剃头，刮刮胡子，再买一身先生穿的新衣服给他换上，请他吃一顿好的，给上些盘缠，再打发他走。记着，对他要客气一些，不可怠慢了！"见贾得知疑惑，就又说："对了，如果他说要见我，你就转告他，就说我不见他了，让他好自为之，以后说话要做数，不要再欺哄人了，江湖骗子不好当哩！"然后又摆了摆手说："你去办吧！"

贾得知立正，敬礼说："是！"就到监牢去了。

这年，国共两党之争的冬天来得比较晚，原来，是苏区陕北方面与陕西西北军经过多次军事摩擦之后，秘密停战谈判，陕北方面先后与进驻陕西的东北军和地方西北军，分别达成了"各守原防，互不侵犯，互派代表，密切联系，停止内战，一致抗日"的秘密协定，车稼良这才得以结束关押，被释放出来。

贾得知带着剃头的来到军营的监牢里，提出密室里关押着的犯人，一见面，贾得知就傻得呆住了，吃惊得瞠目结舌惊呼道：

"啊？是车先生……"

第二十一章

骚鸡公斗命归西　西京城石破天惊

　　容府里那只傲慢的枣红大公鸡自从打败了芦花大公鸡以后，就更加嚣张了，不仅统领了院子里的鸡群，竟然还欺负起穿花花衣服的小孩子们。每当瞧见门口有穿着花花衣服的娃娃走过，它就雄赳赳气昂昂地大声尖叫，甚至于还追赶过去威风地驱赶，吓得娃娃们都不敢从门口路过了。

　　这天，媛媛穿着花袄袄放学回家，刚进容府院子大门，让枣红大公鸡瞧见了，它见小媛媛穿着花色棉袄，立即气冲冲奔了过去飞上媛媛的肩头，拍打双翅啄起媛媛的头发，媛媛猝不及防吓得大叫起来。一同放学回家的狗蛋儿一看，马上冲上去抓住枣红大公鸡伸手就打它，一边打，还一边审问："你这个大坏蛋，还敢欺负媛媛吗？说啊！"直打得枣红大公鸡低着头不敢作声！从此不敢再欺负小媛媛了。

　　狗蛋儿比媛媛大一岁，长得愣头愣脑，标准的关中西塬红脸膛，粗眉大眼，蒜头鼻子底下一张吃遍四方的阔嘴唇，嘿嘿一笑就露着两排白板牙，两只厚实的大耳朵紧贴后脑奇异地长着，生就一副关中男娃相。狗蛋儿同媛媛在一个班里上学，这也是容雅谦的意思，说狗蛋儿同媛媛一起上学，能够维护媛媛的安全。两个孩子虽然在一个班里上学，狗蛋儿学习却没有小媛媛好，不会做题时常常要抄媛媛的作业。但狗蛋儿也有自己的过人本事，就是橡皮弹弓打得贼准贼准，才屁大点儿年龄，墙头上的灰麻雀他一弹弓就能打下来。冬季里树上的野斑鸠个儿大一些，狗蛋儿常常一石子甩手就能打下来。拔了羽毛用泥巴糊上在土塄上挖个上下通气的洞洞，架上柴火烤熟了剥去干泥巴蘸上盐巴同媛媛一起吃；地里毛豆半生不熟的时候，狗蛋儿就拔一把也在土塄里挖洞烧熟了给媛媛尝；洋芋长到鸡蛋大的时候，狗蛋儿就拿根树枝子挖出来，也用火烤熟了拿给媛媛吃。春天里他在草地上挖甜甜的蕨麻洗干净了送给媛媛尝；夏天爬到高高的大树上摘杏子、摘桃儿、摘桑葚给媛媛往下扔；再立了秋，核桃刚长了仁儿了，狗蛋儿就爬上树摘下来用砖头磨去皮再砸开，剥出白嫩的核桃仁儿给媛媛尝鲜。没有吃食的时候，他就掏小鸟窝里的鸟蛋；寒冬腊月冒着严寒还给媛媛摘房檐上的冰凌吃，一双小手常常冻得裂出口子。所以，两个孩子十分要好，亲密得如同兄妹一般。

玉娥儿常笑着跟别人说："我家狗蛋儿就像媛媛的狗腿子！"

狗蛋儿却说："娘，媛媛是我妹子哩，我要保护她不准人欺负。谁敢欺负她，我就跟谁玩命哩！"

玉娥儿就笑儿子："看把我儿乖张的，说得就像真的似的！"她才不相信屁大点儿娃娃说的话哩。

有一天，容府家里的枣红大公鸡突然不见了，玉娥儿吃饭的时候对萍儿说："姐，我今天喂鸡的时候看着家里的大枣红公鸡怎么不见了哩！"

萍儿不经意地说："兴许是跑到门外边觅食去了哩，吃了饭再出去找找去。"

玉娥儿答应了一声，说："我一会儿就去门外边看一看去。"

正在院子里圪蹴着吃饭的小媛媛听着了，就偷眼看了狗蛋儿一眼，低头吃着面条偷着乐。

正在吃着擀面的狗蛋儿却一点儿也不含糊，闷声闷气地说："娘，你

228

别找了，枣红大公鸡今天又欺负媛媛了，让我一石子给打死了！"

"啥？"玉娥儿一愣，以为自己听错了。

"就是的！"狗蛋儿干脆地说，"我把它提出去扔枯井里了。"

一句话惊得玉娥儿目瞪口呆，半天说不出话来，心里直纳闷儿："我的娘耶，我养的这崽娃子瓜尿，愣娃儿忒愣，才屁大点儿，咋这么狠心哩！"

萍儿猛不丁听了，也惊讶得瞪大眼睛看着狗蛋儿发呆，也在心里琢磨：这娃是瓜还是咋啦？生生儿一只大雄公鸡怎么就一石子给要了命咧！

狗蛋儿也不抬头看人，只顾用筷子呼啦呼啦地扒着吃擀面条。

媛媛看着他的吃相好粗鲁，就忍不住咻咻地笑。

芸儿身体每况愈下，她见弟媳杜晓楠已经有两个孩子了，玉娥儿的狗蛋儿也渐渐长大了，常常感叹自己命薄，膝下无子，担心自己将会不久于人世，涵雁是容府里的长子，自己却一直没有生下一男半女，她总认为这是自己前生造孽了才会如此。

芸儿也多次给涵雁说，让他再续一门亲事，给长房一门留个后人，但涵雁却一直不应允。芸儿明白，这是涵雁怕自己受委屈才不愿意续弦。常言说，不孝有三，无后为大。芸儿时常在心中盘念着怎样才能让东房里有个子嗣，她早就从妹妹萍儿的眼神里看出萍儿有情于涵雁，就想着劝涵雁纳了萍儿做二房，这样萍儿还能照顾自己，今后也有个依靠。

一天早晨，萍儿送了早饭出去以后，她看着萍儿的背影对涵雁说："雁，我看萍儿心里有你哩，你就纳了萍儿做个二房吧，给咱东房也生一双儿女，我看着也算没有白活哩！"她说着就流下了凄凉的泪水。

涵雁低着头许久都没有说话，他也知道萍儿的心思，平日里面对萍儿热辣的眼神，他常常感到惶恐不安。每当看见萍儿一见自己就脸红耳赤起来，他心里就有些许尴尬，却不好说出什么来。现在见芸儿希冀的目光望着他等待回答，便茫然地说："这使不得的！萍儿是三弟涵齐的媳妇，论起来是我的弟媳哩，怎么能够给我续弦哩？这个话理不通，丢先人德，乱伦理哩！"

芸儿却坚持说："雁，三弟涵齐从来都不认这门亲，也没有和萍儿拜堂和圆房，算不得弟媳。你就不要再执拗了，咱续了这门亲，对我妹子萍儿的终身也是一个托付。要不然，就这么空悬着，萍儿妹子终生也没有个依靠呀，你说是不是？"

涵雁还是推托说："芸儿，使不得，就是使不得，这话不要再说了，事关容府的礼义廉耻。我是学堂的教书先生，做下这事，还不让人用尻子笑哩！"涵雁固执地说着就起身出去了。

芸儿见丈夫涵雁认死理说不通，无奈地叹了口气，望着涵雁走出去的背影，芸儿两股清泪顺着脸颊流淌了下来。

涵雁走到了院子里，见萍儿围着蓝布围裙端着一大盆洗锅水，从灶火间出来一抬手泼到了院落里，一群鸡看见了，立即兴奋得"咯咯咯"叫着飞奔过去在湿地上觅食饭渣子。

涵雁没有吱声，低头径直出门匆匆走了。萍儿奇怪地看着他的身影消失在门口，才提着木盆走进了厨房里去。

芸儿在炕上独自默默躺着，黯然伤神。她呆呆地望着屋子里的落地檀香木老式柜子，两股清泪再次涌出眼眶。

玉娥儿和萍儿还在厨房里忙碌着，她们两个每天做完了早饭，就又要提前准备午饭了。玉娥儿已经挽起胳膊在案板上又和起中午一家人要吃的面条，她已经和了一大块麦面的，又另外和了一块新苞谷面的，准备晌午用两块麦面中间夹上苞谷面，再合起来擀成金裹银似的擀面条，这是陈仓的有名面食小吃。萍儿则在一个小木凳子上坐着择刀豆、蒜薹和胡萝卜，打算洗干净以后晌午里炒成臊子底杂菜。

芸儿觉得自己已经不能再等了，她思索几天后，趁萍儿进来给自己收拾屋子的时候，她把萍儿挡住，又劝萍儿给涵雁做小。萍儿面红耳赤地就要离开，被芸儿拉住了，她说："妹子，别看涵雁当下还没有答应，他其实是不好意思，面子上觉着磨不开。只要萍儿你能主动一些，这事儿就成了，公公婆婆那里由我去禀告。"

芸儿说着就在萍儿耳朵上悄悄说了几句私房话，萍儿立即就臊得脸颊绯红，连说："不成、不成，那多不好意思哩！"芸儿规劝说："妹子，就得先生米做成熟饭，涵雁自然就应允了。不怕啥，这事姐姐会给你做主哩！"

原来，芸儿给萍儿说，今天涵雁要去给亲戚家孩子结婚纳礼，酒宴上肯定会喝很多酒，这是他触景生情，心里苦闷常有的事了，等回来就天黑了，她就让萍儿悄悄睡在自己炕上不要开灯，芸儿自己晚上则移到萍儿屋里去睡，只要在这儿睡一晚上，明儿就生米做成熟饭了。

萍儿起初羞臊得满脸通红推辞不肯，但经不住芸儿一再哀求，磨不开就羞答答地勉强答应了。

晚上，涵雁跌跌撞撞进门以后见屋里黑着灯，以为芸儿已经睡了，就摸索着想自己倒一杯水喝，萍儿一见就想起来过去给涵雁倒水，但芸儿一再叮嘱，不管涵雁做啥，让她都躺着不要动，萍儿就又忍住了，这时躺在被窝里的她，紧张得浑身直打哆嗦，又羞又臊，面颊燥热紧张，心里咚咚咚地直打响鼓。

涵雁喝了杯凉茶水，脱了衣服就摸索着上了炕，当他黑灯瞎火伸手去揭萍儿被窝的时候，萍儿却一下子慌了神，紧张得紧紧抓住被子死死不肯松手。涵雁有些奇怪，说："我回来晚了，你怪我了呀？"萍儿不作声，这是芸儿告诉她的，但她却不知道接下来该怎么办了，当涵雁再次掀被子的一刹那，萍儿像被电打了一般，一瞬间精神崩溃，她慌得连忙爬起来，蜷曲着身子坐到了炕角里直发抖。

涵雁也吓了一跳，不知怎么回事，就连忙关心地问："芸儿，你这是怎么了？"可是萍儿却在炕角里浑身颤抖不止，直摇头不说话。

萍儿还是个懵懂的女子，对夫妻房事仍然一窍不通。面对黑暗中的涵雁，虽然在漆黑的夜里什么也看不见，但这已经足以让她心惊胆战，感觉自己已经要崩溃羞死了。她顾不得姐姐芸儿再三给她悄悄交代的私房话，赶紧嗫嚅着说："雁哥，我是萍儿！"

萍儿一句话，把涵雁吓得大惊失色，他一下子仓皇退躲到了土炕另一边去，酒也惊醒了一大半，一时竟慌张得说不出话来了。

这年冬天来得早，立冬以后，天渐渐寒冷了，农户们开始给自家麦田里施土肥过冬。狗剩赶着马车往地里一车一车送土肥，礼拜天不上学，早晨狗蛋儿和媛媛就领着弟弟中鹤也爬上了马车的前辕，坐在马车前面的花格上玩耍。

狗蛋儿要过爹手里的马鞭子，学着自己赶车玩，媛媛在背后调皮地抓了一把粪土悄悄灌进狗蛋儿的衣服领子里，狗蛋儿痒得一打激灵，龇牙咧嘴缩起脖子让土慢慢从后背流淌下来，却一点儿也不生气，不恼火。

中鹤一见，觉得好玩，也想抓把土往姐姐媛媛的衣服领子里灌，狗蛋儿回头看见了，就笑着捉住他的小手，做出要往中鹤脖颈里灌土的动作，吓得中鹤连忙往大叔狗剩的怀里钻。狗剩就"哈哈"笑着把中鹤揽在了怀里，又从儿子狗蛋儿手里接过马鞭子，扬起打了一个响鞭，赶得马车颠簸着奔跑了起来。

冬季里，荒芜的原野上苍鹰在低空盘旋，麦田里，荒地上寻找食物的黑老鸹、花喜鹊和野鸽子，成群结伴在冬日的荒原上飞翔，鸟儿们在空中窥见拉土肥的马车来了，立即跟随着俯冲下来绕着马车低飞。

等马车赶到了野地里，狗蛋儿就跑到马车后面帮爹狗剩打开车厢后面的挡板，又解开马肚上的绳索，狗剩高高抬起车辕倒下了马车厢里的土肥，再把车辕放下来重新架在辕马的身上，绑好马肚绳索。

狗剩套好马车后，又把倒在麦地里的土肥堆堆，用一把铁锨铲着撒开覆盖在麦地里。乌鸦和花喜鹊立即飞扑过来在粪土里寻找食物，抢夺从粪土里爬出的黑屎壳郎和赤褐色长蚯蚓。野鸽子们则飞过来，寻找土肥里的草籽和没有被消化的麦粒吃。

媛媛和中鹤姐弟两个一看满天乌鸦盘旋着飞，高兴得齐声呼喊，放声念起了关中儿歌：

老鸹老鸹（乌鸦）一溜溜

回家给你娘炒豆豆

你一碗，它一碗

把你娘撑死我不管

老鸹老鸹没皮脸

田禾吃了一筐篮

树上架个光棍棍

把自己冻成个冰溜溜

这一年的隆冬里，西京城里战事不断，蒋介石在临潼华清池被逮。各方势力一时间都剑拔弩张，国民党亲日派企图趁乱轰炸西京把蒋介石弄死，亲美派竭力主张和平营救，英美和延安共产党一致主张和平解决，日本鬼子则期望内战立即打响，企图借力打力，一举灭亡中国。所有的焦点集中在杀蒋还是放蒋上，危难之中的华夏大地，顿时为之沸腾，群情亢奋。

就连陈仓塬底下上学的娃娃们也终日集会游行示威演讲，强烈呼喊口号要求杀蒋，鼓噪全民抗战，闹得群情激昂，不亦乐乎。

车稼良按照延安共产党的指示，也在陈仓宝鸡一带发动政治声援，组织学生和工人游行示威，给国民党政府停止内战施加舆论压力。

容雅谦从在西坪学堂当教师的儿媳杜晓楠那里听到"西京事变"，立即大吃一惊，心想，哎呀，不得了，这下子出了鳖事情了！他沉思良久，心里都没有个主意，吃了早饭，就急急忙忙去找大哥容雅儒讨主意去了。

容雅谦一踏进大哥雅儒的上房门槛，见兄长雅儒和贾德芳正在客厅的太师椅上吸着水烟说闲话，旁边方桌上放着两杯盖碗茶。他不等坐下，就焦急地说："哎呀，不得了了，西京城里那些人又把乱子惹下了！"

容雅谦一句话，把正在抽水烟的容雅儒和贾德芳都吓了一跳，两个人停住抽烟，连忙问容雅谦，西京城里又闹腾出啥尿秧子事了？

容雅谦是个火急性子，屁股刚在太师椅子上坐下，一边从腰里掏出烟锅来装着旱烟丝，一边把杜晓楠说的和道听途说来的一五一十都给容雅儒和贾德芳学说了一遍。

容雅儒听了，糟心地搭腔说道："我听闻这个蒋委员长是上海滩青洪帮痞子出身，没有啥信义可言；国之将亡，不合力驱逐日本倭寇，却狭隘自私，着实让国人失望呀！他该有此劫，也是命之使然，怪不得张杨将军无奈造反。"

容雅儒吸了一口水烟又说："只是这尿事就算闹大了，也是隔山打兔子——把老虎打了，出了格了，就把麻烦事惹下了。以眼下这时局，恐难以收场啊！"

"对哩，我听说各路神仙都已经云集西京城了，连延安的赤党也派人到西京来调停哩！"容雅谦补充说。

陈仓一带一直是国统区，当地老百姓受国民党反共宣传的影响，习惯于把延安的红军队伍称呼叫"赤党"。

容雅儒吱溜溜地吸着水烟说："都来了好呀，这是逼他蒋委员长联合抗日哩，即使圣手铁扇子不行，还有铁拐李打圆场、何仙姑垫底哩，只是别让小日本倭寇趁机得了咱华夏的大脉势，这才成哩！"

容雅谦觉得兄长容雅儒不愧是读过国子监的，有大学问，局势看得就是比自己透彻，竟然毫不慌神，他觉着既然有"八仙过海"逞能救驾哩，心里头也就不慌张了，说道："他大伯，听你这么一说，我心里头就豁亮些了，也不那么烦心了。"

贾德芳在一旁吸着水烟，这时也插嘴说道："西京闹出这么大动静来，咱老百姓就是再着急也没用，他蒋委员长不悖民意，就不会有'陈桥兵变'拾掇他！雅谦，你吸一口我的烟丝。"说着就递过来烟丝袋子，又说："我这烟丝是用西凤酒捂炒了的，你尝尝！"

贾德芳借古喻今，用"陈桥兵变"暗喻"西安兵变"，十分切题。

容雅谦经大哥容雅儒一点拨，又听贾德芳一说，心里头说豁亮就立时豁亮了，接过贾德芳的烟丝挖了一烟锅，又用自己的烟锅凑到贾德芳的烟锅头上对着吸火，嘴里吧嗒着旱烟锅子觉着过瘾些了，才回答说："对咧，西北军、东北军把天捅下来，总有大个子撑着哩，估摸着总会有有德的仁者志士出来收拾残局哩！"

这天西坪学堂里正在上课，教导主任涵鸿在各个教室里走了一圈，发现每个教室里的老师都愤懑不平，情绪激动又亢奋地给学生们讲解西京捉蒋兵变，甚至毫无掩饰地声讨蒋介石的卖国媚日嘴脸，以及不顾国之将亡一心打内战的丑恶行径，还不断振臂高呼口号。教室里群情激奋，教师同学生们上下联动，一片热血沸腾的景象。

面对教室里传来的激愤讲演，教务主任涵鸿站在窗外聆听着，他既饱受感染又束手无策，正在为该怎么办而纠结着，校长容雅儒突然来到他的跟前，涵鸿赶紧站好刚要开口，容雅儒就生气地训斥起他来了："鸿，你这个教导主任是怎么当的，学校都乱成一锅粥了，这还是读书的学堂吗？"

容雅儒一生崇尚礼教，将礼义廉耻的儒家思想常常挂在嘴边，他认为反对政府就是造反朝廷不遵礼仪，在他的骨子里是极端排斥的。容雅儒主张教育救国却排斥颠覆旧有政权，哪怕这个政权是腐朽不得人心的，在他的儒学学说里也只能改良，而不能妄言打倒。当看到儿子飞儿在教室里激愤讲演的叛逆行为，他气哼哼地走上去，生气地用拐棍把飞儿正在上课的教室的门一下子就戳开了，带着涵鸿闯进了喧闹的教室里。

学生们一看，校长容雅儒进来了，就立即安静地坐下来，容雅儒的德高望重，在陈仓塬是无可非议的。

飞儿正激情讲演，见父亲进来，立时一愣，停下说："爹，你怎么来了哩？"

容雅儒高声呵斥说："我再不来，学校里就让你们给闹腾得翻了天哩！"

飞儿一听，就知道了爹的态度，他倔强地据理争辩说："爹，我给学生们讲解抗日救国的道理哩，怎么是胡闹腾哩！"

容雅儒生气地说："你给我听好了，学堂里是念书的地方，不是闹学潮的场所！读书就是要'两耳不闻窗外事，一心只读圣贤书'。抗战救国是大事，但那是国家和军队的事，你们领着一群小娃娃们呼喊口号，就能把日寇赶出华夏去吗？"

飞儿刚要说话，学生媛媛忽地站起来说："大爷爷，您说得不对，抗战救国，中华儿女，匹夫有责！我们就是小娃娃，也是抗日救国声援的力量哩！"她长得越来越像她的妈妈杜晓楠了，说起话来得理不饶人。

媛媛一句话，噎得容雅儒直翻白眼，在孙女面前他一个长辈不能翻脸失去威仪，更不能同一个小娃娃当众拌嘴，就蹾了一下拐棍生气地说："上课！"扭头走出教室。

涵鸿赶忙叮嘱弟弟说："飞儿，你听爹的话，就没有错！时局再乱，咱陈仓西坪学堂也不能乱，正经上课吧。"说完，赶紧招呼父亲容雅儒去了。

容雅儒看各个班级都差不多是一样的气氛，就生气地蹾着拐棍愤愤地埋怨说："都不像话，全在胡闹腾哩，国家不幸，民族涂炭，上梁不正下梁歪！反了，反了，都反了！"

第二十二章

悍匪徒东山再起　众民团护村发威

　　老夫人茹听了大媳妇芸儿的苦苦哀求，虽然觉得芸儿做事十分荒唐，毁了萍儿和涵雁的名声，但一想大儿子涵雁至今都没有子嗣，若能娶了萍儿倒是圆了萍儿的一桩婚姻，虽然脸上挂不住十分不悦，但她也在心里为萍儿有了依靠而放下了愁苦。

　　容雅谦却很是生气，他听了夫人茹的解释，气得吹胡子瞪眼睛，怒冲冲地吼道："媳妇芸儿有病，不懂事理也就罢了，你这个当娘的也不懂事理？纵容娃们败坏门风，真真儿老糊涂了，难道想坏了容府名声不成！"

　　容雅谦生气归生气，但事已至此，他不知道儿子涵雁同萍儿之间到底发生了什么，面对大儿媳芸儿的苦苦哀求和夫人茹的理解起先很是反对，但他思前想后觉得也没有别的好主意，就只好同大哥容雅儒商量，之后又去了容氏祖庙禀告祖先，说不得已为涵雁续萍儿为妾，望祖宗谅解。

　　容雅谦把路子都铺垫好了，当他给儿子涵雁当面说纳妾的婚事的时候，却没有想到长子涵雁依然不从。涵雁既羞愧又忧郁地对父亲容雅谦说："爹，这事儿不妥帖，萍儿是三弟涵齐的媳妇，村子里谁都知道的，突然让我纳妾了，族人会怎么说咱哩，这是其一；其二，现在是民国了，

237

已经不兴纳妾的旧风俗了，我又是个教书先生，纳了妾怎么去见学生娃哩？其三，萍儿名义上毕竟是三弟的媳妇，这事做了，让我怎么去见涵齐哩？这事不能做嘛！"

容雅谦忧虑地对儿子涵雁说："可是，你不纳萍儿为妾，萍儿的名声咋办？"

涵雁固执地说："爹，我同萍儿没有那事，这清清楚楚，日月可鉴，以后，我依然尊萍儿是弟媳！"

容雅谦心里本来也不爽，怨大儿媳芸儿做事荒唐，现在见儿子涵雁说啥也不从，话说得合乎情理，也就只好作罢了。于是，萍儿的婚事就又这么着搁下了。

就在华夏大地正为结束内战而庆幸庆祝的时候，翌年春天，陈仓塬上却发生了一个惊天大案——容府小孙女媛媛被土匪绑票了！土匪留下了一张字条："不要金，不要银，只要容涵齐的人头来换人！"这让西坪凹容府一下子都陷入到了惊恐慌乱之中。

这事情还得从四个月前说起。就在西京城里闹得沸沸扬扬的日子里，西坪学堂也陷入混乱，老师和学生们都慷慨激昂，沉浸在高昂的声讨呼号里。这时，却有一个卖杂物的货郎担子客，一连几天都在村子里和学堂门口转悠。那个货郎担子客头戴一顶脏兮兮的草帽，一见人就点头哈腰一脸坏笑的媚相，由于生意不景气，也没有引起人们太多的注意。

一天上午，小媛媛下课后看见了校门口的货郎担子，就邀着几个同学一起去货郎客那里挑些好玩的玩意儿，货郎客讪笑着热情地给几个女孩子挑这挑那，眼睛却一直盯着容府的小媛媛看，嘴里还稀罕得夸赞说："哎呀，这是谁家的小姐，长得蛮好看的，可真心疼呀，怎么看都不像是一个农村乡下女娃呢！"

一个胖女娃多嘴说："你这个货郎客咋会知道呀，媛媛可是西坪凹容府的小千金哩！"

媛媛气得翻她一眼，不悦地埋怨说："就你能得很，不说话别人也不把你当哑巴看。"她把从奶奶那里学说的话，立马就活学活用上了。

那个胖女娃受了媛媛的抢白，自己就不好意思了，吐了一下舌头，羞臊地红着脸颊说："是，团长家的千金金贵，身份保着密哩！"她说着蹲下身子，去翻货郎担子里的小商品了。

媛媛生气地瞪大了一双杏眼，心里直埋怨。可货郎客听了高兴了，得寸进尺地笑着搭讪说："哎呀，原来是容府千金啊，失敬，失敬呀，画笔就不收你的钱了。"

媛媛心里有气，立即正色拒绝，毫不领情地说："你这人糟践人哩，我有啥好看的，怎么能随便就白拿你的东西哩！你们货郎客翻山越岭的也不容易，钱不会少给你的。"接着又补充说道："我们同学的钱，也一并都给你了，你数好了！"说着就把钱给了货郎客。这时，上课的钟声骤然敲响了，几个女学生都起身，一窝蜂奔进了各自的教室里。

货郎客看着媛媛跑进了教室，又见那个胖女娃也进去了，才诡异地咧嘴一笑，挑起货郎担子慢慢悠悠唱着西府小调，乐滋滋朝村子里走去。

货郎客没想到，不费吹灰之力就从瓜娃子嘴里探听到实情，他挑着货郎担子朝着村里走着，不由得得意地唱着嘲讽的曲调。

货郎担子客晃悠悠进了村子，来到了容府药铺子旁边停下了。他把担子放下，抬眼一看周围没有啥人，就高声拉长音调叫卖起来。

货郎客一连呼喊了几声，药铺里算账的黑娃嫌吵得烦人，不乐意了，走出门来干涉说："我说货郎客哎，你到别处咋呼着吆喝去，我这里是中药铺子，不用买你啥东西。你行个好，麻利赶紧走，不耽搁你做生意。"

货郎客涨红着脸说："你这个人，我吆喝卖货哩，碍着你啥屄事咧？又不是在你家里炕头子上喊，还惊着你家毛驴子吃草了？"

黑娃一听，这人话回得不入耳朵，就生气了，厉声呵斥说："哎，咋咧，你个外乡人，不懂得这是谁家的地方？我不跟你争，也不买你啥东西，识相的麻利就走。"

货郎客诡异地一哼，根本不买账，反而讥笑黑娃说道："我要是卖刀子哩，你要不要？"

黑娃心里更恼了，脸一黑不耐烦地回过去说："你这厮人怎么了？别说你卖刀子，你就是卖包子，我也不买你的。麻利走了！"

货郎客眼瞄四周，见四下无人经过，便厚颜讪脸又说："小子哎，我要是卖李家的刀子哩，你敢不要吗？"他一句暗语黑话，把黑娃惊吓得魂飞魄散，就怔怔地看着坏笑的货郎客得意的嘴脸，结结巴巴惊慌地说："你……你……你是个啥人哩？"

货郎客得意地揶揄说："嘿嘿，你娃别较真，爷当然是刀子店的山人，能进你药铺子喝口水不？"他不由分说就放下了货郎担子，不等黑娃回答，挪腿就往药铺子门里面闯。

黑娃一看，吓得腿都酥软了，他知道这是土匪李飞刀的人又回来了，脑子立马一片空白，心里还直纠结纳闷儿哩：这伙贼人，明明都被容团长打死咧，怎么又冒出来了？难道恶魔李飞刀正如他自己所说的，有九条命吗？他正揪心思量着，货郎客翻翻眼皮子，不屑地说："你心里是说，这伙害货沾上了竟然就没有个完了，是吧？"

黑娃听了，心里又一大惊：这个山匪竟然知道我内心里想啥，太可怕了！就连忙赔起笑脸说："哪里，哪里，我是想着给爷倒啥水、烧啥茶哩。"

货郎客边抬腿迈进高门槛，边粗野地说："你看着办吧，喝着舒服就成，洗脚水和蒙汗药啥的就别下了，小心把你娃手腕闪了！"

待这个土匪好不容易磨蹭着走了，黑娃立即陷入了恐惧，眼前一阵阵直发黑脸上冒虚汗：李飞刀竟然还没有被独立团打死，如今又死灰复燃了，这难道是他命硬，苍天不想灭绝这伙贼人？特别让黑娃恐惧的是，土匪逼着他提供容府和容涵齐回家活动的规律和消息，盘算着再次对西坪凹发动突然袭击，为死去的土匪们雪耻报仇。黑娃为此惶惶不安，整日里悬心吊胆，受着良心的煎熬，晚上睡觉也常常做着噩梦，他多少次都梦见李飞刀拿着枪顶着自己的后脑勺，逼迫自己说出容府的情况；又梦见自己的嘴脸被狗剩揭露；最可怕的是，还梦见王药师没有了头颅，飘荡着身子来到他住的屋里，用脖颈喷着低沉的声音向他索命。

自此，黑娃精神时常恍惚，走路总觉着身后面有个影子跟着自己，时常毛骨悚然，回头察看却什么也没有。有时，他在药铺里回身抓药，也会突然感觉门口有人进来了，回头却什么也没有。他一个人在药铺里抓药，时常会感觉旁边有个人站着，抬眼看，屋子里却空空荡荡。

这种感觉久了，黑娃就变得十分敏感脆弱。他有几次犹豫着想给容雅谦说，给药铺里再增加一个伙计，好给自己壮胆做伴儿，但又怕伙计会发现他同土匪的来往，所以，只好暂时作罢。

西京事变以后，容涵齐所在的部队受到蒋介石的报复打压排挤，整个队伍被分散调到了山西和河北前线，蒋介石显然想假日本人的手，消灭杨虎城的这支西北反蒋亲共队伍。后来，容涵齐率领的地方部队也被调到陕西黄河前线去抗击日寇。

李飞刀见一时没有机会报复仇人容涵齐，就想着残害他的家人，绑架容涵齐的一双儿女出气。他的目标首先对准了容涵齐的女儿媛媛，经过多次踩点，觉得夜里下手比较容易，就选定了大概的偷袭日期。

黑娃的良心再次受到了痛苦煎熬，每天看到小媛媛同别的女娃蹦蹦跳跳从药铺门前走过，他的良心就像在油锅里炸着的油条一样揪心翻腾。

今天，小媛媛路过药铺门口见黑娃站在路上，还甜甜地叫了他一声："黑娃叔，早晨好！"黑娃当时羞愧得真想找个地缝钻进去。每当黑娃做违背良心的瞎事时，他就不由自主想起容雅谦收留他，还让他在药铺里执掌了生意，而他所带给容府的却是以怨报德。那次土匪李飞刀夜袭容府，按照贾副官的硬茬子，立马就把他抓了，可是容涵齐却网开一面，选择相信了他。黑娃有时也在黑夜里懊悔得扇自己的嘴巴，但迫于土匪的压力，违心地一次次又干出泯灭良心的事情来！

然而土匪李飞刀的计划偷袭时间却越来越近了，那个货郎担子客又挑着担子来到西坪凹村子里满街呼喊。

一同来的，还有一个肩扛着长木头板凳磨刀磨剪子的，这人也跟着扯长喉咙一声声呼喊："戗刀磨剪子哩——"

除了他们，村子里还突然来了两个打家具的木匠、一个化缘的和尚、两个要饭的叫花子，引起了涵鸿的注意，他给飞儿说："飞儿，我怎么看着不对劲哩，今天村子街道里突然热闹起来了，来了一些生人，你让民团团丁加强一下戒备，注意一下，不要出啥事儿！"

飞儿早就注意上了，他也觉得不太对劲：不过年不过节的，街道里莫名其妙出现了这么多的生人，非同寻常！他吩咐民团团丁们在暗地里加了岗哨，又吩咐人暗里注意这些生人的举动。半天过去了，却没有发现什么异常。到了后晌，这些人没有闹啥事，自己陆续地都离开了。

涵鸿疑虑不安的心情也终于放下了。后晌，学校放了学，下了课的媛媛同狗蛋儿又从药铺门前路过，小媛媛对黑娃说："黑娃叔好！"

黑娃连忙应承说："好，好，媛媛女子，下学了？早点儿回家，家里宽心。"媛媛回应了一声"哎"，就蹦跳着过去了。

狗蛋儿看见黑娃从来不叫舅舅，黑娃对狗蛋儿也不热心。但是今天，他见了狗蛋儿却心里咯噔一下，仔细一连瞅了几眼，把狗蛋儿看得莫名其妙，也往自己身上看了看，不知黑娃是怎么了，盯着自己不住眼地看，像不认识似的。

黑娃心里想：这厼娃咋一点儿不像狗剩哩，愣得邪乎，倒像是一个别的啥啥人哩？到底像了谁哩，却一时想不起来，就摇摇脑袋背起手走进药铺子里去了。

春天里，庄户人家晚上照例不吃热饭，只烧一锅放有小米小豆的汤，萍儿给媛媛和狗蛋儿一人调了一碗凉拌搅团，夹了一些凉拌苣蓿菜，放了些油泼辣子，倒了高粱醋后递给他俩，又舀了两碗米汤，媛媛就同狗蛋儿圪蹴在院子里香香地吃起来。

容雅儒上了年纪，已经很久晚上不喝汤了。陈仓塬上的人们把吃晚饭叫"喝汤"，人们晚上见面打招呼也问候"喝汤了吗？"这是一种见面的问候语。

涵鸿和飞儿从学堂回来，也在自家院子里喝汤。正吃着饭，突然墙头外面扔进来一个纸团，涵鸿捡起来展开一看，立即脸色大变，瞅了一下周围，惊慌地赶紧传给飞儿。飞儿一看，把碗放在了地上，说："哥，果然不出所料，今黑儿果真有响动哩！"

原来，纸团上画了一个站在院里的女孩儿人形，还有几个拿刀的人形趴在墙头上，半天空里点缀着几颗星星和一钩弯月。

飞儿飞快地跃上了院子墙根一棵大树，向院墙外边观看，发现墙外什么也没有。就翻身下来，一拍大腿，疑惑地说："哥，这是啥意思哩，一定是指村子里面今晚有危险哩！"

涵鸿疑惑地说："这会是谁给咱扔进来的哩？"

飞儿说："不管是谁扔进来的，先布防要紧。"

涵鸿紧张地说："对得很，我也这么看！你赶紧去安排人防备，我一会儿也去。"涵鸿是书生，经不得事，脸上明显心有余悸。

飞儿见哥涵鸿担心，就跺着脚目光发狠地说："哥，你在家里防备，先照顾好咱爹娘，村里面我会安排好的。现在村里的民团团丁已经练就了一身本事，这伙毛贼，我就没有放在眼窝里。土匪们敢来，我一定让这伙狗娘养的今夜里有来无回！"

"好，飞儿，你也要小心些。"涵鸿是秀才，见不得打仗这阵势，不免有些恐慌。

飞儿雄赳赳扎上军用腰带，从屋里拿出盒子枪插在腰间，又摸了两颗手榴弹揣在怀里，用上衣遮住，整理了一下衣服就急匆匆迈步跨出门去了。

根据白天这些人陆续离开的去向，飞儿判断出这伙土匪白天是来踩点的，临时匪窝很可能就隐藏在北村后面废弃的几孔残破砖瓦窑里。为了不让土匪们进到村子里惊吓到村民，他盘算着今夜御敌于村门之外，就安排在村口的路上架起机枪设伏击圈，想就地剿灭胆敢来犯的土匪。

一个青年团丁端着轻机枪满身豪气地说："飞儿哥，不麻兮了，我们干脆直接冲进匪窝里去，把这伙子土匪一顿乱枪都突突了算咧！"

飞儿制止说："不，土匪们灵醒得很，一定有放暗哨的人，我们贸然冲过去会打草惊蛇，弄不好人就跑了，还是打伏击要保险些！"

飞儿接着又说："我们可以再派几个人隐藏在砖瓦窑附近，等这边枪声一响，再冲过去擒拿砖瓦窑里的残匪，几下里都不耽搁。"

"那让我带人去吧，飞儿哥，你们就在这里设伏！"青年团丁立功心切，霸气地跃跃欲试。

"好，你们要小心，月光里目标大，记着二百丈以外慢慢匍匐接近，打他个措手不及！不要让土匪们跑了！"飞儿叮嘱。

"好咪，放心吧，飞儿哥，你等着瞧好吧！"团丁带了三个人疾步如飞，很快隐没在夜色的黑幕里不见了。

李飞刀的山匪们不熟悉当地地形，所以白天先出来踩点，后晌土匪们回去在窑洞里酒足饭饱后，满以为神不知鬼不觉，二十几个土匪在货郎客的带领下，半夜里趁着月色提着二三十杆汉阳造步枪悄悄摸向了村子。

要说偷袭，惯匪李飞刀还真不含糊，他奉行狡兔三窟的作战方略，在派出一大股土匪进村的同时，又悄悄派出一小股精锐土匪从另一处野地里奔袭，直接插向容雅谦的家里，想出奇制胜。就在大股土匪出发后，另一小股土匪也秘密奔袭出发了。

初春的干旱田野里已经没有一根高田禾，不到脚腕深处的分蘖麦苗连兔子也遮不住，土匪们走在夜光下的荒野里人影绰绰，两百米开外就能隐约看到鬼一般晃动的影子，一个埋伏在沟坎的团丁悄声惊呼："飞儿，来了！"

队长飞儿也早就看在了眼里，他压低声音说："大家沉住气，走近了瞄准再打。没有我的命令，谁也不许开枪，听我枪响之后再一同开火！"

团丁们黑暗里都点点头，各自子弹上膛做好射击的准备。

村子外头伏击还没有开始的时候，村子里飞奔偷袭的五个小股土匪，已经先摸到了容雅谦家的围墙外面，借着月色可以看清那五个晃动的人影。

村子外头的战场还没有开打，直到土匪们一个个全部进入了村口必经的一个沟堑里，伏在沟沿上的飞儿才一声令下，发出了开枪的命令。一挺轻机枪发出突突突的欢快狂叫，几支冲锋枪同时嗒嗒嗒打响，土匪们做美梦想着半夜里突然偷袭西坪凹，却不料钻进了民团早就布设的口袋里，呆头呆脑的土匪们还没有进到村子里，就被一顿瞬间爆响的机枪迎头扫射，全部被打趴下曝尸在空旷的野地沟壑里了。

西坪民团团丁含辛茹苦多年秣马厉兵，夏练三伏，冬训三九，终于初出茅庐首战告捷，个个兴高采烈打扫战场，却没有发现匪首李飞刀。

这一仗，狡诈奸猾的匪首李飞刀没有亲自出马，他派出两股土匪后，自己带着几个人在砖瓦窑里继续喝酒等待消息。听到西坪凹方向机枪声猛然剧烈响起就知道大事不好，刚慌忙拔腿冲出窑洞外，就见月光下野地里已经冲过来几个人又是一顿机枪、冲锋枪猛烈扫射，打得李飞刀连滚带爬，他凭着一身功夫才又独自逃脱捡回一条性命，再次狼狈亡命而去。

土匪的目的是声东击西，几个悄悄奔袭的土匪没有走大道，也没有走小道，而是从事先摸选好的悬崖土壁上溜下来，鬼鬼祟祟地摸着小巷接近容雅谦家的围墙。

土匪们到了容雅谦家跟前，领头的土匪打个翻进去的手势，几个土匪马上聚拢搭人梯，打算翻墙闯进去。这时，只听身后夜空里大树上有几只乌鸦突然扑棱着翅膀呱呱叫着飞了起来，土匪们惊得刚回头察看，随之他们头顶上猛然"嘣……嘣……嘣……"几声爆响，几个土匪还没有明白过来，就仰面朝天应声栽倒滚落在地上，大树上立即跳下来几个团丁，迅速挥刀把土匪一个个都灭了，土匪们连声儿也没有来得及出，就全部下了阴曹地府。

原来，容雅谦家里，涵雁已经把全家人都集中到了上房屋里，腾空了东西南三个厢房，他同狗剩闩紧房门，拿着枪守候在上房门口准备打土匪的伏击。围墙外边的大树上也已经暗中埋伏了几个团丁，为的就是不惊动村民和惊跑村口的另一股土匪。

这都是飞儿事先盘算布好的局！他觉得自己家里没有危险，土匪的袭击目标一定会是四爸家里，土匪的袭击也一定是对着三哥剿匪来寻仇的，就悄悄派人做了埋伏，专等土匪们前来上钩。

那么，容府小孙女媛媛惨遭绑架就有点儿奇怪了。这就得说惯匪李飞刀一波三折的智勇和狡诈了。李飞刀完全没有料到，西坪凹的民团竟然有两挺轻机枪、十几支冲锋枪，而且团丁个个训练有素，武艺高强，都有野战特战的能力，战斗力比国军一个连队的还要威猛！

凶野惯了的恶匪们哪里知道，这就是容涵齐为了防范土匪报复寻仇，专门让四弟飞儿给土匪早就预备好的一份"大餐"。

这次土匪偷袭再次受挫，李飞刀在阵痛中吸取了教训，觉得人多反而更容易暴露行踪，在装备精良全副武装的民团面前就是送死。所以，他寻思着自己出其不意地单独袭击，也许更容易得手些，就又再次上演了一出戏。

这天夜里，黑娃睡得正沉，一支冰冷的枪口指在了他的头颅上：

"说，我们偷袭的消息，是不是你透露出去的？"

黑娃迷糊中猛然一惊，看见眼前黑洞洞的枪口，慌忙哆嗦着说："飞爷，打死我也不敢哩！你可不能冤枉我呀！"

"那么，民团是怎么知道的哩？啊？不老实，我现在就送你狗日的下地狱见阎王去！"李飞刀低沉着声恶狠狠地说，手枪依然抵着黑娃的脑袋不放松。

"哎哟，我怎么知道哩，你们白天来了那么多踩点的，兴许是让民团团丁们发现了哩！"黑娃哭丧着脸辩解着说："飞爷，我去报信，那就是告诉人家，我是你的同伙了嘛！"黑娃狡诈地察言观色，试图撇脱自己。

李飞刀凝神皱眉想了想也是，黑娃这货还不至于这么傻，跑出去出卖自己。他就把枪收起来说："我先饶了你这条狗命，把脑袋先寄存在你的脖子上喘气。快说，村子里怎么会有机枪和冲锋枪哩？难道是容涵齐带着亲兵回来了吗？"

黑娃见李飞刀松口，心里就不怕了，连忙说道："不是的，容团长没有回来。但他早就防备着土匪来袭扰哩，给团丁们配备了快枪和机枪，就等着土匪们来送死哩！"

黑娃还没睡清醒，就随口答了一句。啪的一声响，黑娃说漏了嘴，被李飞刀抬手打了一个清脆的耳光，当时就打傻了。

"说，容涵齐家里有多少条枪？"李飞刀又持枪逼问。"一长一短就两支枪！"黑娃惊慌地嗫嚅着说。"啥人拿着枪哩？"李飞刀喝问。"涵雁一支盒子炮，狗剩一支长枪。"黑娃胆怯地照实说，目光游移偷眼看李飞刀的脸色。"家里有团丁防守吗？"李飞刀又逼问。"没有！"黑娃老老实实地说。

李飞刀听了，恶狠狠地扬起手枪枪托，只一下，黑娃的脑袋就耷拉着歪向枕头一边，昏死过去了。

第二十三章

玉娥儿救子献身　狗蛋儿护主雪耻

容府西院全家正为失踪的小媛媛陷入一片混乱的时候，玉娥儿发现，她的愣头青儿子狗蛋儿也突然不见了。不仅狗蛋儿不见了，连容府里那只十分唬人的大狼狗虎子也不见了影子。

容雅谦焦急地在屋子里来回踱着步子想办法，他平日里在沉思的时候总习惯把玩一对玉球，为的是冷静情绪提高判断力，当他习惯性地伸手去抓桌子上的两只玉球的时候，却发现他的一对玉球莫名其妙地也不见了。

容雅谦生气地抬眼看了看惊慌的众人，玉娥儿赶忙抱歉地说："四叔，玉球可能让狗蛋儿这货拿走了，我麻利给你找去。"

她说完，就自己匆忙出去了，玉娥儿想起狗蛋儿说过，谁欺负媛媛，他就跟谁拼命的话来。

老夫人茹埋怨着说："老爷的玉球让狗蛋儿拿走了！狗蛋儿拿个玉球去做啥哩，这是娃娃玩耍的东西吗？"

杜晓楠早已泪眼婆娑，夜里丢失了女儿，她比谁都要揪心着急，但心里却十分清楚，遂悲声无奈地搭话说："爹，娘，这两个孩子从小要好，媛媛丢了，狗蛋儿着急，可能自个儿去寻李飞刀救媛媛去了。这孩子性子愕，他拿走玉球是想同土匪李飞刀拼命哩，要赶紧去人寻哩！"

容雅谦听了，心里更加吃惊，心想，一个愣头孩子能救啥人哩？见狗剩在一旁坐立不安，忙吩咐说："唉唉，真添乱哩，狗剩，你赶紧去堵住，不要让狗蛋儿娃再出了啥事情哩！"

狗剩也早就慌了神了，答应一声就赶紧追着撵出去了。

杜晓楠这时也乱了方寸，心急火燎地不管不顾众人劝阻，回屋里拿了涵齐给她的小手枪，也匆匆跟着狗剩追撵出去了。

玉娥儿了解儿子狗蛋儿，知道狗蛋儿初生牛犊不怕虎，这回是铁了心豁出去不顾一切地撒腿撵去了。心急如火的她也不顾一切地随后撵着去了。

焦急的狗剩出门正遇到飞儿指挥村里民团团丁分路去追，就折回家拿了长枪，随着杜晓楠一起去追寻了。

容雅谦看着儿媳杜晓楠和狗剩远去的身影，追出几步跟在民团队伍的后面，用苍老凄凉的悲声高喊着："乡亲们，我容老四拜托大家伙儿了，找回我孙女儿，就是救了容府了，我把家里的地分给大伙儿，酬谢大恩大德呀！"

飞儿听了一愣，随即带领着大家一路狂奔追出村子去了。

容雅谦这声苍老的悲声带着期盼在陈仓塬回荡得很远很远，久久也没有平息，声音穿透了凝固的空气，穿透了肃立的树木，穿透了房屋的土基，穿透了荒野的大地。飞儿听到四爸的喊声，心里一阵悲痛，他觉得四爸的悲怆呼喊是那么震撼灵魂，能泣动鬼神哩！

狗蛋儿是让大狼狗带着自己循着媛媛的气味一路狂追，玉娥儿是循着大狼狗的脚爪去追，她每天喂狼狗，非常熟悉大狼狗的脚爪印。狗剩领着杜晓楠是循着玉娥儿的脚印一路紧追，玉娥儿是缠足又放足的半大脚片女人，她的脚印在土路上十分显眼。

黑娃没有死，只是被土匪李飞刀给打昏了，李飞刀还想继续留着他提供消息。那天黑娃醒来的时候，天已经微微地发亮了。

黑娃醒来的第一个惊慌，就是不知道土匪李飞刀夜黑里又做了啥祸害事了。他慌忙从土炕上爬起来，脸也顾不得洗，就抬脚穿鞋麻利往门外走。现在，正是娃娃们上学校的早读时间，他得看看嫒嫒出事了没有！

黑娃站在药铺的门口外，如热锅上的蚂蚁站立不安。他虽然做了一些昧良心的事，但他良心并没有彻底泯灭，怕嫒嫒出事对不起自己的良心，也对不起四叔容雅谦平日里对自己的好，身子和两条腿在门口不安地打转转，眼睛却直勾勾盯着通向四叔容雅谦家的巷子里慌神！等了好久，他才见涵雁从前边过来了，接着又见杜晓楠领着嫒嫒和狗蛋儿也过来了，他不敢相信自己的眼睛，使劲擦拭了一下眼睛再瞧，的确是杜晓楠领着嫒嫒和狗蛋儿过来了，这才相信自己没有看错。

"大哥起得早啊？"他镇定了下来，心虚地迎上去搭讪说。

"黑娃，你也早啊！"涵雁穿着先生长衫一副书生模样，腋下夹着几本书客气地点头说。他是谦谦君子，即使对下人打招呼也躬身致意，很有教书先生的修养。

接着，杜晓楠同穿着连衣裙的女儿嫒嫒及一身粗布学生服装的狗蛋儿也过来了，黑娃突然发现上了中学的狗蛋儿体格强壮，已经长得人高马大，像一个半大小伙儿了，黝黑的脸庞，背着书包不苟言笑，一脸的严峻，紧跟着嫒嫒身边不离左右，分明就是个保镖，走在大街上不像个帮工的儿子，愣是劲头足得像容府里的小公子。黑娃见了狗蛋儿，觉得这个侄子不像他们甘州地界娃，心里暗暗生忌骂道："这尿娃，天生的野种！"嘴上却佯笑着向杜晓楠问好："杜先生，早晨好！"

杜晓楠也客气地打招呼说："他黑叔，你起得早！"

黑娃连忙回应说："不早，不早，刚起来，没有杜先生和娃娃们早！"

媛媛机灵地问好，说："黑娃叔早！"

黑娃讨好地说："早，媛媛女子早！"又对杜晓楠说："昨儿黑里，娃娃们没有受啥惊吓吧？"他指的当然是剿灭土匪的事，村口夜里打了一阵枪，闹腾了半夜，全村里已经人人皆晓了。

杜晓楠站住，客客气气地说："也没啥，飞儿派人在屋里头守着哩！让他黑娃叔操心了！"

黑娃讪笑说："那就好，那就好！"他心里记恨李飞刀，又说："狗娘养的土匪祸害人，就该灭绝了才安然哩！"

黑娃没有想到，这句话却让躲在远处树林里窥探的土匪李飞刀听见了，恨得咬牙切齿，心想："等我把事做完，再收拾你个狗娘养的！"

原来，奔波了半天的大狼狗虎子带着狗蛋儿找到了桥镇咀头山谷，在一处无人居住的土窑洞的围墙边警惕地停住了，大狼狗循着气味转着圈嗅了一阵，突然地疯狂猛吠了两声，撒腿就要往院子里冲。狗蛋儿急忙抓住它的皮项圈，让大狼狗虎子在土墙根蹲下，狼狗虎子似乎已经确认媛媛就在这孔土窑洞里面！大狼狗虎视眈眈警惕地不停喘着粗气，狗蛋儿摸着虎子的头，让它俯下身子，自己立即趴在墙头上悄悄地向院子里探头窥看。

窑洞里被反绑双手的媛媛，嘴里堵着一块破棉布，坐在窑洞墙根的一堆苞谷秆子旁边。她听到容府大狼狗虎子熟悉的叫声，立即激烈挣扎起来，试图站立起身子，双脚在地上乱蹬，嘴里也"呜呜"叫着，围墙外边的大狼狗虎子听觉灵敏，就忽地又站了起来朝着院子里的窑洞"汪……汪……汪……"着狂吠不止，挣扎着要冲进去救媛媛，连狗蛋儿也制止不住。

李飞刀在脏兮兮的没有炕席的土炕上躺着睡觉，他听到狗咬的声音，像被电打了似的吃了一惊，一打激灵就飞身起趴在没有窗户纸的方格窗户上急忙往外偷窥。

原来，李飞刀并没有跑远。这一仗，他的新家当又再次输了个精光，他对这些乌合之众心里并没有心疼，想的还是偷袭绑架容涵齐的家眷。他躲到后山里几天后，等惊慌的村民们都以为事情过去了，打了胜仗的民团团丁们兴奋过后，思想也逐渐麻痹了，李飞刀才又独自一人再次悄悄重新摸进了村子，对小媛媛下了毒手。

从人狼狗虎子阻挡不住的激烈狂吠中，狗蛋儿判断媛媛就在屋子里，他连忙拉住虎子躲向窑洞的偏侧里，防止土匪李飞刀从屋子里开枪射击，手里紧握着一个玉球，一副随时准备出击的剑拔弩张的架势。

窑里窑外的气氛，随着大狼狗虎子的不停狂吠，骤然紧张了起来。土匪李飞刀怎么也没有想到，这么快就被人追寻了过来，他摸不清外边有多少人，就不敢贸然出击，只好挟持媛媛在窑洞里待着。

就在两边相持时刻，猛然，大狼狗虎子停住了狂吠，嘴里低低的吠声变成了"呜呜"的呜咽声，大尾巴也欢快地摇动了起来，狗蛋儿抬眼一看，他娘玉娥儿意外地出现在眼前，傻乎乎急匆匆毫无防备地迈步就奔进了李飞刀待的院子里。她的身子正好处在土匪李飞刀的射击范围内，把狗蛋儿惊得目瞪口呆，但显然已经来不及阻挡，就忙向院子里喊："娘，你赶紧出来走开！"

玉娥儿一转头回眸，这才看到围墙豁口里埋伏着的儿子狗蛋儿和大狼狗虎子。

李飞刀在窑洞里一听，立即明白了，原来只是一个孩子和一个傻女人！他跳下炕来，走到媛媛跟前伸手一把把媛媛拎起来，媛媛挣扎摇晃，李飞刀抬手打了一巴掌，揪着衣领就推到了窑洞门口，手里紧握着一把盒子枪，高声吆喝说："你们听着，赶紧退后滚开，要不然，我一枪就要了你们小姐的性命！"他想赶紧离开这里，挟持着媛媛立即逃命。

玉娥儿一路飞奔，是听到大狼狗虎子的叫声才循声赶了过来。她冒冒失失地就踏进了院子，刚好给土匪李飞刀做了逃离的掩护。这时候，如果狗蛋儿出手，不仅容易误伤小媛媛，而且李飞刀从对面来一枪，就会立即伤着玉娥儿。

狗蛋儿急了，起身从围墙豁口不顾一切冲进了院子，呼喊着说："土匪，你赶紧放开我们家媛媛，要不然，我就跟你拼命！"他初生牛犊不怕虎，紧攥着玉球一副拼命三郎的架势！

"哈哈哈哈……"李飞刀一阵狞笑，"就你小子拿啥跟老子拼命！"李飞刀冷目相对，忽然把枪一指，不屑地喝道："趁早滚开，要不然，老子一枪崩了你这个不知好歹的杂碎！"

玉娥儿听了李飞刀的话，心里头发怵，她深知土匪李飞刀的残忍凶狠，但为了两个孩子却不顾一切地把双手伸开一挡，呼喊说："李飞刀，你算啥能耐，抓个孩子逞凶抖威风，老娘我用尻子把你笑咧！你要是个汉子，还算个男人，有本事就放了我家媛媛，我给你当人质。你也不要伤害我的儿子。给个痛快话呀，要不然，老娘就不放你过去！"

李飞刀把枪向玉娥儿一横："哪里来的野娘们儿，敢挡我飞爷的道，你不想活了？"又定睛一看是玉娥儿，李飞刀乐得狂笑："哈哈哈哈……我以为是哪个疯婆娘，原来是我睡过的小娘们儿呀，哈哈哈哈！"

玉娥儿闻言，头一阵眩晕，奇耻大辱今日才知是谁干的。她新仇旧恨一齐涌上心头，不再害怕恐惧了，只是恨得牙关打战："你……你……你……"她哆哆嗦嗦指着李飞刀，恨得半天说不出话来。

李飞刀一阵放肆地狞笑："滚开，滚开！老子今天没有兴致招惹你，识相的就赶紧走开。'一日夫妻百日恩'，老子看在睡你的面子上放你一马，要不然，连你儿子一起收拾了！"

狗蛋儿并不知道出了啥事情，他急忙冲往娘前面身子一挺，大声说："娘，你不用怕这狗土匪，他敢动你和媛媛，我就要了他的狗命哩！"

李飞刀其实不敢开枪，他是惯匪，久经杀掠，深知如果枪声一响，外围搜捕的民团立即就会围拢过来，他再想带着媛媛逃走就困难了。这时候，他自知用不着跟女人、娃娃多纠缠，只想赶快脱身离开逃走。

玉娥儿和狗蛋儿却疯了似的怒目圆睁，拦住了去路不放他走。李飞刀架着媛媛正往院子门口挪着，一看狗蛋儿奔过来要拦住他的去路，狗急跳墙的李飞刀悄悄放开媛媛，飞快地把手枪换到左手，右手迅速掏出了飞刀打向了狗蛋儿。

玉娥儿离得近，情急中瞅见了李飞刀在使用暗器，就猛扑过去护住了儿子狗蛋儿，李飞刀已经出手的飞刀一瞬间就插进了她的后背里。玉娥儿倒向狗蛋儿，挣扎着回头对李飞刀断断续续地说：“你，你，你不能杀狗蛋儿，他，他，他……”

玉娥儿话还没有说完，李飞刀匆忙又一抬手，一把飞刀再次飞向狗蛋儿，不料被媛媛瞅见了，说时迟，那时快，她绑着的身子猛地用力朝李飞刀一撞，李飞刀身子一歪，出手的飞刀就走偏了。狗蛋儿急忙喊了一声：“虎子，快上！”

大狼狗就“嗷——”的一声狂叫，闪电一般猛扑过去，李飞刀拿枪的左手瞬间就被扑上来的大狼狗一口咬住了。

狗蛋儿趁李飞刀被大狼狗咬住的一瞬间，立即抬手一玉球砸了过去，站立不稳的李飞刀失去重心，“啊呀”一声惨叫，玉球正好击打在他的胸口上，顿时一根肋骨就断裂了，李飞刀疼得一个趔趄差点儿跌倒，慌忙中手一松盒子枪就掉了，趁着大狼狗去咬手枪的当口，李飞刀忍痛奋力使出轻功，飞身蹿过矮墙狼狈逃走了。

玉娥儿惨死，狗蛋儿的身世也就从此成了一个秘密，不再有人知道了。情急中的狗蛋儿顾不上管土匪李飞刀，慌乱中急忙看往自己身上扑着的娘时，竟发现娘已经身子僵直断了气了，只是眼睛还愤恨得睁得大大的不肯合眼！

这时候，狗剩提着一杆枪带着跑得气喘吁吁的杜晓楠也一路狂奔了进来，他抬头看见大狼狗正用嘴在咬捆绑媛媛的绳子，杜晓楠疯了似的喊了一声“媛媛”，就同狗剩一同赶紧扑过去给媛媛拔掉口里堵嘴的脏布，匆忙解开了绳子。

媛媛目睹了一切，悲痛欲绝，一声凄凉的"玉姨呀！"就起来扑向了玉娥儿，伏在她身上号啕痛哭了起来。

杜晓楠和狗剩这才注意到玉娥儿出事了，两个人又慌忙转身奔向了玉娥儿，几个人围在地上躺着的玉娥儿身边，大声地呼喊着，悲伤得都痛哭起来。

大狼狗见主人死了，垂着头焦急地嗅了一圈之后，双膝弯曲蹲在一旁，仰天发出凄厉的长嚎声，它也在悲声悼念死去的主人。

天空中落下了几滴雨点，如同蚕豆般大小无情粗暴地打下来，紧接着暴雨就天塌般地倾盆而下，陈仓塬在这一夜里，下起了多少年来少有的瓢泼大雨。

刚才还关着媛媛的废弃土窑洞，在突如其来的雷雨的浩荡冲刷下终于承受不住了，轰隆一声巨响垮塌了下来，掀起一股冲天的尘土冲击波，尘埃淹没了院子里伤痛恸哭的男人、女人和狗。

远处茫茫黑夜里，隐约听到雷雨中传来飞儿他们一声声呼唤媛媛和狗蛋儿的声音，呼喊声在夜空里断断续续，此起彼伏，随即又被呼啸的风雨无情地吞噬了……

雨夜的山川大地已经漆黑茫茫，风雨在苍天看不见的这一刻，似乎嚣张得更加肆虐无边，暴风骤雨在黑夜里似天塌般地狂泻。

下部

咆哮

第二十四章

临阵隘口设苦计　糊涂巧治众匪痞

　　经潼关拥向陕西关中躲避日寇战乱的豫州逃难的民众每天像潮水一般络绎不绝，这些难民都是拖家带口，有的背着被子，有的挑着担子，有的推着独轮小车，有的拄着棍子，艰难地行走在潼关狭窄的山间里，不少饥饿难耐又患着疾病的逃难难民，走着走着就倒地毙命，永远也站不起来了。

　　容涵齐已经是独立旅旅长了。他一身戎装站在潼关的隘口上观察地形，痛心地看着山下的难民潮，心焦如焚，痛心疾首，不由得哀叹了一声："委员长这是打的啥鸟仗，把黄河炸开口子替日本鬼子灭自己华夏人口？真是战乱不及人祸呀！"

　　贾得知现在已经是旅部参谋长了，也愤懑不平，气冲冲地说："哼，委员长就是在祸国殃民，这不是打仗，是赤裸裸的犯罪哩！"

　　原来，国民党军队为了阻止日寇辎重部队渡过黄河，荒唐地在黄河上游炸开了口子，让大水瞬间淹没了下游的广袤河道和平原村庄，无数百姓因此死于非命，无数乡民流离失所，无家可归，遍地的动物死尸又造成河南黄河沿岸一带瘟疫暴发肆虐，再次祸及了更多的百姓生命。绝望的难民

259

这才纷纷逃向陕西关中躲避战乱和黄河决口带来的人祸灾难。

黄河大水并没有能阻止日寇的铁蹄进攻，只是迟滞了日寇军队进攻的速度而已，但却让无辜的河南黄河流域下游的民众遭受了家破人亡的巨大灾害。

容涵齐独立旅防守的潼关隘口，位于陕西渭南潼关县北，自古就是关中的东大门，历来为兵家必争之地。

容涵齐和贾得知站在隘口正说着，突然，山下来了一行坐着吉普车的军官，车上跳下来十几个穿着军统服装的军人，朝天放了几枪，喝令驻守的军队阻止难民入关。

容涵齐一看，急忙问："出了什么事？下去看看！"

参谋长贾得知迅速拿起望远镜俯视遥望看了一下，说："看样子是难民出啥事情了！"

容涵齐他们立即放弃再看地形，急急忙忙来到了山下，见路口的宪兵在设卡驱赶难民，难民们却都在拥挤着吵闹着，要求入关不肯离去。

容涵齐匆忙上前询问旅部驻守的士兵："他们是什么人？在我们的防区里捣乱啥哩？"

哨卡上的营长乔阿图见旅长和参谋长来了，急忙跑步过来敬礼："报告旅座，他们军统的人说，是难民里混入了日本鬼子的特务，不准放行入关。难民们不愿意，就吵闹起来了。"

容涵齐随口气愤地说："放屁，这些难民像日本鬼子吗？就会欺负糟蹋老百姓！这是咱们的防区，让他们立马给我滚蛋！"

乔阿图营长为难地说："旅座，他们可横着哩，根本不把我们地方军放在眼里，我们恐怕惹不起！就让他们自己去查、去折腾吧。"

"胡说，放任他们在这里闹腾？这个防区里，我还是不是旅长了？集合起你的人，立马轰他们走！"容涵齐来火了。

"是，旅座！我集合队伍轰走他们！"乔阿图营长立正敬礼。

乔阿图话音刚落，突然从一旁发出一声不屑的问话："是谁吃了豹子胆，要轰走我们呀？啊！"

吉普车上下来了一个中校军官，阴阳怪气地揶揄着走过来。

容涵齐一看，十分反感，就说："怎么了？我不管你们是哪里来的，要在老子的防区里撒野，先看看自己的军衔再给长官说话！"

容涵齐是上校军衔，明显比来人高一级，就不把他放在眼里，大声呵斥说："怎么，见了长官不懂得敬礼吗？要不要我的士兵教教你懂些规矩？"

中校军官仍然不屑地说："哼，我以为是齐天大圣孙悟空来了，原来是容旅长大驾，李某失敬，失敬！"却并不敬礼，只是抬手拱了拱手而已。

容涵齐一看，有点儿眼熟，却想不起他是谁。

贾得知见了，立即拔出手枪指向那人，大喝一声："哈，土匪李飞刀！你玩腻了，竟敢玩到这里来了。"说着断喝一声："来人，把这个假冒国军的土匪给捆了！"

立即冲上来几个卫兵端枪顶住了李飞刀的四周，高喊："不准动！动就打死你！"

李飞刀一愣，头稍稍一摆，立即也冲上来了几个士兵，都端着冲锋枪大喝着："都不准动！"两边立时剑拔弩张，气氛紧张地对峙起来。

难民们在路口吵嚷着要过关，一看国军队伍自己人打起来了，趁机就一哄而上，从关口潮水般地涌过去了。

容涵齐一听是李飞刀，倒气得朗声大笑了起来："哈哈，我说山洼洼里旋阴风，来的什么妖，原来是土匪李飞刀！你好大的胆子，竟然敢冒充国军来我的防区里捣乱，这可是你自己'茅房里打灯笼，找死'！今天你活够时辰了！"说着大喝一声："弟兄们，把这些假冒国军的土匪都统统抓起来，谁敢动一动，就立即击毙正法！"

哨卡驻守的士兵们一听旅长下令，立即一拥而上，端枪团团围住了李飞刀带领的十几个军统人员。

李飞刀一看，嗤鼻冷笑一声，并不畏惧，还从容不迫地拉着自己的军衔领子，傲慢地亮出牌子嘲笑着说："容旅长，你看明白点儿，老子现在是军统局潼关战时稽查队的中校副队长，可不是你说的什么土匪了。你放明白点儿，识相的话，就不要仗着人多误伤了稽查队的人。否则，军统局会让你吃不了兜着走！"

李飞刀嚣张地打出稽查队的牌子狐假虎威，想挫挫容涵齐和贾得知他们的锐气。

贾得知也冷笑一声，上前一把揪住李飞刀的衣服领子，拿枪顶住他的脑袋，不客气地嘲讽着说："笑话，你别苍蝇身上抹蜜，装蜂了！一个山沟沟里的土匪山大王，啥时成妖了，变成什么鸟特务队，还他妈的啥鸟副队长，你诓人自己演'封神演义'哩，连土匪妖魔也上了'封神榜'了？还敢拿着军统的名号在这里吓唬人，找死哩吧！我看你就是土匪头上插鸡翎，再怎么打扮也还是个贼行头，你以为老子会尿你呀？"

李飞刀的土匪身份，使他在容涵齐和贾得知面前先低矮了一头，气焰立时少了几分。见贾得知的手枪子弹上着膛，直挺挺顶着自己的脑袋，稍一扣扳机，自己就会一命呜呼，只好无奈举起双手，马上就有点儿心虚软巴了，怕容涵齐故意装糊涂真把自己当土匪毙了，他认尿急忙解释说："容旅长，你让你的人先把枪给放下，我们的确是潼关战时稽查队的，我已经受训加入了国军，兜里有上峰的委任状。你们如若不信，可以自己掏出来查验嘛！"

容涵齐听了，有点儿意外，他已经接到上峰的通报，是有个军统局的稽查队秘密进入了潼关战区，有着督战的特殊任务，却没有想到来人竟是自己几番剿灭都没有打死的土匪李飞刀。他虽然心里怀疑不爽，不想接受，还是伸手一把撕开了李飞刀的上衣内兜，从里面搜出了一张委任状，仔细一看，果然是稽查队派来的人，心里直纳闷儿，军统稽查队怎么把土匪李飞刀也纳入了，还派到潼关战场上来，看来李飞刀是专门奔着自己来的，今后麻烦恐怕要来了。

容涵齐并不想就这么便宜了李飞刀，助长了他的嚣张气焰，就这家伙现在的张狂样子，不治一治恐怕要反天了！他知道李飞刀来前敌是"裁缝不拿尺子，存心不良"，就心里暗暗思忖，我得借机先杀杀李飞刀的匪气，谁让你原来是土匪哩，老子就佯装怀疑，把你当冒牌货先绑了，押回去关关再说。容涵齐想到这里，陡然脸色一变，随手哗哗地撕了李飞刀的委任状，抬手往李飞刀脸上一摔，冷笑着断喝一声："好你个土匪秧子，假的！竟然敢冒充稽查队的人，跑到前敌来捣乱！"

容涵齐说着，又吩咐手下："弟兄们，这是我当年没有剿灭的土匪李飞刀！收拾他们，我怀疑这伙人是日本鬼子的奸细，他们来这里是打劫逃难的老百姓的钱财的。都给我把枪下了，全都绑结实些，先押回去关起来，等我报告上峰裁定后，统统择日正法！"

说完，又板着脸说："乔阿图营长，有哪个胆敢反抗的，严惩不贷，现在就给我立马击毙了！"

"是！"乔阿图营长高声响亮地答应一声，心里那个痛快高兴呀，上去啪的就给了李飞刀一个大嘴巴子，伸手把李飞刀的枪也给下了："好你个冒牌货，原来是没有打死的土匪秧子，刚才还给老子要横抖威风，现在老子教训教训你小子，让你长点儿记性！"

乔阿图营长前面受了这伙人一肚子窝囊气，心里直蹿火，现在一听旅座说是假冒的，有了借口，接着就对李飞刀一阵拳打脚踢修理起来。

李飞刀带来的同伙一看这阵势，吓得都乖乖地把枪放在了地上，个个都被士兵们放倒拳脚相加修理了一通，然后全部五花大绑地捆起来，用绳子串成一串押着让他们乖乖就地蹲着。

容涵齐抬眉睭着李飞刀他们的狼狈相，心里可乐颠了，表面上却依然假戏真做，板着铁黑的脸，又故意当着这伙人的面，对贾得知下达命令说："贾参谋长，你回去给上峰发封密电请功，就说我军驻守潼关固若金汤，全体将士誓死抗敌，誓与潼关共存亡！日本鬼子胆敢来犯潼关，我军定当全歼之，誓死保卫关中黎民百姓的安全。今容涵齐部在前线抓获冒充军统局人员抢劫难民钱财的土匪十几名，现全部在押待审，请求上峰定夺，是就地正法，还是押往重庆审问。"

"是，旅座，我押回去以后，就马上给上峰发报！"

李飞刀听了容涵齐下达的命令，心里那个憋屈生气呀！栽在仇人容涵齐手里，他肚子里直恨得咬牙切齿，眼睛里流露出幽深的复仇凶光：好你个容涵齐，刚当了个鸟旅长就威风起来了，老子还没有来得及腾出手收拾你哩，你倒先借机整治起老子来了！

他回头一看，自己带来的人都已经被容涵齐的士兵缴了械捆绑起来，狼狈蹲缩在地上，心里连连叫苦，看来，容涵齐是唱戏的腿抽筋，成心让我下不了台！

常言道，虎落平阳被犬欺，落坡凤凰不如鸡。李飞刀想，老子今天真栽惨了，君子报仇，十年不晚，终有一天，非让你容涵齐也栽在我的手里不可。

李飞刀也深知，现在不服软委屈地放下武器，就有可能被容涵齐真当土匪立即执行枪决，成为一个大头冤死鬼；容涵齐就是掐准了他原来是土匪的死穴，才故意这么肆意地侮辱他们。从表情上他也清楚，容涵齐看了委任状，明明已经知道自己是军统局派来的人了，还佯装不识，目的就是趁机羞辱埋汰自己一番。

李飞刀心里虽然气得直打战战，恨不得活剥了容涵齐复仇，但眼下也只有乖乖被俘，憋屈受侮辱了。

容涵齐见嚣张的李飞刀虽然被迫认尿了，但面目上还是凶相毕露、心有不甘，虽然被绑缚着，但还像一个伺机反扑的恶狼一样匪性气焰外露。于是索性就又补下了一道更狠的命令，说："参谋长，回去时把这伙土匪和鬼子的奸细押上敞篷卡车，在潼关城里游街示众，也长一长潼关军民坚决抗敌的士气，让老百姓也扬眉吐气痛快一回！"

"是，坚决执行命令！"

参谋长贾得知听了旅长的命令，心里感觉好痛快、好爽，马上兴高采烈地立正回答了一声。

李飞刀听了，却气得差点儿闭过气去，刚要起身张口反抗争辩什么，便被一个士兵过去砸了一枪托，喝令蹲下，他只好忍气吞声把恶气往肚子里吞咽下去。

李飞刀一群人被抓回来插着牌子在潼关城里游街，城里老百姓沿途见了"土匪奸细"分外眼红，一路上石头、瓦块、垃圾、菜叶、臭鸡蛋、驴粪蛋、牛粪直往李飞刀他们身上狂砸，一个个都糊了满头和满身的脏污，可羞辱整苦了这些特务们了。

游街回来把李飞刀他们关起来以后，士兵们也不给这伙人洗脸吃饭，轰进监室里就把门关了。参谋长贾得知吩咐警卫要严加看管，不能让跑了一个！又特意命令把李飞刀单独关押起来，不让他同其他特务见面，以增加他的孤独恐惧感。然后才回来向容涵齐旅长绘声绘色地做了简单汇报。说到李飞刀他们被沿途老百姓修理的情形，忍不住连自己都痛快得哈哈乐了起来。

贾得知临走时，又笑着请示旅长容涵齐说："旅座，给不给李飞刀他们饭吃？"

容涵齐斩钉截铁地发狠说："你只管假戏真做，把他们全当土匪整治，不给吃喝，先饿他们两天，杀杀这群人的匪气再说。也让李飞刀这伙人忌惮些，以后不敢再在咱们防区里放肆撒野！"

　　贾得知答应一声，立即会心地笑了，说："好！也让他们体验一下整人的滋味儿。"然后就下去给上峰发密电请功去了。

　　李飞刀他们被关起来不审不问，又不给吃喝，并且就让他们在自己监牢里大小便。热天里臭气熏天，蚊叮虫咬，苍蝇肆虐，可把李飞刀一伙折磨惨了。他们在监牢里度日如年，饿得前胸贴后背，个个眼冒金星，奄奄一息，一个个把容涵齐恨得咬牙切齿。

第二十五章

辛参政临危提醒　容旅长机巧脱身

"容旅长，我听到大街上饭馆里说书的传，你容旅长胆大包天，竟然把军统局稽查队的人抓了游街示众，可有此事吗？"车稼良看容涵齐在辛参政家客厅的椅子上坐下身子，就迫不及待地询问起他来。

"啥军统局稽查队的人呀！"容涵齐满脸不屑，"就是当年的土匪李飞刀而已，被我剿灭装死漏网了，现在又投靠到军统局稽查队门下了，还跑到我的潼关前线防区里去找碴儿滋事。车先生，你说，我能不修理他吗？"

容涵齐端起桌子上放着的一杯浓茶喝了一口，接着把茶杯放在桌子上，顺手习惯地盖上茶杯盖子，掸了掸衣角的风尘，似乎并不太在意，刀眉一展，一脸正气满不在乎地回答道。

"哈，容旅长啊，我以为是说书的在编故事哩，还果真有此事呀！现在有官儿做得大的，可没有你这么胆儿大的，军统局的人一贯横行霸道，无人敢招惹，你倒是狰戾得很，还把他们的人抓了游街示众，你就不怕他们治你罪，报复你吗？"车稼良一脸的好奇，兴致勃勃地说道。

"哼，一个土匪痞子，我怕他个鸟哩！我公开抓他游街，军统局那里也许反倒不怀疑着我了！"容涵齐爽朗地随意说。

辛都督如今已经下野多年了，国民党虽然给他这样的党国元老们都封了个参政，其实却无政可参，现在就在家里养老赋闲。平日里也就大家伙儿聚在一起对国家大事发发牢骚，国民党少壮派新贵们已经对这些党国元老不怎么待见了。倒是共产党人车稼良很看重他们这些党国元老们的社会影响力，视为全民抗日民族统一战线的社会力量，与他们常来常往，友善走访。

今天，车稼良正同辛参政在客厅里喝茶叙话，见容涵齐从前线回来了，很是高兴，就急着把大街上人们的闲谈议论向容涵齐证实了一下。容涵齐的回答却让他十分意外，没有想到，这件事竟然是真的，就对容涵齐的胆识有些刮目相看了。

辛参政见外甥女婿回来了，十分高兴，就让用人赶快上新茶。听了车稼良的突兀问话和容涵齐漫不经心的回答，他也感到十分诧异，军统局的人如狼似虎，横行无忌，岂是谁能够随便抓的？就搭了话题说道："这倒也是，你如此行事风格，也许倒真放了心了！但凡敢抓军统局稽查队的人公开示众，心里一定是坦坦荡荡的呀！"

辛参政说话有些慢，脸上却是满面红光。他虽然年迈了些，鬓角已经斑白，额头布满了道道痕沟皱纹，衣服也早就换成了布衣长衫，但站姿依旧挺拔，看上去神采奕奕，目光犀利，说话声若洪钟，铿锵有力，看得出他心境很好，也觉得那件事做得十分爽快和解气。

容涵齐今天是回西京城里开军事会议的，顺便来拜访妻舅辛参政。见共党人士车稼良也在座，知道他如今公开身份是八路军西京办事处的成员，现在是国共合作抗战时期，又是老熟人了，就不见外，说话自然随意些。

车稼良刻意提醒容涵齐说："李飞刀此人凶狠不羁，当年是被你的独立团追剿，走投无路了才被迫接受了我党抗日先锋队的收编，却匪性不改，不听我党组织管束，结果又带队伍自行脱离，继续为匪。没有想到现在竟又死灰复燃，还投在了稽查队门下了，形迹有些诡异。"车稼良说着看了容涵齐一眼，又善意补充说："李飞刀此人变化无常，诡计多端，这次闯到潼关前线你的防区里去，想必是冲着你容旅长去的。此人十分凶残，居心不善。容旅长，你可要当心提防才是啊！"

辛参政也搭话说："是啊，车先生说得有理，野狗无德，况且现在又投靠了军统局，更加丧心病狂了。涵齐，你今后可要多加小心了，虽不必惧他虎狼豢养的，但也不可不防！"

容涵齐笑着说："谢谢大舅和车先生提醒，不妨事，我自会防备的。他如果是条疯狗乱咬，我就不客气，打掉他的狗牙，端了他吃饭的家伙。"

容涵齐是跟随冯将军久经战场磨炼的军人，说话斩钉截铁，刚毅豪爽，毫不畏惧！

"话虽如此，李飞刀现在身份毕竟与以往不同了，你也不可小觑大意才是！"辛参政不放心，又再次叮嘱着。

容涵齐颔首欠身说："大舅说得极是，他受了我的羞辱，是绝不会善罢甘休的，我时刻提防着他些就是了。"又说："现在是抗战时期，我部正在潼关前线防守日寇来犯。这个时候，谅他也不敢过于放肆胡来，况且他还是个土匪出身，在国军里不受人待见，军统局对他也未必十分信任。一个土匪出身的人，翻不了啥大天，也成不了啥大气候，请您老放心！"

容涵齐说着，看了看车稼良，又说："倒是大舅您和冯将军常常一起痛批时政，公开声讨批评委员长消极抗日打内战，又与共产党人走得有些近，倒是要提防军统局的人跟踪算计哩！"

辛参政摆老资格说："我现今虽然只是一个无职无权的参政了，但毕竟还算是党国元老嘛，就是骂了他们几句祸国殃民，谅他们也不敢拿我咋的！"

容涵齐苦笑着对车稼良说："车先生，你看看，我大舅就是这么个脾气，现在给他一支军队，他老人家还要冲锋陷阵打日寇哩，你要常劝着点儿啊！"

辛参政笑着大手一挥道："还是外甥女婿涵齐了解我啊，别看我老了，照样能领军打仗去！"说完，国字脸上露出久违的庄严肃穆表情。

车稼良听了，打趣说："辛参政是雄心不减当年，壮志暮年羡子龙，老骥伏枥，志在千里呀！国军将领若都似您这般血气方刚，小日本岂敢觊觎我华夏国土，又何愁日寇不灭呀！"

辛参政听了车稼良的话，心里畅快，就和车稼良两人相视着会心地"哈哈哈哈"大声笑了起来。

车稼良走了以后，辛参政对容涵齐说："涵齐，现如今，蒋介石的国民政府民心尽失，让人痛心呀！倒是陕北的共产党一枝独秀，依我看，将来能够得天下的只能是共产党！"暗示容涵齐看清时局。

容涵齐听了，沉默着不语，若有所思地望着大门口。

军统局接到潼关前线发来的战场密电，听说抓到了日本特务奸细，十分重视，很快就派人前来审问了。待提出来一看特务奸细，原来是李飞刀他们，竟也大吃了一惊，急忙问容涵齐："怎么把李飞刀他们当奸细给抓捕了？"

容涵齐向他们述说了抓捕李飞刀他们的经过，以及自己对李飞刀一伙人的了解和初步判断，请军统局来人审查！

军统局的人无奈地苦笑着，对容涵齐他们的莽撞行为也忍俊不禁，不由得笑了起来，证实这十几个人的确是军统局稽查队的，就让容涵齐赶紧放人。

容涵齐却说啥也不肯放了他们，还坚持说，李飞刀就是实实在在的土匪，即使现在是军统局的人，也是混进军统局里搞特务活动的日本奸细，他得替军统局清理门户！

容涵齐向军统局派来的人辩解说："李飞刀是陈仓的惯匪，身上有很多条命案哩，一贯的作恶多端，为害乡里，已经是恶贯满盈了；其加入稽查队也一定是图谋不轨，就如同他前番投靠共军，却匪性不改贻害共军，是个奸诈不忠、出尔反尔的三姓惯匪，不除不足以平陈仓民愤！请各位即刻除掉，免留后患。"

可军统局的人说，李飞刀如今已经弃暗投明了，也已参加了军事委员会调查统计局，接受了统计局特训，抗战时期正是用人之际，李飞刀当过土匪还有些过人的能耐，你对他以前当土匪的事就不要再追究了，你们之间的过节就不要再提了，前线战事正紧，要精诚团结，共同御敌。

容涵齐不无遗憾地说："上峰既然坚持要放过李飞刀，我自然执行，但请听我的，千万不可信任于他，多加些防范才好，土匪毕竟是土匪哩，不要让他坏了军统局的名声！今后，也不要让他在我的防区里捣乱，否则，见了他我心里恶心不顺眼，他如果胡来，我容涵齐还会抓捕他的。"

独立旅释放李飞刀他们，是由参谋长贾得知去执行的。他像个法官似的，煞有介事地宣读容涵齐下达的释放令："兹有土匪李飞刀一伙，在潼关前线防区滋事扰民，意欲抢劫难民，十恶不赦，本应以正军法，严惩不贷，整肃法纪，但念土匪李飞刀已受训，有悔改之意，权且记过，以观后效，特予释放。今后，李飞刀一伙不得在本旅座防区再滋事捣乱，妨碍前线军务。否则，本旅座定当严惩不贷，以儆效尤！"

李飞刀他们几个听了，本来就饥饿得快要虚脱的身体，羞恨得差点儿气晕过去！

李飞刀想：这个容涵齐还真把自己当军事法庭了，明明知道我李飞刀已经是军统局稽查队的人了，还一口一个土匪地叫着故意恶心我，又是十恶不赦，又是严惩不贷，还权且记过，以儆效尤，当着我的属下这样肆意侮辱，无非就是故意让我李飞刀丢人现眼，在部下和战区里丧失威信，无地自容！他把血海深仇直往肚子里吞咽，聚在心里恨得咬牙切齿！

李飞刀被狼狈释放出来以后，没有顾上去吃饭，就直接跑去打电话，给戴老板陈情诉苦告状，说容涵齐阻挠他们在战地稽查可疑人员，有亲共嫌疑，要求立即稽查查办他。

戴老板听了，气得大发雷霆，高声呵斥他说："容旅长抓了你，你就咬他是共产党，有带着国军队伍剿灭共产党队伍的共产党吗？你不要匪性不改，一派胡言，让我失望！"

李飞刀一听，吓得哑口无言，心里暗暗叫屈，满头直冒虚汗，身体也虚脱得一屁股瘫坐在椅子上，恼怒得大口喘起了粗气。

当年，当土匪的李飞刀被容涵齐的独立团追捕，再次陷入穷途末路之时，他感到孤掌难鸣，已经无力与容涵齐的队伍相抗衡，就趁机投靠到了军统稽查队门下，心里的确是为了借军统局的势力来收拾仇人容涵齐的。

李飞刀在统计局受训以后，主动要求来到潼关前线，就是得知容涵齐的部队在潼关前线抗敌，妄想以自己的特殊身份，堂而皇之地整治报复，还昔日一箭之仇。却没有想到容涵齐比他技高一筹，是个真正的狠角色，一眼就识破了他的把戏。

李飞刀这次一出师就折戟掉价，人是丢大了，看来要整治容涵齐，还得另辟蹊径才行，可是怎么才能另辟蹊径呢？李飞刀的面庞抽搐扭曲着，诡异的丑脸上露出一阵阵凶残仇恨的绿光。

第二十六章

日寇虎视逼关中　临战增添陈仓兵

河南逃难到关中的难民将日寇要进攻潼关的消息传到了陈仓塬上，飞儿的民团团丁们马上就炸开了锅，大家群情激奋，个个摩拳擦掌，纷纷强烈要求去前线抗击日本侵略者！

民团练兵场上，飞儿受了大家同仇敌忾的感染，也早就按捺不住了，他忽地跳上一盘大磨盘，把手一挥，高声呼喊着说："兄弟们，河南国军四十几万人不抵抗，把河南全境拱手让给了日本人，现在，日寇已经长驱直入逼近潼关，陕西危急，关中危急！我三哥已经率部前往潼关抗击日寇去了，咱们此时不去投军，帮着我三哥抗击日寇，大丈夫还更待何时呀！"

这一声呼喊，立即掀起冲天巨浪，团丁们纷纷高呼起口号："打倒日本侵略者！""保卫潼关，抗击日寇！""杀上前线，守卫河山！"呼号声响彻了练兵场。

飞儿的民团队伍，这些年已经发展壮大成近百人的乡村武装，他们装备精良，团丁个个练就了一身硬功夫，不少人还身怀绝技，远胜于一个连队的战斗力。

这些天来，飞儿看到抗战局势吃紧了，就想把这支武装拉到前线去参加抗战，帮三哥容涵齐一把，但又怕父亲容雅儒不同意，就十分纠结。几天来，他一直吃饭不香，夜不能寐，心急如焚，不知该怎么对一族之长的父亲容雅儒开口去说，怎么样才能说服父亲这个一族之长，让他答应自己的抗战请求。

飞儿也想过不辞而别，悄悄把队伍拉走，但是民团武装都是由本村青壮年组成的，团丁们个个都有家有口，不可能不告诉家人。所以，他左右为难，苦苦没有良策。眼看大战在即，时间又不等人，飞儿焦急得上火，嘴唇裂开了几条干血口子。

这一切，容雅儒其实早就看在了眼里，他虽然是个推崇教育救国的前清儒生，但在民族大义面前，也是一个"杀敌三千绝不放过一个"的血气方刚的铮铮铁骨硬汉。

在民团练兵场一侧，容雅儒已经目睹了飞儿他们的举动，不等飞儿去找他，容雅儒就主动来到四弟容雅谦的家里商量，提出想派飞儿带着队伍上潼关前线，支援三娃子涵齐抗击日寇。

容雅谦其实也早有此意，只是不好给大哥容雅儒说破。听了大哥的提议，他心里十分高兴，就朗声说道：

"我们兄弟两个英雄所见略同。此事事关重大，民团队伍都是有家有口的青壮年，必须要同贾府里德芳兄商量一下，还要同队伍里人员的父母妻儿讲清楚道理，采取自愿上前线的办法，毕竟是去打仗哩，生死难料！我想，凡是愿意去的，咱们从祖产里每户划两亩好田帮助养家，我家里也拿出一百亩地补贴进去，就算是对他们家庭的一点儿补偿，让后生们好安心打仗，一心一意抗击日寇！"

容雅儒听了非常高兴，说："如此甚好，我也出一百亩地吧！这事就算定了，咱们同贾府德芳兄商议以后，就召开一个两族人议事大会，宣布一下，让队伍择日启程，越快越好！日寇一旦攻破潼关，关中就没有了天险可以阻挡，鬼子会长驱直入进攻关中平原，西京、咸阳、周原、岐山、凤翔、陈仓塬就都危险了！"

容雅谦豁达地说："理是这个理，国难当头，抗击日寇，匹夫有责，我等族人正当同仇敌忾！我看能成，就依大哥的意思尽快办吧。"又补充说："民团这些年让飞儿训练得士气高昂，个个都有好身手，上了战场都能有大用场哩！"

容雅儒实心地说："你不要夸他，飞儿就这点儿能耐还行！"

容雅谦对派队伍奔赴前线已经深思熟虑了好久，见是时候表态了，就说："至于去潼关前线的军费，我府里比你宽裕些，我就先筹措五千大洋让飞儿带上。这次，你就不要争了，待以后不够了，你府里再出吧！"

容雅儒也高兴地说："如此甚好，就依四弟！"

贾府里，贾德芳对抗击日寇也是一力主张支持，并且提出自己出资五千大洋做军费，也出一百亩地补贴抗战。贾府的作为让容雅儒非常高兴，这事两族就算议定了，剩下的事，就是召开两族人大会做出最后决议了。

第二天，两族人议事大会在西寺的戏楼上召开，容雅儒先向两族人简单介绍了河南失守，陕西危急，日寇企图进攻潼关的战况，无非就是号召两族人以大义为重，送子送夫上前线抗击日寇，我们大秦子孙绝不能当亡国奴一类的鼓动士气的话。

大会上，容雅儒一说完，飞儿和几个激进的骨干后生就跳上台写血书，慷慨激昂地表达了坚决抗战的决心，一下子就把抗击日寇的大会声威推向了高潮！

两族人一听说日寇要进攻潼关，群情愤慨，抗战的口号声此起彼伏，会场里众人情绪高亢，士气如虹，谁也没有想到，不少族人当场就拉着自己的后生报名，要求上前线随飞儿去抗击日寇。

容雅谦没有想到的是，自家的帮工狗剩也当场拉着自己的独生子狗蛋儿，也报名要求上前线抗击日寇。

玉娥儿已经死了，飞儿不忍心让狗蛋儿去前线，怕狗剩一个人孤独，就阻止说："狗剩哥，你就狗蛋儿一个儿子，狗蛋儿也才刚满十六岁，这次就不要去了，留下他，给您将来养老吧！"

狗剩脸色不悦，马上就生了气了，说："飞儿，你小看你狗剩哥了，是因为我是个外乡人才不要吧？打鬼子是大事情哩，要不是怕四叔家里地没有人种，你哥我也报名上前线哩！狗蛋儿，我就交给你了，别看他小，扛枪有的是力气！"

狗蛋儿也急眼了，忙争辩着说："飞儿老师，你带着我去吧，我能打鬼子，我还有绝技里，会打飞弹，你看！"说着一出手，一颗石子飞出手，把正从天上飞过的飞鸟啪地应声打落了下来。

飞儿惊喜地说："狗蛋儿，好样的！"

狗蛋儿说："飞儿老师，长枪我也会打，是我爹教的，保证百发百中！"狗蛋儿说着话时，激动得胸脯一起一伏，由于上前线打鬼子心切，稚气的黑红脸膛也涨得通红了。

狗剩也证明说："狗蛋儿灵醒，长枪打得比我强多了，挺准的。飞儿，你就带娃去打鬼子吧，别让娃心急了！"

飞儿为难地扭头看四爸容雅谦，其实雅谦早就瞧见了，他不能扫了狗剩父子的兴，就朝飞儿眨眼肯定地点了点头。

飞儿高兴地说："好，狗蛋儿，老师收下你了！"

这种场面，是块石头也会动心。黑娃见到大家纷纷报名，也受了感染，就迟迟疑疑上前说："飞儿老师，你们要我不？我也报名。我不会打枪，但你们如果不嫌弃，我可以给你们换药包扎伤口治伤员，你看成不？"

飞儿一愣，显然没有想到黑娃也会报名，不知是该答应哩，还是不该答应哩，就犹豫顿住了。

容雅谦看见了，从一旁走过来说："飞儿，就让黑娃也去吧，他懂些医道，到你们队伍里，是用得着的！"

飞儿就满心欢喜，说："好，我们正缺医护人员哩。黑娃，你能去再好不过了！我们欢迎，也收下你了。"就高兴地写上了黑娃的名字。

这一动员，飞儿的队伍又新扩充了五十多人，相当于一个加强连了。村上的富裕户和村民们还自发地捐献了五千大洋作军费，容雅儒也从家里拿出五千大洋交给飞儿，更让飞儿踌躇满志，满心欢喜。

在潼关前线，日寇已经逼近关口，独立旅与日寇的交战越来越迫近了，飞儿突然从家乡带来一百多人参战支援，这让旅长容涵齐非常高兴，就征询参谋长贾得知的意见，怎么来安排飞儿他们。

贾得知说："当前我们的主要敌人，是马上要来残酷进攻的日本侵略者，我们旅的武器装备远不及日本鬼子，这场战斗一定会打得很惨烈！对付日本鬼子，我们可以同兄弟部队一起依赖潼关天险与之周旋抗击。但是，我们还有一个隐蔽的对手，那就是李飞刀的特务队，他们绝不会善罢甘休，一定会成为我们看不见的敌人！"

容涵齐表情严肃地思考着没有作声，贾得知又说："飞儿的队伍都是我们家乡的亲人，这些年轻人经过飞儿这些年的刻苦训练，个个都有一身擒拿格斗的硬功夫，很多人还身怀绝技，能飞檐走壁，徒手攀崖，使用暗器，尤其是弓弩和步枪狙击能力很强，战斗力不亚于一个加强连，甚至可能还要更强！有道是'打仗亲兄弟，上阵父子兵'，我想把他们一小部分人当作我们旅部的亲兵卫队，加强旅部的特殊护卫力量，时刻护卫旅部的安全，防备鬼子的突然袭击，也可以针锋相对威慑一下李飞刀的稽查队，防止李飞刀他们对我们旅部下黑手。一部分人作为旅部直属抗敌特战预备队，名称就叫飞虎特战队！飞儿任队长，从部队中再抽调两名有特战经验的人担任副队长，作为旅部直属独立的营一级编制序列，专门执行对付日寇特定目标的秘密特战任务。"

"嗯！好得很，就这么办！"容涵齐听了参谋长贾得知的意见，十分欣赏赞同，脸上露出满意的笑容。

贾得知接着又说："最近，旅部接到战区送来的一批美式武器装备，是清一色的冲锋枪，我看就把飞儿的特战队全副武装起来，给他们最好的武器装备，加强突击战斗力量，再从部队里挑选一些有战斗经验和特长的可靠连、排长们补充进去担任指挥员，加强他们的实战指挥能力。飞虎特战队组建后，尽快加强一下他们的机动性实战突击训练，如果估计不错的话，这一个特战队的实战突击能力将会是意想不到的，关键时刻能派上大用场，可以对战局胜负起关键扭转作用！"

"好，好，好得很，嫽扎咧！看来，参谋长你早就有谋划哩，已经深思熟虑了！"容涵齐非常满意，一连说了几个好。接着又说，"参谋长，就按你的意图办，这件事就交给你全权处理，尽快办好，日寇给我们的时间已经不多了！只要鬼子在河南和山西一带站稳脚跟，就会向关中扑过来发起进攻。飞儿的抗敌特战队早一天组建，早一天训练，就能早一天参加突击任务。"

"是！旅长，我抓紧安排。"贾得知坚定地立正回答。

清早，容雅谦一家人围坐在明堂里的一张八仙桌上吃早饭，桌子上摆着一盘红白相间的胡萝卜炒豆腐，一盘绿莹莹黄灿灿的韭菜炒鸡蛋，一盘凉拌红辣椒腌白菜，一盘前一日剩的凉搅团切成小条块放了很多的红辣椒。主食是一盆小麦面裹苞谷面蒸的金裹银杠子面馍馍，一个大盆里盛着一盆黄澄澄的小米粥，每人面前都摆着一个青花瓷饭碗，一双红漆竹筷子。容雅谦和夫人茹坐在上首位置，其他人都依次围坐成一圈，萍儿站着给大家盛饭，家里一派很传统很温馨的样子。

萍儿先给爹容雅谦面前端了一碗粥，接着又给老夫人茹盛饭，老夫人看着从汤盆里面舀饭的萍儿，突然冷不丁说道：

"萍儿，狗蛋儿已经随飞儿去了队伍上不在家了，后院里就剩下狗剩一个人了，以后就让狗剩不要自己端回去吃了，就同咱们一家子一起吃饭吧！"

早起全家人在一起吃早饭，只有涵雁没有在座。由于芸儿行动不便，他要在自己屋里招呼妻子芸儿吃喝，所以已经很久没有同家人一起用饭了。

萍儿停住了手，规规矩矩回答说："娘，爹上回说过了，我也早就给狗剩哥说了。如今狗蛋儿走了，让他和我们一起吃呢，可是狗剩哥就是不肯应承，说他自己饭量大，吃得多，端回去在自个儿屋里吃，嚼得舒坦些！"

容雅谦听了萍儿的话，坦然地笑了，他想起狗剩当年刚来时说的"东家，你不怕我把你吃穷了"的笑话了，就摆摆手说："罢了，狗剩是个实诚人，既然不愿意来一起吃，就由他自己的性子去吧。只要他自己吃得舒服就好，不要难为他了。"

老妇人茹又转头问杜晓楠说："三娃子齐儿那里有信儿来吗？狗蛋儿已经跟着飞儿去参军有个把月了，这娃子还小哩，又早早儿没有了娘，让人心里总是放心不下哩！"

孙女媛媛在一旁正吸溜溜喝着米汤，听了婆的话赶紧放下碗，抢着回答说："婆，我爸爸捎信来了，狗蛋儿也给我带信来了，说他现在就给我爸爸当警卫员哩，每天就跟着我爸爸在后面当跟屁虫，可乐颠嗨瑟着哩！"

中原晋豫一带虽然战火烧得异常激烈，但炮火毕竟没有打到陕西，媛媛还小，没有经过战乱，还不懂得战争的残酷，把打仗的事说得像孩子们过家家闹着玩耍似的轻松。

杜晓楠忧郁地看了女儿一眼，战争是残酷无情的，女儿啥时才能明白哩，就插话说道："爹、娘，涵齐的队伍现在是在潼关隘口防守日寇突袭，四弟飞儿带家乡人去帮他，他很高兴。飞儿带去的队伍已经编入了特战队，飞儿还当上特战队队长了哩！"

容雅谦沉吟了一会儿说："好，飞儿也出息了，他就是个带兵的好料子，从小好舞枪弄棒，如今总算英雄有用武之地了。这下能上战场杀倭寇，可遂了他从军的心思了。"

独立旅潼关军营的训练场上，飞儿的飞虎特战队士兵们一个个正摸爬滚打地训练着匍匐前进、攀爬空翻、挥拳斗狠、箭弩速射。看起来士气高昂。

参谋长贾得知站在训练场上，与队长飞儿看着飞虎特战队的实战训练，脸上露出了满意的笑容。他肯定地说："好啊，都是些高手。传我的命令，飞虎特战队士兵伙食标准再提高一倍，这么大的训练强度，一定要让士兵们吃饱肚子！"飞儿高兴地说："好，谢谢参谋长关心！"

贾得知笑着说："自己人，还客气啥哩，我还等着你们在战场上建功立业哩！"又说："日本人也有特战队，都是十分凶狠的士兵，装备精良，战斗力极强，号称战场杀手！你们飞虎特战队要有同他们抗衡的能力，还要超越他们，才能出奇制胜！"

飞儿说："参谋长放心，我们绝不会在日本士兵面前认怂！如果真碰上了交手，我就不信咱们中国功夫不如他小日本的三脚猫，定要让他小鬼子都长长记性！"

贾得知说："好，我相信你们！"看了看训练场他又说："我也心痒痒了，就试一试队员们的真功夫！"说着就快步走过去，对两个正激烈对决交锋着的士兵说："你们两个停一停，我也试一下，与你们两个切磋切磋！"

士兵和贾得知都是一个村子的，认识贾得知，所以毫不怯战，借着年轻气盛，面露骁勇之势，瞅着飞儿说："队长，是真打吗？"

飞儿点头："当然真打了！贾参谋长是军校出身，有真功夫哩，你们可得小心点儿！"

贾得知也较真说："咱们约定一下，你们今天谁打赢了我，我就升谁少尉军衔。"一个正格斗着的士兵并不搭话，哗的一下就拉开了格斗架势。贾得知立即一个垫步跳进圈子里，就与这个士兵斗了起来。两个人急促交手，速拳速腿，打得啪啪声响。贾得知是稳拳稳腿，扎实硬功，招招应敌，突发猛击，拳拳毙命！士兵是狠拳猛腿，闪电横扫，拳拳击穴，招招要命！两个人打得虎虎生风，难分难解，不分上下。

容涵齐带着狗蛋儿也转过来了，悄悄站在一边观战。

突然，格斗中的士兵飞身腾空而起，一脚踢到贾得知后心上来了，把飞儿吓得大惊失色，出手阻挡已经来不及了，只见贾得知却忽地闪身躲过了，一把抓住了士兵的脚，随即就摔了出去，不料，却被士兵双脚夹住手一个空中旋转，两个人同时都翻倒在地上，又伏地格斗起来！贾得知擒住士兵的一只胳膊压弯了腰，士兵却一招扼住了贾得知的喉咙！

飞儿见状不好，连忙急喊："停下！"两个人这才停住了交手。看见旅长容涵齐来了，就都翻身起来了。容涵齐笑了，说："不错嘛！"带着狗蛋儿进了圈子，又问贾得知："参谋长同年轻后生交手，没有事吧？"

贾得知和士兵其实都是点到为止，已经站起来了。飞儿说："打了个平手，再打下去就不好说了。"

容涵齐感叹着笑了，评判说："要再打下去，士兵的胳膊就废了，参谋长的脖子也断了。"又说道："能够同贾参谋长打出平手的，就是高手了！看得我也心里痒痒了。参谋长也太小气了，打败了他，才给个少尉军衔！你们谁能打败我，升中尉军衔，谁来？"

士兵一听，呼啦上来了十几个，都气壮如牛喊着："我来！"

容涵齐一看，心里乐了："啥，你们这么多人打我一个呀，这可不行！"士兵们轰一声笑了！容涵齐又说："嘿，我这些家乡兄弟，行啊，还都想着升官哩！"士兵们都乐了，又是一阵哄笑。

　　容涵齐鼓励说："不想升官的士兵，不是咱陕军爷们儿！两军交锋，勇者胜，都是好样的！"有的士兵嚷嚷："旅长，我们单挑！""对，我们单挑！"几个士兵大声附和。

　　贾得知一看，忙上前制止说："单挑也不行，现在大敌当前，旅长可不能有个闪失，咱们换个比赛方式吧，射击！"

　　容涵齐笑着说："贾参谋长这是瞧不起人嘛，怕我旅长输给你们年轻人丢了面子。也好，我已经看了你们的格斗本领了，就再看一看你们的射击吧！我同你们所有人比，还是谁赢了我，就给中尉军衔，我说话算数！"

　　贾得知喊一声："拿枪来！"狗蛋儿递给容涵齐一支长枪，容涵齐接了，就来到靶场里摆开立姿射击姿势。

　　飞儿喊："弟兄们，打靶一直都是十环的狙击手，出列比赛！"有十几个士兵出列立姿持枪站好瞄准，前面土崖底下是一排几十个射击靶。

　　贾得知说："每人五发子弹，看弹着点决胜负！"大家都齐声回答："是！"贾得知发出了"瞄准，射击"的命令之后，靶场里枪声立即剧烈爆响起来。

　　射击完毕，大家都兴奋得一窝蜂拥向前去看自己的射击结果，容涵齐五发子弹全部从一个弹孔里穿过，有十个士兵五发子弹也都从一个弹着点穿过，只有五人都是命中十环。

　　飞儿立即报出结果："十个人平手，五个人十环！"

　　贾得知很是满意，高声说："弟兄们，你们十个人能跟旅长打个平手，不简单呀，旅长可是咱们陕军的神枪手哩！"

　　容涵齐把枪扔给狗蛋儿，说道："好嘛，参谋长，咱们不能让弟兄们白忙活。我看，跟参谋长打平手的和跟我打平手的，都算高手了。我命令：一律都给少尉军衔！"

士兵们全部立正，齐声高兴地回答了一声："是！"

狗蛋儿却突然站出来说："三叔，我也想试一试。"容涵齐乐了："嘿，狗蛋儿，你这孩子，也想升官哩？"

贾得知说："好，给他抢！"狗蛋儿拿出玉球，举着说："贾叔，我用这个比！"容涵齐一看，愣了，说："狗蛋儿，你咋把我爹的宝贝拿来了哩？"

狗蛋儿说："是临走时四爷送给我的！"

容涵齐笑了："狗蛋儿，你娃娃面子不小嘛，要给我看看！"

狗蛋儿立即将玉球极速连发瞬间出手，两只玉球竟都从同一个靶孔里穿过！士兵们都兴奋得齐声欢呼了一声："好！"

容涵齐一愣，随即也乐了："好小子，功夫真不赖，你还有这绝活！这算是赢了我哩，这才像我容旅长的警卫员嘛！"

士兵们"哈哈"地都笑了，齐声起哄呐喊起来："给中尉，给中尉，给中尉！"

容涵齐也乐了："好，看来，不给都不行了！咱当旅长的说话算数，就给中尉。"随即严肃地说："我命令：警卫员狗蛋儿，即日起升中尉军衔！"

狗蛋儿高兴得立正挺胸答应一声："是！"全场的士兵们都热烈地鼓起掌来。

这时，在训练场远处的一个高坡上，也站着一拨人，原来是李飞刀带着几个人远远地看着训练场上的比赛。他说："这个贾参谋长，盘面上温文尔雅，功夫竟然也不赖，在军士中也很有亲和力，是容涵齐的得力助手。但我看他骨子里却刚毅激进，很像是共党分子做派，若能坐实了，就是咱们打击容涵齐的最佳砝码。"随即就恶狠狠地对几个手下人下达了命令："听着，你们都给我盯死了这个参谋长贾得知，看他到底是不是共产党的人！"

第二十七章

军统特务施诡计　黑娃军营泄机密

　　黑娃随飞儿到了队伍里，参谋长贾得知考虑到黑娃有特长，就安排他到旅部战地医院救护队里护理伤兵，目前潼关前线正是用人之际，黑娃有医术，也是人尽其才了。

　　一天上午，黑娃正在房子里给士兵们熬制中草药，突然，李飞刀像个幽灵般悄无声息地从门外飘了进来，直到走到了黑娃的跟前，才拍了黑娃肩膀一下，黑娃这才猛然间感觉到有人，着实把他吓了一大跳，身子竟然猛一激灵打了几个冷战。

　　李飞刀是练过轻功的土匪出身，走路没有声息，这些年总像个鬼影子似的突然出现在黑娃面前，常常弄得黑娃胆战心惊。他本以为李飞刀已经逃走或者死了，没承想却又突然在战区里出现了。

　　黑娃突兀间又遭遇李飞刀，他感觉李飞刀就像茅坑里的苍蝇一般找缝隙盯上了自己，又像蚊子一样黑暗里不时叮咬吸自己的血，还像条毒蛇一样阴森森总缠着自己，让他心里凉飕飕地战栗。他觉得，李飞刀是自己一生甩也甩不掉的痛，躲也躲不开的鬼。李飞刀如果不死，自己一生也没有个好日子过。

"嗨，黑娃，没有想到吧，我李飞刀又活过来了！"

李飞刀一只手使劲地拍在黑娃的肩膀上，黑娃确认这个家伙的确没有死，分明还是个活物。只听李飞刀又说道："你小子是想盼着我李飞刀赶紧死吧，对不对？"李飞刀阴森森地盯着黑娃惊吓得苍白的脸色发问。

"不……不……不，我不敢……不敢！李大侠，请你看在……看在……看在……看在……饶过我吧！"看在啥哩，黑娃慌乱地想说，看在领着李飞刀去容府的份儿上，却在喉咙里立即噎住了：一生的奇耻大辱呀，咋又扒开皮自己往脸上打哩。赶紧打住连唾沫一起吞咽了回去。

李飞刀却声音低沉阴险毒辣地不依不饶，揶揄着说："看在啥呀？说呀，说呀，说出来听听！你容府药房的伙计黑娃，还有啥让我李飞刀可以给你长面子的？"

李飞刀的话，像三九严冬的刀子刮刨冰雪一般寒冷刺骨，让黑娃一阵阵打寒战，又像烈日毒蛇毒液一般烧心扎肝，让黑娃痛不欲生，黑娃再次看到李飞刀，确信自己又掉入了人间地狱里。

黑娃吓得扑通一声就给李飞刀跪下了，忙结结巴巴说："李……李……李大侠，你……你饶了我吧！我给你做牛做马……"

李飞刀觉着晦气，生气地说："什么李大侠！你小子给我看清楚了，老子现在是国军中校了！"

黑娃这才敢抬头，他看清李飞刀的确穿着国军的中校校官军服，就有些疑惑不解。

李飞刀也不管黑娃的狐疑，吩咐说："你以后称我李队长就是了！"

黑娃赶紧随声附和说："李队长！"

"哎，这就对了嘛！"李飞刀高兴起来，又说，"记着，你以后是我的线人了，替我盯着点儿容涵齐他们的动向，谁有共党嫌疑，就赶紧告诉我，我亏待不了你！"

黑娃知道，共产党是陕北延安一带的红军队伍，胡宗南的队伍前些年一直在围剿着哩。

李飞刀面露凶色，发狠说："你如果不汇报，看我……"他说着做了个扭断脖子的恶毒动作，威胁吓唬胆小的黑娃。黑娃吓得慌忙跪在地上连连磕头求饶。

不知过了多久，黑娃感觉没有声息了才敢抬头偷窥，这才发现李飞刀早就已经走了，他绝望地一屁股瘫坐在地板上，脸上像死灰一般恐惧迷茫。

自从李飞刀光顾之后，黑娃整天都心神不宁，坐立不安，生活在极度的惶恐悸惧之中。他悲哀地想：这个李飞刀就是自己命里一个挥之不掉的克星和梦魇，是自己一生的痛、心底的伤，每天都煎熬折磨着他脆弱的神经。

黑娃几次三番地去找飞儿，想给飞儿报告李飞刀在威胁自己，可每次走到飞儿屋子门前，他就又腿软了，他惧怕当年的背叛会让自己无地自容，万劫不复！他想到过自杀，可当他每每举起枪对着自己脑门的时候，就又认尻了，他其实是个胆小怕事的猥琐尿人。

这一天，他又来到飞儿的屋子门前，犹豫着推开了门却见飞儿不在屋子里，就又出来站在屋檐的台阶上独自发愣。

黑娃伸头往另一排房子一看，是参谋长贾得知的房间，只见哨兵提着热水瓶去锅炉房打水了，他就鬼使神差地走过去了，想去给贾得知诉说心思。他扒着门缝往里面瞧，却看见贾参谋长屋子里像是几个刚调进特战队的人在开着什么会。再一看，参谋长贾得知就在屋子里面，他们说话的声音压得很低，像是在开什么秘密会议。他惊吓了一跳，怕被发现赶紧匆匆地离开了。

黑娃走出了十几步，觉得好奇怪，就又放慢脚步站住了，犹豫了一下，偷偷地又折返了回去，他想看看他们到底在干什么。刚偷偷贴在门缝上，就听见参谋长贾得知正在压低声音传达着什么。仔细一听，可把他惊吓得不轻，慌忙离开院子溜走了。

黑娃回到自己药房的屋子里，依旧惊魂未定，他的心还在怦怦怦地一直跳个不停。

就在此时，一个李飞刀稽查队的人突然闯进门里来了，他对黑娃不客气地直接下命令说："黑娃，李队长让我找你拿些汤药，他感冒了，你快点儿准备吧！"

黑娃听到喝声，这才从慌乱中冷静下来，他连忙起身去里面屋子拿药。当他把一包中药包好，刚要送出去，陡然想起了什么，就又停住了手，看着药包慌乱地犹豫不决起来……

屋子外面，李飞刀的部下等得不耐烦了，大声催促说："你好了没有呀，快点儿啊！"

"好嘞，就好，就好……"黑娃说着又匆忙从一个角落的盒子里拿出一味药，慌乱狠心地撒了进去，神色慌张地匆匆包好，出来交给李飞刀的人，却慌张得双手微微发抖。

李飞刀的人打量了一下黑娃，奇怪地盯了他一眼，黑娃慌乱着赶忙假装咳嗽，捂住口弯着腰剧烈干咳起来。

那人用怀疑的目光不放心地看了药包一眼，问："怎么吃？"

黑娃边咳嗽边说："一天两次……两次……水不要放多了，对……对不起，你看，我……我也感冒受凉了。"他又自己弯腰咳嗽起来。

那人把药包高高腾空抛起来，又迅速伸手接住，一个得意的旋转，转身出去走了。

黑娃弓着腰从自己的腋下扭头偷看着军统的人一直走出了药房大门，这才直起身子抬胳膊用袖子擦了擦额头上冒出的一头虚汗，长长地出了一口憋闷的粗气，诡异的目光有点儿得意，狡黠地咧嘴笑了一下。

287

黑娃的好景不长，没有过多久，稽查队的小特务又折回来了。黑娃一脸蒙相，不知该说些啥，那人却开口说道：

"黑娃，李队长让你去给他煎药哩，快走吧！"

黑娃想说不去又不敢，正犹豫间，那人不由分说一把揪住他，拖着就往外走。黑娃跌跌撞撞跟在后面一路小跑，迈进了李飞刀的房门。他抬头瞅见李飞刀正坐在客厅里喝茶，并不正眼看他，就胆战心惊怯生生地问：

"李大侠……不……李队长，你找我？"

"啊，黑娃。来了！我以为你不敢来哩。来了就好啊，坐下喝杯茶吧！"李飞刀阴阳怪气地伸手指指旁边的椅子阴鸷地说。

"我不敢，不敢，我给李队长熬药吧……"黑娃胆怯如鼠缩头缩颈地说。

"好啊，煎药，那就有劳你了！自己请吧……"

李飞刀一摆手，那个小特务从屋角移出来一个冬季取暖用过的电炉子，吹了吹上面落满的尘土，随手又在屋角里插上电源，钨丝很快就烧红了。他又从一边拿来一个熬药的砂锅，然后把药包拿起来递给黑娃，对黑娃说：

"请吧！"

黑娃哆哆嗦嗦拿起药包，从一旁准备好的暖水壶里试着倒了些水进去，接着把药包打开，把药倒进砂锅里，不承想心里慌乱，手一哆嗦，把一些中药撒在了砂锅外边掉在电炉子上，立即哗的一下冒起火星来，吓得黑娃手忙脚乱一屁股坐在了地上。

稽查队的小特务过去踢了他一脚，骂道："你找死呀！"

李飞刀却没有生气，缓缓说："黑娃，你这是要放火害死我呀？"

黑娃慌张得急忙说："我该死，李队长，我马上就把药煎好。"

药罐子一阵沸腾，中药煎好了，黑娃从砂锅里小心翼翼倒了一碗出来，放在桌子上，然后就低着头赶紧说："李队长，药煎好了，你等凉了喝。我先回去了，我回去还要给伤兵换药哩。"

李飞刀看了看，端起药碗，刚放在嘴边要喝，见黑娃急着出去，就又把药碗放下了。他走到黑娃跟前，拍了拍黑娃，伸手抬起黑娃的下巴，审视地盯着他的眼睛，阴险地冰冷冷地说："不急，慌啥哩！黑娃，你也辛苦了，先喝一口汤药润润嗓子，再走也不迟呀！"

黑娃还想赶紧脱身出去，让小特务在门口伸手拦着堵住了。原来，李飞刀是怕黑娃有二心，所以在试探黑娃，他要死死掐住黑娃的七寸，让他为自己所用。只见李飞刀回身又端起药碗走到黑娃面前捉弄他说："黑娃大夫，说不急就不急嘛！人都说良药苦口，你也喝一口尝尝，你配的良药苦不苦啊！"

黑娃听了，心里连连叫苦，吓得目瞪口呆。

"哎，端着！"李飞刀把药递在黑娃手上。

黑娃慌了，手一下子发抖晃动了起来，滚烫的药水洒在手上也不觉得疼痛，抖着抖着，突然，药碗掉在了地上打碎了。

黑娃连忙蹲下拾起碗，结结巴巴说："李……李队长，这药太……太苦，我回去给你重新配一碗不苦的药，煎好再送过来，你等着！"

李飞刀朗声笑了，深沉地说："不用那么客气，还重新配啥呀，这砂锅里不是还有药吗，再倒些出来喝就行了嘛！"

门口的小特务就要过去重新倒药，黑娃一看，连忙紧走一步一脚踢翻了砂锅，说："这药太苦不喝了，我还是回去重新配药吧。"

被黑娃一脚蹬去踢翻的煎药砂锅从地上一直骨碌着滚向了墙角碰在墙壁的面砖上，"啪"地一声摔碎了，变成了大小不等的几块裂片，砂锅里面的汤药和药渣随着刚才砂锅的滚动在地上肆意散落着，形成了一个弧形冒着热气的半圆圈儿。

李飞刀瞪眼看着滚落摔碎了的砂锅残片，忍不住哈哈奸笑起来，嘲讽着说："黑娃呀，你把老子我当傻子看哩！"

李飞刀从地上拾起半片砂锅底子，看了看里面还有药水，就拿起来走到黑娃跟前，一把揪住他的衣服领子，就要给黑娃往嘴里灌药："今天，你小子尝也要尝，不尝也得尝，尝尝你自己配的毒药是个啥滋味儿！"

黑娃吓得六神无主，面如死灰一般。

李飞刀一声断喝："喝！"

黑娃双腿一软，扑通一声跌坐在地上，小特务立即冲过来掏枪顶住了黑娃的脑门子，咔嚓一声打开了枪膛，就上了子弹。

"说，要死要活？"李飞刀厉声喝问。

"要活……要活……要活……我要活……李队长，你饶了我的狗命吧……我再也不敢了……我……我……我都听你的……我就给你汇报……我……呜呜……呜呜呜……"

黑娃歇斯底里地拉着哭腔泣哭哀号着，面对堵在他面前催命的混世魔王，黑娃刚刚有点儿苏醒萌芽的良知再一次被泯灭，灵魂一瞬间又再次沦丧了！

第二十八章

芸儿绝望寻短见　参政负气擒枭匪

李飞刀经过与容涵齐几番交锋，觉得自己正面对付容涵齐总占不上便宜，就想另辟蹊径从他周围的人身上下手，找出一些破绽来扳倒容涵齐。

一天，李飞刀突然接到线人密报，容涵齐的夫人杜晓楠去了西京城辛参政的家里，他的狗鼻子立即敏感地嗅到了机会。辛参政是党国元老，却与八路军西京联络处的共产党人士车稼良交往甚密，且时常抨击时政，替共党说话，军统早就在暗中注意了。杜晓楠这时候去拜访她舅舅，莫非与联络共产党人车稼良有关联？想到这里，李飞刀立即让人查阅杜晓楠的档案，却发现杜晓楠曾参加过学生运动，学生时期是个反国民政府的激进分子，不由得欣喜若狂，立即带着人去了辛参政家里想抓人查验。

李飞刀毕竟是个土匪坯子出身，求功心切，且加入军统局稽查队不久，对于辛参政这样的党国元老知之甚少，倚仗自己是军统局的人，便直接带人硬闯了进去。

客厅里，杜晓楠正同舅舅辛参政一起说话，猛然间李飞刀带人闯了进来，辛参政一怔，立即厉声喝问："你们是什么人？"

李飞刀不假思索就大大咧咧说："我是军统局潼关前线稽查队的人。"

辛参政气得忽地站了起来，喝问李飞刀："你们来我府里要干什么？"

李飞刀瞅着杜晓楠，得意忘形地说："我们要带共党嫌疑分子去稽查队问话，请辛参政给个方便。"

辛参政刚要喝问，谁是共党嫌疑分子？李飞刀就阴阳怪气地说："就是容涵齐的夫人杜晓楠，您老的外甥女儿。"

辛参政听了，气得胡子一翘，立即训斥："放肆！胡说八道，就是蒋委员长，也不敢这么随意来我府上抓我家里人！你是什么鸟，敢在我府上撒野撒泼！"

杜晓楠立即说："舅舅，他就是祸害容府的土匪李飞刀，现在参加了军统局，狗仗人势！"

辛参政一听，哈哈冷笑："我以为是哪方妖孽哩，原来是鸭子上到了鸡架上，不是个鸟！"说着以迅雷不及掩耳之势从方桌侧面忽地就亮出了一把手枪，咔嚓一声子弹就上了膛，还没有等在场的人反应过来，已经一个箭步冲到了李飞刀跟前，用枪直接逼住李飞刀的脑袋，厉声断喝说："一个土匪痞子也敢欺负到老夫的头上，你活腻了！"

辛参政是戎马英雄，行伍出身，一生久经沙场，早就练就一身轻功和过硬军事功夫。如今虽然老了，但仍然不间断练习武功强身健体，步履行动如风，李飞刀哪里知道，在辛参政面前，他的小猫拳脚就是个样子。

小特务们一看李飞刀被辛参政抓了，就想上来救人。

正在此时，车稼良急急迈步进来，高喝一声："都不许动！谁也不许在辛参政面前造次。"

特务们一看，认识，是共产党驻西京联络处的代表车稼良，就哑然面面相觑，都站住不敢再动了。

特务们心里明白，现在是国共合作抗战时期，全民实行抗日统一战线，公开抓捕共产党，就是赤裸裸破坏国共合作，这个责任可不小，闹大了上峰推卸责任，会让自己当替罪羊丢了小命的，所以立即都老实了。

李飞刀一看车先生来了，立即也尿了，赶忙哀求说："车先生，请您快劝劝辛参政吧。误会，都是误会！"

辛参政怒气不消，愤愤然说："什么误会？现在共产党人真来了，你们有狗胆抓吗？"

车稼良正色道："李飞刀，你不要匪性不改，肆意惹事！"他想起当年李飞刀的背叛来，就有些厌恶的表情。

李飞刀自知理亏，也善于表演，怕共产党追究起责任来不好收场，就赶紧赔礼道歉："车先生、辛参政，都是我混蛋，误会了容夫人，还望辛参政海涵，放了小人，我给辛参政和容夫人赔礼道歉！"说着就自己扇了自己一巴掌。

车稼良又不屑地说："辛参政息怒！不要和这个土匪出身的痞子计较，不值得嘛，打狗也得看主子，给他们军统局留点儿面子吧！"

辛参政却不依不饶，顶住李飞刀的头颅狠狠地说："马上给你的头儿打电话，让他给我说清楚，这是怎么回事。否则，老子就一枪打爆你的狗脑壳！"

李飞刀听了辛参政的愤怒呵斥，这下吓得尿了！其他特务们也都吓傻了，这个辛参政竟然要军统陕西工作站站长亲自给他打电话说清楚。看起来，这老头子来头可真不小。李飞刀意识到这回自己把乱子惹大了，给军统陕西工作站王站长打电话求情，就是自己送上门去找死！这回真臭大了，稀屎拉在鞋跟上，没法提了。

李飞刀还在心里慌张地盘算着怎么给王站长说，辛参政却不耐烦了，喝道："你磨蹭什么，打不打？"枪口直接顶在了李飞刀的下巴底下，李飞刀歪着难受的脑袋连连说："辛参政饶命！我打，我打！"他怕这老头子手一紧，自己的脑袋就爆裂了。

李飞刀让辛参政用枪逼着乖乖走到客厅的电话机旁，双手哆嗦着拨起电话。电话刚一接通，军统陕西工作站站长就已经从总机那里知道了是辛参政府里打来的，立即用欢快的声音问候说："辛老前辈，您老身体好吧？找我有什么要事吩咐？"

李飞刀一听，更吓得不轻，马上知道自己祸闯大了，连忙带着哭腔说："王站长，属下是李飞刀，我在辛参政家里惹祸了，辛参政要毙了我哩！"

王站长一听心里那个窝火生气呀！但即使满腔怒火这时候也不能发，只能隐忍着，立即生气地吼道："混蛋，还不快请辛老将军接电话！"

辛参政这才一个扳腕动作潇洒地收起了手枪，手一推放开了李飞刀，接过电话就不悦地说："我府里进了疯狗了。你说，我是毙了他好哩，还是打断他一条狗腿好哩？"

王站长立即赔笑说："辛老帅，您老说笑了，您毙了他们，是便宜了他们。今日之事，任凭辛老前辈处置，我替这些不争气的浑蛋给辛老前辈赔罪了！"

辛参政哈哈一乐，声音洪亮地说："王站长客气了！打狗还得看主人嘛！我老了，已经没有那个心气了，只想在府里享几年清福，讨厌别人来打扰，就放回去让你们自己管教他们吧！"

辛参政故意这么做，是想给李飞刀的特务们一个严厉警告，不要有恃无恐、肆无忌惮地来打扰自己的门前清静。

"是！我定然不饶他们，替辛老前辈出了这口闷气，绝不允许他们再去府上滋事骚扰！"

王站长不想刺激惹恼辛参政，他知道辛参政是开国大元勋，肱骨功臣，党国元老，也是宋庆龄先生的座上宾，惹恼了他，给上面也不好交代，就是蒋委员长脸上也挂不住，就尽量赔着小心说话。虽然这样，他还不知道李飞刀他们去辛府干了些什么，也怕提起来不好当面回答面子上尴尬，既然辛参政自己不提，他也乐得抹稀泥圆满解决。

"好啊！老朽就谢王站长关照了！"辛参政说完放下电话。

李飞刀赶紧趴下磕头赔罪，连连说："谢辛参政不杀之恩！谢辛参政不杀之恩！"其他特务们见状，也都慌张得赶紧跟着趴下磕头谢罪，一个个狼狈不堪。

辛参政赶走了特务李飞刀，就请车稼良坐下一起喝茶。

车稼良说："我来看看辛参政，没有想到竟碰上这个土匪痞子捣乱，让人扫兴！这回陕西站必然拾掇收拾他们，今后他们绝不敢再来骚扰，辛参政也可以清静些了！"

辛参政豪气地说："这伙狗崽子有恃无恐，竟然敢来老夫这里找碴儿撒野！我本想一枪结果了他的性命，但这个土匪秧子现在毕竟是军统局的人，就给些颜面吧！"

车稼良赞同地说："是啊，李飞刀他们不仁不义，辛参政依然留了面子，想那王站长自能领会辛帅一片苦心！"

辛参政说："他领会也罢，不领会也罢，只要管束这群疯狗不来骚扰老夫的清静，也就行了。"

车先生见辛参政家里今日不便叙话，向杜晓楠打了个招呼，也就起来告辞了。

车先生走后，辛参政这才问外甥女杜晓楠："你怎么会招惹了这个土匪痞子李飞刀？"

杜晓楠委屈地说："舅舅，我哪里去招惹他们啊，这个土匪一定是对着涵齐才来故意找碴儿的，无非是想要扳倒涵齐报复而已！"

辛参政一想也是，就说："那你以后可要多加小心了！疯狗无义，土匪无德呀！"

杜晓楠说："谢谢舅舅，今后我小心注意就是！"

辛参政又慈祥地询问："晓楠，你这次来西京，是有什么要紧的事要办吧？"

杜晓楠忧郁地对舅舅说："是家里大嫂芸儿出事了！婆婆焦急不安，

一定要我来找涵齐回去一趟，面见大哥涵雁哩。"

辛参政一怔，诧异地说："现在战事正紧，涵齐是前敌统军抗战旅长，岂能这时候离开队伍？断然不可呀！"

原来，芸儿的身体每况愈下，自己感觉已经时日不多了，但遗憾的是夫妻一场却没有能够给丈夫涵雁留下子嗣，总觉得心里不甘并无限愧疚。她想在自己还能够看得见的时候，看到涵雁有个子嗣骨血，即使自己死了也就安心了。她深知这个传承的重任自己已经无力承担了，所以，她把满腔希望都寄托在了善良的萍儿身上，可是丈夫涵雁这些年却榆木脑壳说啥也不肯纳萍儿为妾，让她愁苦焦虑不堪，近来连性情也变得烦躁忧郁起来了。

这一天，村上有个人家儿子满月了喜宴村宾，涵雁照例去纳礼了，芸儿受到了刺激，企盼子嗣的心情就愈加迫切强烈了。

芸儿正郁闷地想着心思，萍儿进来打扫屋子了，芸儿看着看着，突然像疯了一般死命抓住萍儿的胳膊说："妹妹，你帮我生个孩子，你帮我生个孩子，姐姐求你了！"说着就在炕上给萍儿跪下疯狂磕起头来。

芸儿这个突然的举动，把萍儿惊吓得着实不轻。她慌忙不好意思面红耳赤地解释说："姐姐，你放开我，不是我不愿意，是雁哥不答应要我呀！"

芸儿却疯狂地连连说："我知道，我知道，就是你不答应，就是你不肯答应的。我给你磕头，我给你磕头，你答应我，你答应我！"说罢立即又疯狂地磕头，额头都磕出血来了，她自认为那次没有圆成房，是萍儿不主动。

萍儿慌张地继续老老实实解释道："真是雁哥不要我的，真不是我不愿意！姐姐，真的是你误会我了，你不要生气！"

可是，芸儿长期身心备受折磨，今天又受到人家孩子满月的刺激，忧郁焦虑情绪爆发起来的她，已经有些近似癫狂了，根本就听不进去萍儿的话。

萍儿惊吓得推开芸儿跑出去以后，芸儿就自己拿起炕头上的剪刀反复自言自语着："是我不该活着，是我不该活着，我去死，我去死，我死了，雁就能娶萍儿了！"

芸儿这个心地善良的女子，最终痛苦地选择了自己离世，她想以割腕结束自己不幸的生命。

"啊呀，这真是个离奇的女子！"辛参政不由得感叹道。

"是呀，芸儿是个心地很善良的好嫂子！"杜晓楠痛苦地答道。

"可惜，这样一个好女子，就这样含恨走了！"辛参政为芸儿的遭遇惋惜不已。

"她没有死！正在这生死关头，大哥涵雁提前回来了，他救下了芸儿嫂子。"

"啊呀，好，好，好！"辛参政一连说了几个好字，虚惊一场。

"所以，婆婆让我叫涵齐回来，当面劝说大哥涵雁娶了萍儿，了却芸儿的心愿。我也十分为难，但又不能不来找涵齐说一声。"杜晓楠显得有些忧虑和无可奈何。

"是啊，这种事给了谁，也是个为难事！"辛参政沉思着说。

几天以后，当杜晓楠千辛万苦赶到潼关隘口的时候，容涵齐的队伍却连夜换防已经撤走了……

第二十九章

李飞刀报复得逞　参谋长命殒绝谷

　　独立旅参谋长贾得知去战区开军事会议，半路上被李飞刀的稽查队堵截住秘密抓捕了！一同被秘密抓走的还有飞儿特战队新调来的几个人。据说，他们都是共产党员。

　　对于这个突发事件，旅长容涵齐非常震惊，但他知道得实在是太晚了，人已经被李飞刀他们连夜秘密押解走，想出手解救已经不可能，他急忙派飞儿带人去打探消息。

　　无奈之下，容涵齐只得给西安站王站长直接打电话询问情况，却一直被总机告知，电话无法接通。他清楚，这是王站长不愿意接他的电话，就只有干着急坐立不安了。

　　几天后，飞儿打探来消息，贾得知他们被严刑拷打，但始终没有一个人肯承认自己是共产党员，对指证的共党密会嫌疑都矢口否认，只承认一起开会是参谋长向他们下达去特战队的作战任务。审讯没有办法继续进行了，但人都还被秘密地关押着没有解除嫌疑，李飞刀的审讯态度很坚决，不坐实他们的共党身份誓不罢休。

　　容涵齐非常生气，他给上峰汇报说："这是土匪李飞刀挟私报复，所谓共党密会之说，纯属子虚乌有。目前潼关前线战事正紧，旅部不可没有参谋长。如果放纵李飞刀肆意报复，胡乱作为，只恐挫伤了我部将士临战抗敌的士气，还望三思！"

但上面命令容涵齐不得插手此事，不要意气用事延误军情。并冷冷地说："对参谋长贾得知的审讯，上面自会过问，你要以大局为要，服从命令！"

容涵齐回来了几日，见审讯还没有结果，就又打电话请求放人。可接电话的王站长说："念现在战事紧急，我可以暂时放他们回去应敌，但对他们几个人的嫌疑审查不可以解除，以后还要严加防范和监视。如今共党借抗战之机收买民心逐步坐大，共党分子如同蝼蚁一般无孔不入，我党必须严防其渗入，不可不慎防慎虑。"

容涵齐立即感谢地说："谢王站长明察，学生自当感激领会，以党国军务为重，定不误军情，死守潼关。请站长放心！"

王站长却不客气地给他当头一棒，厉声说："你部既然出了共党疑案，事关重大，潼关就不要再守了，换防去中条山西线，配合中央军八十军陶军长抗敌吧！你部的调防命令不日即到！"

"是，我部坚决服从调遣命令！"

容涵齐立正回答，不由得浑身冒出了冷汗，自知这回确实不妙了。临战调防，云谲波诡，是军情大忌，敌区能这样去做，这是他们旅部不再被上面信任的强烈信号。看来，一场等待他们的大恶战已经不可避免了。

过了两天，一个谁也意想不到的更大噩耗传来了：参谋长贾得知他们几个人被释放后，却在返回潼关的斜谷山路上不幸出了车祸，掉进山涧深渊，几个人全都不明不白地以身殉国了。

与此同时，战区也正式下达了独立旅调防去中条山西线抗击日寇的命令，要求他们立即执行，两日内完成换防。而潼关新接防的部队已经先期接到了命令，即日已经到达防区等待移交换防。

军令来得如此之快，让旅长容涵齐猝不及防！

容涵齐没有时间悲伤和思考，匆匆交接完防区后，就含泪忍痛带着部队立即起程连夜渡过黄河，奔赴黄河对岸的山西中条山西线抗日战场。

独立旅按照战区司令部的防守命令，刚刚在中条山西线平陆县一个隘口仓促完成换防，还没有顾上勘察地形和敌情，李飞刀他们的特务稽查队就像苍蝇似的跟着赶到了。

飞儿一见李飞刀的身影，顿时怒火冲天，拔刀就要上前杀了他，被容涵齐及时阻拦住了。

容涵齐虽然也怒不可遏，心里恨不得立即刀劈了李飞刀，但作为战场指挥员，他必须保持绝对冷静强压住怒火。他冷冷不屑地说："李飞刀，你还来干什么？"

李飞刀本以为容涵齐见面一定会质问他为什么要诬陷参谋长贾得知，以及车祸的真正原因，但容旅长却根本连提也没有提起，这让他反倒觉着有些无趣和遗憾，只得自己拣话题说："容旅长，我奉命来你部稽查共党嫌疑分子，容旅长这回不会阻拦了吧？"

李飞刀狗仗人势嚣张地说着，心中自鸣得意，他已经根本不把容涵齐放在眼里了。他知道，容涵齐他们旅此时已今非昔比，容涵齐也不比从前那么受信任了。通过这一次的角力过招较量，他李飞刀终于柳暗花明，出奇制胜，赢了容涵齐一局，暂时占据了角力上风。如今，容涵齐被共党疑案所牵连，已经不再对他构成多少威胁。相反，他李飞刀却将继续扮演容涵齐的致命克星角色。李飞刀想到这里，不由得暗自欣喜，得意忘形，竟张狂无忌，匪性又张扬了起来。

容涵齐冷笑一声，十分鄙视地嘲讽说："李飞刀，你的脑子让驴踢了，忘了你的土匪痞子身份了？在老子眼里，什么狗屁队长，老子才不认可哩，你就是个祸国殃民的土匪而已！要敢在我这里继续撒野，信不信，老子一个命令就会毙了你为民除害，我容涵齐权当又替党国剿了一次土匪罢了。至于你李飞刀被我崩了之后，你的人给你土匪墓碑上插什么牌子，我就不管了！"

飞儿听了，真佩服三哥涵齐的睿智，既巧妙避开了回答李飞刀咄咄逼人的稽查共党话题，又以蔑视土匪为题立梁换柱，绕开话题，反而把李飞刀羞辱警告了一通，言出至奇，以正灭邪，压制住了李飞刀的嚣张气焰，让李飞刀不仅没有占到半点儿便宜，反落得像个跳梁小丑一般狼狈受辱。

李飞刀也没有想到容涵齐到了这时候还会这么说，让他受辱憋屈还无言以对，看来容涵齐根本就不尿他。刚刚打赢一个回合赢回来的一点点面子，又陡然间全都丢光了，三娃子容涵齐果然不是个好斗的主！自己虽然有军统身份罩着，但在战区军营里与容涵齐对决，自己显然不占上风。

李飞刀想到这里，就用手指着容涵齐，气得肺都要炸了："你……你……你……三娃子，你等着……还有时间，咱们等着瞧，看谁扛到最后……最后……最后……"他已经领教了容涵齐是个敢说敢为、说到就做到的主，知道自己今天占不到便宜了。这是在容涵齐的战区里，现在他正在要报仇的气头上，如果把他惹毛了，真有可能找碴儿把自己无声无痕地灭了，给贾得知他们报仇，然后再把死因推给日本人。

李飞刀思忖再三，只好悻悻地夹着尾巴，带着自己的人灰溜溜地走了。

已经到了麦收时节，战火却愈烧愈紧，日寇几个月来通过不断扫荡，已经完成了中条山外围的清障作战，扫除了进攻障碍，就等最后向中条山守军发起总攻击决战了。

独立旅初接防区，容涵齐为了摸清敌情，亲自带着飞儿特战队的几个侦察人员，到敌占区反复侦察敌情，了解敌人的兵力部署和进攻方向。

这一天，容涵齐与飞儿等人又打扮成商人，混进敌占区运城县城里侦察敌情。他们正走在运城街道上，远远看见鬼子巡逻士兵列队从街口走过来了，容涵齐他们就闪进了大街上的一个面馆里，刚要了几碗面在吃，一个皇协军副连长带着两个士兵也走进了面馆，坐在了他们旁边的桌子上。

容涵齐一看躲不过去了，就干脆直接走了过去，学着山西话客气地说："军爷，辛苦了，你们的饭钱我掏了。"回头又对跑堂伙计招呼着说："给军爷们上一瓶汾酒，一盘羊肉，一盘猪头肉，一盘花生米，三碗刀削面，多加些老陈醋。"跑堂的立即应声招呼着朝里面喊："一瓶汾酒，一盘羊肉，一盘猪头肉，一盘花生米，三碗刀削面，多加老陈醋。"

两个皇协军士兵，见容涵齐给他们买单，就高兴地咧嘴笑了。

皇协军副连长盯着容涵齐看，见他出手大方，就猜想他是个生意人，也马上高兴了起来，客气地说："生意人，讲义气得很，咱谢你了！"

容涵齐见势就得寸进尺又问："我能不能陪军爷们一起喝几杯酒？"皇协军副连长很高兴，就挪腾一下地方说："够朋友！坐下，坐下，一起喝酒！"

容涵齐坐下，又让跑堂的再加了瓶酒，热情地给皇协军副连长和士兵们倒酒喝。皇协军副连长喝着酒，斜着眼睛问容涵齐说："现在正打仗哩，你还敢来运城做生意，就不怕日本人找你的事儿？"

容涵齐一副坦然的神态说："咱是生意人，专往人多的地方凑哩，日本人不也要吃饭嘛。军爷，你说是不是？"

皇协军副连长说："刀尖上舔血赚钱，佩服！你做啥生意哩？"

容涵齐说："还有啥，这里队伍多，贩粮食呗！"

皇协军副连长嘲笑他："真有你的，发国难财，服！"

容涵齐忙趁机问日本人要粮食不。皇协军副连长实打实说："打仗，缺的就是粮食，谁不要啊！"容涵齐就神秘地悄悄说："能给咱透露一下吗？这里有多少军队，我好组织人运粮食来。"皇协军副连长就说："人可海啦，有三十七师团主力、三十六师团一部、混成十六旅团，两万五千人哩，你供得起吗？"

容涵齐故意惊讶起来，不好意思了，说："我的尿，人太海了，这咱可供不起哩，还是赚点儿小钱算了！"皇协军副连长就借着酒劲悄声低语问他："老实说，你是不是国军派过来的？"

容涵齐心里一咯噔，暗暗吃惊，脸上却不露声色，说道："长官说啥呢，国军已经被皇军围剿了半年，早就已经吓破胆了，他敢到日本人这里来，不是送死哩嘛！你真会开玩笑！长官可别吓唬人，咱胆儿可小。"

皇协军副连长不以为然，继续说："这你可别说，国军的人，到战区里来发国难财的还真有哩，他们倒卖自己的军粮，都已经卖到我们皇协军里来了。"

容涵齐一愣，惊讶地说："啊，这我可真没有想到哩！"皇协军副连长却说："什么没有想到，你不就是国军偷偷派过来，倒卖粮食的嘛，还装啥正经哩！"

容涵齐说："长官说笑话哩，我就是个生意人，赚一些小钱罢了，可不敢跟人家国军那些大粮食贩子们比呀！"

皇协军副连长悄悄说："你放心，咱们都是中国人，我们山西兵干皇协军，也是长官给带着来的，自己没有办法，要不谁愿意当汉奸？你这人仗义，吃着你的酒肉，我不会害你的！"

容涵齐一听，高兴了，就说："你们要是这么说，我就再送军爷们些酒肉！"回头对跑堂的吩咐说："再上一份牛肉、一份猪头肉、一瓶汾酒，打包带走。"跑堂的伙计马上就应声喊："一份牛肉、一份猪头肉、一瓶汾酒，打包带走哩！"说着就去后堂里张罗去了。

容涵齐他们从酒馆出来，走在大街上，飞儿很气愤，对容涵齐说："国军搜刮百姓的粮食，老百姓就要饿死了，他们竟然倒卖军粮给日本汉奸军队，丧尽天良，这仗还怎么打呀！"容涵齐说："不能打，咱也得打，后面就是黄河，咱不能让日本人祸害到咱陕西关中道上去！"

从城里回来，到了战区附近，他们又隐蔽在一座山上，用望远镜仔细观察敌人防区的动静，陡然发现一个山洼里的一片树林里好像冒出了几辆篷布遮盖着的汽车，汽车旁边还有几堆用篷布掩盖着的东西，看上去个头不小，树林周围哨兵戒备得十分森严。

飞儿眼尖，立即悄悄地说："三哥，你看那边树林里是啥东西？"

容涵齐也已经发现了，他用望远镜看了半天，说："奇怪了，昨天还没有哩，肯定是昨天晚上鬼子趁天黑秘密拉过来的东西。"

飞儿说："哥，我带人去跟前看看究竟是个啥东西！"

容涵齐摇头阻止说："不能再靠近了，鬼子在周围肯定会部署几个狙击手，你们一靠近就会被发现，搞不好命都没了。"

"唉，那怎么办呀？"飞儿焦急了。

容涵齐说："东西放得那么隐蔽，防守又很严密，大战在即，又是趁夜色偷偷拉过来的，肯定是重要的物资装备。"

飞儿着急地说："不管是个啥东西，咱先炸了它再说！"

容涵齐点点头："是该炸掉它！这是在我们独立旅防区正面，既然咱发现了，不管是啥，都不能便宜了日本鬼子。"

"三哥，这伙鬼子刚来，还不熟悉周边地形，部署未必到位，我夜里带上特战队，出其不意凑近去打他个措手不及，敌人的哨兵和狙击手夜里视觉不清，肯定能得手！"飞儿低声建议说。

"不，鬼子哨兵部署有明哨和暗哨，你们是靠不到跟前的。鬼子狙击手配备的夜视瞄准镜，夜间观察很清晰，你们去会伤亡很大，太危险了！"容涵齐不同意。

"三哥，我们不怕死！"飞儿早就把生死置之度外了，所以仍然坚定地请战。容涵齐说："那也不行！你们不能莽撞行事，免得打草惊蛇！"容涵齐不由分说坚持否决。接着又下令："我们回去再另谋他策。撤，回去！"说着起身就走。

他们几个人回到了军营里，飞儿一边吃饭，一边拿根小木棍在地上画来画去。突然，他一抬头，看见墙角的小迫击炮，眼睛随即一亮，放下饭碗，撒腿就去找三哥容涵齐去了。

"哥，我有主意了！"飞儿一跨进门就兴高采烈地喊叫。

容涵齐正在吃饭，一见飞儿进来，立即放下饭碗问："啥好主意？说出来听听。"

"我们趁天快亮时借夜色掩护到鬼子附近的山坡上先隐蔽起来，去的时候带上最好的炮手背上五门小迫击炮，等到天稍稍亮起来，立即测定好距离和目标，用迫击炮远距离轰击敌人的隐蔽阵地，打他个猝不及防，一定能够成功！"飞儿神情兴奋异常，眉飞色舞地说了他的主意。

"飞儿，好主意啊，看来将来我这个旅长该让你来当了。就依你的办法，就这么干！咱们再带上五名狙击手掩护炮手行动。"容涵齐很高兴，他觉得飞儿成熟了，已经可以当指挥员了。自从参谋长贾得知殉职后，自己身边的确缺一个好帮手，现在飞儿已经成长起来了，可以帮自己打理一些军务了。

容涵齐和飞儿从特战队带了狙击手和迫击炮手，天亮前就已经在迫击炮测定的射程内隐蔽好了自己，只等天一亮就动手袭击。而此时鬼子们还沉浸在梦乡里静静地睡觉。

离天亮还有一个时辰，容涵齐和飞儿他们几个趴在山坡树林的露水草地里，却好像等了一整天似的，一个个既兴奋、紧张，又心急如焚。

这次由于距离比较近，天一放亮，雾色退去，容涵齐就清楚看出，山洼里那片树林里隐蔽埋伏的原来是敌人的山地榴弹炮阵地，篷布遮盖着的正是几门山地榴弹炮和弹药。

容涵齐吃惊不小，这些大炮威力巨大，正在自己中条山防区正面部署着，一旦打起来，自己的旅将会死伤惨重。

容涵齐已经来不及思考了，立即下达攻击命令："这是鬼子的山地榴弹炮阵地。注意瞄准，狙击手射击鬼子指挥军官和哨兵，每人只许打一枪！迫击炮测定距离，开炮轰击敌人的炮阵地，每炮只许打一发炮弹，一定要快、准、狠，敌人的狙击手不会给我们打第二发炮弹和放第二枪的时间，打完就立刻撤退。"

"是！"战士们齐声回答。

容涵齐他们知道，鬼子的战场反击能力很强，狙击手和炮兵会根据他们射击的声音和炮弹在空中飞行的弧度，判断出他们现在的位置，并立即实施反狙击报复。

当五名迫击炮手迅速读出"测定完毕"的口令后，容涵齐立即果断发出了"开火"的命令。

"轰——轰——轰——轰——轰——"

五发炮弹一齐咆哮着冲出炮筒，呈优美弧形曲线准确击向了鬼子的榴弹炮阵地，立即发出五声巨大的爆炸响声。

"砰——砰——砰——砰——砰——"

五发子弹也同时射出枪膛，五个鬼子哨兵立时毙命。

还没有等睡梦中的鬼子反应过来，一发炮弹正好在鬼子榴弹炮阵地上的弹药箱旁边爆炸了，爆炸的威力立即引起弹药箱里存放的炮弹连锁性剧烈大爆炸，一瞬间炮声轰隆，烈焰顿时熊熊腾起，树林里火光冲天，睡梦里被炮弹炸死的鬼子们尸肉遍地，被炸得缺胳膊少腿的鬼子们则鬼哭狼嚎乱成了一片。

"快撤！"容涵齐立即下达了撤退命令。他们几个人迅速搬起炮筒和炮架，头也不回地夺路飞奔，急速撤离了战场。

容涵齐带着飞儿他们一路迅速奔跑，急急忙忙跑过了一座山头才感觉应该是安全了。他们停下脚步回头去瞧身后的战果，不看不知道，一看吓一跳，展现在他们眼前的情形让他们自己都目瞪口呆，原来刚才他们隐蔽的地方已经炮火冲天，同样变成了一片硝烟火海，鬼子对他们待过的地方实施了精准炮火打击，已疯狂地实施报复炮击了。

他们几个人再瞧鬼子的榴弹炮阵地上，已经是狼烟滚滚，那片树林已经被大火完全吞噬了……

容涵齐左右环顾，看着自己身边毫发未损的弟兄，大家都大声喘着粗气，满脸兴奋畅快得乐颠坏了！容涵齐也憋不住满脸放光，乐开了花。

容涵齐和飞儿他们只顾沉浸在胜利的喜悦之中，却没有料到，有十几个人这时正站在山头另一端遥看风景，领头的李飞刀这时正拿着望远镜，一直定格注视着打了胜仗的容涵齐和飞儿他们一行人。

"嘿，这个三娃子旅长真是个狠角色，打鬼子还真他娘的是二愣子不怕死，这种送死掉脑袋的仗也敢亲自带人上去干，就这点儿蛮狠劲儿，老子还真服了哩！"

李飞刀接着又讥笑道："不过，嘿嘿，他容涵齐做梦也没有料想到，这个山头上还有个看热闹的，他的部队一举一动都尽在我李飞刀掌握之中，哈哈哈哈……"

李飞刀得意地发出一阵阵狞笑，他的一帮同伙也跟着嘲笑了起来。

第三十章

中条山深陷绝境　愣娃子夜闯敌阵

第二天黄昏时分，虎视眈眈的日寇侵略者在重型山地火炮和轰炸机的掩护下，对中条山守军防线发起总攻击，中条山战役全面打响了。

日寇军队借着强大的山地火炮和空中轰炸机的有力支援，从中条山东、中、西三线发起猛烈进攻，仓促应战的守卫部队在鬼子炮火反复覆盖式轰炸中伤亡惨重，战斗力大大减弱。在日本鬼子猛烈攻击中，有不少准备不足且仓促应敌的守军当日便溃不成军，有些防线初战伊始就陷入一片混乱，很多部队在敌人强大的攻势面前侧翼空虚，首尾难顾，让日寇军队切割分块击溃。战况十分危急。由于缺乏协同作战，守军应战能力严重削弱，劣势十分明显，很快就溃败失利，在日寇强大的攻势面前几乎难以抵挡。

容涵齐独立旅由于战前及时出其不意地打掉了前沿防线鬼子的榴弹炮阵地，对面进攻的日本鬼子失去重炮火力的支援，独立旅全体将士依靠占据的有利地形，一连打退了鬼子和皇协军的多次疯狂进攻，顽强坚守了一天一夜。

第二天傍晚，鬼子在结束两翼防线突击战役后，重新调来了重炮火力支援，对独立旅的阵地实施炮火报复性打击。容涵齐他们已经顽强坚守了两日的阵地上顿时炮火连天，陷入了一片硝烟火海之中，部队减员很多，情况危急。

容涵齐向中央军军部陶军长请求预备队给予支援，陶军长却推说，他们也受到敌人的炮火打击，他已经命令八十军和一六五师重新部署新防线，向望原方向的第二道防线转移了，让容涵齐的陕军独立旅坚守阵地，牵制住鬼子，掩护主力部队完成转移行动。

容涵齐一听就急了，连忙说："陶军长，你们中央军主力部队不能撤呀，你们一撤退，友军部队就都孤立无援了，会被鬼子合围包饺子的！"

陶军长却说："我知道你容涵齐是陕军一员虎将，才让你的独立旅掩护军部撤退。"随即就不客气地要求他服从命令，继续坚守阵地。容涵齐问陶军长，独立旅坚守到什么时候，陶军长却说能坚持多久就是多久。

容涵齐无奈，只好问："多久是多久啊？"

陶军长干脆说："你们就是打光了，也要掩护军部安全撤离。"

飞儿眼见部队士兵被炮火压倒，根本抬不起头来，伤亡惨重。有些防御工事士兵们还没有来得及修复，瞬间就又被鬼子炮火炸飞了，战况已经非常危急！他急得直用拳头砸身边的掩体，觉得这样被动挨打不是个办法，就忽地起身弓着腰低着头躲避着鬼子的炮火，跳跃着跑步过去钻进旅部指挥所掩体里。一进去，他就焦急地对容涵齐大声说：

"三哥，咱们这样被动挨打伤亡太重了，不如我还是带些人悄悄去把鬼子的炮阵地再给他端了，让鬼子炮火再变成哑巴！"

"不行！"容涵齐厉声说，"鬼子上次吃了亏，已经有防备了，这次，你们是到不了他们炮阵地的，去了也是送死！"

"那怎么办呀？总不能这么等死吧！"飞儿倔强地流露出不满。

容涵齐也焦急如焚，他满脸汗渍，眼帘扑闪着盯着飞儿，犹豫再三地想了想，下狠心说："不过，你可以带三十个特战队的士兵趁乱绕道插到鬼子的驻地去，天黑后，狠狠袭击鬼子的侧翼，或者钻进鬼子的窝里去，使劲搅动他一下，打乱鬼子的阵地部署。这一点，鬼子也许想不到，有可能成功！如果得手，就能延滞敌人的正面进攻，逼迫鬼子和皇协军们分兵防守，夜里也不敢踏实睡觉，就能暂时缓解咱们旅正面敌人的频繁进攻压力。"

"好！"飞儿高兴地答应一声，拔腿就想往外走，容涵齐气得大声喝了一句："回来，你慌什么哩？都啥时候了，还怕没有仗打嘛，急着去送死呀！"

飞儿愣住了，他不知道三哥为什么突然发这么大火，就站住不作声。容涵齐缓和了一下声调说："飞儿，你听着，哥实话告诉你，现在，咱们部队已经没有弹药和吃的了，军部后方今天一直没有运送上来，士兵们已经在靠扒敌人尸体上的弹夹来补充弹药，你们去了顺便搞些弹药和吃的回来，能带多少就带多少吧！注意，千万不可恋战，要速战速决，打完就立即往回撤！"

"是！"飞儿响亮地敬礼回答。这次，他没有再挪动地方，继续站得笔直，惴惴不安地等着三哥再叮嘱自己什么。

容涵齐不放心地走到飞儿面前，伸手用自己的手掌给满脸汗渍的飞儿抹了抹脸上的灰土，又拉了拉飞儿的衣领子，摘掉飞儿满是弹孔的军帽，拢了拢飞儿的头发，心里十分伤感，眼眶里噙着凄凉不舍的泪花，悲伤的泪水差点儿就掉了下来。他知道，这是让四弟飞儿往鬼子的狼窝里去钻，现在去得了，不一定会回来得了，飞儿毕竟还年轻，人生太短暂。所以，连容涵齐这么刚强的铮铮铁汉子，这时候手却已经在不自觉地微微颤抖。他把自己的军帽摘下来给飞儿端端正正戴上，已经不敢再注视四弟飞儿年轻的脸庞和目光了。他声音有些哽咽嘶哑地说："飞儿，你要保证，哥等着你活着回来见我！"

说完，容涵齐忽地转过身躯，大踏步往自己的指挥位置走去，一边走着，一边往后摆摆手，头也不回地大声说："走吧，还等啥哩，我等着你们的好消息！"

飞儿已经看出三哥涵齐眼神里的悲伤来，瞬间也受到感染眼圈潮湿了，他慌忙掩饰着自己，答应了一声："是！"不想让三哥看出什么来，就急忙扭转身躯迅速跑步离开了。

这天夜里，鬼子们进攻了一天，十分劳累，正沉浸在酣睡的睡梦里，猛然间，日军和皇协军的阵地上炮声和爆炸声轰响，鬼子的一个指挥部也被飞儿他们的特战队开炮突袭了！敌军的阵地上，在夜幕之中分辨不出敌情，顷刻之间就乱作一团，机枪猛烈地盲目四处扫射，顿时弹如飞蝗般铺天盖地。

原来，白天里飞儿他们特战队的三十个人，扒下了鬼子尸体上的军装，都装扮成鬼子兵的模样，一路绕道下到了山下，刚绕过一座山丘，突然，迎面开过来了一辆鬼子军车，大家刚要躲闪，飞儿坚定地命令说："不要躲闪，他们已经发现我们了，挺起胸膛，排着队跟着我直接迎上去！"

"这样硬闯行吗？"一个队员有些疑虑，这明显是一着险棋。"没办法，只能这样了，到了跟前再见机行事。记着，大家做好战斗准备，听我的命令再动手。"飞儿低声命令说。

"是！"大家压低声音齐声答应。

鬼子军车渐渐走得近了，飞儿他们这才看清楚，迎面开过来的是一辆皇协军的卡车，车上有一个班的士兵。飞儿悄悄叮嘱说："这是皇协军的车辆，我们现在穿的是鬼子军服，不用紧张，到了跟前，大家听我的命令夺了他们的军车，我们直接开车冲进鬼子防区去，打他个措手不及！""好！"大家低声坚定回答。

距离军车越来越近了，飞儿低声下命令："设卡，拦住他们！"

大家立即散开，两边摆开队形端起枪警惕地站住，设立了一个临时检查卡口。已经来到跟前的皇协军军车见状，莫名其妙地立即紧急刹车，卡车在荒野的山路上发出一声刺耳的摩擦刹车声，在飞儿他们跟前剧烈晃动了一下，才紧急停住了。土路上随即被紧急刹车气流带着刮起一团浓烈飞扬的尘土，把飞儿他们几个假鬼子的身影顿时淹没了。

"八嘎呀路！"飞儿愤怒地大吼了一声。

车上的皇协军头目闫排长见是皇军设卡挡车，急忙从驾驶室下来，跑步过来点头哈腰说："太君，我们是通信车，去前线检查线路的！"

飞儿抬手就给了皇协军闫排长一个大嘴巴子："你的，良心的，大大的坏，死啦死啦的！"这一巴掌，直打得皇协军闫排长龇牙咧嘴，连忙赔礼赔罪说："太君，我该死，我该死！"

飞儿佯装不买账，故意用生硬的鬼子口气说："统统地，下来下来的，检查的有！"皇协军闫排长无奈，自认倒霉，谁让自己惹不起皇军，就只好招呼车上的十个皇协军士兵都下来站好，让飞儿他们几个检查。

飞儿见皇协军士兵都站好了，又把眼睛一瞪，用日本军刀指着发横说："问题大大的有，枪的，统统放下！"皇协军闫排长刚要狡辩，飞儿又一个大嘴巴子直接赏了过去，这一巴掌直打得皇协军闫排长腮帮子差点儿脱臼，不敢再搭声了，乖乖地把手枪卸下来双手交给了飞儿。飞儿把皇协军手枪往自己身上一挎，嘴粗鲁地一撇，鼻子哼了一声，皇协军闫排长赶紧摆手，让其他的皇协军士兵也照办，皇协军们就都乖乖地把长枪也都缴了。

飞儿这才松了一口气，不用再装下去了，就撕下自己的伪装面孔，威严地说："皇协军弟兄们，我们是陕军特战队！"就这一句话，像晴天霹雳，惊吓得皇协军们个个扑通扑通跪在地上，就磕头喊饶命。

飞儿见皇协军都尿了，就换个口气说："不要怕，咱们都是中国人，只要你们老实回答，我们不杀你们！"皇协军们听到不杀他们，感激得连连说：“国军长官饶命！我们说，我们什么都说！”

飞儿经过审问皇协军俘虏，弄清了敌情部署，他们把这十一个皇协军都捆绑起来，隐蔽地绑在山洼树林里，看了看汽车，又问：“你们谁是驾驶员？”

一个皇协军士兵用山西话回答说：“长官，我是驾驶员！”

飞儿看了看他，说：“好，你开车带我们去鬼子的军营，敢不敢去呀？”皇协军驾驶员说：“长官，打鬼子，我敢去，我原来是晋军，我是因为我们长官投降了，才被裹挟着参加皇协军的。辱没祖宗哩，早就不想干了。打鬼子，就是死了，咱也值得！”

飞儿高兴地说：“好，有种！”给他解开绳子，说：“跟我们走吧！”

其他皇协军一看，也都面面相觑，皇协军闫排长说：“长官，我们也愿意跟你们去打鬼子！”飞儿完全没有想到这些皇协军竟然会协助他们，就问：“你们不怕死？”

皇协军闫排长说：“长官，都是我们团长软骨头，才拉着我们一起投降了日本人。每天看着日本人祸害我们山西乡亲们，我们心里都流着血哩！咱山西人也是中国人，你们陕军来我们山西打鬼子，我是山西人却当汉奸，丢先人哩，心里愧得很哩！今天，我们都反水了，参加陕军跟着长官你打鬼子去。”其他皇协军士兵也纷纷说：“对，我们都反水，参加陕军。”

飞儿喜出望外：“好嘛，这才是咱中国人嘛！跟我们打鬼子，就是死了，也还有民族气节哩，祖宗那里也好交代！好得很，我收下你们这些有骨气的山西弟兄了。咱们今天都打回去，在鬼子窝里去大闹天宫，你们敢不敢去呀？”

皇协军们都很高兴，都说敢去，个个面上露出喜色来了！皇协军闫排长说：“其实，我们早就想反水了，只是没有机会。”

飞儿立即命令说：“给这些山西弟兄们都解开绳子，咱们一起走。”

飞儿他们这才开着截获来的皇协军通信车，冒死大摇大摆闯进了鬼子的防区里。一路上，有皇协军闫排长带着路，飞儿他们又都穿着日本军服，哨卡都顺利通过了。

飞儿在路上看着皇协军闫排长红肿的脸，不好意思了，说："兄弟，对不起了，我刚才把你打疼了！"

闫排长说："长官，你打的是皇协军，我现在是陕军，不当事。再说，哨卡上的哨兵，看到我脸上挨打的手印，才都不敢阻拦查问你，顶个通行证使哩！"

飞儿很高兴："好，兄弟，咱们都是陕军了，不记仇！"

闫排长笑："长官，你叫我名字吧，我叫闫狗娃，是长官一巴掌把我打灵醒了，我还得感谢长官哩！"

大家一下子都乐了！

闫排长一路上给飞儿他们指着说敌人的阵地和防守部队名称，看到了远远一个村子制高点，说："长官，那里是鬼子的联队指挥部，防守很严密。"

飞儿悄悄说："闫排长，你带我去弄几门皇协军的小钢炮，趁鬼子没有防备，晚上咱们打掉鬼子的联队指挥部。"闫排长说："我们连队里就有步兵钢炮哩，我带你们去拿。"

飞儿一愣："你啥意思？"

闫排长见飞儿误会了，就说："咱们晚上再去拿，目标小，可以再弄上些弹药和吃的。我们连长是个铁杆汉奸，坏得很，咱们顺便把汉奸连长给收拾了，我鼓动其他两个排长一起反水，把鬼子窝里给搅乱了，咱们就好趁乱打鬼子了。"

飞儿很高兴："你这主意好得很！看来，你闫狗娃不当连长真是屈才了。"

驾驶员说："长官，我们排长不愿意真当汉奸打自己人，所以，汉奸连长才总是排挤他哩。"

　　飞儿一行根据反水皇协军闫排长的指引，摸清了鬼子的兵力部署情况，顺利混进了皇协军连队里。闫排长一进门就捅死了汉奸连长，飞儿他们拿了些弹药和粮食，就在皇协军连队驻地，命令皇协军八个炮手，突然向鬼子联队指挥部实施了每炮三发装填连续炮火袭击，一举炸掉了鬼子联队指挥部，鬼子联队队长和几个鬼子军官被炸死炸伤。得手后，闫排长鼓动其他皇协军，让他们说是一小队皇军抢了他们的钢炮，朝皇军驻地开炮袭击，还说只要他们还击得越坚决，鬼子就越不会怀疑他们。皇协军剩下的两个排长就带着皇协军朝鬼子驻地死命开火，飞儿他们则趁机撤了出来。

　　反水的闫狗娃领着飞儿，趁乱又钻进鬼子和皇协军阵地防守薄弱的接合部，分别朝皇协军和鬼子的防守阵地上再一次横冲直撞，左突右击，投弹射击，实施突然袭击，弄得鬼子和皇协军在夜间分不出情况，也乱成一团，相互开火自己乱打了起来。看着鬼子们开始自己误打瞎打热热闹闹折腾起来了，飞儿他们四十一个人这才趁乱开着皇协军的卡车，假装追击敌军，借着夜色掩护，很快跑了回来。

　　容涵齐听了飞儿绘声绘色的战况汇报，十分高兴，就问："那个闫排长哩？"

　　飞儿说："在掩体门口等着哩！"

　　容涵齐吩咐说："赶紧让他进来，我见见！"

　　飞儿朝门口喊："闫排长，你进来吧！"

　　闫排长跑步进来敬礼："报告长官，我叫闫狗娃！"

　　容涵齐下命令说："闫狗娃兄弟，欢迎你参加陕军，这回你可立了大功了！我给你记一等功，晋升为连长，你的人还让你带，都记一等功！等仗打完了，咱再办手续，你看咋样？"

　　闫狗娃兴奋得立正敬礼："谢谢长官提携！"

容涵齐正色道："叫旅长！"

闫狗娃马上立正，回答说："是，旅长！"

容涵齐笑了："好嘛，是个好兵！跟着我们陕军干吧，让你的人都把衣服换了！"

闫狗娃满脸高兴，回答了一声："是！"

容涵齐说："飞儿，立即安排让他们赶快休息，准备迎接明天的报复鏖战！"

飞儿担心地对容涵齐说："三哥，闫狗娃他们说，鬼子们已经在中条山中线防线突破得手，并且占领了垣曲县城和垣曲大道，中条山战区防线已经被鬼子和皇协军切割成了几大块，分别都让鬼子包围了，西线战场张店子镇、平陆县城等防线也已经被鬼子占领，我们旅的两翼中央军一六五师和新编二十七师今天已经都被鬼子击溃撤退了。我们旅却还没有接到战区撤退的命令，军部又切断了我们的通讯联络，这很不正常呀！"

容涵齐冷静地说："你继续说！"

飞儿又说："我们旅在战前已经被军统局稽查队怀疑是共产党队伍，看来，咱们配属的八十军陶军长，是不想让我们活着回去哩！"

容涵齐深思着，侧头看了一下通讯兵那里，也感到很不正常，一侧的报务员还在一直大声呼叫着八十军军部指挥电台，就是没有一点儿应答。

飞儿焦急地说："明天，鬼子就会对我们旅的防线实施合围围剿，我们不能再盲目打下去了，今夜不突围，就再没有突围的机会了。请三哥早下决断，给咱们部队留下些根吧！"

容涵齐听了飞儿的话，不由得吃了一惊，倒吸一口凉气。作为指挥员，他没有想到战况现在这么严重，中条山战区上峰的联络白天就已经彻底中断了，现在防守抵抗已经像瞎子摸象一样盲目。容涵齐眼睛看向闫狗娃："闫连长，你说说！"

闫狗娃报告说："旅长，你们旅侧翼的国军今天上午就撤离了，鬼子今天中午已经占领了国军放弃的阵地了。"容涵齐气愤道："狗日的，中央军陶军长自己跑了，不顾友军死活，也不给我们旅通报战况，还命令我们死守阵地掩护他们撤退，我们旅被陶军长给卖了！"

原来，在几天的轮番鏖战中，日寇以精锐的兵力和猛烈的炮火占据了战场先机，中条山守军在日寇的炮火覆盖和空中轰炸机的不断袭击中，缺少弹药、食品和药材，防守士兵们伤亡非常大，而疯狂的日寇的攻击却越来越猛烈了。

在战斗中，日寇实施了从中国军队战区两个集团军防卫中间的接合部强行攻击和奇袭突破的战术，很快便突破了中条山守军的中间防线，战略要地横岭关当天失守。鬼子随后又利用伞兵空降奇袭的方式，占领夺取了守军的战略运输大通道垣曲大道，继而攻占垣曲县城，对守军两个集团军实施了分割包围。中国军队不仅在战场上被分割成不能相互依靠支援的两部分，又由于日寇相继迅速占领济源、孟县、平陆等县城和当地一些黄河摆渡口，中条山战区守军黄河沿线的弹药和食品补给线也被鬼子掐断了。

西线战区，中央军陶军长在鬼子强大的攻势面前畏敌如虎，命令配属的陕军独立旅坚守隘口，牵制住鬼子，说是掩护中央军调动部署。容涵齐却没有想到，实际上陶军长是让他们旅掩护军部和自己的嫡系部队一六五师仓皇撤退！中央军八十军和一六五师放弃阵地提前撤退，也致使侧翼国军新编二十七师被鬼子围困，师部被鬼子特战队突然袭击，师长王竣同、参谋长陈文拘，以及师部参谋人员全部壮烈战死。

独立旅依照军部命令又顽强坚守到了天黑，打退了鬼子多次进攻，但却在这时候失去了战区后方的供应保障，同时也接收不到战区的战况通报和通信联络了，还在盲目地与敌人顽强拼死激战着。

容涵齐根据四弟飞儿从皇协军那里截获来的情报，十分痛心地明白，他们已经陷入了十分危险的困境，目前已孤立无援，中条山西线第一防线已经丢了！

就在这时，一直失去声音的军部电台却突然响起来了，军部电台意外主动联络独立旅，陶军长命令容涵齐，火速增援望原，在望原北坡第二防线阻击敌人。

趁着天色还没有亮，容涵齐下令，将飞儿他们带回来的弹药补充给部队，然后趁夜里天色掩护，部队紧急突围向望原第二防线急行军增援。

独立旅趁夜里突围，好容易急行军转移到了望原第二防线阵地，中央军陶军长的军部，却在夜里被鬼子特战队实施斩首行动突然袭击了，陶军长吓得惊慌失措，已经无心抵抗，仓皇放弃了新的阵地，带领着八十军军部和一六五师撤退去了五福河和台寨第三道防线。原来，陶军长命令独立旅增援防守望原，其实，还是为了让容涵齐他们牵制住鬼子的快速进攻，继续掩护军部撤退。

容涵齐带领部队连夜在望原北坡防线部署，天亮时部队全部进入了防守阵地。看到部队弹药已经不多了，容涵齐一边命令各营抓紧加固工事，一边对飞儿说："飞儿，你带上你的特战队，换上鬼子军服，趁鬼子一路进攻，部队番号多，谁也不认识谁，防守相对空虚，找机会去袭击他们一下，弄些军火来，给部队补充些弹药。"飞儿立即答应了一声，就带领特战队人员跑步离去了。

早晨，在鬼子望原占领区，飞儿带着三十个特战队员，穿着日本鬼子军服，大摇大摆地走在乡村大道上。大道上来回往返调防的日军、皇协军也络绎不绝，不时擦肩而过。

这时，一辆有篷布的军车从他们身边开过去，停在一片玉米地旁边没有熄火，车上下来了七个鬼子在路边上一同撒尿。

飞儿他们走过车旁，看看前后无人，突然一齐出手扭断了几个鬼子的脖子，迅速拖进了玉米地里掩藏了起来。

接着，飞儿一摆手，特战队员们全部爬上了卡车，飞儿自己却伸手拉开驾驶室门。驾驶室里，一个皇协军副连长在迷糊着打瞌睡，飞儿与一个特战队员从两边上车，把皇协军副连长夹在中间，皇协军副连长惊醒了，抬眼一看是皇军，吓得连忙说："太君的不行，我们是去军火库里领弹药的，这车，太君们不能征用！"

飞儿一看认识，是运城酒馆里遇到的皇协军副连长，就压低声音说："你不要怕，我们是陕军。只要你老实听话，我们不杀你。如果你不老实，就尝尝匕首的味道。"说着一把匕首顶向皇协军副连长的腰间。

皇协军副连长连忙说："长官，不要杀我，我都听你们的，让我干什么都行！"飞儿就问他领什么弹药，皇协军副连长说是子弹、手榴弹和小钢炮炮弹。飞儿问他有领库单吗，皇协军副连长说有，就乖乖从兜里掏出来递给了飞儿。飞儿接过来看了看，说："好，我们跟你去领弹药，你带路，不许使坏！"皇协军副连长就说：长官，只要不杀我，都是中国人，我一定配合你们。

卡车开进了一个村子，在一个大院子门口被几个皇协军哨兵拦住了，问他们是干什么的，皇协军副连长说，是三十七师一二一团领弹药的。

皇协军哨兵问他们："你们有证件吗？"皇协军副连长连忙说有，说着就把领库单给哨兵看，哨兵查验了以后放行，卡车直接开进了院子。飞儿和皇协军副连长从车里下来，走到弹药库门口，把领库单交给一个发弹药的皇协军库管军官。

库管军官看了看，满腹狐疑地问他们："你们怎么带着皇军来领弹药？"皇协军副连长说："唉，指挥我们皇协军的是皇军井上村大佐，凶得很哩，对咱们皇协军不信任，就怕路上不安全，所以派皇军来亲自押运弹药哩！"

库管军官摇头说："这年头，咱皇协军就是个会说话的狗！你叫太君们下来，自己进去搬吧！"

飞儿假装生气了，说："你的，皇军的，大大的不友好！"

皇协军副连长急忙假装劝阻说："太君，不要生气，咱们搬弹药去吧！"库管军官一看鬼子恼了，自己就溜达着躲到一边去了。

飞儿走到车跟前，伸出一只手，翻了一翻，下来十个特战队员，一起去搬弹药，其他人在车上继续警戒。

特战队员们迅速把弹药往车上装，飞儿却独自一人走进弹药库里面的一个拐角里，他从箱子里取出两颗手榴弹，揭开盖子，抽出拉绳，把手榴弹藏在弹药箱后面，拉绳挂在上面一个弹药箱的底下，然后转身离开了。

皇协军副连长对飞儿说："太君，都装完了，咱们走吧！"飞儿吼道："开路的，有！"卡车开出弹药库大门时，又有一辆皇协军卡车开过来领弹药，飞儿他们把那辆车让过去后，立即加大油门开车朝大路上飞驰而去。

飞儿他们的卡车走出了几公里后，突然听到身后爆炸声猛烈响起，地动山摇，火光冲天，狼烟滚滚，敌人的弹药库爆炸了。

皇协军副连长听到接连爆响的弹药库爆炸声，惊得目瞪口呆，口吃着说："长……长官，是……是你们干的？"飞儿高兴地点头说："算你聪明！"皇协军副连长满脸惊异，说："长官，你们真是英雄虎胆！"

飞儿笑着说："这还得谢你哩，我们给你记上一功！等把日本人打跑了，免你不死。"又说："我们要回军营了，你咋办哩？"皇协军副连长为难了，犹豫着试探说："长官，你们弄出这么大动静来，我现在回去了也是个死，索性跟你们去打鬼子算了，你们要不要我？"

飞儿一听高兴了，说："好得很嘛，要哩！你就跟着咱陕军飞虎特战队干！"皇协军副连长听了很高兴，说："行，我以后终于有脸回去见先人了。"驾驶室三个人都一同乐了起来。

白天，鬼子在望原一线把兵力部署完毕后，下午四时向望原防线发起了进攻，容涵齐独立旅在望原北坡的战斗打得异常艰苦，鬼子发疯似的往上拥，打到最后，连容涵齐自己也扛起机枪与鬼子拼死战斗了。

两个小时后，天逐渐黑了，鬼子的进攻才慢慢减弱下来，容涵齐命令部队用仅有的一点儿粮食做饭。吃了饭，他就让累了一天的战士们抓紧时间休息。

日本鬼子吉田一郎中佐率领的鬼子特战队，已经连续偷袭了守军新编二十七师师部和八十军军部，连连得手，就嚣张了起来。这天夜里，独立旅阵地上，鬼子们再次故技重演，吉田一郎中佐率领鬼子特战队三十多人，偷偷从独立旅后面攀爬沟壑悬崖，又秘密向容涵齐旅指挥部里摸了过来。

鬼子特战队一路上摸掉了哨兵，迅速向旅部奔袭而来。夜幕里，早有防备的飞儿特战队中的暗哨发现了鬼子，立即传出了讯号："哇呀"一声，在寂静的夜空里十分瘆人。

旅部指挥所里容涵齐和飞儿听了，都一愣，飞儿出口说："鬼子来了！"容涵齐说："应该是鬼子的特战队，放进村子里来收拾他们，外围加强埋伏警戒。"

飞儿答应一声："是！"就立即奔了出去部署去了。

鬼子队长吉田一郎中佐带着鬼子们低头奔跑间，猛然听到村子里一声似乌鸦的叫声，立即挥手制止特战队前进，匍匐着警惕观望。等待了很久，见没有什么新的动静，就打算再次前进。刚爬起来奔跑了几十步，又听到"哇呀"叫了一声，狡猾的鬼子们立即停住不走了。

飞儿在外边屋顶上已经看到鬼子了，他向对面屋顶和大树上隐蔽的特战队员们打了个手势，示意用弓弩狙击。

飞儿特战队队员们在黑暗里收起枪，全部用弓弩进行瞄准。

鬼子特战队队长吉田一郎中佐很警惕，他抬头看看大树，又看看屋顶和黑洞洞的街道，感觉气氛不对，就挥手让鬼子特战队员们往后撤退，带着鬼子们迅速往后奔跑撤离了。

飞儿一看鬼子跑了，就迅速打个手势，立即跃下屋顶，飞速与特战队员们疾速向前追赶。

鬼子们奔跑着迅速下了沟壑悬崖，飞儿他们用弓弩从后面赶上射中了后面来不及下去的四个鬼子，鬼子们应声栽倒，尸体跌下悬崖。

飞儿命令："快投弹！"战士们十几颗手榴弹跟着投下悬崖，紧接着一阵阵剧烈爆炸声在悬崖下掀起冲天的火光和尘土硝烟。

鬼子特战队偷袭失利，吉田一郎中佐知道独立旅已经有了防备，所以也无心恋战，在悬崖下灰头土脸没被炸死的，爬起来抬着十几具尸体连忙狼狈逃窜了。

独立旅打退鬼子特战队的偷袭后，阵地上就受到了鬼子疯狂的炮轰报复。这时候，畏敌如虎的中央军陶军长又从五福河给独立旅发来电报，命令容涵齐独立旅火速撤出望原，驰援台寨军部和五福河黄河防线。

天亮前，台寨黄河沿岸，容涵齐带着独立旅剩下的几百人，好容易奉命突围急行军驰援到了台寨附近，却发现八十军和一六五师由于受到了敌机的二次疯狂轰炸，吓破了胆的陶军长已经仓皇放弃了第三道防线阵地，并不顾士兵们的死活，自己带着军部撤退过了黄河。中央军失去指挥，士兵们陷入惊恐，黄河岸边争相泅渡黄河的一六五师士兵们乱成一团，鬼子飞机赶来轰炸扫射，士兵们在河水中死伤惨重。黄河渡口也被亡命撤退走的中央军炸毁了，好容易赶到河边的独立旅，面对宽阔的河水陷入了战场困境。

中央军撤退时仓皇炸毁黄河渡口，虽然阻止了鬼子的追击，但也切断了陕军独立旅的退路。特别严重的是，他们已经没有再支撑战斗下去的补给弹药，战士们也没有充饥的粮食了。独立旅剩下的队伍虽然还在台寨一线顽强抵抗着，但在战场上已经处于背水一战的境地。他们后面是穷凶极恶的鬼子的追赶，前面面对的不仅有李飞刀的稽查队，还有一泻千里的滚滚黄河的天然阻挡，独立旅想要全身而退，已经失去了机会，只有背水一战了。容涵齐带来的秦川的弟兄们加上重伤的伤兵在内，在台寨阵地与围攻的鬼子再次激战后，最后只剩下不到三百人了。

容涵齐浑身是血一脸黑灰，面对死神的威胁，他站在黄河边一个高台上，大声对部队敞开说实情："弟兄们，咱们不能都在这里困死了，得先派个人回去给家里面送个信！"

容涵齐说着，扭头一个一个看家里来的弟兄们，他先目视了四弟飞儿，他是最适合的人选了，如果飞儿回去，他也心定了，可以给伯父容雅儒一个好的交代，也给父亲容雅谦一个自己誓死的告别。

飞儿碰到容涵齐的目光，立即双脚一碰来了个标准的立正姿势，目光异常坚定冷峻，神色既坚毅又大义凛然，脖颈挺直，一副不容商议的视死如归的表情。

容涵齐刚要说什么，飞儿刺啦一声撕开了自己的上衣，只见他背心上面赫然写着十个红色大字：

生当作人杰，死亦为鬼雄！

容涵齐心里嘀咕一声："有种！"又把目光投向一旁一脸孩子气的警卫员狗蛋儿。狗蛋儿马上慌神了，不等他说话，就又着急又倔强地叫喊着说："三叔，你不要看我嘛，我不回去！"说着还气呼呼地直喘粗气。

容涵齐心想：孩子，你傻呀，我是想让你回去给你爹娘留个后哩，你却不领这份情。也罢，你不走，我只能到阴间去向你娘请罪了，她太苦了，用性命保护了你，我三娃子却不能保护成全你的命！容涵齐虽然表面看似坚强严峻，一时间竟也心里头悲怆凄凉了！他正在犹豫间，狗蛋儿着急得抢着说话了：

"三叔，黑娃叔叔胆子小，就让他回去送信吧！"

狗蛋儿这么傻里傻气地当众一喊，队伍里站着的救护员黑娃，脸色立时就被羞辱得臊红了。他被当众看不起，一下子就臊大发了，一时间竟忘了恐惧和害怕，就又愧又恼地说：

"你个碎尿，凭啥就是我哩！"

容涵齐却十分坚定地下达命令说："就是你了！你会水，跳下黄河泅渡回去，趁鬼子现在没有上来，也许还有生还的机会。我们打掩护，你快走哇——"

容涵齐知道黑娃从小在黄河附近长大，有些水性，如果侥幸不死，还能留个活口。时间不等人，留给他们的时间已经不多了，鬼子随时都会冲杀过来的。

容涵齐安排了后事，满身豪气地高声吼道："弟兄们，今天，咱们已经弹尽粮绝，前面是虎视眈眈就要冲过来的日本鬼子，后面是滚滚黄河，咱们已经没有了退路，只有背水一战，与日本鬼子拼命了！大家怕不怕？"

"不怕！""不怕！""不怕！"

战士们手举带血的大刀，个个斩钉截铁异口同声地响亮怒吼！这怒吼像百万雄师，直上云霄，震动寰宇，气贯长虹！这怒吼把远处正在休整吃饭的鬼子士兵们也吓了一跳，惊慌得匆匆放下吃饭的家伙，急忙端起枪来卧倒。

黑娃已经跑出了几十米，听到身后的怒吼声，回头扑通跪下，满目苍凉，泪水夺眶而出，朝着岸边上的将士们一连磕了三个响头，悲声苍凉地呼喊了一声："旅长——我黑娃不是人，对不起大家，您保重啊——"

然后，黑娃用因抢救伤员满身带血的衣服袖子抹擦了一下满是泪水的脸，纵身跃起，一头扑进了奔腾不息的滚滚黄河里去了。

第三十一章

狗蛋儿义泯恩仇　秦声悲壮祭黄河

　　容涵齐他们现在所处的地理位置，对他们继续防守作战已经十分不利了。更准确地说，是已经背水一战了。他们已经被日本鬼子逼到了黄河悬崖边。毋庸置疑，这是一条凶险死路了。这一点，谁都看得很明白，就连穷凶极恶的日本鬼子，也看得异常清楚。鬼子们知道，独立旅已经无处可退，所以才暂时放弃了追击和进攻，而是只对他们围而不打。

　　鬼子指挥官干脆让部队原地休整吃饭，目的是要吃饱喝足之后，再一鼓作气歼灭这支最后的守军抗击队伍。

　　容涵齐他们已经直面死神，一直尾随监视着他们的苍蝇——稽查队副队长李飞刀，这时候却不阴不阳、怪声怪气地说话了：

　　"容旅长，容涵齐，容三娃子，如果我没有看错的话，日本人已经把你的人全都包围了，你就是再有能耐，运筹帷幄、纵横捭阖，也无济于事了。现在，你战也是个死，不战也是个死，你们已经没有啥退路了！我的人一路跟着你，也被你容老三坑苦了，今天都得跟着你三娃子去见阎王爷了！"

　　李飞刀十分苦恼地紧闭了一下黯然失神的眉眼，然后又用狠戾的语气高声说道："容三娃子，已经到了这个份儿上，现在咱们两个的私仇也该有个了结了！"

容涵齐正在收拢队伍清点伤员，他听到李飞刀阴阳怪气的声音，回头轻蔑地瞄了他一眼，十分镇静地拍打了一下自己身上的尘土，抬头缓缓嘲弄地讥声问道：

"李飞刀，你像个苍蝇一样，嗡嗡嗡跟了老子一路了。你这种败类，打着军统局的旗号，帮着日本鬼子监视自己的同胞，还有皮脸说话？有道是：'狗咬自家人，畜生也欺人！'你想要怎么了结，今天就说给老子听听。"

李飞刀听到容涵齐十分不屑的蔑视呵斥，脸上虽然挂不住，但也只是略显得尴尬些，却并不十分生气，反而苦笑着阴森森地说道：

"三娃子，我李飞刀在你容旅长眼里，就是个臭狗屎，就是杀人不眨眼的土匪痞子。我要不入军统局稽查队，你容旅长早就把我突突了。这一点，我没有说错吧？"

"哼，李飞刀，算你明白，你还不笨嘛！你要不穿这身军统的黄皮，老子早就把你收拾了，还能留下你这颗人头来继续祸害人？"

容涵齐顺手把一把插在地上的大刀从沙土里拔出来，平静地抖一抖土，又用手擦拭了一下，扛在自己肩膀上，威风凛凛毫不掩饰地敞开心扉，大声响亮地高声回答。

李飞刀听了容涵齐不屑的嘲讽并不意外，他张嘴露出满口黄牙齿，尴尬地哈哈一乐，随即语气阴冷地说："是真话，听得畅快，是条汉子！你三娃子到了这个生死关头，还敢对我李某人这么说狠话，我佩服，佩服得很！"

李飞刀一连点头说着佩服，却把一支美式冲锋枪拿起来迅速推子弹上膛口，端起枪来瞄准了容涵齐，恶狠狠地说：

"容老三，我李飞刀跟你、跟你们容府有深仇大恨。不是国仇，也跟国军、共军没有关系，跟军统局也没有半毛钱关系，我跟你是家仇私恨。今天且不说家仇，咱只论私恨，我要为我死去的那些道上弟兄们报仇雪恨，替弟兄们的灵魂向你容旅长讨个抵命！这是我李飞刀这些年，一直深深埋在心里挥之不去的报仇夙愿！"

李飞刀毅然端枪的一刹那，李飞刀稽查队的人也都子弹上膛，把冲锋枪齐刷刷地都端了起来，眼看就要横扫容涵齐的弟兄们，黄河边上的空气，瞬间就凝固了。

容涵齐身边的战士们，一见李飞刀举枪，哗的一下都把残缺的大刀举起来就要扑向李飞刀去拼命。飞儿也早就怒发冲冠，他抬腿迈步打算飞身直取李飞刀。容涵齐一把拦住了飞儿，又把手一摆，让弟兄们把刀都收回去，一脸蔑视地说：

"李飞刀，现在我部正与鬼子对垒，死生一线，你同日寇一起来围剿我们，还算是个中国人吗？你要不辱没自己还是个中国人，有点儿血性，是个大秦关中汉子，你就冲我容涵齐一个人来，不要用枪伤害我的弟兄们，让他们同日本鬼子去拼杀，死得轰轰烈烈，也不枉对列祖列宗！咱们俩的私仇，就咱们两个刀对刀拼搏一场，分个你死我活，彻底做个了断，你看咋样？"

容涵齐知道，让没有弹药又饥肠辘辘的弟兄们去同李飞刀一伙拼命，只能是做无谓的牺牲，他想同李飞刀单挑独斗，了却仇怨。

李飞刀看着容涵齐身边的残兵伤员，奚落嘲讽着说：

"容旅长，不要再说大话了！你的人已经都打得没有子弹了，就凭这些破大刀片子，想跟我的人拼命，也是白白送死！"他指着地上说，"我可是还有三箱子子弹哩，突突你们这些残兵伤员不在话下。不过，我李飞刀佩服你三娃子是条打日本的铁汉子，今天就依你，咱们两个私了，但也不能便宜了他们……"

容涵齐厉声呵斥："李飞刀，你要干什么？"

李飞刀恶狠狠地说："老子先收拾了他们这一群狗日的再跟你算账！"他说着扣动扳机，冲锋枪发出突突突的火舌，一阵激烈爆响，他的稽查队士兵们也都突然举枪射击，一时间枪声大作！

容涵齐面对李飞刀一伙突然开枪爆击，猛地一愣，却发觉子弹并没有射向自己，而是打向了自己的身后，就急忙转身回头一看，原来，是一队日本鬼子见这群守军队伍已经没有了子弹，又内部起了纷争，就趁机悄悄扑了过来想搞突然袭击。李飞刀特务队所处的位置，正面朝着鬼子的阵地，他看在了眼里，见鬼子来偷袭就毅然举枪开了火，军统局稽查队的武器配得都是清一色美式装备，火力之猛远胜鬼子的武器，开出的火力很烈，轻敌偷袭的鬼子本以为这些守军已经没有子弹了，却猝不及防让李飞刀的人给打了个人仰马翻留下一堆尸体，后面的鬼子惊慌得连滚带爬龟缩着退了回去。

容涵齐也顾不上理会李飞刀了，大喊一声："准备战斗！"急忙组织队伍防守。

鬼子仓皇退了回去，李飞刀挎起冲锋枪快步走向前，提起稽查队的两箱子弹扔在容涵齐面前，反常地说：

"啥也不说了，赶快让你的弟兄们装满子弹应敌，鬼子们很快就要冲锋了。老子与你毕竟都是中国人，咱们两个的私仇老子先记下来，等把鬼子打跑了，如果咱们还没死，就再同你三娃子做一个了结！"

李飞刀眼看着鬼子已经又要冲上来了，民族大义、国仇大恨，让他瞬间暂且搁置了个人睚眦之怨。

容涵齐毅然决然地说："李飞刀，你到底还算是个中国儿子娃娃，老子也同意，咱们先雪国耻，再论私仇！"

李飞刀也大声说："成啊，我依你。不过，容旅长，已经到了这个份儿上了，老子毕竟还是军统局稽查队的人，担负着党国的剿共使命哩，我李飞刀跟你斗了半辈子了，你得给我说个大实话，你到底是不是共产党，让老子临了也弄个明白。要是，我就是死了，也得把你弄进地狱的大牢里去坐坐。否则，我死不瞑目！就是死了，也得给戴老板掰扯清楚！"

容涵齐已经顾不上与李飞刀啰唆了，摆手让弟兄们赶快上子弹。他一边快速给自己枪里面装压子弹，一边索性高声回答道："李飞刀，现在已经是我等与国与家决绝的日子，还有他娘的啥话不能说的。就凭你今天给老子的两箱打鬼子的子弹，我三娃子今天就给足你面子，你去给你的主子汇报吧！我三娃子一直赞成朱毛联合抗日的主张，早就有心去投奔延安的八路军了，老子是想等打完了这场仗，就把这支队伍带到延安去！就看还有没有机会了。"

容涵齐面对即将到来的死亡，坦然说出心里的秘密，流露出一脸的伤感和遗憾。他明明看到李飞刀听了他的话，十分震惊，神情十分讶然，就又揶揄着用嘲弄的口吻补充说："李飞刀，这下子，你小子该满意了吧？"

李飞刀的确没有料到容涵齐果然心系延安，所以他才显得一脸惊讶，过去，他只是想挟嫌报复，置容涵齐于死地而已，现在终于弄清楚了，反而觉得索然无趣，寡淡无味了！他低下头颅，闭目懊恼地沉思了一会儿，随即又把脑袋重新抬起来，一脸灰色恶狠狠又阴阳怪气地嘟噜着说："满意，这不结了吗？老子满意！你到底他娘的是个定时炸弹，竟然隐藏得这么深，是个人物！我李飞刀过去竟然走眼没有完全看透你，这点倒让老子的确意外了！"

就在容涵齐一转身的刹那，一个稽查队员想端起枪对容涵齐射击，被李飞刀立即按住了，他低声说："不急，先等等，还不到时候哩！"

容涵齐没有继续理会李飞刀，他说出自己心里的全部秘密，反而感觉超然了，义无反顾了。现在，他还有神圣的抗战大义要做，他要组织弟兄们与鬼子做最后的誓死决战。日本鬼子已经像喝足了人血、吃红了鼻眼的恶狼一样，很快就要组织突击力量再次扑上来了。

台寨附近这场力量失衡的战斗，又持续了一个多小时，容涵齐他们在顽强打退鬼子的进攻之后，恼羞成怒的鬼子招来了轰炸机进行最后的轰炸，容涵齐他们且打且退，已经被逼到了黄河悬崖边上。

突然，一发炮弹落在了容涵齐和李飞刀跟前，警卫员狗蛋儿眼明腿快，一个箭步扑上来，伸开双臂推倒了容涵齐和李飞刀两人。炮弹咆哮轰鸣的轰炸声瞬间淹没了一切，待令人窒息的硝烟土雾高高抛起又哗哗落下，容涵齐翻身爬起来，摇摇头抖抖身上的泥土，急忙回头去看狗蛋儿，却见狗蛋儿满脸是血，大半个身子都被沙石掩埋了。容涵齐慌忙扑过去，用手扒开沙石把狗蛋儿抱了起来，悲声苍凉地噙着泪水说："狗蛋儿，我对不起你爹娘啊！"

狗蛋儿睁眼抬起头，看着活着的容涵齐，满脸快活地说："三叔，你没有伤着吧？"

容涵齐悲酸凄凉地说："没有，狗蛋儿，你傻呀！"

狗蛋儿听了，却一脸灿烂，显然，他对自己刚才的壮举十分得意！三叔容涵齐在他小小的心里，一直是个大英雄，能替三叔挡炮弹，他觉得自己今天值了，就喃喃地说："三叔，我现在真的也能护卫你了！"

容涵齐突然觉得眼前的这个孩子狗蛋儿，在战火里一瞬间长大了，成人了，已经完全成熟了。但依然悲声道："你还是个孩子，人生太短，是三叔我连累了你呀！"

狗蛋儿却稚气地说："我不怕死，三叔，真的，我不怕死！"他孩子气地又说："三叔，我能认你做我的干爹吗？"说着就稚气地把流血的头靠在了容涵齐的怀里。

容涵齐一把把他紧紧地搂在怀里，再次悲声苍凉地说："孩子，我认你，我认你，你和媛媛、中鹤都是我最亲的孩子！"狗蛋儿听了，脸上立即露出小孩子般灿烂开心的笑靥。

330

土匪就是没心没肺，李飞刀这时候也从掩埋的沙土里爬起来了。他抖抖满身的沙土，灰头土脸地迈腿走向狗蛋儿，却并没有表示感激的意思，而是不阴不阳百无聊赖地开口说道："你这个尿屎孩子，都死到临头了，还认啥子鸟干爹哩！"

狗蛋儿听了李飞刀的话并没有生气，却也出人意料地喘着粗气说了句让李飞刀大跌眼镜的闷头话："李飞刀，我记得，当年我一石头，明明把你打中了，你怎么没有死咧？"

这话虽然有些孩子气，也许就是狗蛋儿一直纳闷儿不解的心里话。李飞刀听了，意外地一发愣，尴尬地干咳了一声，面对一个刚刚救了他性命的幼稚孩子，他只能避开话题自我解嘲着说：

"哼，要不怎么说，我李飞刀命大哩，容旅长不是也没有能灭了我吗？"李飞刀也是机警睿智过人，他的回答也算巧妙，随意就轻轻避开了难堪的话题。他当然不能向任何人暴露自己心脏长反了位置的秘密，加上他练就的闭气假死功，这是他的保命绝技，已经几次成功逃过了生死劫。

其实，那天当狗蛋儿带着大狼狗虎子赶来以后，聪明狡诈的李飞刀就已经意识到自己大白天很难逃离窑洞全身而退了，紧接着玉娥儿又出现了，他清楚地料想道，马上就会有容府那些强悍的民团兵丁赶来救援。权衡进退中，当狗蛋儿玉球砸过来的一瞬间，他机警地硬撑住，一个半大孩子的手劲，只是打断了他的两根肋骨，李飞刀强忍住剧痛，迅速踉跄着逃离了。

这时候，大家谁也顾不上再搭理李飞刀了。因为，鬼子们已经铺天盖地一窝蜂排成扇形阵势，端着带血的刺刀叽里呱啦狂吼怪叫着凶狠地围扑上来了，他们企图在黄河边上把容涵齐的一队人马当成活靶子全都给活挑了。

容涵齐让飞儿清点部队人数。飞儿清点之后报告，队伍只剩下二百多人了。情况万分危急，已经由不得容涵齐去思考选择了。

飞儿赶紧过来，拉起遍体尘土的狗蛋儿。狗蛋儿抹了一把脸上的血迹，活动了一下身体和腿脚，却发现自己并没有受重伤，立即咧开嘴笑了。飞儿上去高兴地击他一拳说："原来，你只伤了头皮被震晕了呀，还活蹦乱跳的！"

容涵齐忽地站起身来，看着战士们手中已经残缺不全的大刀，高声吼道：

"弟兄们，黄河渡口已经被先撤退的中央军炸毁了，我们已经没有退路了；咱们也没有子弹了，仅有的大刀也残缺不全了；弟兄们大多数都已经负了伤，又一天没有吃饭，现在已经没有力气同吃饱喝足的鬼子硬拼下去了。眼下，鬼子们已经不再围困，而是端着刺刀冲过来了，看架势是想活挑活捉侮辱咱们！咱们都是大秦的爷们儿，我们不能惨死在日寇的刺刀下，给祖宗丢了人，也绝不能当鬼子的俘虏，辱没了祖宗！现在有种的，就跟着我三娃子跳黄河，能泅渡过去的，就回家了；泅渡不过去，咱们弟兄就是死了，也是大中华黄河的护卫鬼！"

容涵齐突然狂吼一声："大家有种吗？"

"保家卫国，视死如归！"飞儿激昂地振臂带头高呼了一声。

战士们接着也都异口同声地坚定回答，一连怒吼了几遍："保家卫国，视死如归！"

将士们决一死战的怒吼声，压过了鬼子的狂呼怪叫声，压过了奔腾咆哮着的滚滚黄河惊涛声，响彻战火笼罩着的黄河沿岸，在满是战火硝烟的空中久久回荡，浩气冲天！

容涵齐怒吼着招呼："好，弟兄们，搀着伤员跟我三娃子走！"

容涵齐和飞儿一边一个拉着狗蛋儿大步走在前面，弟兄们见状也都相互搀扶着，手挽着手，艰难地一步步迈上悬崖边。

李飞刀他们也不尿，看着围困过来的日军，他犹豫了一下，随即也带着他的人，一起跟着容涵齐的队伍，一步步跨向了悬崖。

332

　　将士们手挽手，威武雄壮、悲怆豪迈地向黄河岸边跨去。走着，走着，突然，容涵齐高亢昂扬、情绪激荡地高声怒吼起了悲苍苍的陕西秦腔——《两狼山》：

　　　　两——狼——山——哎——战——胡——儿——哎——

　　　　天——摇——地——动——

　　　　天——摇——地——动——

　　猛然间，将士们听到旅长容涵齐的秦腔吼声，大家都一下子精神振奋，群情激昂，一瞬间全体将士个个忘记了伤痛，豪气迸发。两百多将士一起接着唱腔，跟着旅长容涵齐用陕西家乡粗犷的吼声唱起了高亢豪迈的秦腔：

　　　　拼性命哎——和番奴——对垒——交锋

　　　　众将士——保家园——忠心——耿耿

　　　　一个个啊——为杀敌——不避——吉凶

　　　　金沙滩——只杀得哎——星稀——月冷

　　　　血成河——尸堆山哎——实实——惨情

　　　　好男儿——两军阵前——不——惜命

　　　　为国家——丧疆场——死亦——有荣

　　　　两狼山——困住了——众位——英豪

　　　　无粮米——无增援——被敌——困定

　　　　人又饥——身又乏——怎御——敌兵

　　　　我要学——马伏波——革裹——尸灵

　　　　绝不让——狗胡儿——羞辱——军魂

将士们心里滴血口中长吼，似乎在向日寇传递出一个坚毅的抗战信号：秦川百姓不可辱，关中汉子宁死也不屈服！

容涵齐他们怒吼着秦腔，前赴后继地纵身跳入了滚滚黄河里，前面的将士被奔腾的黄河水掀起的浪涛无情冲倒瞬间吞噬，后面的人又义无反顾、坚定不移、昂首阔步、毫无畏惧地一个个飒爽豪迈地跟着跳了下去……

日本鬼子威逼在他们后面，都被眼前的情形所震惊，也都看呆了！疯狂的鬼子们本以为中国军队走投无路了，会选择就地投降，任由他们欺辱和宰割。现在，看见这群衣衫褴褛伤痕累累又饥肠辘辘手拿残缺不全大刀的陕军，面对即将到来的死亡，竟然视死如归，宁死不屈！眼前中国军人从容就义的壮举，让嗜杀成性已经近似疯狂的鬼子们，罪恶的心灵个个感受到强烈震撼，一个个哑然错愕，直看得目瞪口呆，惊魂不已！

关中铁汉子们从容就义的英雄壮举，向日寇诠释了秦川人是个宁折不弯视死如归的族群。这也许就是日寇自中条山战役后，就一直驻足盘踞在晋豫边界上觊觎，最终放弃了对大秦关中的继续进攻，再也没有冒险进兵渭水、跨入秦川关中一步的原因。

面对这群秦川将士们的英雄气概，上天已在瞬间发怒了，天空突然电闪雷鸣下起了狂泻般的暴雨！鬼子们见雷雨来了，中国军队也已跳下了黄河，就都狼狈地仓皇冒雨逃跑了。

古老的黄河水却犹如一条黄鳞巨龙，愤然以更大的惊涛骇浪汹涌翻滚，状似抗敌的千军万马桀骜不驯，嘶鸣撕咬奔腾，弥漫着秦腔粗犷的狂吼声，凛冽的狂风骤雨席卷着黄褐色浑浊的洪水，挟雷裹电般咆哮着掀起一波又一波冲天巨浪，黄河骤然愤怒、沸腾怒吼了！

容涵齐在洪水中拼命求生翻腾搏击，冥冥之中，他似乎隐约听到了妻子杜晓楠在黄河对岸悲声凄凉地绝望呼喊：

"涵齐——三娃子——"

　　黄河对岸的村民们，一大早就听见激烈的枪炮声，也目睹了独立旅与日本鬼子的背水相战拼死搏杀。当他们惊愕地看到将士们被迫集体跳下黄河的一刹那，被眼前的壮烈豪情所深深震撼，民族大义使村民们一个个也顾不上自己的安危了，竟潮水一般冒雨涌向了黄河岸边。很多人扛着竹竿、划船的桨板、木头，还有的抬着木排、竹排、羊皮筏、小木船，纷纷出手搭救落水的将士们。

　　一群村妇看到岸边杜晓楠悲伤地歇斯底里地呼喊时，也跟着杜晓楠一起拥向了黄河岸边，沿着河岸河流方向奔跑、追赶，全都在大声跟着呼喊：“涵齐——三娃子——”

　　在黄河水里搏击的容涵齐立即长了精神，他在黄河水里翻腾着抓住了一根木头，搭着手朝河对岸挣扎着奋力游过去。

　　一阵雷雨过后，硝烟早已经消失了，黄河水也渐渐按下了汹涌的波涛，恢复成缓缓地流淌。到了黎明时分，侥幸没有淹死能够活下来的人，已经陆续集结在黄河岸边上昏暗的晨曦里，可以看出来，独立旅的队伍已经只剩下一百多人了。

　　容涵齐没有死，他和飞儿、狗蛋儿、乔阿图，还有杜晓楠，几个人一起招呼着收拢活下来的战士……

　　李飞刀和他的稽查队也有几个人侥幸活下来了，他们丧气地坐在河岸边，眼睛却一直死死盯着容涵齐他们活动的方向。

　　容涵齐看着眼前的这些弟兄，悲伤地说：“弟兄们，我们誓死为不当亡国奴，才与日本鬼子拼命，今天咱们就剩下这点儿家当了，我昨天已经给李飞刀说了，我容涵齐要带着弟兄们去投奔八路军，愿意去的就跟着我三娃子走！”

　　容涵齐话刚说完，只听李飞刀在背后一声冷笑：“想得倒美哩，谁敢走，立即正法！弟兄们，把这个投共的容涵齐给我弄起来！"

可是，除了李飞刀手下那几个特务摩拳擦掌，其他将士们谁也不理会李飞刀，他们义无反顾地跟着容涵齐继续往北走去，只有狗蛋儿警惕地边走边回头防着特务们使坏。

李飞刀见了，气得直跳脚："反了，反了，都反了……"他说着从腰里抽出一把飞刀来，紧跟着就朝容涵齐走的方向扑了过去，在他的身后，几个持枪的特务紧紧地跟着。

远处，一匹快马从晨曦里飞奔而来，渐渐来得近了，可以隐约看出，骑马飞奔着的是八路军西安办事处的车稼良。

昏暗中，李飞刀穷凶极恶地追着前面的队伍，眼看渐渐赶上了容涵齐他们，他面露凶色，报仇心切，突然抬手朝容涵齐抛出了一把飞刀。

就在李飞刀出手的一刹那间，被一直盯着他的狗蛋儿瞅见了，来不及多想，几乎是在同时，狗蛋儿也把自己手里的一颗玉球奋力朝李飞刀迎面回击过去。李飞刀追赶中抛出飞刀，身子还向前倾斜着没有防备，玉球不偏不倚一下击打在李飞刀的脑门上，他扑通一声栽倒滚翻在地上，翻着白眼狠狠地挣扎着说："仇……仇……"话还没有说完，就瞪着眼睛一命呜呼了。

再看狗蛋儿，他在抛出玉球的同时，飞身用自己的身体急忙护住了容涵齐的后背，尖刀一下子扎在了他的肩上，立即渗出了一股黑血，原来狠毒的李飞刀在刀尖上涂了剧毒。

稽查队的特务们一看，竟然是容涵齐的警卫员狗蛋儿打死了李飞刀，一个特务拔出一把匕首朝狗蛋儿冲了过来。正在千钧一发的时候，一声枪响，冲在前面的特务手里的匕首被打掉了，疼得直甩胳膊乱叫起来。

狗蛋儿一看，是车先生，就忍痛朝容涵齐大喊："干爹，车先生，车先生来了！"他刚说完话，剧毒已经发作了，身子一歪栽倒在地上，吐出了一口黑血。

容涵齐猛然间听到枪声响，立即回头站住了。奔走的队伍听到了枪声，也都迅速散开猛地都停住不走了。

大家这才看到栽倒在地上的狗蛋儿，容涵齐回头急忙跪倒，抱住狗蛋儿大声呼叫："狗蛋儿，狗蛋儿！"

车稼良已经赶到跟前，他一个飞身跳下马，手里提着枪先看了看死去的李飞刀，又走到特务们面前训斥说："想下黑手呀？你们看看，你们的主子李飞刀已经死了。"

特务们看着愤怒围拢过来的将士们，再看看死去的李飞刀，一个个吓得战战兢兢，纷纷求饶说："车先生饶命，车先生饶命！"

车稼良没有搭理他们，奔向容涵齐说："容旅长，这些特务怎么处理，你做主吧！"狗蛋儿艰难地说："杀了他们，留下也是祸害！"

容涵齐却宽容地说："算了，能死里逃生，也不容易，就放了他们吧。"随口喊了句："都滚！"几个特务听了，吓得赶紧道谢，爬起来就朝后撒开腿跑了。

容涵齐急忙低头再看怀里抱着的狗蛋儿，只见狗蛋儿已经把头歪在容涵齐的怀里，不甘心地慢慢闭上了眼睛。容涵齐悲声呼喊了一句："狗蛋儿——"

飞儿和杜晓楠也赶过来了，都一同扑向狗蛋儿，悲痛欲绝地呼喊着："狗蛋儿，狗蛋儿！"但是，这时的狗蛋儿已经叫不醒了。

河岸边，朝阳已经在远方天边升起，光芒四射，整好队伍的容涵齐，掩埋了狗蛋儿，与车稼良紧紧握手。

尾声

又经过几年战火硝烟，小日本投降了。一九四七年的盛夏，麦子已经收割，容雅谦常常去往光秃秃的自家的麦田里溜达。他岁数已经明显大了，看起来身形有些佝偻了，走起路来总是习惯把一双手背在身后，伸着鹅一般的脖颈，早年常插在腰间的长烟锅改插在后背衣衫的领口里了，也没有了早年的壮年豪气，看上去纯粹是一个地道的暮年老人了。

这一天，容雅谦又来到自家收了麦子的麦田里，站在地头看着狗剩和大儿子涵雁赶着两匹马用犁头在翻地里的麦茬子，为的是把麦茬子翻进土壤里，让麦茬子压在深土里沤成肥，再让翻出来的新土壤在盛夏里暴晒上一段时日，让秋雨反复浸润，吸收大自然的阳光雨露滋养，增加地里的营养成分，秋后好再播种上一茬冬麦子。

容雅谦深情地看着地里翻起的新泥土，看见翻过的土壤里的蚯蚓爬出了地面，挣扎着扭动身躯，他弯下腰双手捧起一大捧散发着清新味的泥土，他的满是沟壑的红脸膛上露出了深情而又满意的微笑！他的笑从布满皱纹的眼角里一直蔓延到鬓角，牵动嘴角也向上翘起，同额头上的粗糙深纹沟壑形成了一个整体的椭圆，看上去若褐色的土壤一般，是那样真实和纯朴，又是那样迷恋和陶醉于眼前的这块厚实土壤。这里洒下了他一生的辛勤辛劳和汗水，深深印记着他几十年的轨迹和足印，是他从先辈们那里继承的一生的梦。

这时，容雅谦身后传来一个十分熟悉的苍老声音，是兄长容雅儒在跟他打招呼："他四爸，到地里看娃犁地来了？"

"唔！"容雅谦应承说，"他大伯也来了？"他照例习惯于不管大哥叫大哥，而是按照陈仓塬的习惯称呼"他大伯"。

容雅儒已到了颐养天年的年纪了。他也弯腰伸手抓了一把新泥土，在手里用大拇指同样深情地揉搓着。他年纪比四弟容雅谦大几岁，脸上虽然也布满了细密的皱纹，但却看上去满面红光，下巴留起了花白的胡须，身板也不似容雅谦那般佝偻，看上去还是一副神采奕奕的样子。

容雅儒来到地头跟前，他没有看四弟雅谦，而是深情又意味深长地看着广袤的土地上，铧犁新翻的犁沟沟垄，以及在翻了新泥土的田地里飞上飞下快乐寻找食物的麻雀、鸽子和喜鹊。

远处，狗剩和涵雁两副犁头吆着两头牛在田里耕作，他们的身后是经过深耕后黄褐色的新鲜泥土。

"他四爸，我听说，你要把家里的地都给了学堂里，自己不种了？"容雅儒望着远处耕地的牛和犁头随意说。

"是咧，我正要去跟你商量哩！"容雅谦继续说，"那年已经给随飞儿去潼关前线的后生们家里捐了一百亩地，剩下的地早就给狗剩划了五亩，虽然地还一搭里种着，地契早就已经给到了狗剩的名下了。我已经老了，地也种不动了，大娃子涵雁一门心思教书，也指望不上他种地了。三娃子涵齐自打那年跳黄河带飞儿去了北边，也捎信劝我把地捐给学堂供娃娃们上学哩！我寻思着就只留几十亩地，够养家的开销就行了。"

容雅儒听了心里一凛，怔怔地看着四弟雅谦好久都没有作声。这可是一个败家子的想法，祖宗留下的土地已经传了几百年了，养育了容府几代人，如今却突然拱手全都送出去，他一时的确难以接受，看来他隐约从村民耳朵里听到的传言是真的了。这个四弟一向为人做事谨慎，处世风格却大刀阔斧，十分干练，没有下定决心的事，他是不会轻易说出口的。

现在，容雅儒亲耳听闻，心里还是翻江倒海了一阵子。他也早就瞧出国民政府败象已显，已经蹦跶不了几天了，倒是北边的共产党虽然受着重压，却生机勃勃，也许就是未来华夏复兴的希望呢，这一点连四弟雅谦都瞧出来了。

他慢慢蹲下身子，用双手在新翻起的土壤里反复摩挲了几下，然后失落地站起来，声音苍老地说："罢了，就依他四爸的主意！"

容雅儒不是个不知进退的人，他的神态看起来显然是下了很大的痛苦抉择。"唉，我倾一生心血搞了一辈子乡村教育救国，临了孩子们却不甚认可，飞儿已经随着三娃子涵齐去了北边。罢了，罢了，咱们兄弟两个，就都一起做一回败家子，把地都给了学堂里办学吧。这天，恐怕是真的要变了。"

容雅儒留恋地俯身，双手捧起一大捧泥土，眼含着热泪站起来，深情地埋头在泥土里亲吻了一下，然后，有些激动地高高地把手往上一扬，泥土全部都撒向广袤的田野里。他向着远方高高发出一声苍凉浑厚的吆喝声：

"天，就要亮了——"

这一声呼喊，惊得在田野里觅食的鸟们扑棱棱都飞了起来，绕着两位老人和犁地的牛儿，惊讶地在他们的头顶上不舍地盘旋着、盘旋着……鸟儿一直上下纷飞，久久也没有敢贸然落下来。

1948 年，陈仓塬底下的陈仓和宝鸡城里激烈地响了一天枪炮声，彭将军带领的队伍攻进了陈仓和宝鸡城里，白天刚扭了秧歌，开了庆祝大会，谁想到第二天夜里黎明时分，胡宗南的队伍又集结打了回来，把城里给团团包围了。仓促中，熟悉地形的三娃子涵齐和飞儿带着他们的特战队奋勇冲杀，拼死掩护连夜撤了出来。

第二年，彭将军亲率精兵上阵，打响了二次解放陈仓和宝鸡的战役，一举击败盘踞在陈仓和宝鸡的顽敌精锐——胡宗南队伍新一军。陈仓一带再次万众欢腾庆解放，宣告了一个旧时代的彻底结束，也完全打开了北边大军进军大西北、攻克甘新的关口大通道。

胡宗南的队伍兵败如山倒，仓皇逃窜撤出关中西府，驻守陈仓塬的国民党散兵们惶惶如惊弓之鸟。在一个太阳初升的早晨，北边一队穿灰布军装的战士全副武装，骑着几十匹快马，打着一面红旗，在陈仓塬上骑马放枪跑了一圈，胡宗南的残余兵将们就闻风丧胆吓尿了，全部狼狈逃窜跑尿了。

此时的陈仓塬上就又新桃换旧符，一个走向光明的新时代开启了！